中國史學基本典籍叢刊

穆天子傳匯校集釋

〔晉〕郭璞 注
王貽樑 陳建敏 校釋

中華書局

圖書在版編目(CIP)數據

穆天子傳匯校集釋/(晉)郭璞注;王貽樑,陳建敏校釋. —北京:中華書局,2019.5(2024.9 重印)
(中國史學基本典籍叢刊)
ISBN 978-7-101-13829-0

Ⅰ.穆… Ⅱ.①郭…②王…③陳… Ⅲ.①筆記小説-中國-先秦時代②《穆天子傳》-注釋 Ⅳ.I242.1

中國版本圖書館 CIP 數據核字(2019)第 052738 號

文字編輯:王宇珖
責任編輯:蔡鵑名
封面設計:周　玉
責任印製:管　斌

中國史學基本典籍叢刊
穆天子傳匯校集釋
〔晉〕郭　璞 注
王貽樑　陳建敏 校釋
*
中 華 書 局 出 版 發 行
(北京市豐臺區太平橋西里 38 號　100073)
http://www.zhbc.com.cn
E-mail:zhbc@zhbc.com.cn
北京新華印刷有限公司印刷
*
850×1168 毫米 1/32 · 14⅜印張 · 2 插頁 · 300 千字
2019 年 5 月第 1 版　　2024 年 9 月第 4 次印刷
印數:5501-6300 册　　定價:68.00 元

ISBN 978-7-101-13829-0

目録

出版説明

穆天子傳是西晉汲郡古墓所出竹書中的一種。該書記載周穆王西征、巡遊之事，是珍貴的先秦史料。晉郭璞爲之作注。該書歷經傳鈔刊刻，基本上完整地保留下來。清代以來，整理、注釋、考證穆天子傳者甚多。洪頤煊爲之精校，可推爲清代衆多校本之最。民國時更有衆多海内外學者加入到研究穆天子傳的行列。

二十世紀八十年代，王貽樑、陳建敏先生因穆天子傳一書没有好的點校本，決定重新整理此書。兩位作者搜羅明清以來各版本穆天子傳二十六種，及各類研究論著三十六種，對穆天子傳進行匯校集釋，由華東師範大學出版社於一九九四年出版。該書資料豐富，校釋詳實，是研究穆天子傳的重要參考書。原書整理方式與當今古籍整理規範有較大不同，限於當時條件，以手寫影印方式出版，字跡多有漫漶不清。這些都不便於讀者使用。有鑒於此，中華書局決定排印出版本書。

本書以清洪頤煊嘉慶五年（一八〇〇）校穆天子傳爲底本，明范欽訂穆天子傳爲通校本，參校以明道藏本、程榮校本，清汪明際、翟云升、檀萃等校本二十六種。本次出版，根據現在通行的古籍整理體例作了一些技術性的調整，訂正了原書的一些錯誤，對原書索引重新進行編排。並邀請程平山先生爲本書作穆天子傳匯校集釋的價值一文（見附録五）。

本書一些行政區劃和地名，及某些外文地名、人名的音譯中文，與當今規範有所不同，爲尊重作者，本次出版對這些地方不予改動。附録二穆天子傳版本及注疏、研究文著中所載各文獻館藏地，或與今實際情況有出入。以上這些情況，請讀者在使用過程中留意。

我們希望此次排印出版的穆天子傳匯校集釋，能夠爲讀者學習、研究穆天子傳提供一些方便。但限於條件，本書仍可能存在訛誤或不當之處，還望讀者多所指正。

中華書局編輯部

二〇一九年四月

序

穆天子傳是西晉初年汲郡古墓所出大量竹書中唯一流傳至今的一種。晉武帝太康二年（二八一），一個名叫不準的人盜掘了這座古墓，儘管「燼簡斷札」、「燬落殘缺」，破壞十分嚴重，但劫餘的竹書還是裝了幾十車。原簡收藏於朝廷的秘書監，由中書監荀勗和中書令和嶠負責整理。據荀勗等人的上穆天子傳序，「汲者，戰國時魏地也。案所得紀年，蓋魏惠成王子今王之冢也，於世本蓋襄王也。」紀年終於今王二十年，因此，這批竹書應該是魏襄王二十年以前的著作。

荀勗諸人對竹書的整理工作，是認真和謹嚴的。但是，由於竹簡的散亂殘缺，以及「古文」的不易辨識，存在的問題仍然不少。晉書王接傳說：「時秘書丞衛恒考正汲冢書，未訖而遭難，佐著作郎束晳述而成之，事多證異議。」衛恒是當時著名的古文字學家，三國志魏志劉邵傳注和晉書衛恒傳都收有他的四體書勢，其中就提到汲冢所出的這批竹書。衛恒對竹書的所謂「考正」，應該是以古文字學家的身份，考正此前釋讀中所存在的問題。不久，衛恒遂「遭難」，爲楚王司馬瑋所殺，繼承這項工作的是束晳。晉書束晳傳保存有這批竹書的全部目録，説明束皙的這次再整理是有重大貢獻的，當然，其中包括了衛恒的部分工作。目録中有「穆天子傳五篇，言周穆王游行四海，見帝臺、西王母。」在「雜書十九篇」中又有周穆王美人盛姬死事一篇。今本穆天子傳六卷，第六卷所述即爲盛姬死事，與束皙傳所載的目録相合。孔穎達春秋左傳正義卷末後序正義引王隱晉書説：「太康元年，汲郡民盜發魏安釐王冢，得竹書漆字科斗之文。」又説：「大凡七十五卷，晉書有其目録，其六十八卷皆有名題，其七卷折簡碎雜，不可名題。有周易上下經二卷，紀年十二卷，瑣語十一卷，周王游行五卷，説周穆王游行天下之事，今謂之穆天子傳。此四部差爲整頓。」（玉海卷四七引王隱晉書基本相同。）唐修晉書的束皙傳，其史源應即來自王隱書，又有所改易。正義引文中所説「晉書有其目録」句，當爲孔穎達之語，非原文，其「大凡七十五卷」以下則仍録自王隱書。（玉海引文亦有「晉書有其目録」一句，説明轉引自正義，其時王隱書已佚。）在這四部差爲整頓的竹書中，穆天子傳即是其中之一。由此可知，此書初整理時，本無篇題，周王游行爲荀勖、和嶠諸人所定，經束皙再次考正，始改稱穆天子傳，即所謂「今謂之穆天子傳」，周穆王美人盛姬死事也應該是這時附入的。

有幸的是，穆天子傳歷經傳鈔傳刻，基本上仍完整地保留下來。明正統道藏本，前有至正十年北岳王漸玄翰序，中有「命金陵學官重刊」之語，是道藏所據爲元刊本，而所據以

「重刊」之本，爲宋刻本亦未可知（郡齋讀書志、直齋書録解題著録有穆天子傳六卷，或即宋刻），但皆不傳。今所存者多爲明刊舊鈔，迄清代，與竹書紀年熱同時，穆天子傳的校注也成爲熱點。由於同出汲冢的關係，某些研治竹書紀年有成就的學者，也研治穆天子傳。如陳逢衡有竹書紀年集證五十卷，復有穆天子傳注補正六卷；郝懿行有竹書紀年校正十四卷，復有穆天子傳補注六卷；洪頤煊有校正竹書紀年二卷，復有竹書穆天子傳校六卷，即可爲證。今王貽樑先生又在前人的基礎上，對穆天子傳一書全面加以整理，撰爲穆天子傳匯校集釋，有如胡適之先生序劉叔雅先生淮南鴻烈集解所説，「辨各家之同異得失」，「而省後人無窮之智力，若商家之歲終結帳然」，這種所謂「總帳式之整理」，是至堪欽佩的。

如書名所示，穆天子傳匯校集釋的最大優點，在於「匯校」與「集釋」，兹分别言之。作者曾遍歷南北各圖書館，廣搜衆本，所見有舊刻，亦有舊鈔，其尤可貴者爲清代學者如王鳴盛、盧文弨、黄丕烈諸人手校之本，棄其糟粕，拾其精華，擇其善者而從，這是屬於「匯校」方面的。至於「集釋」，尤爲功力所聚，作者博搜研究穆天子傳的專書，如前述陳逢衡、郝懿行、洪頤煊等人的著作。其短書叢札，如散見於孫詒讓札迻、籀廎述林，章炳麟膏蘭室札記，劉師培左盦集的，也加以廣羅博采。對於近代學者的研究成果，如顧實穆天子傳西征講疏,以及刊於禹貢、文史哲諸雜誌的有關論文,所采尤爲詳備。有清及近世,其研究穆天子傳者,對於此書草木名物、山川地理的考釋,頗多牽强附會,其甚者至謂穆王行踪遠及域外之西亞、東歐,而此書作者則務期平實,每立一説,必遍徵典籍和地下出土的遺物爲證,因此,「集釋」部分最爲本書的精華所在。作者通古文字,頗「取地下之實物與紙上之遺文互相釋證」,如以「七萃」之士即戰國燕戈文的「𠂆萃」,更據以推斷穆天子傳的成書年代。書中此類勝義頗多,此處未能備舉,即此一端,已足概其餘了。

王貽樑先生的穆天子傳匯校集釋一書,我曾參與商榷,今將付印,又馳書索序。實際此書之佳,讀者自能知之,是本不待我贅言的。是爲序。

方詩銘　一九九二年,上海

整理前言

穆天子傳，是西晉初年汲郡（今河南汲縣西南）盜發戰國魏王古冢所得的簡書。這是一部很有趣味、極有價值，但也大有争議的古代文獻。一九四九年以後，這部書没有再版過。爲使這部古籍能在今天繼續發揮其作用，也爲廣大專業研究者與普通讀者能得一儘可能完備的校釋本，我們作了一些整理，以奉獻給海内外的讀者。

這裏，謹就本書的真僞考辨、文獻價值、地理考證、校釋概況四個方面作一些簡略的説明。

一、穆天子傳的真僞考辨

穆天子傳一書的真僞問題，無論是對整理者，還是對更廣大的研究者、使用者來説，都是首先遇到的難題。因此，這部書的真僞考辨，是首先要談的。只是由於這個問題牽涉面極大，這裏只能介紹個大致情況。

一切文獻典籍的真僞之争，歸根結底是成書年代與著者兩大問題。具體而論，各書的側重點又有不同。就穆傳而言，最主要的就是成書年代，著者則相對並不重要。

歷來有關穆傳的成書年代（與著者），主要有以下諸説：

（一）成書西周説。具體有周穆王時史官實録、穆王以後史官追修二説。自穆傳出土後的很長一段時期内，這個看法一統天下。後來由於傳文本身明顯晚於西周的痕蹟過多，在攻僞説的進攻下，這一説法逐漸衰弱。但是自七八十年代以來，由於許多地下出土文物證明了一些過去長期被公認的僞書實際並不僞（如孫臏兵法、文子等），使得這一説法又有所復興。

（二）成書秦漢以後説。具體有漢武帝時作、漢武帝以後作、晉以後作諸説。著作者則大多無詳説。此説雖爲後起，但曾盛行於明清及近代的一些學者中。今日信從此説者雖然已甚寡，但由於他們提出的一些疑問始終没有得到妥善的解答，其影響也就遠非人數所限。有些在整體上並不贊同這一説法的學者，也因爲這個緣故而總有些疑慮，從而影響到對穆傳這本書的運用與研究。

（三）成書戰國説。具體又有中山國人撰，秦、趙人撰，趙人撰，魏人撰諸説。這一説法雖然最爲晚出，但由於有前兩説的借鑒參考，持論也就較之更爲公允，目前研究者大多從此説。

我們經過反復考察，對每一個問題都作了深入的探討後，贊同了成書戰國說。具體而言就是：穆傳最終的成書年代是在戰國中、晚期，但不晚於魏襄王二十一年（公元前二九八）。著作者當屬燕晉地區文士，尤以魏國文士的可能性更大些。

考證穆傳成書於戰國的文章已有不少了，我們以下僅擇幾個重要的問題略作申述。

周穆王是否真正西征了？　大凡接觸穆傳此書的，一般都會想到這個問題。這裏有可能性與真實性兩個方面。傳統觀點認爲在張騫通西域以前並無中西交通。則周穆王西征根本無可能性而言，就更不用説真實性了。直到近年來，由於考古工作的諸多新成果，才使人們有了新的認識。如，在新疆至原蘇聯近界處都有先秦時期的華夏文物出土，時代最早至春秋時期。許多學者撰文證明張騫通西域絶非「鑿空」①。又如，一九三四年底至一九三五年底，夏鼐、李濟、董作賓等在安陽侯家莊西北崗殷墟墓葬區發掘時，曾得兩具頭骨，有學者分析屬於北歐高加索人種，也有觀點認爲可能爲黑色人種、愛斯基摩人種②。只是在學術界還有不同意見，故尚未能獲得公認。而以下一例則是確鑿無疑的。一九八〇年秋，在陝西扶風召陳西周宮室建築群遺址乙區曾出土了兩件西周晚期的蚌雕人頭像，都是長臉、窄面、高鼻、深目、薄唇，一望即可知是典型的白色人種。筆者曾有幸親睹目驗，絶無疑義。後來尹盛平先生在西周蚌雕人頭像種族探索（載文物一九八六年一期)中作了詳細的報道，並附有照片與繪像，讀者自可瀏覽體察。這兩件人頭像，不管是出於哪一方的藝術家之手，都確鑿無疑地證明了中西交通至少在西周晚期已開其端。

綜而言之，穆王西征的可能性應該是有的。但可能性是一回事，真實性則又是另一回事。要論定穆王是否真的西征，必須看到可靠的證據。目前所見，只有古本紀年明確說到「穆王十七年，西征昆侖丘，見西王母。」似乎是有其事的。但紀年與穆傳同出於汲冢，同是戰國時期三晉地區之説，而西周時代的史料中則全然不見。故學界多有疑慮，也是情理中的事。筆者在反復稽察文獻記載之後認爲：公允而論，周穆王是一位喜歡到處漫遊的家伙，他要西征也完全可能。但具體西征到什麽地方，是否像穆傳記載的跑得那麽遠，就很難説得準了，至少在目前還没有確證可以論定穆王登昆侖丘、見西王母、游大曠原。

另外，假定穆王確是西征到了昆侖、見了西王母等等，也並不能因此斷定穆傳就是實録或即成於西周。這個道理是極其淺顯明瞭的。考辨穆傳的成書年代，穆王是否西征固然是應該考慮的，但最根本的還是要從穆傳本身去分析、確定。

秦漢説的致命弱點　穆傳在戰國末年就已被埋入魏襄王墓中，至西晉初年才復出土。故如要使秦漢成書説成立，就必須先要否定這一段史實。著名學者楊憲益先生所作穆天子傳的作成時代及其作者（收譯餘偶拾，三聯書店一九八三年版，九十九—一〇八頁）一文即是代表。其文提出的證據主要有五：一、汲冢被盗的時間各書所載不一。二、墓主也有異説。三、晉書武帝紀説簡書字體是小篆，這只能是秦以後才有的。四、荀序説簡策以「素絲編」，到晉代還能辨識是不可能的。五、荀序言穆傳簡長二尺四寸，而二尺四寸簡是漢武帝時始有的。

關於一、二兩點，史學界經過長期論争，雖然還存在一些細節上的分歧，但時間定在西晉初年、墓主定爲魏王則是衆所公認的。第三點，晉書武帝紀顯然是誤記，荀序説簡書爲「古文」，晉書束皙傳説爲「科斗文」，才是正確的。第四點，我們可以看一下今天出土的戰國、秦漢竹簡，還有許多尚可辨識編合的絲繩帛帶，一千多年前的晉代又何以不能辨識呢？第五點，今見戰國楚簡中已有二尺四寸的簡策，甚至有更長的，足以否定漢武帝時始有二尺四寸簡的舊説。因此，楊説五點都不能成立，汲冢盗簡的史實並未能推翻，這是秦漢説的致命弱點。

「天子」、「皇后」之疑　童書業先生在漢代以前中國人的世界觀念與域外交通的故事附録穆天子傳疑（收中國古代地理考證論文集，中華書局一九六二年版）一文中提出：穆傳中有「天子」、「皇后」的稱呼，這都是秦漢以後才有的，穆傳必出於後人之手。

但童先生此疑亦未然。「天子」一稱，西周已有，在西周金文中有數百例實證，這在今天早已是常識了。童先生未察金文，實是智者之失。「皇后」之稱，確是秦漢以後才見的，因此歷來難解。筆者直至檢得七十年代在河北平山縣發掘古中山國一號墓中出土的兆域圖（寢堂平面結構圖）後，始悟其中奥妙。兆域圖中有一個方框表明是王后的寢堂，其中有文字云：「王后堂方二百尺，其葬視哀后。」穆傳「皇后」一稱在卷六，其文云：「天子乃命盛姬□之喪視皇后之葬法」。無需多作考辨，一望即可明瞭，二句話是何等相似，簡直如出一轍。穆傳文中之「皇后」，原本必是作「王后」。現作「皇后」，如非寫定者筆改，必是後世淺學者所爲。如果童先生能見到兆域圖，也一定會前疑冰釋了。

成書戰國説的一些新證　穆傳成書戰國説，已有不少學者予以考證，此僅就筆者考察所得的新證中略舉數例以饗讀者。

穆傳文中習見穆王的禁軍名爲「七萃」，而在文獻與金文中周王的禁軍都是名爲「虎賁」或「虎臣」，這個「七萃」又是從何而來的呢？舊多未知。筆者在戰國燕戈銘上才找到了出處（詳見本書卷一校釋及拙著燕戈「七萃」及穆天子傳成書年代，載考古與文物一九九〇年第二期）。此事後人早已不明，其時代特點明顯無疑。

穆王西征途中賜予外族的器物中，屢見有「朱帶貝飾」與「黄金之罌」。朱帶貝飾，簡稱「貝帶」。舊説是戰國時趙武靈王胡服騎射後由北方少數民族傳入中原的，新的考古發現則證明在春秋中期的中原地域已經出現。罌，即缶，也是春秋、戰國時期才流行的。貝帶與缶，都是西周時期所没有的。

穆傳卷五有穆王與井公博的記載。博，就是下六博棋，最早亦僅見於春秋中、晚期，盛行於戰國秦漢，西周時亦未見。

上文所言及的「皇后」一語與兆域圖銘文的對照，也是例證之一。

如此之類還有許多，都是有考古文物爲鐵證的，都可以證明穆傳不會早至西周時期，也不會晚至秦漢以後，而只能是成書於戰國時期的。但這個看法只是總體上的，並不能排斥其中有寶貴的西周史料在内。而且，卷一至卷四與卷五、卷六在曆朔、用語、風格上都有一定的區别，其成書年代也很可能不同。大致説來，卷五、卷六的成書年代可能要早一些，其中保存的西周時期史料也要多一些。

二、穆天子傳的文獻價值

以往，認爲穆傳成書於西周而篤信不疑的學者，多把它歸於别史、起居注、游記，甚至日記之類。認爲穆傳成書在戰國以後而疑多於信的學者，則多把它歸於小説、故事、傳奇，最高也不過野史。這些歸類，不僅表達了對穆傳真僞的不同認識，同時也表達了對穆傳一書文獻價值的不同認識。但這樣的歸類，往往是以後世的文體觀念去套合的，很容易造成誤會。先秦時期的文體在總體上來説，是處於濫觴時期，並不像後世那樣有較明顯、較嚴格的區别。那時的史書，也往往雜有故事、傳説；同樣，那時的子書、傳説中也往往有真實的史料與背景。那時，全本都是虛構的小説還没有出現。因此，對穆傳一書還是不要滯於歸類的好。即使在歷史上並没有周穆王西征昆侖丘、見西王母，穆傳只是戰國時人依託周穆王之名而成，也仍然反映了當時中西交通以及許多其他方面的真實歷史情況，更何況其中確實是有一定的西周史料在内。因此，決不能因爲穆傳不是西周時的作品而低估其價值所在，也不能因爲有幾個時代的史料混雜便遇難而退。穆傳一書，在歷史地理、先秦史、經濟史、科技史、民族史、文學史、語言文字、民俗禮制等方面，都有其獨特的價值。以下就略作闡述，並儘可能注意甄别史料的時代。

歷史地理　要論穆傳的文獻價值，歷史地理無疑是它最主要、最具精華的方面。史地學界雖然也算是比較重視的，但仍有不足。這不僅表現在對穆傳地理的研究、探討還很不足，更重要的是，與先秦時期的另兩部地學名著禹貢、山海經相比，穆傳的價值、地位都顯然没有得到應有的重視、認識與評估。

禹貢，歷來被公推爲先秦地學著作之冠。它以相當的系統性、可靠性而著稱於世。但它也有不足之處，它只有大致方位而無里程標誌，尤其是它只記載九州域内而無九州之外的地理情況。山海經也是先秦時期的地學名篇，它以博大、漫幻而聞名。它所載地域的廣袤，在先秦時期以至後來的相當一段時期内，都是無與倫比的。但它也有各卷前後不一之病，方位、里程等都有誇張、錯訛、雜亂之處。穆傳與上兩書相比，所載地域之廣有超越禹貢之處，而準確、可靠又有勝於山經之處。特别是穆傳的地理是「活」的，這更是禹貢、山經所遠遠不及的。所謂「活」的，是指穆傳的地理位置是以人的活動來貫穿的，不僅提供了地理情況，還提供了交通路線。因此，穆傳在先秦地學史上有其獨特的重要地位。這三部地學著作是誰也不能取代誰的，目前重禹貢、山經而輕穆傳的傾向是有失偏頗的。穆傳的史地學價值，最主要是在中西交通方面，不僅幾個重要的地理位置基本都能落實，而且其去路與後來的絲綢之路基本吻合，其歸路又與「居延道路」相吻合，這都是極其寶貴的（詳參正文考釋）。另外，卷一、卷五、卷六還記載了域内的地理情況，基本上也能與其他文獻相印證。穆傳還載有一些不見於他書的地名與地理掌故，是唯一可見的史料。總之，平心而論，穆傳在地學上的價值是並不遜於禹貢、山經的。先秦地理本就以文獻不足、資料匱乏爲難，域外資料更屬難得，而以往對穆傳這部文獻又重視不足、研究不足，豈不是太可惜了。

先秦史　穆傳是先秦文獻，自然有先秦史的史料價值。但過去的着眼點往往集中在穆王身上，總在穆王是否西征上争論不休。結果，穆王西征始終未得到證實，穆傳的史料價值也就似乎落空了。其實，眼光應該更開闊些，以下不妨略舉數例。

在西周金文中，外服諸侯邢侯的「邢」與内服王官井伯、井叔的「井」，都寫作「井」，唯一的區别是井伯、井叔的「井」字中間往往加有一點。雖然早有學者對此作過考證，但至今一些學者在隸寫時仍都寫作「邢」。穆傳中「邢侯」與「井利」、「井公」兩者區别得很清楚，與説文等字書相合，這才是正確的。金文反映出井氏一族在穆、恭、懿、孝時期很走紅，世爲重臣，而穆傳是唯一的文獻證據。

陝西岐山鳳雛出土的西周甲骨H11:278號文云「宬叔族」，這個「族」字是什麽意思，學界至今也還只有朦朧的推測。而在穆傳中却透露出明確的信息，穆傳卷六載盛姬的父親是盛伯，「天子賜之上姬之長，是曰盛門。」郭璞注：「令盛伯爲姬姓之長位，位在上也。」實則就是姬姓的族長。這不正是「宬叔族」最好的注釋嗎？兩者相連起來看，可知從西周早期到西周中期，盛（宬）氏始終担任姬姓的族長，這又是其他史書都不見的寶貴史料，對西周史與宗法制度的研究都有其獨特的價值。

金文有一件班簋，這位「班」，諸多學者早已考明即是穆傳的「毛班」與「毛公」。穆傳是班簋唯一的文獻證據，據穆傳才能將班簋準確地定在穆王時期。又，在穆公簋、師遽方彝中有一位「宰利」，李學勤先生即考證爲穆傳的「井利」（參穆公簋蓋在青銅器分期上的意義，載文博一九八四年二期），這無疑又爲穆傳的價值增添了一筆新彩。

僅這樣的數則實例，就不禁使我們想起著名學者楊樹達先生的一段話：「穆天子傳一書，前人視爲小説家言，謂其記載荒誕不可信，今觀其所記人名見於彝器銘文，然則其書固亦有所據依，不盡爲子虛烏有虛構之説也。」其言確實有理。先秦的史料，一般都是越早越少。而就西周來看，則是早、晚期稍詳而中期較少。研究西周中期的歷史，往往只能靠金文與考古材料來彌補，而對穆傳中頗爲豐富的西周中期史料，却重視、研究得很不够。而上文略舉數例，就已經領略到了它的寶貴價值，足以引起學者們進一步地去開拓、深挖。

民族史　在民族史資料相當匱乏的先秦文獻中，相對而言最爲豐富的，歷來首推山海經，其次便是穆傳了。其他文獻有關民族史的資料都很零碎，不能與上兩書相比。穆傳六卷，共記載除中原華夏族以外的民族、部落、氏族共達二、三十之多，此按出現次序排列如下：

犬戎　鄘人（鄘邦、鄘人之邦）　河宗（河宗氏）　膜晝　壽□之人　□之人□吾　赤烏（赤烏氏）　曹奴　留骨之邦　容成氏　□之人潛時　剞閭氏　鄄韓氏　西王母之邦　智氏　闟氏胡氏　壽余之人　濁繇氏　骨飦氏　重䲁氏　文山之人　巨蒐氏　西夏氏　珠余氏　留昆　陖翟

這些民族、部落、氏族，基本上都有所處的地望、活動内容，自然比某些只有一個名稱的研究餘地要大得多。其中，尤其可貴的是像河宗、赤烏、重䲁等部落還有世系關係的記載，更是難得的珍貴史料。如：

卷二載河宗柏夭對穆王介紹赤烏氏云：「赤烏氏先出自周宗。大王亶父之始作西土，封其元子吴太伯于東吴，詔以金刃之刑，賄用周室之璧。封丌璧臣長季綽于春山之虱，妻以元女，詔以玉石之刑，以爲周室主。」這裏，不僅赤烏氏之先出於周宗是獨家紀聞，連吴太伯是大王亶父封於東吴也是不同於史記的别説。卷二又載：「於是降雨七日，天子留骨六師之屬。天子乃封長肱于黑水之西河，是惟鴻鷺之上，以爲周室主，是曰留骨之邦。」則是又一個出於周宗的封國。

卷四載：「柏夭曰：『重䲁氏之先，三苗氏之□處。』」雖然有缺文，但基本含意還是能

看明白的，是説重黎氏之先爲三苗氏的一支。舊籍載舜（或堯）竄三苗於三危。三危，或説在今雲南，或説在今甘肅，還有其他的一些説法。重黎氏位於今甘肅居延緑洲一帶，不管重黎氏是否是被竄的，而三苗被竄的三危在甘肅恐怕確是有一定道理的。

由這幾個例子已經足以使我們對穆傳中的民族史資料刮目相視了。

經濟史　穆傳没有直接記載經濟活動、生産狀況，但有大量的物品交往、物産記録（詳參本書卷末附録四）。透過這些物品，可以分析出當時中原與西域的許多經濟狀況。像衛聚賢穆天子傳研究、錢伯泉先秦時期的「絲綢之路」、莫任南從穆天子傳和希羅多德歷史看春秋戰國時期的中西交通等文就都有很好的分析、考察。其中莫任南先生對穆傳是我國最早記載桂（即桂皮）、薑出口西方的考證尤爲精彩，我們在集釋中作了一些摘要以饗讀者，值得大家關注。

附録四所收的物産、物品，是依次序列出的，如果將它們歸類劃分，則大致有這樣三個大類：植物、動物、礦物（與手工製物）。再往細分，植物則可分爲農作物與野生自然植物。農作物，有中原産的，也有西域産的，從中可以看到具體的農業生産情況。而野生自然植物則間接告訴我們兩千多年前該地區的氣象、地理等自然環境情況。動物，有家畜與野獸之分。穆傳中互贈的家畜，僅牛羊馬這類大畜即達二、三萬頭之多（況且未標明數目的還未計算在内），足見當時畜牧業的盛況。在礦物中，諸多的奇石珍玉格外引人注目。而車乘、服飾則顯示出華夏民族的勤勞與智慧。

科技史　由經濟而及科技，是很自然的過渡。穆傳雖然不是科技著作，但也有着極其寶貴的科技史資料。以下略看數例。

穆傳中類似「良馬二六」、「黄金之環三五」的記載很多。所謂「二六」、「三五」，不是「二十六」與「三十五」，而是「十二」與「十五」，即是以二數相乘來表示一個數字。這在其他文獻中雖然也有，但都没有穆傳這麼多。這種記數法，我們權稱之爲「相乘記數法」或「因式記數法」。它的産生與運用，正是數學知識普及的産物。

穆傳的用曆很是有趣。衛聚賢先生曾考明穆傳前四卷用夏正，後二卷用周正，是很對的。這使我們想起左傳的三正雜用，大約因爲都是用多種史料編纂而成的結果吧！穆傳在曆日上價值更高的地方在於，它詳細記載了具體行程的干支日期，這在先秦文獻中又是極爲罕見的。不管這是西周的還是戰國的，都使不少學者大爲着迷，而且已經嘗試去編排長曆。雖然目前的成果都還難以令人滿意，但如果有更多的具有高度天文曆法知識的學者來參與，相信總有一天會得出燦爛的成果來。

更爲有價值的是關於「鑄石成器」的記載。穆傳卷四云：「天子使重䢺之民鑄以成器于黑水之上，器服物佩好無疆。」考古發掘成果表明，我國在西周時期已經有了原始玻璃，在海内外曾引起很大的轟動。許多學者曾撰文考證，但可惜的是始終未見引證有文獻證據。而今應該知道，穆傳的「鑄石爲器」正是有關原始玻璃唯一的一條先秦文獻記載。

文學史　文學史的學者們對穆傳還是比較重視的，因爲大多的學者都將穆傳視爲最早的小説，穆傳自然在文學史上有一定的地位。但目前對穆傳文學藝術性的深入分析研究，在總體上還是很不够的。

平心而論，穆傳的文學藝術水平是較低的，它的文筆頗有些類似於流水賬，與紀年、春秋的風格相近。它的寫法大多簡略、平淡、樸實，是早期普遍的筆法。當然，這其中也有一些較爲精彩、出色的部分。如，河宗柏夭這個人物就較成功，在他的一系列語言與活動中，流露出他的忠心與勤勉。再如，穆王與西王母的會見、宴觴、唱酬，雖然也只是用白描手法，但場面氣氛相當隆重，人物形象的生動性也就在這白描中透露出來。又如，卷六盛姬的病故、喪葬格外鋪張。在平平的具體活動白描中，字里行間透露出盛姬年少柔弱、令人憐惜的形態。而隆盛的葬儀、穆王對盛姬的留連哀傷、痛定又思的情感，都使人對盛姬凍病夭亡惋惜不已。可惜像這樣的篇章實在不多。就穆傳的中心人物周穆王來説，雖然所用筆墨最多，時時事事幾乎無所不在，但人物形象却並不怎麽生動、豐滿，没有明顯的性格特徵，難以給人留下深刻的印象。

在文學的長河中，穆傳的文學藝術水平是較低的，就是在先秦時期的文獻典籍中，也不能與左傳、國語等史籍及莊子、韓非子等子書相匹敵。穆傳在文學史上的最大貢獻，是確立起了一種新的文體，即以在一段時間内的人物活動爲内容的新體裁——儘管它還帶有史籍的外殼影子，這就是「小説」。因此，雖然它的文學藝術性較低，但依然在文學史上有着無可替代的價值與地位。

語言文字學　説起這一點，首先就會使人想起穆傳中那些不見於他書的奇字、怪字。這些奇字、怪字，大多是出現在人名、地名、物名中，這與甲骨、金文等古文字中那些難識的字所出現的場合完全相同，説明了它們的一致性。從穆傳中穆王八駿與耿翛之名前後的異字來看，這些奇字、怪字恐怕也是以假借字、别體字爲主的。因此，雖然由於經過晉代的整理、隸寫以及後世長期的輾轉傳鈔，今天要完全恢復其原貌、考釋其本爲何字，已有很大的困難，但也不是完全不可能的事。如：

穆傳卷四數見「桂薑百崀」，崀字舊多不識。于省吾先生考爲「𠧟」，即「嗣」字省文，是非常正確的。只是于先生云「百崀」即百枚則不確。百枚桂薑以贈賜，數量過少。且桂皮易碎，不當以枚計之。愚以「崀」當讀爲「筍」，筍是在戰國秦漢時期常用的食物、織物盛器。如此則字通義順。

又如，卷三「羽琌」的「琌」字，舊説多以爲即「陵」字，其實是誤識。常征先生考證爲「岑」字，纔是正説。岑爲小丘、小山，字書有載，與穆傳文意正合。但他説「岑」爲「琌」的省文却不妥，「岑」纔是正字，琌則是繁文。在常字旁增添「王」、「土」、「立」等形旁者，正是戰國文字的特色之一。

穆傳還爲我們今天考釋古文字提供了一定的珍貴文獻資料。如，前文講到穆王的禁軍衛隊「七萃」與戰國燕戈銘文相印證，而燕戈銘文「七萃」的「七」字舊尚不識，其字作「」，愚釋作「七」，形體考釋的證據是在戰國貨幣文字中找到的，但思路的啟迪却是從穆傳出發而得到的。現在古文字中還有很多字没有識出，而其中的原因之一，就是對古文獻的掌握猶有不足。

穆傳中還有一些是在傳鈔中形變的字，如「滲澤」又作「澡澤」、「漆澤」，「陵」字又作「陎」等等，在碑別字等別體字譜、俗體字譜中可以找到其變化的踪蹟，這些則要與古文字區別開來。

穆傳中一些有韻的歌謡與大量的假借字，是古韻研究的好資料。更可值得注意的是，書中記載了一些西域語匯，如：黑水「西域曰鴻鷺」之類，大多至今也未能深入地研究過，希望懂得西北民族語言的同志能在這裏大顯身手。

禮制民俗　穆傳較多的是禮尚往來、祭祀宴饗，雖然大多不怎麽詳細，但多少可以瞭解一些。其中最爲詳備的是卷六所載盛姬的喪葬禮儀，幾乎占了整整一卷。從盛姬遇寒得疾而不幸夭亡起，到立喪主、行殤祀、諸侯弔祭、行喪、下葬、再祭，直至由哀思而作詩、命地等等，可謂是比較詳細的。以穆傳所載與「三禮」（周禮、儀禮、禮記）相勘，基本程序有近同的地方，但具體則又多有不同之處④。就我們的感覺來説，穆傳所載真實的成分似乎更多些。研究三代禮制的，自古以來多不勝數，却從未見有對穆傳喪葬禮制進行專門研究的，實在可惜。

在漫漫的西征途中，穆傳向人們展示了廣闊的西域風俗。那裏的人們熱情好客，有好玉、美人的出産，有飲血、洗乳的特異習俗，都給人以新奇難忘的印象。可惜有關這些的記載太過簡略，難以讓後人更多地領略。

以上對穆傳一書文獻價值的論述，只是蜻蜓點水式的，聊以奉獻給讀者師友，以期能看到有更多、更出色的研究成果涌現出來，使穆傳一書的文獻價值能得到更充分、更深入的發掘。

三、穆天子傳西征地理考證

歷史地理是穆傳最具價值的部分，而西征地理更是穆傳的精華所在，所以，穆傳西征地理的考證就成爲近代以來穆傳研究的中心課題。研究的成果如何，直接關係着穆傳一書的命運。因此，在前言中也有必要專門討論一下（在校釋中也是我們最下功夫的重點所在）。

在談及具體的地理考證之前，先必須交待一下我們對具體考證原則的看法。岑仲勉先生在穆天子傳西征地理概測中曾提出一些原則，靳生禾穆天子傳若干地理問題考辨中也有論及，我們的看法是，穆傳的地理考證應該遵循這樣兩條最根本的原則：第一，考證穆傳的地理，必須也只能以穆傳爲本，必須忠實於穆傳本文，然後再核之以其他文獻與今日地貌。而絕不能以其他文獻來反客爲主，更不能以今日的地理知識來以今非古。第二，古今里制不同，而多數學者對此都没有言及，是没有注意到還是認爲不值一談，就不得而知了。然而從實際情況來看，恰恰幾乎都犯了錯誤，説明不涉及、不搞清楚是不行的。個別學者説古里大於今里，更是大錯特錯了。在今天來説，古里小於今里早已是常識了。穆傳時實際里數長度，我們在文中作了三種測算（詳卷四），大致而言，穆傳的一里只相當於今日一里(五百米)的0.6667至0.8316之間。

穆傳西征地理路途遥遠,在此前言之中只能就幾個關鍵的地理位置略作交代。

宗周　宗周是西征的出發起點。在西周金文與文獻中,宗周都是指豐鎬都城,但在穆傳則明顯不合。穆傳的宗周,是在瀍水邊上,再加上由宗周北上便進入滹沱河、井陘山,則宗周必是指洛邑無疑。稱洛邑爲宗周,是東周時纔有的。這又牽涉到對穆傳成書年代的認識,如果將穆傳定爲西周時成書,就勢必陷於難以自圓的尷尬境地。

陽紆之山　先秦文獻中有好幾個名爲「陽紆」的地方。穆傳的陽紆,據小川琢治、顧實、顧頡剛、衛聚賢等的考證,就是先秦文獻中的「陽山」,亦即今内蒙古的陰山(更確切而言是陰山山脈的大青山),是很對的。這個位置的確定實在是太重要了,以下的考證都是建立在它的基礎上的。陽紆以前的行程,凡主張宗周爲洛邑的都差不多。而出陽紆西行,則名家諸説五花八門,差異之大可在千、萬里之上。筆者面對如此紛繁的情況,曾反復考察分析,感到從歸路反推要優於沿去路考察。原因很明顯,第一,去路彎曲,不易準確;第二,從陽紆、河套以後至昆侖近傍這樣很長的一段路程中,穆傳的記載却有缺文。這些都給地理考證造成了極大的困難。而歸路則相對較直,比較容易考察。因此,以下幾個要點是從反嚮來考證的。

曠原之野　卷四云：「（自曠原）乃還，東南復至于陽紆，七千里」，結合具體行程，可以確知曠原之野在陽紆西略偏北七千里（折合今里在四千六百至五千八百里間）。從今内蒙古陰山往西略偏北四千六百至五千八百里左右，那就只能是今新疆北端的準噶爾盆地。穆傳記載曠原之野有鳥獸無疆、積羽成山，穆王一行在這裏宴饗翔畋三個月。由此可推知曠原之野必定水草豐滿，自然環境相當不錯。今準噶爾盆地，西部仍多水道，降雨量充沛，是北疆的多水緑洲地區。自西往東，雖然逐漸乾燥，但即使到古爾班通古特大沙漠也仍有相當量的降水，地下潛水也很豐潤，所以很少流沙。全盆地植物以半灌木、小半灌木爲主，鳥獸興旺。在兩千多年前，其自然條件只會更好。這裏正是馳騁行獵的勝地，故可停師三月。而考古發掘的成果表明，在今準噶爾盆地至原蘇聯巴爾喀什湖、喀爾齊斯湖一帶，有大量的先秦時期的中原文物出土，這是先秦時期中西交通的鐵證。從準噶爾盆地東行至陰山，要穿過甘肅、寧夏、内蒙古北界的大片沙漠地區，這與穆傳記載的「南絶沙衍」、「渴於沙衍」亦正相吻合。因此，斷穆傳的曠原之野爲今新疆準噶爾盆地可説是無一不合的。

西王母之邦　卷四云：「□自西王母之邦北至于曠原之野，飛鳥之所解其羽，千有九百里。」千有九百里，折合今里在一千二百至一千五百里左右。自準噶爾盆地南行一千二百至一千五百里間，則當至今新疆塔里木盆地與塔里木河北緣、庫爾勒一帶。西王母邦境内有瑶池，蓋即今之博斯騰湖。此湖西漢時名海，東漢時名秦海，亦即水經注之敦薨藪。穆傳又謂其西有「玄池」，則當是今之羅布泊。羅布泊，先秦古名泑澤。玄、泑，皆謂水色黑黝之意。羅布泊湖濱多蘆葦、水草及腐殖質，又有鹽分積累，遂使湖水微黑。考古發掘在這一帶也發現了大量先秦時期中原地區的文物，也爲我們的考證提供了實物證據。

昆侖之丘　卷四云：「自（昆侖）春山以西，至于赤烏氏、春山，三百里。東北還至于群玉之山，截春山以北。自群玉之山以西至于西王母之邦，三千里。」這裏因爲有回折的行程，在計算上造成了一些小麻煩。經過努力，可以計算出昆侖之丘是在西王母邦之東三千里不到一點的地方。折合今里，大約在二千里左右，則昆侖之丘當爲今甘肅境内的祁連山脈。春山，是該山脈中一個山峰（但未必是今祁連山主峰，古代無精確測量技術，祁連山脈延綿數百里，僅憑目測自難準確）。

古昆侖山的位置所在，是一個千古争訟的大難題，至今仍有不同的見解。或説爲今甘肅的祁連山，或説爲今青海的巴顔喀拉山，或説爲今新疆的昆侖山，又或以爲都有一定的道理而主混合説，諸説各執一詞而始終未能統一。筆者注意到，許多學者往往忽視了這樣的史實：在先秦至漢初的文獻中，在「昆侖」之外，另有一個「昆山」。言昆山者，大多與「玉」相連，如史記趙世家、李斯傳、淮南子詮言訓、鹽鐵論通有、新序雜事等都記載有「昆山之玉」。這個昆山，纔是今天新疆南部的昆侖山脈。而禹貢、穆傳、山經等先秦文獻中的「昆侖」，都應該是指今天甘肅的祁連山。復旦大學譚其驤先生主編的中國歷史地圖集冊一戰國時期全圖就是如此標注這兩座山脈，是很正確的。到漢武帝據通使西域的使臣的報告而改于闐南山爲「昆侖」，也表明了在此之前昆侖並不在今新疆昆侖山脈。所以，司馬遷、班固對這個新決定也頗不以爲然。也因此，祁連山在漢代便有了一個新的名稱——天山。這些歷史上的史蹟，都不能以後人的見解去否定。當時人也不明瞭黄河真正的源頭在哪裏，以爲是出自昆侖，是完全可以理解的。直到元代以後，人們纔逐漸探明河源是在今天青海的巴顔喀拉山。因此，如將那時的昆侖與穆傳的「河首」説在巴顔喀拉山，就實屬以今代古的做法。看似科學，實際上却有違于歷史的真實，是絶對不可取的做法。

這幾個要點的考定，使西征地理的框架得以樹立了起來，雖然還有許多具體的地名、族屬難以確定在今日的地望，但大致路線則基本可以明瞭，而其可信性也隨之确立了起來。由於過去穆傳西征地理考證的分歧較大，有的考證過於誇誕，其可信性也受到影響。

甚至有人認爲，穆傳是「多假山海經地名，附以作者想象，路線每每渺茫不經了」。而我們對穆傳西征地理的考證表明，穆傳的西征地理是可信的，是有當時真實的中西交通爲背景的。穆傳所記載的西征行程，絶對不是向壁虚造、渺茫不經。具體的西行者當然不一定是周穆王，但必定有真實的實踐者，而且絶不止少數。

最後，有必要重點看一下自曠原回陽紆的行程路線：自準噶爾盆地起程，經今新疆巴里坤、哈密附近；再穿越今甘肅西北部的馬鬃山，進入阿拉善高原；又經過今額濟納旗、居延附近，進入今寧夏北部邊緣；再進入今内蒙古西部的北端，然後南下至陰山東部。無獨有偶，筆者後來得見王北辰先生的大作古代居延道路（載歷史研究一九八〇年三期），以此路線經過居延而定名爲「居延道路」，兩條路線竟然不謀而合。這就爲我們考證的路線提供了佐證。同時，我們的考證又使得王文認爲這條道路最早見於漢武帝的結論可以大大提前到先秦時期（至遲爲戰國中、晚期）。這條路線在當時並不很著名，因此更可見穆傳不是子虚烏有之説，更不是用山海經上的幾個地名就可以拼湊出來的。

四、穆天子傳的校釋概況

今本穆天子傳共有六卷，爲西晉初年汲郡盜發戰國時期魏襄王墓所得的簡書。所得之年，晉書武帝紀説在咸寧五年(二七九)，晉書律曆志(上)、衛恒傳、杜預春秋經傳集解後序及正義引王隱晉書束皙傳説在太康元年(二八〇)，晉書束皙傳、本書荀序、晉太康十年汲令盧無忌立太公吕望碑説在太康二年。對此，學術界至今争議未決，但大多從太康二年之説，今亦權從之。墓主爲魏襄王，見於荀序、晉書武帝紀、律曆志(上)、衛恒傳等，唯晉書束皙傳云「魏襄王冢或安釐王冢」，持兩可之説。學者多從前説，本文亦從之。此二者，詳見荀序校釋。

汲冢所出簡書，晉書束皙傳有詳細記載，計有：竹書紀年十三篇、易經二篇、易繇陰陽卦二篇、卦下易經一篇、公孫段二篇、國語三篇，□名三篇、師春一篇、瑣語十一篇、梁丘藏一篇、繳書一篇、生封一篇、大曆二篇、穆天子傳五篇、圖詩一篇、雜書十九篇(有周食田法、周書、論楚事、周穆王盛姬死事等)，再有七篇損壞過甚而不知名題。總計共七十五篇。是知穆傳本只五篇，後併入雜書十九篇之一的周穆王美人盛姬死事而遂成如今之六卷本。

王隱晉書束皙傳云此書名爲「周王遊行」，宋晁公武郡齋讀書志云：「穆天子傳，郭璞注，本謂之周王遊行記。」是知王隱所云「周王遊行」下尚缺一「記」字。

穆傳的字數晉代文獻未載，宋晁公武郡齋讀書志、王應麟玉海引中興書目俱云有八千五百一十四字。這個數字是否即出土時的字數，現在已不得而知了。今本的字數，洪頤煊校本序云「僅六千六百一十二字」，當指正文而言。小川琢治云：「若現存本，補和嶠以下之結銜，加荀勖序文，共七千一百五十七字，不足一千三百五十七字（按：指與宋本相比較）。若『八千』之『八』爲『七』字之誤，則不足三百餘字，或即郭璞序文歟？」顧實云：「余以范氏天一閣本穆天子傳核計之，凡荀序、郭註及每卷首尾之標題三行均在除外，則穆傳本文當得六千七百九十六字。又除去其中缺文空圍或寫『𥫗』字者共一百七十六個，則本文僅得六千六百二十字，略如洪氏所計數。」又云：「然則古人計算一書之字數，必連書名及標題俱算在内，穆傳當亦如是。特於洪氏所計字數，仍只增百餘字，距於八千五百一十四字之數尚甚遠耳。」自宋本至今本，相差有千餘字。或謂宋以後有脱失，然徧檢唐宋類書又未見有何佚文。顧先生的解釋亦仍未解決問題。究竟毛病在何處，還是一個疑案。

穆傳雖爲先秦文獻，但面世則遲至晉代。與儒家經典相比，並無微言大義（即荀序所謂的「其言不典」）。所以，雖有郭璞作注，却仍在很長一段時期内頗遭冷遇，自然更難登大雅之堂，遂使穆傳遭遇坎坷。目前可見最早的版本是明代道藏與范氏本，道藏本前有元至正十年王漸序，云乃據海岱劉貞藏本校讎而重刊，劉貞的藏本與王漸所用的校本是何時的本子則未明。有云范本爲明本之最者，但余觀之並未發現有特佳之處。清代多有校本，以洪頤煊所校爲最，翟云升校本次之。版本校勘，博見精擇爲善，而洪、翟限於條件而仍有多種版本未見。洪氏又喜改動文字，不妥之處甚多。此俱是其不足之處，而其他諸本更在洪、翟之下。本書的校勘，采用洪頤煊校本爲底本。校勘時儘量多地參考各本及前人文獻的引文，校勘儘量詳細，但改字則力求最少。爲本書的校勘，筆者曾多方訪求穆傳的不同版本與鈔本，也見到了一些以前注釋家未見過的本子，但由於種種原因，也有許多版本已經不得而見了，實是極可惜的事。希望今後能見到其他的本子，也希望諸方師友同仁能提供消息，將不勝感激。

穆傳之遭冷遇，在注釋方面表現更甚。自晉郭璞作注以後，千餘年中未有再作注者。直至清代，白石老人檀萃纔重又作注疏⑤。這位老先生因爲自己的身世遭遇而憤懣不平，無以寄託，便作注疏來抒發胸中之氣。雖然注的水平並不甚高，在歷史地理方面尤爲欠缺，但畢竟是第一位爲穆傳全文作疏的學者，篳路藍縷之功絶不可没。檀萃之後，洪頤煊亦有注，但其注較之其校則遜之遠矣。其後陳逢衡因得見檀、洪二書，考釋自勝於檀、洪。清人注釋穆傳，多在訓詁與典物，而於史地則平平，又多循郭璞舊注而下，獨創新見不多。國學大師孫詒讓的考釋雖然只是札記數條，也多是訓詁義釋，但精辟扎實過於前學，可謂成就卓著者。

進入民國以後，新的思想、新的知識源源傳入，對穆傳的研究也進入了一個新的階段。國學大師劉師培的穆天子傳補釋便最先透露出這個新的信息。身跨清末民初兩個時期的劉先生，他的考釋也具有雙重的特色。一方面是傳統的考據，一方面則受到西方新思想、新知識的影響，開始對歷史地理進行研究與考釋。從此，穆傳的研究由重訓詁義釋轉向更重歷史與地理。而學習了西方地理學的丁謙先生則以更新的面貌出現，他首先以穆傳的西征地理爲研究對象。劉師培與丁謙都受到「中國人種西來説」、「中國文化西來説」的影響，但他們確確實實是開穆傳研究新風的學者。由於他們的嘗試、先導，使穆傳的研究在二十年代末至三十年代掀起了一個高潮。在這個高潮中，涌現出顧實、衛聚賢、于省吾和日本小川琢治博士這樣四位成果最大的研究家。顧實先生勤勉二十年而成穆天子傳西征講疏一書，卓爲鴻篇。他因憤於丁謙信從「中國人種西來説」、「中國文化西來説」，要光大祖先的偉業，遂使周穆王西征到了華沙，把當時中國的版圖擴大到了攬亞跨歐的程度，致使批評他的人説：連成吉思汗、拔都也會爲之驚愕。但公允而論，顧先生並非只是「好大喜功」，若除去他的偏激之説，該書仍不失爲一流之作。其書蒐集資料之詳博遠在他人之上，考釋也頗多精妙之處，直至今日仍爲研究穆傳的必備之書，筆者即從中獲得極大的教益。衛聚賢有穆天子傳研究一書，專考穆傳的成書年代與地域，視角廣闊，其結論爲：穆傳成書於戰國，作者爲中山國人。此結論瑕瑜共存。瑜者，穆傳確成書於戰國，衛氏考證相當有力，遂使此論基本確立起來。瑕者，以作者爲中山國人論之乏力，不足憑信。更何況其出發點仍是「西來説」，從一開始就抱定穆傳絶不可能是華夏族人所作的態度，但實際上又處處難以行得通，最終只能置作者於鮮卑族立國的中山國，實在是勉强之舉，故在國内頗遭非議。但需注意的是，瑕不掩瑜，衛氏的成書戰國説仍是一個出色的貢獻。于省吾先生本精於訓詁，又是舊時穆傳考釋家中唯一精通古文字的學者，故他對穆傳的考證雖然只寥寥數條，却都很精新，足以立論。小川琢治博士所成穆天子傳考一文，專考西征地理。小川先生雖爲東瀛學者，但學風質樸扎實，他所考定的西征路線非常近實，筆者也受益頗多。

四十年代，穆傳的研究幾近空白。自一九四九年後至「文革」以前，又逐漸展開，其間最重要的文章是顧頡剛穆天子傳及其著作時代與岑仲勉穆天子傳西征地理概測兩篇。顧先生的文章再次考定穆傳成書於戰國，以作者爲秦、趙人士，雖亦猶可討論，但顯然優於衛聚賢説。地理考證雖非其文重點，但所説更爲近實。其他尚及政治、經濟、文化諸方面。故雖然僅一篇小文，無法詳稽博考，但諸多觀點却至今仍在諸多學者之上。岑仲勉先生是史地學界的著名專家，於古代域外地理有諸多精深的見解。但不知是何原因，他的這篇文章却没有寫好。雖然可以看出岑先生費力甚大，但所考的地理位置却居然没有一個是正確的，連在域内的部分都無一爲是。究其原因，在於起首便以宗周爲豐鎬，致使一錯再錯，恐怕此即所謂「智者千慮，必有一失」吧！

「文革」之後，對穆傳的研究又逐漸興旺起來，研究的角度也更爲廣闊。其中，較爲突出的有常征、孫致中、靳生禾、錢伯泉、衛挺生、趙儷生等幾位學者的研究成果。自七十年代以來，由於考古文物工作的出色成績，使一些長期被認定爲僞書的文獻（如孫臏兵法、文子等）得到了糾正。由此，認爲穆傳成書於西周説的信從者又有所增加，常征、孫致中、衛挺生三位先生即是最主要的代表。常征先生爲全本穆傳新作了注，可惜其書尚未問世，使我們無緣充分領略先生的灼見。幸而已發表的兩篇文章，尚能讓我們多少瞭解一些。孫致中的文章專論穆傳成書於西周，雖頗費力，但實際證據與觀點却仍難以使人信服。臺灣學者衛挺生的大作穆天子傳今考真可謂鴻篇巨制，在穆傳的研究史上堪稱空前絶後。其著作在地理、曆日、物産上尤爲用功，廣採今日新的科學技術知識。六載心血，赫然紙上。但其書亦有些以今代古與勉强附會之處。錢伯泉先生的持論良莠並存，但其涉及範圍較廣（如經濟、民俗），頗能反映現代研究的新風貌。靳生禾先生是歷史地理的專家，他的文章專在糾正岑仲勉先生一文的錯誤。雖然並未提出新的觀點，但在考據的扎實、嚴密上則又超乎前賢。尤其是所用的證據，嚴格以先秦文獻爲本，確實高於其他諸賢。昔業師楊寬先生曾多次教誨我們幾位弟子，治先秦地理必以先秦文獻（包括甲骨、金文與其他古文字材料）爲主、爲本，絶不能以漢書地理志及更後的文獻爲主、爲本，而這恰恰爲一些學者所忽視。靳先生在這方面是頗爲突出的，不愧是史地的專家。西征行程的域内地理，由此文而足以定論。

綜覽民國以來的穆傳研究，以歷史地理爲核心的全方位考察是大勢所趨，以新知識、新方法與傳統考據學相結合是特點所在。因此，取得的成就也就更大，許多疑難問題也逐步有所解決，對穆傳的價值與地位也有了更深刻、更廣泛、更合理的認識。可以相信，穆天子傳研究必將展現更爲光明的前途。我們的這本校釋，也正是爲這個光明前途所奉獻的一份綿薄之力。

本書的撰寫，最初是建敏友提出的。一九八三年，憑自學而成才的建敏友剛從一家廠裏調到市社科院歷史所不久，在方詩銘先生的提示下，向古籍出版社提出整理本書的計劃，並很快得到了批准。原來計劃一年左右完稿，但由於其他任務的繁忙，始終没有走上正軌，只是收集了幾個本子，寫了数條初步的看法。彼時，我因爲自己的任務很重，没有直接參與，但也就穆傳的許多問題討論過。然而在一九八五年底，却想不到發生了一件使我們無比悲痛的事，建敏友因勞累過度致使肝病復發而不幸壯年早逝。於是，纔由筆者在一九八六年春接手這項整理工作。

因爲在社科「七五」規劃中有本書的校點，所以建敏友原來的計劃是以集釋爲本書的重點。但筆者在整理的過程中，感到校勘對於穆傳的整理太重要了，没有較好的校勘也就不可能有較好的注釋。因此，最終將此書定名爲穆天子傳匯校集釋，希望通過本書而讓讀者有一個儘量完善的本子。在校勘上，擇善而從。在注釋上，對各家的注釋，無論何種觀點，只要有代表性，都儘量地在不致繁瑣的原則下多多採録。在此基礎之上，也提出自己的一些看法。在這方面，我們儘量多地以文獻與考古學、古文字的成果爲證據，觀點既要求新，更要求實。所謂「實」，既是扎實，更是實事求是、合於穆傳與歷史的實際，要力求經得起歷史與時間的檢驗。如果本書能有用於讀者，那是歷代學者心血換來的成果；而如果有負於讀者，則是我們水平所限，有待於各方面的指正、幫助。

對於本書，還有兩點要向讀者致以歉意：其一，由於種種原因，本書最終只能以手書付版，使讀者觀覽不便。其二，由於原蘇聯與東歐一些國家解體，而新版地圖尚未及面世，有關地名前只能冠以原國名。以上還請讀者多加原諒。

最後，我們要感謝所有指點、幫助過我們的師友們。从最先方詩銘先生的啟示（到這次方先生特地爲本書作序），到建敏友的家屬肖妙華女士的大度相助，又得到北京圖書館、北京大學圖書館、上海圖書館、復旦大學圖書館、華東政法學院圖書館與本校圖書館提供各種資料，吴澤先生與本校中青年學術基金會的審批委員會使本書的出版得有資金的保證，責任編輯姜漢椿先生與出版社、印刷廠的諸多師友更是付出了艱苦的勞動，纔使本書最終能與讀者見面。就本人而言，特别還要感謝李學勤先生。李先生雖然不是我的業師，但每每交往都多有教誨。此次整理穆傳，得到李先生的多所指點，我感激不盡。此刻，我還特别思念遠在大洋彼岸的業師楊寬先生。由於天南地北、偏隔一方，本書的整理未能像過去那樣能得到先生的具體指點，是無限遺憾的。希望此書的出版能多少報答先生的諄諄教誨，以表學生的拳拳之心。

現在，本書就要出版了，而建敏友却永遠見不到他曾經爲之付出過心血的這份成果了，愿本書的出版能慰藉建敏友的亡靈，以寄托我無盡的哀思！

王貽樑

一九八八年十二月

一九九二年十二月修改於華東師範大學

注

①此方面文著頗豐，此處僅略舉數篇，如徐球黄帝之囿與巴比倫之懸園（地學雜誌十九卷一期）、顧頡剛、童書業漢代以前中國人的世界觀念與域外交通的故事（禹貢五卷三、四期）、雷海宗上古中晚期亞歐大草原的游牧世界與土著世界（南開大學學報一九五六年二期）、朱傑勤關於中外關係史研究的幾點看法（學術研究一九八二年四期）、錢伯泉先秦時期的「絲綢之路」（新疆社會科學一九八二年三期）、孫致中穆王西征與穆天子傳（齊魯學刊一九八四年二期）、莫任南從穆天子傳和希羅多德歷史看春秋戰國時期的中西交通（西北史地一九八四年四期）、王炳華西漢以前新疆和中原地區歷史關係考索（新疆大學學報一九八四年四期）、光明日報一九八七年十二月八日報導穆舜英、王炳華的研究成果中西文化交流史蹟考古新資料證實絲綢之路的開創可追溯到春秋以前、羅益群殷商時期白種人在中原的足蹟考（河北學刊一九八五年四期）等。

②參李濟安陽侯家莊商代顱骨的某些測量特徵（臺北英文版「中研院」院刊一集，一九五四年六月）、安陽發掘與中國古史問題（「中研院」史語所集刊第四十本下册，臺北一九六九年十一月）。余未得見，轉引自羅益群文及下韓康信、潘其風文。

③韓康信、潘其風殷代人種問題考察（歷史研究一九八〇年第二期）。

④此點是李學勤先生指示的，此特誌明以示謝意。

⑤自此以下，所有論著俱不載篇名，詳參此後穆天子傳校釋據引書文簡稱表。

穆天子傳校釋據引書文簡稱表

作者、書名、版本	簡稱 版本	簡稱 校釋
明本穆天子傳　收道藏洞真部紀傳類，明正統間（一四三六—一四四九）刊	道藏本	
明吴寬鈔穆天子傳　明成化（一四六五—一四八七）或稍後鈔成	吴鈔本	
明范欽訂穆天子傳　收范氏奇書，明嘉靖（一五二二—一五六六）四明范氏天一閣刊	范本	
明范欽吉、陳德文校穆天子傳　約明嘉靖（一五二二—一五六六）刊	范陳本	
明楊儀鈔、馮舒校穆天子傳　明嘉靖（一五二二—一五六六）或稍後鈔，明崇禎十一年己卯（一六三九）校	楊鈔本	馮舒校
明吴琯校穆天子傳　收古今逸史，明隆慶（一五六七—一五七二）或稍後成書	吴本	
明李言恭訂、李宗成校穆天子傳　明萬曆十年壬午（一五八二）春校跋、青蓮閣版	李本	
明程榮校穆天子傳　收漢魏叢書，明萬曆中（一五七三—一六二〇）新安程氏刊	桯本	

作者、書名、版本	簡稱	
	版本	校釋
明趙標校穆天子傳（范本爲底）　收三代遺書，明萬曆二十二年甲午（一五九四）河東趙氏刊	趙本	
明唐琳校穆天子傳　收快閣藏書，明天啟六年丙寅（一六二六）刊	唐本	
明邵闇生校穆天子傳　收蘉古介書前集，明天啟七年丁卯（一六二七）序本	邵本	
明刊本穆天子傳　收七十六種漢魏叢書，明崇禎間（一六二八—一六四四）何允中刻	何本	
清鄭濂校穆天子傳　收王謨增訂漢魏叢書，清乾隆五十六年辛亥（一七九一）金谿王氏刊	鄭本	
清汪明際訂穆天子傳　收馬俊良龍威祕書，清乾隆五十九年甲寅（一七九四）刊	汪本	
清王鳴盛校穆天子傳（吴本爲底）　清乾隆（一七三六—一七九五）校		王鳴盛
清周夢齡校穆天子傳　清乾隆三十七年壬辰（一七七二）校，收汪士漢祕書二十八種，清嘉慶間（一七九六—一八二〇）汪氏刻	周本	
清洪頤煊校穆天子傳　清嘉慶五年庚申（一八〇〇）校，收孫星衍平津館叢書，清嘉慶十一年丙寅（一八〇六）蘭陵孫氏刊	洪本	洪頤煊

作者、書名、版本	簡稱：版本	簡稱：校釋
清翁斌孫鈔、盧文弨校穆天子傳　清光緒間鈔，自注謂本趙君坦所用吴山道藏本。清光緒二十九年癸卯（一九〇三）校	翁鈔	盧文弨
清翟云升覆校穆天子傳　收五經歲徧齋校書三種，清道光十二年壬辰（一八三二）序刊	翟本	翟云升
清黄丕烈穆天子傳校本　清光緒二年丙子（一八七六）校，民國海嶽廔秘籍叢刊影印	黄校本	黄丕烈
清檀萃穆天子傳注疏　清咸豐三年癸丑（一八五三）校，收碧琳瑯館叢書，光緒十年序。巴陵方氏廣東宣統元年（一九〇九）刊	檀本	檀萃
清褚德彝校穆天子傳　清光緒二十八年壬寅（一九〇二）校	褚本	褚德彝
清陳逢衡穆天子傳注補正　收江都陳氏叢書，清道光二十三年癸卯（一八四三）刊	陳本	陳逢衡
清吕調陽穆天子傳釋　收觀象廬叢書，清光緒間（一八七五—一九〇八）刊	吕本	
清郝懿行穆天子傳注補　清光緒三十四年戊申（一九〇八）金蓉鏡刊，有金蓉鏡批語	郝本	郝懿行 金蓉鏡
清張皋文校穆天子傳　成書時期不明	張本	

作者、書名、版本	簡稱（版本）	簡稱（校釋）
章太炎膏蘭室札記三六三馮夷、四三八穆天子傳叢説　收章太炎全集（一），上海人民出版社一九八二年版		章太炎
孫詒讓列子張湛注　收札迻卷五，光緒廿年（一八九四）刊	孫詒讓列子注	
孫詒讓穆天子傳郭璞注　收札迻卷十一，光緒廿年（一八九四）刊	孫詒讓	
孫詒讓記舊本穆天子傳目録　收籀廎述林卷九，民國五年（一九一六）刊	孫詒讓目録	
黄以周釋畜匋卤卣　收儆季襍著儆季史説略卷一，清光緒廿年（一八九四）江蘇南菁講舍刊	黄以周	
劉師培穆天子傳補釋　載國粹學報五卷一—四期（一九〇九），又收劉申叔先生遺書第三十六册左盦集卷五	劉師培	
劉師培穆王西征年月考　載中國學報第二期（一九一二），又收左盦集卷五	劉師培年月考	
丁謙穆天子傳地理考證　載地學雜誌六卷七—十一期（一九一五），又收浙江圖書館叢書第二集	丁謙	

作者、書名、版本	簡稱（版本／校釋）
丁謙穆天子傳記日干支表　載地學雜誌六卷十二期（一九一五），又收浙江圖書館叢書第二集	丁謙 干支表
葉浩吾丁氏「穆天子傳注」訂補　載地學雜誌十一卷五期（一九二〇）	葉浩吾
沈曾植穆天子傳書後　載亞洲學術雜誌三期（一九二二）	沈曾植
黎光明穆天子傳的研究　載中山大學語歷所周刊三卷二十三、二十四期（一九二八）	黎光明
衛聚賢穆天子傳研究　載中山大學語歷所周刊百期紀念號（一九二九），又收古史研究第二輯，述學出版社一九二九年版	衛聚賢
張星烺注穆天子傳　收中西交通史料彙編第一册，輔仁大學圖書館一九三〇年版	張星烺
［日］小川琢治穆天子傳考　收江俠庵編譯先秦經籍考下册，商務印書館一九三一年版	小川琢治
蔣超伯讀穆天子傳　收南漘苦語卷八，兩廬山房一九三二年刊	蔣超伯
劉盼遂穆天子傳古文考　載學文一卷一期（一九三〇），又收文字音韻學論叢，北平人文書店一九三五年版	劉盼遂

作者、書名、版本	簡稱（版本、校釋）
顧實穆天子傳西征講疏　初發表於國學叢刊、出版周刊等，後合爲專著由商務印書館一九三四年出版，並聲明一切觀點以此書爲准。	顧實
張公量穆傳山經合證　載禹貢一卷五期（一九三四年五月）	張公量
張公量記舊鈔本穆天子傳　載禹貢二卷五期（一九三四年十月）	張公量舊鈔
張公量穆傳之版本及關於穆傳之著述　載禹貢二卷六期（一九三四年十月）	張公量版本
張公量略論山海經與穆天子傳　載北平華北日報史學周刊十一期（一九三四年十一月二十二日）	張公量略論
于省吾穆天子傳新證　載考古社刊六期（一九三七年六月）	于省吾
高夷吾讀穆天子傳隨筆　載古學叢刊（北京古學院）三期（一九三九年七月）	高夷吾
顧頡剛穆天子傳及其著作時代　載文史哲一卷二期（一九五一年七月）	顧頡剛
岑仲勉穆天子傳西征地理概測　載中山大學學報一九五七年二期，又收中外史地考證上册，中華書局一九六二年版	岑仲勉
王範之穆天子傳簡論　載文史哲五期（一九六二年十月）	王範之

作者、書名、版本	簡稱（版本／校釋）
衛挺生穆天子傳今考　臺北中華學術院一九七〇年版	衛挺生
常征周都南鄭及鄭桓封國辨　載河北大學學報一九七八年三期	常征南鄭
趙儷生穆天子傳中一些部落的方位考實　載中華文史論叢第十輯（一九七九年四月）	趙儷生
常征穆天子傳是僞書嗎？　載河北大學學報一九八〇年二期	常征
錢伯泉先秦時期的「絲綢之路」　載新疆社會科學一九八二年三期	錢伯泉
張宗祥鐵如意館隨筆（卷四）　載中華文史論叢一九八四年第一輯	張宗祥
孫致中穆王西征與穆天子傳　載齊魯學刊一九八四年二期	孫致中
莫任南從穆天子傳和希羅多德歷史看春秋戰國時期的中西交通　載西北史地一九八四年四期	莫任南
靳生禾穆天子傳若干地理問題考辨　載北京師範大學學報一九八五年四期	靳生禾

穆天子傳

穆天子傳序〔一〕

侍中中書監光禄大夫濟北侯臣荀勖撰〔二〕

領中書令議郎上蔡伯臣嶠言部〔三〕

祕書主書令史譴勳給〔四〕

祕書校書郎中張宙〔五〕

郎中傅瓚校古文穆天子傳已訖謹並第録〔六〕

古文穆天子傳者，太康二年〔七〕，汲縣民不準盜發古冢所得書也，皆竹簡素絲編〔八〕。以臣勖前所考定古尺度其簡〔九〕，長二尺四寸〔一〇〕。以墨書〔一一〕，一簡四十字〔一二〕。汲者，戰國時魏地也〔一三〕。案所得紀年，蓋魏惠成王子，今王之冢也〔一四〕。於世本，蓋襄王也〔一五〕。案史記六國年表，自今王二十一年至秦始皇三十四年燔書之歲，八十六年〔一六〕。及至太康二年初得此書，凡五百七十九年。其書言周穆王遊行之事〔一七〕。春秋左氏傳曰：「穆王欲肆其心，周行於天下，將皆使有車轍馬迹焉〔一八〕。」此書所載，則其事也。王好巡守，得盜驪、騄耳之乘，造父爲御〔一九〕，以觀四荒〔二〇〕。北絶流沙，西登昆侖，見西王母。與太史公記同〔二一〕。汲郡收書不謹，多毁落殘缺〔二二〕。雖其言不典〔二三〕，皆是古書，頗可觀覽，謹以二尺黄紙寫上〔二四〕。請事平〔二五〕，以本簡書及所新寫，並付祕書繕寫〔二六〕。藏之中經，副在三閣。謹序〔二七〕。

校釋

〔一〕顧實標題爲「穆天子傳目録」，云：「此六字蓋晉人校定首行之標題也。史記集解序、索隱曰：『案穆天子傳目録云「傳瓚爲校書郎，與荀勖同校定穆天子傳。」』據此，則知『穆天子傳目録』六字在結銜五行之前矣。黄丕烈校本朱筆修補首行云『穆天子傳□揔六卷□古本□荀勖序』在結銜五行之前，凡三空圍，蓋以示其當各提行低一格也。然此顯出後人所題，遠不如『穆天子傳目録』六字之古，故不取也。」○樑案：詳審史記集解序與索隱所言雖古，但似爲别書之題，其内行文有「傳瓚爲校書郎，與荀勖同校定穆天子傳」云云，皆不見於今序文，可證在序前題此六字不當。黄丕烈朱筆所題乃據九行二十二字本，此本古於今見明、清諸本。張金吾愛日精廬藏書志云「穆天子傳舊鈔前有『荀楊序』，首有結銜五行」（莫友芝郘亭知見傳本書目引）。「荀楊序」者，當即是「荀勖序」之誤。又，張宗祥云其在壬戌夏所得九行二十字鈔本亦有此標題，下亦接五行結銜，並云：「蓋即張金吾藏書志所載之本也。取范刻本校之，乃知范本尚不及此本之精。」是知確爲善本，亦證本標題實勝於「穆天子傳目録」六字，故此從作。

〔二〕櫟案：此下五行結銜，明清以來各刊本皆無。其見於：（一）張金吾愛日精廬藏書志云見秦西巖藏本（莫友芝郘亭知見傳本書目引）。（二）楊鈔馮校本題云見所見錫山秦汝操本，瞿良士鐵琴銅劍樓藏書題跋集跋載同。（三）黄丕烈校本云見九行二十二字本。（四）張宗祥云見九行二十字鈔本。（五）孫詒讓籀廎云見舊鈔本。載者俱云此五行結銜必古，是可信可從。又，黄校本朱筆補録行端有二空圍，張宗祥則直言「低二格」，此亦從之。〇「荀勖」，顧實云張金吾爱日精廬藏書志作「臣勖」，於義較長。

〔三〕孫詒讓籀廎：「臣嶠者，和嶠。孔穎達左傳後序疏引王隱晉書束晳傳云：『汲郡初得此書，表藏祕府，詔荀勖、和嶠以隸字寫之。』新晉書束晳、和嶠傳並不云嶠與荀勖校竹書。此序蓋勖、嶠二人同進。故稱臣而不著姓。」

〔四〕勳，或作「勳」。〇孫詒讓籀廎：「譴勳似是令史姓名，然必有譌字。勳，字書所無，疑爲「勴」之誤。〇櫟案：説文「勴，助也。从力非，慮聲。」爾雅釋詁：「左、右、助，勴也。」注云：「謂贊勉。」案：勳與勴形近，孫説蓋是。」

〔五〕「郎中」，諸本多作「中郎」。〇孫詒讓籀廎：「『祕書校書』四字統下傳瓚一行。張宙結銜稱『中郎』當爲『郎中』之誤。蓋張、傳二人同爲祕書校書郎中也。」〇櫟案：孫説是。張金吾藏書志所録秦本正作「郎中」，此從作。

〔六〕「瓚」、「訖」，孫詒讓所見鈔本作「贊」、「記」，在「記」下校云「疑當作訖」，案：孫校是。〇高似孫史略卷六「竹書」條云：「『郎中傳瓚』，瓚即師古注漢書所引『臣瓚』者也。」孫詒讓籀廎引以爲證，甚是。

〔七〕檪案：汲冢盜發之年，又有咸寧五年（見晉書武帝紀）、太康元年（見晉書律曆志、衛恒傳、杜預春秋經傳集解後序）之説。考訂者甚衆，尚未能最終定論。目前大多取太康二年之説，本書亦從之。太康二年爲晉武帝司馬炎在位第十六年（二八一年）。

〔八〕檪案：此或疑爲譌説，以爲在晉代已無法辨識簡上素絲。但今日考古發掘戰國簡策而猶能辨識是以絲繩或帛帶編綴，一千七百多年前的晉代又何以不能辨識呢？

〔九〕顧實：古尺，「即周尺也。周尺短於漢後之尺。」〇檪案：此古尺非真周尺。晉書律曆志上云：「武帝泰始九年（二七三），中書監荀勖校太樂，八音不和，始知後漢至魏，尺長於古四分有餘。勖乃部著作郎劉恭依周禮制尺，所謂古尺也。」可知此古乃荀勖據周禮所制。由律曆志又知當時以此古尺所定音律與汲冢古玉律、鐘、磬等皆相合，是荀勖所制古尺、王莽時尺、汲冢古尺三者同長。中國古代度量衡圖集（以下簡稱圖集，文物出版社一九八四年新版）收西晉時實用尺四具，長度分别爲 24.15、24.47、24.3、24.5 釐米，減去四分半，分别爲 23.11、23.41、23.25、23.44釐米，平均爲 23.3 釐米。圖集又收新莽銅丈，計算其一尺長度爲 23.03 釐米，與上計算結果近同，是知律曆志所云非虛。圖集又收傳出洛陽金村古墓銅尺一件，長23.1釐米。另據商鞅方升銘文與實物推算，一尺長約23.2釐米。則汲冢古尺、荀勖古尺、新莽尺都與戰國古尺相近同，可證斷穆傳爲戰國時成書不誤。

〔一〇〕顧實：「鄭玄論語序曰：『鉤命決云：「春秋二尺四寸書之，孝經一尺二寸書之。」故知六經之策皆長二尺四寸，孝經謙半之，論語八寸策。』論衡正説篇曰：『周以八寸爲尺，論語所以獨一尺之意。』書解篇曰：『諸子尺書，文篇俱在。』此可證穆傳、周官原皆二尺四寸簡，不同傳記諸子矣。而清世入穆傳於小説類中，可不大哀也哉！」○常征亦引鄭玄語，又云：「汲冢穆天子傳簡長與孔壁書春秋、尚書、禮記等王官書等，而高出論語甚多，此種規制，決非漢武帝罷黜百家、獨尊儒术以後之漢人所能有。此可證其與孔壁書一樣爲周王官書，而非漢後人所造。」○楊憲益：漢武帝時始有二尺四寸的官書，故穆傳之作必晚於漢武帝後。○樑案：二尺四寸，以上所考定古尺計之，約在今五十五至五十六釐米間。核之出土實物，無論戰國簡（目前所見主要是楚簡）還是漢武帝以前的漢簡（如銀雀山漢簡），二尺四寸簡有之，甚至三尺簡亦有之，絶非漢武帝時方始有之。又，目前所見有關簡牘尺寸的論述，皆出於漢人，但漢初以前，特別是戰國簡（再以前尚未見實物），恐怕並不合於漢人所論之制，而處於無固定尺制的狀態。故未可以後世之制框之，亦不可故意抬高穆傳的地位，此皆非實事求是的態度。

〔一一〕顧實：「左傳後序正義引王隱晉書束皙傳云『竹書漆字』，今晉書束皙傳亦云『漆書』，蓋古者墨書即漆書也。儀禮士昏禮鄭注云『墨車，漆車』可證也。」○樑案：陳夢家漢簡綴述由實物所見漢代簡冊制度繕寫中云：「出土戰國至西晉竹木簡，地無分南北，全是墨書，荀氏據目驗所述是正確的。」下亦引士昏禮鄭注，並以載籍所云漆書「恐怕仍然是墨書」。其言甚是。

〔二〕顧實：「聘禮記曰『百名以上書於策，不及百名書於方。』名，謂文字也。穆傳多至數千字，宜書之於簡策也。鄭玄尚書注云『三十字一簡之文』，則穆傳一簡四十字，較多十字也。則尚書字數不若穆傳有定率矣。」○樑案：核以出土實物，自戰國至西晉，從未有一篇而每簡字數固定不變者，故此言「一簡四十字」亦當是概略之數。

〔三〕顧實：「史記秦本紀云：『莊襄王三年，蒙驁攻魏高都、汲，拔之。』此汲爲戰國時魏地之證。今河南衛輝府汲縣治。」○樑案：晉汲地在今河南汲縣西南。

〔四〕洪頤煊：「今王本作令王，從史記魏世家集解引紀年改。」○顧實：「明以來刊本，俱作令王。」洪改今王，是也。「魏世家集解引荀勖曰：『和嶠云：「紀年起自黄帝，終於魏之今王。」今王者，魏惠成王子。』抑且杜預左傳後序曰：『古書紀年篇特不稱謚，謂之今王。』皆當作今王之證。然竹書固有異同。」「故高續古史略曰：『按襄王即魏惠成王之子靈王也。世本以爲襄王。』高氏述竹書，幾於全引荀勖等此序，而兩稱靈王。靈王即令王。令靈古字通用。廣雅釋詁云：『靈，善也。』即爾雅釋詁云：『令，善也。』是其證。然則一作今王，一作令王，且有作靈王者，是亦竹書之異同也。故兹仍舊本作令王，不從洪校改。」○樑案：洪校是，顧實説不妥。以襄王又稱靈王於史並無確鑿依據，高氏書所見書必有誤訛。此及下「令」字俱當改作「今」字。

〔一五〕洪頤煊：「藝文類聚四十引王隱晉書云：『盜發安釐王冢。』今晉書束晳傳云：『盜發魏襄王墓，或云安釐王冢。』蓋兩存其說。」○顧實：左暄三餘偶筆曰：『襄王葬時，以此書附之冢中，未即加謚，故仍其文曰今王，其爲襄王冢所得無疑。若以爲安釐王冢，不應缺昭王並安釐王兩代事不書；且襄王之薨，至安釐王之葬，已五十餘年，亦無不加謚之理。』左説得之。」○樑案：汲冢墓主亦爭議已久，今學界大多信從魏襄王之説，序云得之。

〔一六〕洪頤煊：「史記哀王，紀年作今王，在位凡二十三年，此引年表作二十一年，疑誤。」○顧實：「洪説非也。史記魏世家索隱云：『汲冢紀年終於哀王二十年。』，以下不記，則以已藏入冢中也。荀勖舉其藏冢之始年，故云二十一年，自令王二十一年至秦始皇三十四年，恰得八十六年，可證其不誤也。至於司馬遷史記不知哀王即襄王，誤以惠成王三十六年，更爲一年後之十六年，爲襄王之年，而襄王之後，又横增哀王一代，實則哀、襄二字形近之訛。以形近字而誤分兩代，清儒已有定論，兹不贅述。」○樑案：顧説是。業師楊寬戰國史附録戰國大事年表中有關年代的考訂第一條關於魏文侯、魏武侯、魏惠王、魏襄王的年代有全面總結，今人所編各本年表皆如此作。

〔一七〕洪頤煊：「左傳正義引王隱晉書束晳傳云：『周王遊行五卷，今謂之穆天子傳。』」○顧實補云：「據晁公武郡齋讀書志云：『穆天子傳，郭璞注，本謂之周王遊行記。』則正義所引王氏晉書於

『周王遊行』之下似尚脱一『記』字。」○欒案：顧説是。

〔一八〕顧實：「此昭十二年左氏傳楚右尹子革之語。」○欒案：今本左傳子革之語曰：「昔穆王欲肆其心，周行天下，將皆必有車轍馬迹焉。」與序所引略有出入。案：古人引書，大多如此，甚至有增删太過而大相徑庭者，蓋率多憑記憶之故。本書傳文與郭注引書及被引亦多如此，當亦出於同樣原因，此處言明後不再贅言。

〔一九〕欒案：盜驪、騄耳、造父與下文流沙、昆侖、西王母，俱詳後傳中釋文。

〔二〇〕顧實：「四荒，即荒服也。見爾雅。」○欒案：爾雅釋地以觚竹、北户、西王母、日下謂四荒。國語周語「戎翟荒服」韋昭注：「戎狄去王城四千五百里至五千里也。四千五百里爲鎮圻，五千里爲蕃圻。」董增齡正義以析支、鄯善、車師諸國當之。逸周書王會解云「方三千里之内爲荒服」，後漢書西羌傳注云「荒服在九州之外也」，廣雅釋詁一「荒，遠也」。是凡離中土遠者皆可謂荒服或四荒，里數僅大約言之。

〔二一〕顧實：「晉人猶稱司馬遷史記曰太史公記，不曰史記也。所記穆王事，見周、秦本紀及趙世家。」○姚際恒古今僞書考：「穆天子傳本左傳、史記諸説以爲説也。」○常征：「穆天子傳作者能據此了了數語造數百千年前若此洋洋巡行大文乎？且舉世皆知穆子天傳爲魏襄王冢中古書，成書遠較史記爲早，方之左傳亦非後起之文，其作者安能據身後之史記、左傳造書？就令如姚氏説，作者爲漢魏人，而穆天子傳出土於晉世，漢魏人書且未見，又安得成其作者。」○欒案：

只要不存偏見，仔細比較穆傳與左傳、史記文字，就可知其内容絕無因襲關係。更何況史記成書在穆傳之後，穆傳何能本之？

〔二二〕顧實：「今晉書束皙傳曰：『初发冢者燒策照取寶物，及官收之，多燼簡斷札，文既殘缺，不復詮次。』可與此文互證。」

〔二三〕顧實：「不典，猶言不經也，不常見也。」○櫟案：典訓經、訓常（乃常道之常，非時常之常）、訓法，此言穆傳内容不合於詩、書之類儒家經典的常道法則也。

〔二四〕顧實：「明刊本『紙』作『纸』，乃俗字。而在説文，則紙、纸二字有别也。」「寫上者，奏進武帝親覽也。高續古史略云『時所用者，二尺黄紙』，正即據此序文。然則玉海藝文傳記類引序作『一尺』者，誤也。蓋晉尺大於古尺，二尺即以當竹書古文本簡之二尺四寸。可見當時校理諸人，以隸書寫古文之謹嚴，並其書式之尺寸亦摹仿之。」○常征：「案荀氏考定之『古尺』爲周尺。據東漢王充論衡言『周以八寸爲尺』，即周之一尺相當漢之八寸。晉尺上承漢尺，故晉之八寸亦當周之一尺。荀勗用『二尺黄紙』譯寫穆天子傳，正當原簡之周尺二尺四寸，是譯寫時力求保持原簡規格。」○櫟案：前已明晉尺在24.15至24.5釐米間，二尺即48.3至49釐米間。穆傳簡長在55至56釐米間，相差約7釐米（合晉尺約二寸半左右），故僅相近耳，而非止相吻合。顧、常皆失考實物。

〔二五〕顧實：「太康元年三月，吴平。四月，封拜平吴功臣。但至二年，通鑑載吴民之未服者，屢爲寇亂。冬十月，揚州刺史周浚移鎮秣陵，皆討平之。則校上穆傳時，吴猶未全平，當指吴事而言，以爲國事也。恐武帝國事殷繁，未遑親覽，故須待事平之後耳。」〇樑案：晉書周浚傳亦云：「時吴初平，屢有逃亡者，頻討平之。賓禮故老，搜求俊乂，甚有威德，吴人悦服。」是知經頻討乃平之，確需一定時日。

〔二六〕顧實：「本簡書，即汲冢穆傳竹書本文也。所新寫，即二尺黄紙寫上者也。」

〔二七〕顧實：「隋書經籍志曰：『魏氏代漢，采掇遺亡，藏在祕書中外三閣。魏祕書郎鄭默，始制中經。祕書（祕書上當脱晉字）監荀勖又因中經，更著新薄。』牛弘傳略同。文選陸機謝平原内史表注引晉令曰：『祕書郎掌中外三閣經書。』然則『藏之中經』，即以爲祕室藏書也。『副在三閣』，則本即祕書郎所掌也。」

穆天子傳卷一

晉 郭 璞注〔一〕

古文〔二〕

〔三〕飲天子〔四〕蠲音涓。山〔五〕之上。戊寅，天子北征〔六〕，乃絶漳水。絶猶截也。漳水，今〔七〕在鄴縣〔八〕。庚辰，至于□〔九〕，觴天子於盤石之上〔一〇〕，觴者所以進酒，因云觴耳。天子乃奏廣樂。史記云：「趙簡子疾，不知人，七日而寤，曰：『我之帝所甚樂，與百神遊于鈞天，廣樂九奏萬舞，不類三代之樂，其聲動心〔一一〕。』」「廣樂」義見此〔一二〕。

校 釋

〔一〕李本、黄校所見九行二十二字本俱作「晉著作佐郎郭璞景純注」。○顧實：「『著作佐郎』四字當是刻者所加，非舊本如此。」○檃案：顧説是。又「景純」二字亦後加。

〔二〕檀萃：「按古文作於沮誦、倉頡，蓋覩鳥蹟以興思，下至三代俱沿其文而不改。及秦用篆書，焚燒先典，古文遂絶。」此「古文」由序文觀之，「則是新寫之本即摹古文，不用今文，故每卷仍標『古文』二字於前，存古也。」○陳逢衡：「此二字每卷皆有，蓋晉時校此書者所標題。」

○劉盼遂：當日寫定本爲兩兩對照，若法帖之旁綴釋文者然。後人不識科斗，以爲煩贅，經將之刊落，而仍書『古文』二字當其隙，以存舊式，遂成今日之本矣。」○顧實：「此二字當爲荀勖等所加。已隸寫矣，而猶必標曰『古文』者，漢世文藝經傳之尚書、毛傳、左氏傳等，亦已易爲隸書，而仍稱之曰古文也。」○常征：此「古文」者，「以示其原爲古文。……此種字體非漢晉以前字體之泛稱，而爲當時通謂之『科斗（蝌蚪）書』（見晉書束晳傳）。考許慎説文序，知漢晉人所稱『古文』皆指大篆以前字體。」○樑案：此「古文」（或稱「蝌蚪文」）乃戰國文字，王國維觀堂集林卷七戰國時秦用籀文六國用古文説、史記所謂古文説、漢書所謂古文説、説文所謂古文説等篇早已考明，文字學界（尤其是古文字學界）也早已視爲定論，他説皆不確。由此亦可窺見穆傳成書之年代。

〔三〕檀萃：「此上有缺文。」○小川琢治據卷四文逆推穆王之行程，「當由南鄭而至洛陽，即本書之所謂『宗周』，尚書之所謂『成周』者，至於宗廟中，報告旅行之事，舉行相當之儀式，然後出發。」此前所失「有十餘簡（六、七百字）」，「恐其前尚有如五、六卷所見之夾雜事情焉。」○顧頡剛：「他（穆王）的出發點是洛陽，書上所謂宗周；但晉朝人的本子已經脱去了首頁，只從現在山西省的東部説起。」○衛聚賢據集古録跋一而説此處原文當爲「穆天子登贊皇以望臨城，置壇此山，××飲天子蠲山之上。」○岑仲勉駁衛氏，以贊皇山在今河北贊皇縣西，地望、日期皆不合。並據卷四文云：卷首闕去瀍水，可以斷然無疑。」○建敏案：「飲」之前當有缺文，檀説是。○樑案：此前缺文，由卷四可知當自宗周（洛陽）出發，渡河，北上入今山西境。小川謂自南鄭出發，無據。岑駁衛説是，但他以瀍水在今陝西（詳卷四）亦誤。

〔四〕陳逢衡：「天子初出，尚未至諸侯國，此蓋群臣餞飲之辭。」○顧實：「飲天子者，當爲諸侯飲天子。……詳見下文之『觴天子』疏。」○童書業：「古稱天子曰『王』，……罕稱『天子』者。」「此穆天子傳晚出之證之最昭著者矣。」○檠案：余檢核典籍，西周、春秋時此處當爲黎國地域。黎，尚書大傳、史記周本紀作耆，正義云：「即黎國也。」説文作𨞎，云：「殷諸侯國，……商書『西伯勘𨞎』。」是文王曾伐之。吕覽慎大云：「武王封帝堯之後於黎」，是西周、春秋時黎乃重封之國。其地望，説文云：「在上黨東北。」史記周本紀正義引孔安國説同。書西伯勘黎孔疏：「黎國，漢之上黨郡壺關所黎亭是也。」漢書地理志師古注引應劭説、續漢書郡國志、水經漳水注等皆同。清一統志：「黎本在今山西長治縣西南三十里黎侯嶺下。」亦同，即今山西長治市西南。又，春秋晉有子姓黎侯，地在今山西黎城縣，與上之黎非一國，而自括地志、史記周本記正義引）起遂有二地相混現象，至清以來學者多有考辨，慎勿混淆。又，童書業説不確，駁在後「皇天子」處。

〔五〕丁謙：「蠲山無考，觀下『北絶漳水』，知此山必在漳南，今彰德府境。」○小川琢治：「今案清一統志澤州北高平縣有泫水、泫谷。水經沁水注云：『絶水出泫水縣西北楊谷，故地理志曰：「楊谷，絶水所出。」』泫、蠲音通。想即趙秦故戰場長平附近之山。」○顧實：「蠲山，當在今山西澤州高平縣。」小川説是也。「水經沁水注云『泫水導源泫氏縣西北泫谷』，此泫谷當即泫山之谷，泫山即蠲山。」○衛挺生：「察雍正澤州府志卷十五高平縣境全圖，泫水之源不出於『泫山』、『原山』、『蠲山』，而出於浩山，疑爲穀遠山。穀與蠲爲雙聲，遠與蠲爲疊韻，穀遠急讀即蠲。」○建敏案：戰國韓地有泫氏，後入趙秦，屬上黨郡，其地在今山西高平縣。蠲古音支韻見紐，泫屬真韻匣紐，聲韻皆近可轉通。其地初名蠲，後作泫。○樑案：小川、顧實、建敏説是，此再補一證。後漢書萬脩傳注：「泫氏，縣名，屬上黨郡，西有泫谷水，故以爲名，今澤州高平縣也。」

〔六〕陳逢衡：「爾雅釋言『征，行也。』」○丁謙干支表據竹書紀年定爲穆王十二年十月。○顧實：「戊寅，周穆王十三年閏二月初十日也。」○衛挺生定戊寅爲穆王十二年十一月初七日。○建敏案：北征，北往也。説文：「征，正行也。」爾雅釋言：「行也。」西周乖伯簋銘云：「王命益公征眉敖。」詩召南小星「肅肅宵征」，左傳襄十三年「先生卜征五年」，杜預注云「征謂巡狩征行」。

〔七〕今，吕本作地。○褚德彝：「『今』字當在『在』字之下。」

〔八〕檀萃：「亂流而渡曰絶。漳有二源：濁漳出長子縣發鳩山，過壺關縣、屯留縣、潞縣北，故時人謂濁漳爲潞水。又東過武安縣，縣屬鄴；清漳自涉縣東南來入之，所謂交漳口。又東過鄴縣西，穆王絶漳在是矣。」○陳逢衡：「晉魏郡鄴縣，今河南漳德府臨漳縣西四十里。」○小川琢治：「此書所言殆爲渡漳水上流。」○顧實：「漳水，即源出今山西潞安府長子縣發鳩山東之濁漳水也。蠲山在今高平，從高平而北絶漳水，正入潞安府長子縣境内。横截漳水之上流而過，甚明也。」又云卷四明言自宗周瀍水以西，「則郭注以臨漳縣之漳水當之，未免道迂。」○岑仲勉以瀍水爲今陝西之滻水，云：「滻與長水甚近，故自瀍（滻）水出發後即截長水而渡。今西安長音 tá，漳音 táo，只送氣不送氣小異，北京亦然，是知穆傳之漳水，即秦、漢之長水，與今山西之漳水無涉。」○靳生禾駁岑氏云：「這種説法，即使單從文獻學的角度看，也是難以成立的。郭璞以來各家考定穆傳之漳水即當今山西之漳水，在先秦文獻裏是不乏根據的。」以下引山海經北次三經、尚書禹貢、周禮職方氏、戰國策趙策一蘇秦説李兑、趙策二蘇秦從燕之趙始合縱、趙策二張儀爲秦連横説趙王、趙策三説張相國、趙策四齊欲攻宋、魏策一魏武侯與大夫浮於西河、魏策三魏將與秦攻韓、魏策三葉陽君約魏、燕策三燕太子丹質于秦亡歸、齊策一張儀爲秦連横齊王諸史料爲證。「岑先生所云『長』，是漢代始有其名的，……特别是岑先生的根據又僅是同音諧韻，那就更無從談起了。」「或認爲穆傳上的漳水指源出甘肅岷縣崆峒山北麓東流經漳縣至武山縣注入渭水的漳河，這也是不能成立的」，因爲此水名漳乃得於縣名，而縣肇建於東漢，絶非穆傳之漳水也就很明顯了。○建敏案：此漳水爲濁漳，亦即潞水。穆天子自钃山北往渡濁漳，渡口當在濁漳上流長子附近，钃山正北數十里處。○樑案：顧實、靳生禾考甚是，穆王絶漳當在今山西長治境，郭注云在鄴縣，蓋走新鄉、安陽、邯鄲一線，與傳文不合。

〔九〕翟云升：「凡『□』以識缺文，字數不等。」○陳逢衡：「空方當是地名。」○丁謙：「自戊寅北絶漳水，越二日庚辰，以每日馳行百餘里計，當可至柏鄉内邱界，特不知果爲何地耳。」〇顧實：「至于□，缺文當甚多。以自漳水至盤石之上，中經道途可推而知也。特所缺地名，不可知耳。」〇衛挺生：「盤石正在皋落氏境内」，爲皋落氏之中心地帶。「觴天子者當然爲皋落氏。」〇檪案：缺文處，丁謙云此地爲柏鄉、内丘界（今河北邢臺與石家莊間），與傳文所記路線不合。案：下爲盤石，此則當在今山西昔陽、平定間，西周、春秋時爲洛（或稱落、皋洛、東山皋落氏等，爲赤狄别種）與北戎交界處，未知具體地望。衛挺生説爲皋洛氏，可參，然尚不能過於肯定。

〔一〇〕檀萃：「鄴西北有鼓山，上有石鼓之形，穆王觴於其上。」〇陳逢衡：「太平寰宇記河東道平定縣：『盤石故關在縣東北七十里』。宋平定縣，今山西平定州。」〇顧實：「盤石當在今山西平定州，引陳逢衡證。又「清一統志曰：『山西平定州，盤石故關在州東。』……且以下文言『載立不舍，至於鈃山之下』而推證之，則必離鈃山不遠。今審盤石故關之地望，亦甚合也。凡穆傳記華戎交際曰觴，華夏則曰飲。」〇岑仲勉：「地名辭典名盤石者有五六處，即屬普見，不足爲據。」侍行記三，過邠州後經火石嘴，又十五里到大佛寺，唐尉遲敬德因石爲佛，高八丈五尺。或即古盤石之遺蹟歟？〇靳生禾：邠州一帶至張騫通西域後才發展起來的，先秦時不能與井陘口相比。「至若穆傳的『盤石』當今平定東北的盤石故關（固關），抑或稍東的早在戰國時代已是通都大邑和軍事要地的石邑呢？這個問題儘管尚未知見確切的原始文獻依據，猶難結論，但穆傳作者所説『盤石』在東至石邑，西迄盤石故關一帶的井陘口地區，應是毋庸置疑的。」〇建敏案：盤石即今山西平定縣東北。漢屬太原郡，名上艾，北魏爲石艾縣。」〇槱案：諸考穆傳盤石爲山西平定故關，甚是，又可參括地志（史記淮陰侯列傳正義引）、魏書地形志、元和郡縣志等。今其地近處有名上盤石、下盤石者，蓋涉古盤石關而得名歟？

〔二〕陳逢衡：「郭引史記見趙世家。」〇槱案：郭引亦見扁鵲傳。郭引與趙世家文略有出入。

〔三〕檀萃：「郭引史記趙世家者，明『廣樂』之義，非人間之樂也。拾遺記云：穆王三十六年東巡大騎之谷，……王奏環天之和樂。環天者，鈞天。和，廣也。然則廣樂、和樂可以通名，所謂千人唱，萬人和，山陵震蕩，川谷蕩波也。」〇陳逢衡：「玉篇：『廣，大也。』蓋奏虞夏商周四代之樂，故謂之廣樂。」〇顧實：「『廣樂』一名詞，穆傳凡八見。」「韓詩傳曰：『王者舞六代之樂，舞四夷之樂，大德廣之所及。』禮記明堂位篇亦云：『納四夷之樂於太廟，言廣魯於天下也。』蓋廣樂當以廣合奏六代四夷之樂而得名。故趙簡子曰『不類三代之樂也』。餘詳陳立白虎通疏證。」〇槱案：郭注引史記文云「與百神」同樂，則可知「廣樂」乃戰國時方仙思想之產物，其樂似神欲仙，虛幻飄渺，故云「其聲動心」。

載立不舍〔一〕，言在車上，立不下也。至于鈃山〔二〕之下。燕趙謂山脊爲鈃〔三〕，即井鈃山也〔四〕。今在常山石邑縣。鈃音邢。癸未，雨雪，天子獵于鈃山之西阿〔五〕。阿，山陂也〔六〕。于是得絕鈃山之隊〔七〕，隊，謂谷中險阻道也，音遂。北循虖沱之陽。虖沱河，今在雁門鹵城縣〔八〕。陽，水北。沱音橐駝之駝。

校　釋

〔一〕檀萃：「蓋以車爲宮也。」○顧實：「不舍者，言不爲舍以休止也。」「周官有掌舍、掌次、幕人諸職。」據世界史綱，車可爲舍，是此「則人不下車，故不舍也。」○㮾案：顧説可參。由文獻與考古成果看，至遲在春秋戰國時期的車乘肯定可以暫作居舍，西周甚至商代也有此可能。

〔二〕鈃，檀、陳、洪、瞿本作「鈃」，不確，辨見下。○顧頡剛：「北堂書鈔引作『陘山』。」○檀萃：「今井陘縣也，漢志石邑縣井陘山在西，洨水所出，至廮陶入泜。井陘山今名蒼巖山。」○洪頤煊：「錢辛楣詹事云：『井鈃即井陘。古讀鈃如陘，宋牼即宋鈃也。』」○陳逢衡：「説文六篇：『郱，鄭地有郱亭。』段玉裁曰：『云鄭地恐誤，疑即二志常山郡之井陘縣，趙地也。郱、井、蓋古今字。』」「衡案：漢常山郡石邑縣，今直隸真定府獲鹿縣治南。」○翟云升：「井鈃，井陘也。史記秦始皇本紀『王翦將上地下井陘』，服虔曰：『山名，在常山。』」○丁謙：「鈃山即井陘山，亦稱陘山。在井陘縣北。其西阿，今險隘地。」○小川琢治：「至北堂書鈔作陘，是否正確姑不置論。因『陘』、『絶』不僅同音，其義亦同。爾雅釋地曰：『山絶，陘。』鈃故有絶義。如太行山之八陘，皆指山頂徒凹處地形而言，井陘亦不過其中之一而已。」○顧實：「井鈃即井陘山，在今直隸正定府井陘縣。」「惟郭注晉石邑縣在今正定府獲鹿縣東南，亦恐道迂耳。」○顧頡剛：「太行山自南至北有八個陘，第五個名井陘，在今河北獲鹿縣。」〇岑仲勉：「集韻謂鈃一音堅（切韻 Kien），鈃、汧從幵聲，……汧，禹貢作岍，水經注渭水：『地理志曰：吴山在（汧）縣西，古文以爲汧山也，國語所謂虞矣』。案始皇本紀中之巡隴西、北地，出雞頭山，亦寫作笄頭山或幵山，在今華亭西北九十里，蓋古文寄聲不寄形也。」〇靳生禾：「鈃山當爲戰國策秦策一陘山之事的趙地的『陘山』，即古井陘山（塞）。」岑仲勉説爲陝西華亭西北之汧山，皆由定爲從鎬京逕直西北行的路線而生的附會，實不能不加以匡正。〇建敏案：古「鈃」、「鉼」二字有別，後人以爲「鉼」是「鈃」之俗字。案：古鈃或作鉼，即後來之鉼、瓶字，其字從金比聲，莊子徐無鬼云「求鈃鍾也以束縛」，説文：「鈃，似鍾而頭長。」鈃從幵，古多作井，如甲骨文、金文中以井爲邢、刑、型等；及至漢隸，從幵、井之字亦多通用。「鈃」或作「銒」，與「鉼」有異，清阮元積古齋鐘鼎款識卷五云：鈃「自陸氏釋文誤音刑，後世遂混於鉼鼎之鉼。其實一從幵，一從井，形聲判然異矣。」阮説是。故「鈃山」當以「鈃」爲本字。〇檪案：建敏辨鈃爲本字，甚是。從井（幵）誤爲從幵，當在秦漢之後，由漢簡、説文可明。鈃山，諸説爲井陘山，得之。顧炎武日知録考證「陘」條下云字又作鈃、研、岍、硜、峌、徑，乃後世情況。元和郡縣志：「陘山在井陘縣東南八十里，四面高，中央下如井，故曰井陘。」可明其名之由來。

〔三〕此七字本無，馮舒校有引，洪頤煊本據太平御覽一六一引補，此從之。

〔四〕翟云升據太平御覽五十三引補「井」字，洪頤煊據御覽八十五引補「井」、「也」字。

〔五〕衛聚賢：自卷一「戊寅」至卷二「季夏丁卯」，「共計二百九十日。季夏爲六月，丁卯假定爲六月的末一日，則戊寅爲七月初日。按穆天子傳説『癸未，雨雪，……北循虖沱之陽。……庚寅，北風雨雪。』九月河北滹沱河流域有下雪情形，七月河北滹沱河流域無下雪的情形。」並進一步云卷一至卷四是用夏正。○櫟案：衛説極是。後卷五「孟冬鳥至」下，顧實、衛氏考爲周正，亦是。顧實以爲穆傳全用周正，則不若衛氏全面、準確矣。

〔六〕陳逢衡：「太平御覽八十五引作『山足坡』。」「直隸正定府獵臺在井陘縣陘山之上，相傳周穆王獵鈃山時築，見一統志。」

〔七〕檀萃、丁謙、蔣超伯、顧實、顧頡剛俱讀「隊」爲「隧」古字，則義與郭注同，陳逢衡、錢伯泉則讀爲「墜」，以其四面高、中央下，如井之故。○櫟案：隊在此以讀「隧」爲是，義如郭注。

〔八〕檀萃：「鹵城前屬代郡，後屬雁門。山海經『泰戲之山，呼沱之水出焉。』」○陳逢衡：「漢鹵城縣在今山西代州繁峙縣東。」○小川琢治：「此爲虖沱河上流、忻州北、代州南之地。」○顧實：「虖沱水，「詳見山海經北山經、周官職方氏、漢書地理志、墨子兼愛篇及齊召南水道提綱。」「承上文絶鈃山之隊，而北循虖沱之陽，則當自今井陘縣西境，而入平山縣境内也。」○岑仲勉：「秦亦有惡沱，可見虖沱本水之通名（别有解説），……穆傳之虖沱，以前後地理考之，殆今涇水之正流。」○靳生禾：郭注未錯，有大量先秦原始文獻爲證，如山海經北山經、周禮職方氏、禮記禮器、墨子兼愛、戰國策燕策一蘇秦將爲從北説燕文侯、戰國策秦策一張儀説秦王、戰國策趙策四三國攻秦趙打中山、韓非子初見秦。可見虖沱乃先秦名河，其地望當在晉冀間。岑先生説無一種原始直接材料，不足徵信。○櫟案：鹵城縣（因其地多鹵得名），漢晉屬雁門郡，故郭注云雁門鹵城縣。穆王渡虖沱處，約在戰國時番吾、靈壽（今河北平山縣治）附近。

乙酉，天子北升于□〔一〕。天子北征于犬戎。國語曰：「穆王將征犬戎，祭公謀父〔二〕諫，不從，遂征之，得四白狼、四白鹿以歸。自是荒服不至。」紀年又曰：「取其五王〔三〕以東〔四〕。」犬戎□〔五〕胡〔六〕觴天子于當水之陽〔七〕。天子乃樂，□〔八〕賜七萃之士戰〔九〕。萃，集也，聚也。亦猶傳有七〔一〇〕輿大夫〔一一〕。皆聚集有智力者爲王之爪牙也。庚寅，北風雨雪。詩曰：「北風其涼，雨雪其雱。」天子以寒之故，命王屬休，令王之徒屬休息也。甲午，天子西征，乃絕隃之關隥〔一二〕。隥，阪也，疑此謂北陵西隃。西隃〔一三〕，雁門山也，音俞。己亥，至于焉居、禺知之平〔一四〕。疑皆國名。

校釋

〔一〕□，范、范陳、邵本作「缺」字（後皆同）。檀本填「陘」字。○丁謙：「案此節下當有脫文甚多，與下『北征犬戎』不相連接。」「考虖沱河上源環五臺山南北，云『天子北升』者，殆即升五臺山。」○顧實：「穆傳凡云升者，多指登山而言也。」「檢清一統志之正定府圖，則自井陘山西，而北踰虖沱河，又北而升之山，當即正定府平山縣西北之房山也。」「且房山之北，有銀洞山、滴水塘山等山，古或統謂之房山；而穆王所升，或在此諸山中也。」○衛挺生填「髭之隥」，云即紫荆山或紫金山（從顧實説屬雁門山。顧説詳後。）。○櫟案：乙酉，距上癸未僅二日，則穆王似不當在虖沱北岸靈壽附近之房山，且下文即觴於當水之陽，當水顧説爲恒水（此説甚是），離房山甚遠，亦證此處所升當非房山。丁謙説爲五臺山，行程計算近是，但與下當水亦相距較遠，故亦非是。愚意此所升當是古恒山山脈中一山，方可上下無牾。

〔二〕顧實：「注『祭』，各本及周語如是，洪校本作『𨛦』。𨛦，本字；祭借用字。」

〔三〕王，吕本作「玉」。○檀萃：「三代書無以僭王列書於策，疑「五王」爲「五玉」之謁耳。」○翟云升以檀説「當從之」。○陳逢衡以檀説「非也」。「徐子誕稱偃王在穆王時，楚熊渠立其子爲王在夷王時。又後漢書西羌傳注引紀年有周王季伐西落鬼戎，俘二十翟王事。此所謂『王』第作『君』字解。若改作『五玉』，則犬戎之地並不出玉，且與『五』字無著。」○櫟案：陳説是，古邊地少數民族稱王者甚多，而中原諸侯至戰國亦多稱王，檀氏失察。

〔四〕何允中、翟云升、郝懿行俱校注文末六字今本紀年正文無而誤入注文中。○檀萃：「穆王征犬戎，紀年云在十二、十三年。」○陳逢衡：「征字不當作征伐解，蓋巡行之謂。」○丁謙：「顧棟高春秋大事表犬戎在鳳翔府境，其本國今西寧府西北樹敦城是也。穆王北征時，犬戎必尚居西寧本部，其地爲西域孔道，故穆王即由此以至河宗昆侖。」並亦定爲十二年事。○顧實：「北征者，猶北行也，非奉辭伐罪曰征也。國語、紀年所載者，當别爲一事。郭注並爲一談，由未深考故也。犬戎者，詩大雅緜篇作混夷，皇矣篇作串夷，周書武成序作昆夷，尚書大傳作畎夷，夷、戎一也。」○顧頡剛：「國語説：『穆王將征犬戎』，征是征伐；這裹説的『北征犬戎』，乃是征行的意義，否則犬戎決不會立即杯酒聯歡的。」○岑仲勉：「戴震毛鄭詩考正云：『玁狁既整居焦獲，乃侵鎬及方，至於涇陽，則焦獲、鎬、方在太原、涇陽之間。涇陽，漢安定郡之涇陽，今平涼縣也。太原即高平，今固原州也。』案本傳叙犬戎於虖沱（余證爲涇水）之後，隃（余證爲六盤山脈）之前，與戴氏考焦獲之今地恰相吻合。」○櫟案：犬戎爲西戎之一支，以今甘肅爲主要活動地區，亦活動於今陝西、寧夏、内蒙古、山西、河北等地。王國維觀堂集林鬼方昆夷玁狁考云：犬戎「在商周間曰鬼方、混夷、獯鬻，在宗周之季則曰獲狁，入春秋後始謂之戎，戰國以降曰胡、匈奴。」學者多從其説。至近年而有異説提出，但對犬戎在西周又稱獯鬻（玁狁）則無異議。此稱「犬戎」，亦戰國時之稱。又，征爲征行，非征伐。

〔五〕□，諸家説不一。○檀萃：「其君之名也。」○洪頤煊、顧實、顧頡剛據卷四有「犬戎胡」而以此無脱字。○陳逢衡：「空方當是『之』字。」○櫟案：洪等説此無脱字固然可通，但並無根据可去□，且依陳説亦可通，則姑仍存之，從陳説。

〔六〕檀萃：「此犬戎乃内地之戎，其君長名胡耳。」○陳逢衡：「此犬戎之胡猶後言『赤烏之人』、『曹奴之人』、『剞閭之人』、『智氏之人』云爾。」○吕調陽：「狐氏戎。」○小川琢治：「『犬戎□胡』然多數即是卷五之陵子壽胡，乃人名而非胡族也。」○常征：「此『犬戎胡』之『胡』字，自郭璞以下所有注家皆不曉其義。考之於實，它不過是部落酋長的位號。據有關古書，西羌人稱酋長曰『豪』，越人曰『貉』，楚人曰敖（讀ao）、曰『熊』（金文作酓，讀渾），烏孫人曰『昆』（讀混），契丹人曰『賀』、曰『紇辱』，鮮卑人以下北方諸侯如柔然、突厥、吉爾吉斯、回鶻、蒙古等族曰『汗』。這汗、紇辱、賀、昆、熊、敖、貉、豪與胡（讀赫），皆是華人『后』、『侯』等同音譯字，只是標音有輕重而已。……晉人於此字義且不解，安能僞造穆天子傳而加犬戎之君以『胡』號？」○櫟案：常征説「胡」爲酋長位號確有新意，但缺乏直接的文獻證據，僅以音近則畢竟勉强，故仍未能定論，需繼續求證。

〔七〕當，吕本作「常」，丁謙改作「雷」（因卷四「犬戎胡觴天子於雷水之阿」句改），洪頤煊、小川琢治同，顧實以爲「大誤也」。○吕調陽：「常水，武州南。」○丁謙：「此水蓋在犬戎南境，今湟水也。」○小川琢治以丁氏「所定位置過遠，難以置信」。其説後文「雷首」爲此「雷水」之源，「其正確位置，據支那地圖帖在朔州北十餘公里東南山麓，桑乾泉池側。桑乾泉水故以甘洌名。從酈道元説，此泉爲漯水支流溹涫水，於其側求雷水之阿當較可信。據此，犬戎之部在桑乾河流域、大同府地甚明。」○顧實：當、常可通。「古書又多以恒、常二字通用，如常山即恒山，則此當水亦即古之恒水也。禹貢云：『恒衛既從』，朱駿聲曰：『恒水源出恒山，今自直隸正定府阜平縣龍泉關北，經大派山，曰沙河，又東南至保定府祁州界，合滋河入唐河，即滱水也。』（説文通訓定聲）王先謙曰：『酈道元謂恒水注滱，自下滱水，兼納恒川之通稱，即禹貢所謂『恒衛既從』也。胡渭禹貢錐指謂恒即滱，衛即滹沱。蓋今恒水由唐縣入滱，衛水由鎮定縣入滹沱，源流甚近，不足當禹貢荒服。然則曲陽以下之滱，本名恒；靈壽以下之滹沱，本名衛。』（漢書補注）此王氏之説，可詮禹貢周官水名之沿革，而亦即穆傳當水與滹沱相鄰之證也。水經滱水注，亦曰唐水（即唐河），當因唐縣而得名。或因與當水同音而混稱。水北曰陽，沙河北岸有大派山，其東北有大茂山，即古之恒山北岳也。」○岑仲勉：「伊蘭語稱川水曰 rud，『雷』即其音寫，當指涇水之一支。」○衛挺生：「今察小川氏之説是而顧氏之説非也。」據雍正朔平府志卷三方輿山川馬邑縣雷水即灅水。○常征：「穆天子傳所言當水，系渭水支流隴水（今名葫蘆河）上游西支，因流經成紀城（在今静寧縣）下，亦號『成紀水』。」○檪案：諸説中以顧實近之。由井陘北行二日之程，不能過遠。

〔八〕□，陳逢衡云：「當是日干。」○檪案：亦可能再有其他字。

〔九〕檀萃：「周官車僕掌戎路之萃，廣車、闕車、苹車、輕車之萃，凡五萃，萃同倅，猶副也。穆王或增二萃，故云七萃也。『士戰』猶云『戰士』，語倒耳。」○陳逢衡：「此『七萃之士』皆親軍以備扈從者。『士』謂有爵命者。」「『戰』蓋如蒐狩之義，教以坐作進退之法，故曰戰。」○洪頤煊、翟云升以文選虞子陽詠霍將軍北伐詩注、王元長三月三日曲水詩序注引皆無「戰」字而疑衍。翟又云：「或曰『戲』之譌。戲，遊也。命七萃之士戲遊，與同樂也。」○丁謙以「戰」下「當脱一字，如戰甲、戰馬之屬，兹不能確定。」○小川琢治説「戰」字云：「鄙以爲係『觶』字之訛。儀禮士冠禮注、禮記禮器注皆云『爵三升曰觶』。説文曰『飲酒角也』。玉篇曰『酒觴也』。賜七萃之士戰，當作賜七萃之士酒解。」○顧實：「萃、倅、卒古字通用。」檀萃説增二萃者，非也。「國語晉語曰：『古之爲軍也，軍有左右，闕從補之。』宣十二年左氏傳曰：『楚子爲乘廣三十乘，分爲左右。』楚僭王，故分左右廣。則五萃中之闕車、廣車各爲左右，適合七萃之數，穆傳七萃，實仍即周官之五萃而變言之，非有增也。」「戰者，猶今言作戰也，蓋演習作戰之事，而以爲戲娱者。」○于省吾：「萃、倅字通。」「近世易州出土古戎器，有萃鋸、萃鍨鉘者，均萃車所用之兵器也。嘗見古鉩兩枚，一爲『王之萃車』四字，一爲『萃車馬曰庚都』六字，是萃車即副車也。」「戰字本應作獸，即獸，亦即狩之假字。」「謂准予七萃之士以狩獵也。古人以狩爲遊樂，故言賜也。」○岑仲勉：「案傳文常以七萃與六師並舉，人似頗多，副車或無需此數。余則疑萃爲親軍或禁軍古稱。」○衛挺生：「七萃之士，今所謂『衛隊』也。」戰字以小川説最近。○櫟案：七萃之士的「七萃」，穆傳多與「六師」相伴，又在王之左右，知其爲王之禁軍衛隊無疑。然周王衛隊在西周金文與文獻中皆名「虎臣」或「虎賁」，早已是常識了，而穆傳却以周王的衛隊爲「七萃」，又有何來歷呢？　愚經反復思索，始悟其源自戰國兵器燕戈銘文中的「七萃」。戰國燕戈銘文中有「郾（燕）侯脮作萃鋸」、「郾侯載作萃鋸」、「郾侯（王）職作萃鋸」等。字又或作、、諸形，舊或釋「力」、或釋「巾」，皆未確，實當即「七」字。戰國貨幣文字「七」有作、、、、等

形（見商承祚主編先秦貨幣文編與張頷古幣文編「七」、「十七」、「二十七」、「三十七」等字條），兩者正合，信陽楚簡「七」字作七猶存餘韻（河南省文物研究所編信陽楚墓圖版122・2－0－2簡、圖版123・0－3、0－5簡，文物出版社一九八六年版）。再有本傳「七萃」相佐，可證其確爲「七」字無疑。燕戈銘文中類似「七萃」的名稱還有「王萃」、「黄萃」、「□萃」、「□」、「□旃」、「行義」、「□率」、「御司馬」、「□司馬」等，都是與軍旅行伍有關的職官，而名「某萃」的固然都是燕王的侍衛禁軍。參以于省吾先生所示「王之萃車」璽，知萃字蓋當如于先生所説訓副，而由「黄萃」、「□萃」等看，「七萃」的「七」字絶對不能解釋爲數目字，而疑當讀爲文獻習見的漆車之「漆」一類，是穆傳作者以周王的禁軍衛隊爲七萃乃源自於戰國燕王的侍衛禁軍，此事後人早已不知，亦可爲穆傳成書於戰國之一證。以上所考，又可參拙作燕戈「七萃」及穆天子傳成書年代（載考古與文物一九九〇年二期）。戰，于省吾説是。

〔一〇〕「七」字本脱，洪頤煊、翟云升、盧文弨校並據文選注引補，此從之。

〔一一〕陳逢衡：「七輿大夫，見左傳僖公十年，杜注：『侯伯七命，副車七乘。』又見襄公二十三年，杜注：『七輿，官名。』」○樑案：由左傳僖十年文視，「七輿大夫」非官名，而是指共華、賈華等七位輿帥（沈欽韓春秋左傳補注説是），杜注等誤。其與「七萃」也無直接關係，郭注引證在於明其「皆聚集有智力者爲王之爪牙也」，則多少有一定的道理。

〔一二〕檀萃：「此雁門應極遠，未必即今之雁門也。」○陳逢衡：「此即今山西之雁門，不必遠求，夸大穆王出巡。」「且千古不聞有二雁門也。」「山在今山西代州西北，與句注岡隴相接，故句注一兼雁門之稱，一名雁門塞。」○丁謙：「當即西寧邊外日雅拉山。」○小川琢治：西俞、先俞非一地。先俞即後文之「髭之隥」，即雁門。此俞即西俞，其「位置大抵在朔平西北與平井相通之石嶺。」○顧實：「隃之關，當在今山西代州雁門縣之雁門山上。今雁門關乃明初移築，非古也。」西、先同部通用，俞則隃之本字。「清一統志『雁門山在代州西北三十五里，句注山在代州西北二十五里。句注山與雁門山岡隴相接，故亦有雁門之稱。』是以説者又謂雁門即句注也。蒼頡篇曰：『隥，小阪也。』案説文曰：『陂者曰阪』，則隥乃山陂險要之地也。」○岑仲勉：「不嫢簋『馭方厥允廣伐西俞』，王國維以爲此西俞在豐鎬之西」，言至可信。此之西隃「大約即今固原南之六盤山脈。」○衛挺生：「小川之説是也，當指天門山而言也，山在平魯縣南四十里井坪城北。」○常征説爲隴阪。○靳生禾：「郭注可信。」有大量先秦、漢初文獻可證。○櫟案：郭注、顧實、靳生禾説是，當從之。

〔一三〕洪校云注「西隃」下本有「己亥」二字。○檀萃、洪頤煊、翟云升、郝懿行校俱云乃涉傳下文「己亥」而衍，是。吕本徑改。

〔一四〕檀萃：「居音基，漢書作『焉耆』。平訓坪。」○吕調陽：「歸化城西南雲中宮也。」○小川琢治：「焉居、禺知之平，地理志雲中郡楨陵縣注云：『緣胡山在西北。西部都尉治，莽曰楨陵。』所謂緣胡當即焉居。」「所謂焉居禺知之平，當係指居於焉居地方禺智氏而言。地理志西河郡有觬是縣，觬是、禺智音轉，恐當時禺知部落係散在黄河南曲兩岸也。」○丁謙：「焉居、禺知二山，當即今多倫達壩地（譯言『七嶺』，見焦應旂藏程紀略）。平者，山間平崗也。」○顧實：「焉居、禺知之平，當在今山西朔平府平魯縣一帶之地。或即在平魯縣之井坪間。」郭注、小川説非也。「説文曰：『焉，焉鳥也。』『禺，母猴屬。』……可見焉居禺知云者猶言爲猿鳥之所蕃殖也。」○岑仲勉：「焉居似即漢代焉耆，……依漢書地理志，國在慶陽、寧縣一帶，或者早期居今武威以東，春秋、戰國時其勢逐漸東伸所致。」「禺知，王國維以爲即禺氏，周書王會篇之禺氏，何秋濤箋釋謂即月氏，其考定良可信。按後漢書著張掖（甘州）爲月氏古地。藤田氏謂月氏初居武威（涼州）、張掖（西域篇五七—五八頁），如果其上古住地是一樣，則穆傳與後漢書又相印證。」「平猶平原，正指涼、甘兩州富沃之平野，逾皋蘭一帶山脈馳行五日而至，程亦相當。」○王範之：「『焉居禺知之平』當是在犬戎以西，或就是今山西雁門山西北的一帶地區了。」○常征：「岑氏釋焉居即義渠（焉支、焉耆），禺知即月氏（禺氏、虞氏），甚具卓識。」但釋地於河西走廊則非。「其地自當在西隃山（隴阪）北麓之祖厲河流域。」○錢伯泉：「『禺知』即『禺氏』，也就是月氏。」「從穆天子傳的這條記載看，禺氏正在中原之北，犬戎之西。」○衛挺生：小川説是。○靳生禾：「隃以上的焉居、禺知，前輩學者多考爲晉西北的平魯一帶，也是頗有道理的。那塊地方則正在『（趙武靈）王破原陽，以爲騎邑』和『無窮』一線。」○欒案：焉居、禺知，當爲古部族名。其地望以里程計當在今山西、平魯、井坪一帶。

辛丑，天子西征，至于䣙人〔一〕。䣙，國名，音叵肯切。河宗之子孫䣙柏絮〔二〕柏，爵。絮，名。古柏字多从〔三〕木。且逆天子于智之□〔四〕。先豹皮十，良馬二六〔五〕，古者爲禮，皆有以先之。傳曰：「先進乘韋〔六〕」。天子使井利受之。井利，穆王之嬖臣〔七〕。癸卯〔八〕，天子舍于漆𣽊〔九〕。一宿爲舍。乃西鈞于河〔一〇〕，以觀□智〔一一〕之□。甲辰，天子獵于滲澤〔一二〕。於是得白狐玄狢焉〔一三〕，以祭于河宗〔一四〕。以將有事于河，奇此獲，故用之。漢武帝郊祀得一角白鹿〔一五〕，以爲祥瑞，亦將燎祭之類〔一六〕。丙午〔一七〕，天子飲于河水之阿〔一八〕。阿，水崖也〔一九〕。天子屬六師之人于䣙邦之南，滲澤之上〔二〇〕。屬，猶會也。

校釋

〔一〕檀萃：前漢表有䣙成制侯，史記作蒯成。晉地道記屬北地。師古謂從崩，從邑，音蒯，非也。呂忱音陪。楚漢春秋作憑城侯。○洪頤煊：「蒯即䣙字之譌。」「古今姓氏書辨證云：『䣙國在虞、芮之間。』」○翟云升：「䣙蓋有二地而音不同，傳之䣙蓋在右扶風（從說文），故音崩聲。」○郝懿行：「廣韻引作『西征至䣙』，無『人』字。」○劉師培：「史記之蒯當係䣙字之誤。」「䣙成侯之䣙，楚漢春秋作憑，則䣙必係從崩聲，䣙地在鄠鄉，與穆傳之䣙地望宛合，即䣙國之故地也，屬今甘肅東境。」○丁謙：「䣙人爲河宗氏分封之國，地在滲澤以北，今土爾扈特西南二旗境。」○小川琢治：「句下當脱『之邦』二字。」䣙字「發音略如 pêng、pēng。古地名與此相近者，僅水經注所謂芒干水，地理志作荒干水一名，地理志定襄郡武皋縣注云：『荒干水出塞外，西至沙陵入河，中部郡尉治。』」其與白渠水相鄰。「楊氏前漢地理圖謂白渠水當今西拉烏蘇河，由定襄郡北界西流；芒干水接流（漢書之荒干水）於其北雲中郡南界。後者（芒干河）之水源在今代哈泊北，相當歸化城南西流之黑水河。」「因以爲䣙人之邦當在今歸化城附近，即漢雲中地方陰山南麓一帶。」○顧實：「䣙國當在今綏遠之歸化以西地。南跨圖爾根河，而西際博托河。」劉師培說亦是。○于省吾：劉說䣙、馮古通，是。然「尚未知䣙人之即馮夷也。」甲骨、金文中人、尸、夷三字形、音並通可證。○高夷吾：䣙邦即今護拉齊。○樑案：于省吾說䣙人即馮夷（之族），䣙人爲馮夷之後，其説甚是，推其地望，自平魯、井坪間西行兩日，則大致當在今内蒙古黑城至托克托間。

〔二〕䣙，洪頤煊云史記趙世家正義引譌作「則」。柏，諸本又或作「伯」、「栢」，此據郭注而作「柏」。絮，洪頤煊云古今姓氏書辨證引作「綮」。陳逢衡、翟云升云路史國名紀六、姓纂引俱作「綮」。○檀萃：「河宗者，猶六宗之宗，祭名也。其裔主河之祭。國在河源。」○陳逢衡：「宗猶大宗、小宗、宗子之謂。」檀說失之。「下文河宗伯夭，伯是爵。蓋其嫡派子孫承河伯馮夷之後者，故襲其爵，稱『河宗伯夭』。此䣙柏絮是其別派子孫，不得與河宗伯夭之爵同。疑『柏絮』是二字連名。」○劉師培：「䣙柏、伯夭同爲河宗氏。伯夭在西，爲河宗氏嫡裔。䣙柏另分工於東。」「水經注云：『河水又出於楊紆陵門之山，而注於馮逸之山。』楊紆即上陽紆山，馮逸即馮夷轉名，蓋以人名爲山名也，其地當在河宗國境内。」〇常征：「河伯部落集團爲三代名族。」「關於其族居地，三代之初曾在潼關上下、黄河兩岸，與伊洛流域之『有洛』、嵩山地區之『有易』，龍門沿岸之濊、貊爲鄰，亦與殷人隔河相望。」「殷侯上甲微自今安陽地區南伐有易，河伯亦嘗與之聯兵。」「及殷王朝西嚮拓境，即爲之先行，進至蘭州地區，蘭州地區之河伯氏，周初尚爲西北大邦，據有黄河兩岸。」「周王在其境會諸侯所祭之河，即蘭州黄河。」〇樑案：宗者，尊也、長也。水經河水注引考異郵：「河者，水之氣，四瀆之精也。」楚辭九歌河伯王逸注：「河爲四瀆長。」初學記卷六引與河伯牋「（河伯）包四瀆以稱王，總百川而爲主」，皆其意也。又「柏」字郭注不誤。下文「柏夭」之「柏」表行次，長子是也，故可承其父祖之位而稱「河宗伯夭」。鄘柏（伯）爲其別封。

〔三〕从，據吴鈔、檀、吕、邵本作，他本誤作「以」，盧文弨、黄丕烈校皆改作「从」。

〔四〕檀萃：「智，國名，即智氏也。所處在戊□之山，與鄘皆河旁之國也。」〇陳逢衡：「此『智之□』疑即上文『焉居、禺知之平』而有脱誤也。」「『智』下疑脱『氏』字。空方當是『邦』字。又案：郭注引傳曰『先進乘韋』，檢僖公三十三年傳『以乘韋先』，杜注：『古者將獻遺於人，必有以先之。』無所謂『先進乘韋』也。郭注蓋約其旨以成文。」〇顧實：「智之□，當爲地名，在今托克托城西。」〇翟云升：「以下文『□智』證之，上似有缺文。」〇衛挺生：「『智之□』當作『智之境』。『智』當即『禺知』，猶『吴』之又作『句吴』、『越』之又作『於越』也。且，徂字，古文省彳。徂逆，往避也。」〇錢伯泉：史記趙世家載霍山天使遺趙襄子，中有「余將使女反滅知氏」一語。此「智」即彼知

（智）氏。「其封地在今山西省西南部，河宗氏與智氏相鄰，地處黃河邊上。」〇樑案：「智之□」爲地名無疑。其與滲澤、鄘邦相鄰，亦當在今内蒙古河套托克托一帶，而絶非在今山西西南的晉智氏之地。「先」字義釋見下。

〔五〕衛聚賢：上數目的『二六』爲倍數『十二』呢？還是省略了十字『二六』爲『二十六』呢？關於這點郭璞無注，但按方言附劉歆與揚雄書『子雲獨採集先代絶言，異國殊語，以爲十五卷。』郭璞方言的序説：『暨乎揚生，沈談其志，歷載搆綴，乃就其欣，是以三五之篇著而獨鑒之功顯。』是郭璞以爲用倍數，不是省略十字。但我國古籍中用倍數，只有少數幾種特殊情況。如女樂以八人一組，故兩組可稱「二八」。又，五爲五行之數，凡五數一組的，可稱「三五」、「二五」。其他皆不用。「是可斷定穆天子傳的數目省略十字了。」這是受印度人發明的阿拉伯數字寫法影響而成的。〇常征：「此種計數法，東周以後已不多用（如左傳即罕見），後世即令用之，亦止爲典雅用辭，如『三五明月滿』、『年方二九』、『二八佳人』之類，與作爲計數之恒語不同。傳文多此，亦爲其書不出於漢後之證。」〇樑案：楊伯峻春秋左傳注僖公三十三年「以乘韋先」下云：「先者，古代致送禮物，均先以輕物爲引，而後致送重物。」所釋甚爲簡明扼要。「良馬二六」，當是十二匹馬。穆傳贈馬，凡食馬、野馬，概以百、十計；凡良馬、駿馬（用于駕車乘者）皆爲「四」之倍數，故卷四有「四馬之乘」、「良馬十駟」，卷五則直言「駿馬十六」、皆可證此必爲「十二」而絶非「二十六」。至謂此乃受印度人發明的阿拉伯數字影響之説更屬無稽之談。又，此種記數之法，未見有早於春秋者，故亦可知穆傳不僅不出於漢後，亦不當出於春秋以前。

〔六〕乘，范本、邵本誤作「采」。先進乘韋，陳逢衡、顧實俱校明左僖三十三年傳作「以乘韋先」。

〔七〕檀萃：「孌，親狎也。」「井利，紀年作共公利，蓋井字之譌耳。」○陳逢衡：「廣韻四十静：『井氏，姜子牙之後，周有井利、井伯。』」○于省吾：「井利即邢利，金文邢國之邢均作井。」○櫟案：穆傳井利與邢侯有别甚明，與金文、典籍完全相合。此「井」即説文之「郱」，云「鄭地（即穆傳之『南鄭』、金文之『奠』）郱亭。」廣韻作「丼」，與金文字形完全一致。而邢侯之邢，金文作井，中間無一點，以示與丼字不同，甲骨文有井方，爲殷之敵，疑即西周姜姓井氏之先。西周金文井氏多見於中期，且其前往往冠一「奠（鄭）」字，其出現也多在奠（鄭）地。此奠（鄭），穆傳作「南鄭」（地望説詳卷四「南鄭」下），爲井氏家族住地。據金文，該族在穆王至孝王四朝顯赫一時，歷居高位。可知穆傳確有西周史料保存。井利，李學勤穆公簋蓋在青銅器分期上的意義（載文博一九八四年二期）説即穆公簋與師遽方彝的宰利，以卷六井利操持盛姬喪事即爲宰官之職事。其説可參。需注意的是，後世往往「井（鄭）」、「邢」相混，由穆傳與説文、廣韻及金文可知「井（郱）」不當再隷作「邢」。

〔八〕卯，諸本作「酉」。惟檀本作「卯」，乃其意改，陳逢衡、翟云升從檀本。吕調陽校、顧實校俱云作「卯」是。○櫟案：以上下日期核計，當作「卯」是，故校改之。

〔九〕檀萃：「滜，古澤字。」○洪頤煊：「孫同元云：『漆滜疑即下滲澤之譌。』」案：初學記二十二引下文

『天子獵于滲澤』，滲、漆字相近，孫説是也。」○陳逢衡：「水經注：『漆水出杜陽縣之漆溪，謂之漆渠。』此漆瀑疑漆渠、漆溪之類。郭注『一宿爲舍』，見左氏莊三年傳。」○吕調陽：「漆本作澡，澤今黛山湖。」○翟云升：「諸本澤皆作瀑，蓋傳寫之譌，非古文也。」○丁謙：「漆澤，今札遜泊。」○小川琢治：「癸卯舍于漆澤，次于滲澤，及歸途所經之澡澤，均係指一沼澤地而言，恐爲同一地名，因字形相似誤爲三耳。其中『滲』字當爲本字，他均轉誤。」地近河，與水經注之沙陵湖相合。「沙陵湖附近當黄河東岸孔道，在漢雲中城、唐東受降城、今托克托城也。」○顧實：「漆爲滲之形訛字，卷四又訛作澡。今歸化城南之圖爾根河，亦曰大黑河，流逕薩拉齊之南境，又西南而匯爲澤，曰山黛湖者，即滲澤也。滲、山音近。澤，古音如澤，亦與黛音近。則山黛即滲澤，不過古今語音之變也。」水道提綱作黛山湖。○高夷吾：「漆澤即今沙陵湖。」○衛挺生以小川、顧實説是。○檪案：漆澤即下文「滲澤」，亦即卷四之「澡澤」，此皆後世傳鈔所致。相較而言，似滲澤當爲本字，其地望蓋以山黛湖近是。

〔一〇〕檀萃：「以閲視智氏河水也。氏音支，即漢之郅居水也。在匈奴之極北，而燕然山在南。」○陳逢衡：檀氏説殊屬混扯，將上下文誤爲一事。○岑仲勉：「涼甘西出，便是張掖河，瀦爲居延海，穆傳此一段之『河』，當指張掖河言之。」○趙儷生：岑仲勉説非。穆王往返皆經河套而未走隴坂、鳥鼠山一路。○錢伯泉：「穆王既能西釣於黄河，則水勢必甚平緩，其地定在汾河入黄之處。這一段穆王的『西征』，實際上是順着汾河嚮西南前進。」○靳生禾：「穆傳的『河』則指河套一帶的黄河，亦不可能是岑先生所説的先秦時期不過邊徼無名細流的張掖河。」

〔一一〕陳逢衡：「上空方是『於』字。」「『智』下亦當脱『氏』字。」○顧實：據上文則「疑此『智』上不當有缺文。」○衛挺生：「『智』字上之□當作『禺』字。『禺智』即『禺知』。」○檃案：空方所缺當是所觀事物之類，絶非衍出，更非『禺』字。

〔一二〕滲澤，翟云升校引北堂書鈔作『溙澤』，云作『滲澤』乃涉下文而誤。○檀萃：『滲，經作洿。大時之山，洿水出焉，北流注於渭。』○吕調陽：『滲即澡。』○丁謙：『滲澤，今敖羅海池，在鄂凌海東百餘里，河水折而南流處，見水道提綱。或疑滲澤之訛，不知穆王既釣於河，自必獵於近河處，豈有北返溙澤之理。』○檃案：穆王此時在鄘邦盤桓遊樂，自可縱横馳騁，多次往來於滲澤，非如他處在征程中，往而不返也。更何況滲澤較大，此與上未見得爲同一地。

〔一三〕狢，洪本作「貈」，檀、翟、吕、郝本作「貉」。○洪頤煊：「貈，本作狢，從廣韻十九鐸注引改。太平御覽六十一引作『貉』，皆古今字。」翟云升同。○檃案：諸校改『狢』爲「貉」、「貈」者，實皆本説文。説文無「狢」字；「貉」字下云「北方貉，豸種也」；「貈」字下云「似狐，善睡獸也。論語曰『狐貈之厚以居』」，段注云：「凡狐貉連文者，皆當作『貈』字，今字乃皆假『貉』爲『貈』，造『貊』爲『貉』矣。」故多以「貈」爲正字，「貉」爲假字，「貊」、「狢」又後起字。案：舊説失之。今檢諸甲骨、金文，「狢」、「貉」兩字多見，而「貈」字僅作爲偏旁有一見。可知「狢」、「貉」兩字絶不晚於「貈」字，故此「狢」字無須改之。

〔一四〕陳逢衡："「河宗，即指河伯馮夷，蓋河宗氏之遠祖，爲夏時河伯能治水者。」

〔一五〕洪頤煊："「郭氏爾雅釋獸注：『漢武帝郊雍得一角獸若麃然，謂之麟。』檢史記、漢書原文俱同，此注云白鹿，約言之耳。」

〔一六〕陳逢衡："「御覽八百三十二引『以將有事于河，獲此故用。』」

〔一七〕丙午，丁謙干支表改爲「丙子」。

〔一八〕顧實："「河水之阿，當在山黛湖之西北，當黄河東南流之屈曲處。阿，曲隅也。」○檕案："「阿」字郭注不誤。顧氏於穆傳「阿」字皆訓曲隅，便不免多有勉强，不如郭注切實妥貼。

〔一九〕崖，范本作「峰」、李本作「峯」、吕本作「崕」、吴鈔本作「崖」，洪、翟皆校改作「崖」。盧文弨校改作「岸」，云："「趙云當作岸。」○檕案：作「崖」是。洪、翟、顧改「崖」未知據何本。

〔二〇〕陳逢衡："「屬兼聚合存恤二義。」○顧實："「二千五百人曰師，六師則萬五千人也。若萬二千五百人爲軍，天子六軍，則凡七萬五千人也。黄以周禮書通故曰：『天子國制六軍，其出征，只用六師。』」○于省吾："「案：書顧命『張皇六師』，詩瞻彼洛矣『以作六師』，棫樸『六師及之』，常武『整我六師』。金文作『六自』，鼓斝簋『王命東宮追以六自之年』，成鼎『王□命廼六自』，又云『揚六自』。」○莫任南："「至稱『六師之人』，或不無誇張。但中原商人西去，必結伴而行，常達數百人，則爲事實。如張騫第二次出使，將三百人，馬各二匹，牛、羊以萬數（漢書張騫傳），那聲勢確是浩大的。」○檕案：屬訓會（會聚），又見孟子梁惠王下、左哀十三年傳、國語晉語二、齊語、淮南子天文訓等注。據西周金文與文獻，周初有兩支主力大軍：西六師（即「六師」）與成周八師（即「殷八師」。或以殷八師爲另一支大軍）。西六師爲周人本土的嫡系部隊。西周中期以後，當殷遺民已不再是西周統治者的重要威脅時，金文與文獻中就只見「六師」（即「西六師」）而不見成周八師（殷八師）了。

戊申〔一〕，天子西征，鶩〔二〕行至于陽紆之山〔三〕。鶩，猶馳也。紆，音嘔。河伯無夷之所都居〔四〕，無夷，馮夷也。山海經云冰夷。是惟河宗氏〔五〕。河，四瀆之宗。主河者因以爲氏〔六〕。河宗柏夭逆天子燕然之山〔七〕。柏夭，字也。勞用束帛加璧〔八〕，勞，郊勞也。五兩爲一束。兩，今之二丈。先白□〔九〕，天子使𨙸父受之〔一〇〕。𨙸父，𨙸公謀父，作祈招之詩者。

校釋

〔一〕檀本改「寅」作「申」，陳逢衡、翟云升、呂調陽、顧實等俱從之。案：計以時日，當作「申」爲是，此從之。

〔二〕鶩（及下注文），翟、檀本、黃校朱筆作「鶩」。案：鶩雖本字，然戰國時人習用假字，故此不可無本而擅改。

〔三〕檀萃：「周官職方『冀州澤曰陽紆』，蓋嘔夷也。」○洪頤煊：「今本紀年云：『十三年春，𨙸公帥師從王西征，次于陽紆。』水經注云：『河水又出于陽紆、凌門之山。』淮南子云：『昔禹治水，具禱陽紆。』蓋於此也。」○陳逢衡：「藝文類聚八十三引作『西征至陽紆山』。」「古不聞有二陽紆，此陽紆即冀之澤藪無疑。若嘔夷是滱水，與陽紆無涉。」○呂調陽：「今河套北。」○劉師培：「爾雅釋地『秦有陽陓』，呂氏春秋作陽華，淮南子作陽紆。紆與陓、華，均于聲。此文陽紆疑即爾雅之陽陓。爾雅郭注：『陽陓在扶風汧縣西。』以穆傳地望校之，此地確在鄘邦西境、河宗國之東，山以附近之藪得名也。」○丁謙：「陽紆山，山海經作『陽汙』，云：『陽汙之山，河出其中。』淮南子作『陽盱』，云：『禹爲水，以身請於陽盱之阿。』二條確是此地之山，其他言陽紆者甚多，與此無關，故不泛引。此山與河宗國近，當即今鄂凌湖北馬尼都山。」○沈曾植：「陽紆之山，蓋今賀蘭山。」○小川琢治：「其山與黄河北邊相連，就今日地圖觀之，當陰山及哈拉納林鄂拉（黑白嶺）之地。」史記蒙恬列傳、水經河水注作「陽山」。黑白岭之名當由其遮蔽北部居民日光而言，「漢譯其意爲陰山，陽紆之名則通行於周代。同在河北，二名通用，復因漢名意義迂曲，陽山之名乃漸被遺忘。」「今按逸周書職方解序『穆王作陽紆』與穆天子傳所謂陽紆當係同地。」爾雅釋地、周禮司馬職方氏二書所載陽紆之藪，「當在穆王漁獵之滲澤附近地方，陽紆即陰山南麓之別名。」○蔣超伯：「按淮南脩務訓云：『禹之爲水，以身解于陽紆之河。』當即此處。」○顧實：「陽紆之山，當即今綏遠烏喇特旗河套北岸諸山之總名。」「董祐誠曰：『陽山當即鄂爾多斯右翼後旗北、河外翁金碩隆、迤東達罕德爾諸山。』翁金碩隆即翁金朔隆，達罕德爾即大漢得兒。水道提綱曰：『黄河最北一派，東至噶札爾賀邵山之南，大漢得兒山之西南，始折東南流。』故清一統志所謂：『陽山，蒙古名洪戈爾；陰山，蒙古名噶札爾山，在周初，當皆屬於陽紆之山，在秦亦均屬於陽山也。』後名陰山者，黑日岭遮蔽陽光之故也。』」○張公量：小川説甚是。「其直截了當，遠勝於顧實先生也。」○高夷吾：「陽紆即陽山。」○顧頡剛：「就『絶隃關隥』以至河宗的道路看來，似乎即是現在的大青山。」○岑仲勉：「其地仍不外張掖河流域一帶。」觀孫詒讓周禮正義六四「楊紆」注，知陽紆在上古原是通名，不止一地。○王範之：「陽紆之山，距離滲澤不過只有一天多的路程。因此它可能是現在的陰山附近。大約其下有澤名陽紆，所以這山也叫陽紆之山了。」○趙儷生：「陽紆的方位，一直很難確定。」陝西、河南與穆傳顯然不合。由山經海内北經、水經河水注看，『馮逸之山，當爲今之中條山；『凌門』、『陵門』當即龍門；從引文辭序排列來看，陽紆必在龍門的上游，那就很可能是河套了。徐炳昶的中國古史的傳説時代一書中曾引古生物學家楊鍾健的話説，河套古代爲一大湖（見該書頁三六一）。」「在叫做『陽紆』的河和湖的北面有山，這就是現在内蒙的大青山，文獻中又名之曰陽山。」即史記秦始皇本紀中的陽山。○錢伯泉：「穆王經過今陝西省中部，逾六盤山，來到蘭州附近的黄河邊上。」○櫟案：卷四云：「自宗周瀍水以西，北至河宗之邦、陽紆之山，三千有四百里。」明陽紆之山仍在河宗之邦，亦即河套地區。小川、顧實説爲今内蒙古陰山，是。顧頡剛、趙儷生説爲大青山，則更具體。古以其在河之北而名陽山，後則以其遮蔽陽光而名陰山。

〔四〕唐本引楊慎云：「無夷，水經注作『冰夷』，淮南子作『馮遲』，洛神賦作『屏翳』。」○陳逢衡：「竹書作『馮夷』。」○章炳麟：馮夷本作馮蠵（見漢書禮樂志録景星詩），「説文：『蠵，大龜也。』以海若即右倪之若龜例之，必無疑矣。本是鄘君，而死後靈爽，相傳以爲化蠵，亦猶鯀入羽淵而爲黄能矣。」○丁謙：「蓋河宗伯夭之遠祖，祀爲水神者也。」○顧實：「無夷，蓋爲鄘伯綮及河宗柏夭之祖先也。」○于省吾：「馮夷謂夷之國名也。死爲河伯，因其爲馮夷之國君，沿習既久，遂以馮夷爲河伯之名也。後漢書張衡傳思玄賦『號馮夷俾清律兮』，注：『龍魚河圖曰：「河伯姓呂名公子，夫人姓馮名夷。」』按夫人姓馮名夷之説，殊不可據，河伯不應以夫人之名爲名也。至河伯姓呂名公子，雖不知其何所本，然可證河伯本非姓馮名夷也。」○檪案：顧炎武日知録卷二十五「河伯」條云：「是河伯者，國居河上而命之爲伯，如文王之爲西伯。而馮夷者，其名爾。」此説極爲簡明扼要。其名異字甚多，然「屏翳」則非。洛神賦「屏翳收風」，吕嚮注：「屏翳，風師也。」山經、楚辭等又有説爲雲神、雨師、雷師的，但無以爲河伯者，故不當混入。又，「都居」者，臺灣中華學術院編中文大字典（一九七九年修訂版）釋爲「奠都而居之也」，較他説爲佳。

〔五〕洪頤煊：「史記趙世家正義云：『河宗在龍門，河之上流，嵐、勝二州之地。』」○丁謙：「河宗者，河水之源中國境内。足當河宗名稱者，惟星宿海與羅布泊。」然考卷四所載里程，「知河宗必指星宿海。若羅布伯，則太遠而里數不合。」○顧頡剛：河宗之名，除史記趙世家與穆傳外，「它處從未見過，這是最可注意的一點。」洛邑、鎬京、南鄭，「這三處無論從哪一處出發到西北去，總當沿着渭水或涇水走。」何以穆傳走山西、河套，「這無非因爲（趙）武靈王開闢了『代道』的緣故。這條代道就是穆傳裏的『翟道』。」可知「穆天子傳的著作背景即是趙武靈王的西北略地。」○王範之：「在春秋戰國間的人的傳説裏是存在着『往返都要經過雁門，出雁門是嚮西北順着黄河走的一條交通路線』的説法的。也許這便即是春秋戰國之間，這時通嚮西北的一條實際的交通路線呢。」○趙儷生：穆王往返皆經河套，不僅爲祭河、觀圖，「最重要的還是在這裏能够物色到理想的『舌人』（翻譯）。河宗伯夭看起來是穆天子一路上緊緊伴隨的譯員，對很多部落的獻禮物品都是派遣伯夭代表天子接受，他對『西膜』的風俗習慣和語言似乎是相當熟習的。」○櫟案：顧頡剛、趙儷生所説固然都有一定道理，但尚有一個因素也須予以注意。即進入戰國時期，中域地區形成了六國與秦的對抗局面，特别是韓、趙、魏這三個被稱爲「三晉」的國家與秦的衝突，矛盾更爲激烈、緊張，因此他們要去西北便不走涇渭而北上經河套再西北去也就是很自然的事了。

〔六〕洪頤煊：「初學記六引穆天子傳云：『河與江、淮、濟之水爲四瀆，河曰河宗，四瀆之所宗也。』疑此注文。」

〔七〕檀萃：「按前匈奴傳貳師引兵還至速邪烏燕然山，注云：『速邪烏，地名也。燕然山在其中。』……今一統志諸山皆在韃靼，則知三代時皆爲五服之地。」○陳逢衡：「燕然山，今在多倫諾爾界，太平寰宇記關西道振武軍金河縣燕然。續漢書郡國志云：永元三年，車騎將軍竇憲出鷄鹿塞，遂至燕然山，至今縣北蹟存。案：隋唐金河縣，今歸化城。又陳仁錫潛確類書謂燕然山即燕支山，在神木縣。案：神木縣今屬陝西葭州，燕支山即祁連山，非燕然山。」○呂調陽：「山在套東。」○劉師培：「此燕然山在今甘肅境。」「非漢書匈奴傳之燕然也。」○丁謙：「燕然山當在陽紆西，今札凌湖東北烏藍得什山（二山名見東亞三國圖）。」○小川琢治：燕然之山，據下文「知其地瀕河，在包頭東，即陰山南麓諸山；但其山秦漢已失傳，故漢書地理志不載。」○顧實：「燕然之山，當即烏喇特旗之穆尼烏拉山。」「燕然者，或取安然障流之義。」漢書匈奴傳、後漢書竇憲傳之燕然，「即今外蒙古賽音諾顔之杭愛山，……宜與穆傳無涉。」陳逢衡謂金河縣之燕然，更非。○檪案：依傳文，燕然山顯然爲今陰山山脈中一山，具體當今何山，尚難確定。

（八）

檀萃：「郊勞，天子待諸侯來朝之禮也。此之郊勞，則諸侯以待天子。王、侯疊爲賓主。」○陳逢衡：「儀禮士冠禮『束帛儷皮』注、士昏禮『元纁束帛』注：『束，帛十端也。』公食大夫禮『公受宰夫束帛以侑』注：『束帛，十端帛也。』儀禮聘禮：『釋幣制元纁束』注：『凡物十曰束。』禮記曾子問『束帛』疏：『束帛，十端也。』據小爾雅『五尺謂之墨，倍墨謂之丈，倍丈謂之端，倍端謂之兩，倍兩謂之匹，兩有五謂之束。』則二丈爲端，四丈爲兩，八丈爲匹。兩有五謂之束，則爲二十丈。又地官媒氏『純帛無過五兩』，鄭注：『五兩，十端也。』必言兩者，欲得其配合之名，每端二丈。昭公二十六年左傳『以幣錦二兩』，杜注：『二丈爲一端，二端爲一兩。』皆與郭注所云『五兩爲一束。兩，今之二丈』不合。案：二丈爲兩，五兩不過十丈。當云『今之四丈』。」○檪案：爾雅釋器：「肉倍好謂之璧，好倍肉謂之瑗，肉好若一謂之環。」歷來對此解釋不一，今由出土實物觀之，肉（體）與好（孔）的比例似乎找不出規律，故或以爲璧、環、瑗三者實皆一物，或以爲孔徑在全器二分之一以上者可特稱爲環，總之尚在繼續探索研究之中。

〔九〕□，檀本填『馬』字。○陳逢衡：「空方不知何物。」○衛挺生「當作『圭』字。圭，天子所執。」○櫟案：陳說是。

〔一〇〕鄒，或作「祭」。○洪頤煊：「說文云：『鄒，周邑也。』」○陳逢衡：「韋注國語云：『祭，畿内之國，周公之後也，爲王卿士。謀父，字也。』祈招詩見左傳昭公十二年子革曰：『祭公謀父作祈招之詩以止王心。王是以獲没於祇宮。』杜注：『謀父，周卿士。祈父，周司馬。招，其名。』衡案：祈即指祈宮，招如徵招、角招之類。」○衛挺生：「祭，周公旦之後也。左傳僖二十四年：『凡、茅、蔣、胙、祭，周公之胤也。』謀父於穆王爲族祖，故逸周書祭公解『王若曰：祖祭公』云云。其封地在王畿内，今在鄭州東北十五里有祭城遺址。」○櫟案：鄒，史載爲周公第七子所封，邑在管城（即今鄭州城内發掘的商周古城）東北約十五里處、敖山東麓。雷學淇竹書紀年義證云：「祭公謀父者，周公之孫。其父武公與昭王同没於漢。謀父，其名也。」乃其一說。祈招，楊伯峻春秋左傳注昭公十二年説漢以來諸解不一，糾葛紛紜，故「不必强求確解」。案：從題目看，「招」字似以陳逢衡説爲徵招、角招之招爲是，但從左傳所引其詩句作「祈招之愔愔」視，則似乎又不是，而且其義難解。現在可明瞭的是：祈招之名乃是用詩的起首二字，而確切含義仍不明瞭。

癸丑，天子大朝于燕□〔一〕之山，河水之阿。蓋朝會郡官〔二〕，告將禮河也〔三〕。乃命井利〔四〕、梁固梁固〔五〕，大夫。聿將六師。聿，猶曰也。天子命吉日戊午，詩曰「吉日庚午」。天子大服：冕禕〔六〕，冕，冠。禕，衣。蓋王后之上服，今帝服之，所未詳。禕音暉。帔帶〔七〕，帔，韠也〔八〕。天子赤帔，音弗。搢曶〔九〕，曶長三尺，杼上椎頭，一名珽，亦謂之大圭。搢，猶帶也。曶音忽。夾佩〔一〇〕，左右兩佩。奉璧〔一一〕，南面〔一二〕立于寒下〔一三〕。〔一四〕寒下，未詳。曾祝佐之，曾，重也。傳曰「曾臣偃」〔一五〕。官人陳牲全五□具〔一六〕。牛羊之品曰牲〔一七〕，體完曰全牲〔一八〕。或曰：全，色純也。傳曰「牲全〔一九〕肥腯」。

校釋

〔一〕□，唐、檀、張、翟、洪、盧校皆作「然」，是，但皆自改，故仍作□。

〔二〕郡，檀、翟本作「群」，盧校「郡疑群」。

〔三〕陳逢衡：「此穆王因征西戎而行巡狩會同之事，謂合西方五等諸侯而黜陟之，故曰『大朝』，非會郡官也。」但作「群官」者更誤，若止會隨行屬官，焉得云大朝。○顧實：「揆其地望，當在穆尼烏拉山之南，烏喇特後旗之東，三虎河之西乎？」○衛挺生：「此乃在今包頭市之西山嘴附近之平野大朝也。」○樑案：顧、衛説大體位置近之，而確切尚難斷定。

〔四〕利，馮校：「一本『利』下有『□』。」不知爲何本。

〔五〕檀萃、洪頤煊、翟云升俱校「門」字誤而當作「固」，此從之。○常征：「按此逢公固爲逢國之君，逢伯陵後裔，姜姓，其作國之地在今開封稍西，以臨逢池（亦曰制澤），故稱逢國。逢國原名梁，因又得稱梁國，其君因得謂『梁固』。（正因爲逢國或梁國在開封附近，故後世其地得稱大梁，而大梁以東水澤亦獲逢澤之名）。該國，言春秋者早已不知其所在，晉人倘僞造穆天子傳，又安得知逢公即梁固，而述之若合符契？」○衛挺生：「統觀全書，梁固當即逢公固，正如范武子士會又稱隋會，而荀林父爲中行氏，又稱中行桓子之例也。」○櫟案：由郭璞於卷二「逢固」下亦有注「周大夫」者，則可知郭璞並不以梁固與逢固爲同一人，否則卷二就無需再作注。撇開郭注不論，以穆傳全書前後文考察，則又感到他們爲同一人的可能性確是很大的，但問題是缺乏有力的證據。常、衛之説同樣顯得不足。衛先生所云皆屬旁例，而非直接證明。常先生所説雖然頗費功夫，却給人以不知所云之感。據史載，姜姓的逢國是在今山東臨朐縣西，因近旁之逢山而得名。武王克商後，即屬齊。古梁國則爲秦仲少子康的封國，封地在今陝西韓城縣西南，地靠梁山而得名，至春秋而滅於秦，終未遷國。逢澤本魏國逢忌之藪，至魏惠王廢而賜民。大梁之得名，蓋由其周圍有大溝與梁溝二條人工運河之故，即使非是，也與逢國、梁國無關，故常征所云實未知由何而來。若梁固與逢固果爲一人，則只能是「梁」、「逢」中必有一誤或另有其他原因，目前尚難確知。而此二人果否一人也尚難以斷定。故陳逢衡、顧實、小川等皆無釋也。

〔六〕陳逢衡：「太平御覽六百九十引『吉日戊午，天子大服冕褘，授河宗璧。』」○孫詒讓：「案此冕褘於周禮司服當祀四望山川之毳冕、内司服先鄭注云：『褘衣，畫衣也。』王冕服皆衣畫而裳繡，故亦通謂之褘，后六服有褖衣，士喪禮及襍記名男子玄端服之連衣裳者，亦曰褖衣。是男、女服不嫌同名之例。」○顧實：「褘，畫衣也。郭注以爲王后之上服，於義荒矣。」孫説是。○檪案：此冕褘即金文賞賜物中習見之「冕、衣」也。冕即冠，褘即褘衣（畫衣），孫説是。

〔七〕洪頤煊：「説文云：『巿，韠也。篆文作韍。』『帗，一幅巾也。从巾，犮聲，讀若撥。』今借作韍字。」○陳逢衡：「帗帶當是以五采細毛組織爲紳帶也。」「説文云：『韠，韍也，所以蔽前，以韋，下廣二尺，上廣二尺，其頸五寸。一命緼韠，再命赤韠。从韋，畢聲。』又小雅采菽疏：『韍、韠，俱是蔽膝之象，其制同。』據此，則韠是蔽膝，雖説文巿字有『从巾，象連帶之形』云云，然究與帶字不貫。」○顧實：「帗借爲巿，巿、韍同字，亦通作紱、芾、紼。郭注『帗，韠，天子赤帗』，是也。」○檪案：「帗、帶」即賞賜金文習見之「巿、黄」。陳夢家西周銅器斷代（載考古學報一九五六年三期）於趞曹鼎下考明：巿，又名韠、韍、帗、芾、袚、紼、茀、褘、衻、襘、大巾、巨巾、蔽膝，甚是。案：巿爲象形本字，正是繫於腰間、垂於膝前之形。其他皆形聲與意稱。其起源於原始時期的膝前遮蔽物。天子用巿之色，文獻或云「赤」，或云「朱」，金文未見，尚難辨其孰是。帶，金文作「黄」、「𢅏」，皆讀爲横，横繫巿也。作「帶」者，後起。此亦穆傳晚於西周之一證。

〔八〕韠，本作鞸，洪頤煊、陳逢衡、翟云升據御覽六百九十二引改，此從之。

〔九〕檀萃：「曶，今作笏。考工記『大圭長三尺，杼上終葵首，天子服之。』玉藻：『天子搢珽方正於天下也。』」○洪頤煊：「曶，太平御覽六百九十二引作笏。曶，古笏字。」○顧實：「古多假借也。」○陳逢衡：「説文：『搢，插也。』」○樑案：搢，文獻皆訓插。曶，金文有之，文獻多作笏，或作珽，即大珪也。其制文獻所載不一，考古發掘實物中可斷爲笏者至今未見，故尚難確言。搢曶，即儀禮士喪禮、鄉射禮注文所云「插笏於帶之右旁」者。宋書禮志五云：「古者貴賤皆執笏，其有事則搢之於腰帶。所搢紳士者，搢笏而垂紳帶也。紳垂三尺，笏者有事則書之。」所説甚詳。

〔一〇〕陳逢衡：「疑是佩玉。」

〔一一〕璧，洪本作「壁」，形誤。後多有之，不再出校。

〔一二〕面，吴鈔作「向」，黄校有引。

〔一三〕檀萃：「寒下，蓋地名。」○陳逢衡：「此立於寒下露處也。謂上無屋宇可蔽風雪，非地名。」○郝懿行：「寒下疑謂谷口寒門也，見史記封禪書。」○顧實：「寒者，河宗之神也。昭四年左氏傳曰『以享司寒』，杜注云：『司寒，玄冥水神也。』此古謂水神曰寒之證。水神即河神也。天子立於寒下者，殆將受命於河神之前，神在上，故曰寒下也。」○樑案：寒下者，或如陳説，或言在河之北（寒有北意），終未能定。顧實説亦不妥，河本有神（即河伯馮夷），水神無緣在此。

〔一四〕此處洪本增「受河宗也」四字爲郭注文，云從御覽六百九十二引補。陳逢衡云當作「受河策也」。○顧實：「然此四字當係節截下文『天子授河宗璧』句而爲之，故不録。」○樑案：顧説是，此從之不增。

〔一五〕曾，檀萃、劉師培校云今本左傳作「官」。顧實校云：「襄十八年左氏傳作『曾臣彪』。」○陳逢衡：「曾臣彪、官臣偃，見左氏襄十八年傳，注：『曾臣猶末臣，此曾臣偃當是曾臣彪之誤。』爾雅釋親注『曾猶重也』，詩維天之命箋『曾猶重也』。」○劉師培：「案：淮南覽冥訓『還至其曾逝萬仞之上』高注『曾猶高也』。曾祝蓋職位崇高之祝，即太祝也。卷六『曾祝』亦然。」○顧實：「曾、層古字通用，謂二重也。……則曾祝者，或訓太祝，或訓陪祝，義皆可也。」○樑案：曾祝，其他文獻未見。以文意視，可能即大祝。

〔一六〕□，檀本填「牲」。○王鳴盛：「官人，管人也，與館同。古文館作官，見儀禮注。」○陳逢衡：「官人即儀禮之管人。」「全與牷通。周禮牧人『以供祭祀之牲牷』，犬人『用牷物』，鄭司農注皆云：『牷，純也。』禮記表記『牲牷禮樂齊盛』注：『牷，猶純也。』釋文：『牷，純色也。』郭引傳見桓六年，杜注：『牲，純色完全也。』書微子『今殷民乃攘竊神祇之犧牷牲』孔傳『體完曰牷』，鄭注『牷，體完具。』又見周禮牧人注。又郭注西山經亦云：『牷，謂體全具也。』衡案：當以體全具爲正解。」○顧實：「官人者，荀子榮辱篇所謂：『三代雖亡，治法猶存，是官人百吏之所以取禄秩也。』鄭玄注禮記王制篇以爲『周官府吏之屬』。孫詒讓撰官人義篇（在籀廎述林中），因謂『穆傳合於禮古經』，良不虛也。牲全即牲牷，尚書微子篇作犧牷，周官牧人及左氏傳皆作牲牷。」○樑案：胡培翬儀禮正義聘人「管人布幕於寢門外」下亦釋穆傳之「官人」爲「館人」，甚是。全，甲文如此作，牷爲後起專字。其義有二，爭訟既久而終未能決。於甲文察之，似以色純之説略佔上風。

〔一七〕牲，道、吴、程、李、周本及黄校所見九行本等俱作「生」。

〔一八〕牲，檀、陳、翟本删。案：「牲」字顯爲衍文。

〔一九〕全，顧實：「見桓六年左氏傳，今本作牷。」

天子授河宗璧。河宗柏夭受璧，西向沉璧于河〔一〕，河位載〔二〕昆侖。再拜稽首〔三〕。稽首，首至地也。祝沉牛馬豕羊〔四〕。河宗□命于皇天子〔五〕，加皇者尊上之。河伯號之〔六〕：呼穆王。「帝曰：『穆滿〔七〕，以名應，謙也。言謚蓋後記事者之辭。女當永致用旹事〔八〕。』」語穆王當長幹理世事也哉〔九〕。南向再拜，穆王拜。河宗又號之：「帝曰：『穆滿，示女春山之珤〔一〇〕，山海經「春」字作「鍾」，音同耳。言此山多珍珤奇怪〔一一〕。詔女昆侖□舍四平泉七十〔一二〕。疑皆説昆侖山上事物。乃至于昆侖之丘，以觀春山之珤。皆河伯與穆王詞語。賜語晦〔一三〕。』」月終爲晦，言賜女受終福〔一四〕。天子受命，南向再拜。受河伯命。

校　釋

〔一〕檀萃：「河宗主河祀，故使其沉璧於河，致河之靈見也。」○陳逢衡：「河從西來，故西向。尚書中侯：堯沉璧於洛，舜沉璧於河，湯與武王俱有沉璧之事。穆王蓋則而效之。」○顧實：「周禮大宗伯『以貍沉祭山林川澤』。此穆王沉璧，蓋所謂望祀，遥望河神以璧爲禮。」○檪案：陳夢家殷墟卜辭綜述（科學出版社一九五六年版）十七章宗教一節中云：「卜辭祀河，最多用『沈』、『貍』之法。」又云玉祭在祭祀中其他只見用於先王，可見「河」地位之特殊，其説甚是。案：河在卜辭中，一爲自然神，一爲人格神（殷人心目中的先祖），這大約便是可用玉祭的原因。後世沉璧於河（包括穆傳），其禮由來已久。左傳昭公二十五年「冬十月癸酉，王子朝用成周之寶珪沈於河」，是春秋時猶用此禮之證。

〔二〕載，吕本作「在」，當出意改。○翟云升：「載讀若戴，古字通用，值也。古者有事於山川而非常祭則爲位。河源出昆侖在西，位與相值，故伯夭西嚮而沈璧也。」○顧實：（引翟説後）云：「蓋在河中設位而沈之也。」○檪案：載、在同從才聲可通，無需改字。此蓋言河之神位在昆侖，因古人以河源在昆侖。又，載可訓始，言河源自昆侖，意亦通。

〔三〕陳逢衡：「此言『再拜稽首』者，先空首而後稽首也。蓋拜神用再拜，亦見鄭注。」○檪案：陳言可詳參周禮大祝及鄭注。

〔四〕顧實：「然此云『牛馬豕羊』，與卷二之鄄韓氏云『犬馬牛羊』、卷四之犬戎胡云『犬馬牛羊』皆不同。是必華夏尚牛，彼俗尚犬，所以殊化也。」

〔五〕□，檀萃、衛挺生填「致」字。○洪頤煊：「太平御覽八百九十六引無『□』字，『命于』作『孟乎』。

命、孟聲相近。」○陳逢衡：「『孟』蓋誤字，鮑刻本正作『命』字。乎、于形相近。」○呂調陽：「案穆王自號穆天子，詳三代紀年考。」○丁謙：「『命于皇天子』，猶言受命于天帝，故下即傳天語以詔穆王。」郭注誤。○顧實：「其時穆王南面立於寒下，故稱皇天子，亦稱帝，蓋以在神前而至極尊嚴也。當是河伯致河神之命于皇天子。」「則文當以『河伯號之帝曰』爲句。」○于省吾：「按齊侯壺：『齊侯拜嘉命于上天子』。」○樑案：號者，高聲傳命。「皇天子」指穆王，「皇」乃懿美之辭，金文可見。下「帝」乃指天帝，未可相混。

〔六〕檀萃：「河伯，馮夷也。見神自出而致帝命。」○陳逢衡：「據尚書帝命驗云：『帝者，天號也。』號爲名號，胡到切，不作平聲讀，解爲呼號之號。此『號之』即號皇天子以帝，故下文云『帝曰穆滿』，此義頗合。河伯即河宗伯夭。」檀説誤。○丁謙：「『號之』者，大聲以誦也。」古多假巫祝以傳天、神之語。○樑案：丁説是，此河伯雖非巫祝，但作用一也。

〔七〕檀萃：郭注以帝爲穆王，「上下文義不貫。」○顧實：「『穆滿』，亦河伯呼穆王之名也。」「周成王生前已稱『成』，呂覽下賢篇曰：周公旦抱少主而成之，故曰成王。」史記魯世家載周公曰：『我，文王之子，武王之弟，成王之叔父。』皆其證也。則穆王何不可生前已稱『穆』。故穆滿云者，不必爲死後追記之辭可知也。」○于省吾：郭注非。「『遹簋』『穆王在葊京』，『穆穆王親錫遹𩞁』，是穆王生稱謚號之證。」○岑仲勉：「按周金文言天子丕顯，丕顯之語原爲 mahan，……換言之，『穆滿』即『丕顯』之另一種音寫，其義爲大（王）。穆王之名，不得而詳。」○衛挺生：「顧説是也。」「又詩頌昊天有成命之『成王不敢康』亦頗似生前之頌，則亦生稱『成』之又一例。又近人王國維、今人郭沫若皆從青銅器之銘文加證周穆王生前稱『穆』」，其説不可易也。○檃案：「穆滿」及穆王之「穆」爲生號還是死謚，乃學界争訟已久的難題。自王國維觀堂集林遹簋跋提出「周初諸王若文、武、成、康、昭、穆皆號而非謚」以來，學者莫不信從。後郭沫若金文叢考謚法之起源進而提出「疑謚法之興當在戰國時代」，使這一問題幾成定論。然而時過半個多世紀以後，黄奇逸在中華文史論叢一九八三年第一輯發表甲金文中王號生稱與謚法問題的研究一文，重又復論西周無生稱而皆死謚，使波瀾重又掀起。雖其論尚不足以服人，但由於問題所及並不止於文中所論，遂使這一問題多少有些兩難決的味道，尚有待於進一步的探索研究。單就穆傳而言，此爲生稱。但因穆傳成書於戰國，於西周時期的生號死謚問題關係也就不那麽緊密了。

〔八〕旹，道藏、吴鈔、吴、李、楊鈔、檀本及黄校所見九行本俱作「音」。○洪頤煊：「旹，古時字，本作時，從程氏本改。」○陳逢衡：「永即永命之義。」○劉師培：「古鐘鼎銘文恒言『用亯』，檀本作音，與『亯』形近，疑即『亯』字之訛。後又由音作旹，後儒遂以『時』字釋之，非也。『用亯事』者，勉穆王無忘祭河之事也。」○顧實：「劉説未諦。時即世也，郭注云『世事』，自是塙詁，不可易也。」○檃案：金文「用亯（饗、享）」悉指使用所賜器物而言，可知於此不當，劉説未能成立。

〔九〕哉，范、趙、楊鈔、吕、翟本無。檀萃、顧實校云爲衍字。

〔一〇〕檀萃：「琂，古寶字。河宗，伯夭也。」○檪案：春山，釋詳校釋十二。

〔一一〕怪，唐本作「異」。

〔一二〕詔，檀本作「詒」。□，檀本填「宮」字。○陳逢衡：「平泉，平壤之甘泉也。蓋泉太淺則味雜，太深則沉寒，唯平泉得中爲貴，即管子地員所謂七施、六施、五施是也。」○顧實：「大野曰平，平泉，或即大野之泉。平泉七十者，卷二所謂『春山之澤，清水出泉』，或即其一歟？」○衛挺生：「山海經西次三經曰：『自峚山至於鍾山四百六十里，其間盡澤也。』」峚山即密爾岱山，即群玉之山。鍾山即春山，今帕米爾，兩山間即今葉爾羌。「回語『葉爾』，『平野』也；『羌』，『廣』也。」「今葉爾羌河，回語稱『喀喇蘇』，意譯即『黑水』。」是此即指今莎車府境地歟？○檪案：以傳文視，平泉地近昆侖、春山，衛説不當。

〔一三〕語，顧實：「原作『語』，邵本作『女』，今據郭注及邵本改。黄曰『語作女』，但不審據何本。」○陳逢衡：「晦，暝也，昏也。如漢郊祀志武帝求神君舍之上林中蹏氏館，聞其言不見其人云耳。晦謂賜語不明顯，郭注穿鑿。」○丁謙：「言天帝賜語當隱晦，不可宣洩，舊注誤。」○顧實：「女、汝通用。」「但晦爲受終福之義，古書少見耳。」陳説誤。○于省吾：郭注非。「依邵本及注文，『語』應作『女』，晦宜讀作賄。儀禮聘禮記『賄在聘于賄』注：『古文賄皆作悔。』一切經音義七四『賄，古文晦同。』賢兕觥『晦賢百晦畾』，上晦字郭沫若讀賄，是也。周禮大宰『商賈阜通貨賄』注：『金玉曰貨，布帛曰賄。』然則，『賜語晦』即賜女賄也。」○檪案：于讀晦爲賄，甚是。只是此「賄」

非僅指布帛，義當更廣，乃概指一切貨賄，由下文可明。

〔一四〕「賜女」，洪頤煊：「注『賜』下本有『語』字。程氏本、吴氏本重一『賜』字，汪氏本又衍『蓋』字。今從道藏本删。」〇翟云升作「言蓋賜」，云：「當作『蓋言』。」〇櫟案：此處文字各本甚亂，或無「賜」字，或作「蓋賜」，或作「賜賜」，大多無「語」字。此從洪校作。

己未，天子大朝于黄之山〔一〕。將禮河而去。乃披圖視典〔二〕，周〔三〕觀天子之珤器。省河所出〔四〕禮圖。曰：「天子之珤：曰，河圖辭〔五〕也。玉果〔六〕、石似美玉，所謂如〔七〕果者也。璿珠〔八〕、璿，玉類也，音旋。燭銀〔九〕、銀有精光如燭〔一〇〕。黄金之膏〔一一〕。金膏亦猶玉膏，皆其精汋〔一二〕也。天子之珤萬金，□珤百金，士之珤五十金，庶人〔一三〕之珤十金。自「萬金」以下，宜次言「諸侯之珤千金，大夫之珤百金」。此書殘缺，集録者不續，以見闕文耳。天子之弓射人步劍〔一四〕、牛馬、犀□器千金。步劍，疑步光之劍也。犀似水牛，庳腳，腳有三蹄〔一五〕，黑色。天子之馬走千里，勝人猛獸〔一六〕。言炁勢傑駭也〔一七〕。天子之狗走百里，執虎豹〔一八〕。」言筋力壯猛也。柏夭曰：「征鳥使翼：曰□烏鳶〔一九〕音縁，鴟也〔二〇〕。鶤雞飛八百里〔二一〕。即鵾雞，鵠屬也〔二二〕。名獸使足：□〔二三〕走千里，狻猊□野馬走五百里〔二四〕，狻猊，師子，亦食虎豹。野馬，亦〔二五〕如馬而小。狻音俊〔二六〕。猊音倪。邛邛距虚走百里〔二七〕，小馬屬。尸子曰：「距虚不擇地而走。」山海經云「邛邛〔二八〕距虚」，並言之耳。麋□二十里〔二九〕。」自麋以上〔三〇〕，似次第獸能走里數遠近。

校　釋

〔一〕「黄之山」，黄校朱筆作「黄山」。○檀萃：「黄山無草木，多竹箭，盼水出焉，西流注於赤水。」○陳逢衡：「太平御覽八百五引無『于』字。」「檀所説黄山見西山經。」○丁謙：「黄山當在星宿海北，惟不能確指所在。」○顧實：「黄之山當即今綏遠鄂爾多斯右翼後旗，西北套外之阿爾坦山。」「水道提綱曰：『黄河東折處，正當阿爾坦山之南。』蒙古語凡謂金黄色，輒曰阿爾坦，則黄之山即阿爾坦山，至今猶可目驗也。」○衛挺生：「蓋古人以其色而名之，則曰『黄之山』；以其形而名之，曰『高闕』也。」○檪案：此「黄之山」與西山經「黄山」蓋當一山。其山不在今陝西，郝懿行山海經箋疏早已辨明。由穆傳看，穆王此時尚在河套河宗柏夭領地，故黄之山當爲陽山（今陰山山脈）中一山或其附近，而不當爲套外的阿爾泰山。

〔二〕陳逢衡：「此所謂圖，乃河宗柏夭世守之圖籍，如後世地圖之類，非穆王時又出河圖也。」○丁謙：「河圖者，自古相傳，出於河中，典則圖後附記之文。」「此圖典即黄帝所得，爲河宗國世藏法物。」○顧頡剛：「河圖是圖，河典是説明書。」

〔三〕周，洪頤煊：「『周』本作『用』，從事類賦注九引改。」○陳逢衡：「用，以也。洪本作『周』字，誤。」○檪案：「周」字是，「周觀」即遍覽。

〔四〕出，洪頤煊：「出，本作『視』，從太平御覽八十五引改。」翟校同。此從之。

〔五〕辭，吴鈔、檀本作「詞」。

〔六〕檀萃：「服常樹上有三頭人伺琅玕樹，蓋其子似珠而可食，所謂玉果也。」○陳逢衡：「段玉裁曰：『穆天子傳「天子之珤玉昆」，今本「昆」譌「果」。』衡案：水經注已引作『玉果』，今本不譌。據郭云『石似美玉』，蓋玗琪之類，山海經所謂碧玉是也。」○顧實：「玉果，水經河水注、御覽及藝文類聚玉部引均同，惟説文繫傳玉部引穆天子傳曰『天子之寶玉琨』，注曰：『琨，石似珠也。』傳、注文俱不同。蓋果、琨一聲之轉，故通用。」「玉果亦作玉琨，琨爲玉佩，後漢書張衡傳云『獻環琨與琛縭兮』，是其證也。」○檙案：玉果，即如果之玉。説文：「琨，石之美者。」韻會：「琨，一曰石似珠。」是兩者近同。

〔七〕「所謂」，陳逢衡：「鮑刻御覽八十五引『石似美玉，如果者也』，無『所謂』二字。又八百五引『石似美玉，謂女果者』，『女果』當作『如果』，則當衍『所』、『也』二字。」又，「女」字，唐、何、汪、翟、吕、郝本皆作「火」，洪頤煊據道藏本、太平御覽八百五引改。陳逢衡本改作「如果」。○檙案：此作「女」字不誤，讀爲「如」。中山王鼎、銀雀山漢簡孫子兵法「如」字皆書作「女」，即證。

〔八〕陳逢衡：「太平御覽八百五引『玉果璿珠』。」「説文：『璿，美玉也。』謂之『璿珠』者，蓋如璿瑰之類。」○顧實：「璿，水經河水注引同，惟説文繫傳『璿，古文璿』，引穆天子傳曰『天子之寶璿珠』作璿，不同。」「凡説文繫傳所引，或爲宋人所見穆傳異本之一班，而今不可考矣。」「璿珠與璿瑰蓋同物。璿瑰亦作瓊瑰，瓊、琁同字。」

〔九〕燭（及注），洪頤煊：「文選江賦注引作『爥』。」○陳逢衡：「太平御覽八百十二引『披圖視觀天子之寶器，有燭銀。』『拾遺記：『元封元年，浮忻國貢金蘭之泥，此金出湯泉，國人常見水邊有人冶此金爲器，狀如紫磨之色，百鑄其色變白有光如銀。』此云『燭銀』，疑是其類。」○顧實：「燭銀，蓋即以銀之光耀，能燭照人面，故名。卷二云『白銀之麕』，則銀爲白金也。」○檠案：爾雅釋器：「白金謂之銀，其美者謂之鐐。」鐐，字又作「鏡」，此「燭銀」蓋即鐐，乃質地精美、光華耀目之銀。又，史記孝武本紀、封禪書載有銀、錫合金之「白金」，則質地低下而顯不足以當此之「燭銀」也。

〔一〇〕精，檀本作「金」。

〔一一〕陳逢衡：「文選江賦注引：『河伯曰：「示汝黄金之膏。」』藝文類聚八十三引『披圖視天子之寶，黄金之膏』。太平御覽八百十一引『觀天子寶，黄金之膏』。」○顧實：「近人謂玉膏即今之石油（亦曰煤油、曰火油，見王樹枏新疆圖志）。而黄金之膏，未審何物。或即金泥（蓋以純金爲之），用以塗飾器物者歟？」○檠案：顧先生疑爲金泥可參。考古發掘在西周宫室墻壁上有塗金現象（材料待發），蓋即以金泥塗敷，但尚未知具體情況。

〔一二〕汋，洪頤煊：「太平御覽八百十一引作『液』。」○陳逢衡：「案：八十五已引作『液』，文選江賦注引作『精汋』。」○郝懿行：「李善江賦注引此傳及注云『汋音綽』。御覽八百十一卷引『精汋』作

『精液』。」

〔一三〕「庶人」，洪本仍從作「鹿人」，云：「孫同元云『「鹿人」疑「庶人」之譌。』案：夏小正有『鹿人從』，鹿人亦獸人之屬。」○檀萃、盧文弨、郝懿行等皆校云當作「庶人」。翟、吕、張本改作「庶人」。○櫟案：此與「天子」、「士」等對言，必作「庶人」爲是。故此從吴本作「庶」。

〔一四〕檀萃：「越王被五勝之衣，帶步光之劍。射人，官名。天子之弓合九而成規，射人量侯不以貍步而以劍步，劍長三尺。」○陳逢衡：「大約『天子之弓射人步』是一事，周禮所謂『射人，王大射則以貍步張三侯』是也。『劍牛馬犀』又是一事，謂劍之利者，可以陸斷牛馬，水斷蛟犀之類。」「然皆不可以武斷。」○顧實：「『天子之弓』一段，缺文甚多，不可全曉。弓箭爲射獵之具，狗馬尤爲需要。」○櫟案：此處缺文過甚。難知確切含義，僅知大致爲兵器（或射獵之用）之類。

〔一五〕洪頤煊：「注本譌作『庳腳，腳爲三角』，今據爾雅注改正。」馮舒、檀萃、盧文弨、郝懿行校同。此從作。

〔一六〕檀萃：「言勝乎趨捷之人及猛奔之獸也。」○蔣超伯：「杜詩『吾聞天子之馬走千里』，用傳語也。」○櫟案：「人」字在此不類。人本遠慢於馬，何以能襯托馬之疾速？以下句「執虎豹」對勘，疑爲衍字，或爲「於」、「乎」等字之訛。

〔一七〕炁，吴鈔本作「氣」，吕本作「器」。○檀萃：「炁本作氣，此傳經道藏改之。」○朱越利炁氣二字異同辨（世界宗教研究一九八二年一期）云：炁字源於服氣銘「行氣（氣）」之「炁」字，火變爲灬，气變爲旡（説文「㱃食氣屰不得息曰旡」）。「炁字是道教所創造的字，基本上是道書的專用字。它的本義指服氣中的純陽真氣，與道或神仙相結合的氣或符咒中的氣，帶有宗教色彩。但有些道書把它混同於氣字。」○欒案：檀、朱説可參。炁爲道教「氣」之專字，但其源起久遠，流變時久。旡與氣音、義俱有相通同之處。銀雀山漢簡中「氣」字即多作「既」，亦從「旡」得聲。宋郭忠恕汗簡、夏竦古文四聲韻「氣」字收四形，分別作（[illegible]）、（槩）、（炁）、（[illegible]），其中二例從「既」者即猶有早期印蹟，而「炁」則是炁字的直接前身。這個自戰國起的變化大致可明。只是穆傳此字本作何形則難知。

〔一八〕檀萃：「渠叟以鼩犬。鼩犬者，露犬也，能飛食虎豹。」○陳逢衡：「南山經郭注引『天子之狗執虎豹』，藝文類聚九十四、太平御覽九百四引。」○蔣超伯：「莊子應帝王篇『執斄之狗來籍』，崔譔云：『斄，旄牛也。籍，系也。』執斄之狗即此種耳。」

〔一九〕陳逢衡：「下『曰』字疑衍。『烏鳶』下疑脱『飛百里』三字。空方疑是鳥名。」○翟云升：「下『曰』字疑『□』之譌。」

〔二〇〕鴞，陳逢衡以爲是釋「烏」字，當在「音緣」之上。翟云升則改爲「鴟」。○欒案：此處傳、注疑皆有脱文。又，鴞乃鴉之異文，故陳以爲是釋烏字，則當有缺文。但鴉非高翔之鳥，再參以下文「鶤鷄」爲一物，此「烏鳶」當亦一物。翟改鴟，乃鴞也，於此似亦不妥。

〔二一〕鶤，本作「鸐」，洪頤煊、翟云升據文選西京賦注、太平御覽九百十六引改。此從之。○陳逢衡：

「太平御覽九百十六引『鶤』作『鵾』。」

〔二二〕注「即」字前顧實從郝懿行據文選注引補一「鶤」字，「鵠」字前洪頤煊據御覽引及西京賦「駕鵝鴻鶤鵠」而增一「鴻」字。○樑案：兩處不加字俱不影響文意，故不從。鶤(鵾)鷄，簡稱鶤(鵾)，舊或説爲鳳凰别名，或説爲「鶤三尺」者，在此俱不甚合。文選張衡西京賦「翔鶤仰而不逮，況青鳥與黄雀」注：「薛曰：『鶤，大鳥。青鳥、黄鳥，皆小鳥。』」李善注則引本傳與郭注爲説。可明此鶤爲大鳥，郭注不誤。又枚乘七發有「溷章白鷺孔鳥鶤鵠」句，亦明鶤、鵠同屬。

〔二三〕□，檀萃填「日」字，云：「謂走千里者狻猊也，而野馬日走五百里，如此方明晳。」○陳逢衡：「爾雅『狻猊食虎豹』，據下文則上空方當是『狻猊』二字，而衍下『狻猊□』三字，文義自順。」

〔二四〕猊(及注)，周本作「貎」。○洪頤煊：「爾雅釋獸注、初學記二十九、太平御覽八百八十九引，皆云『狻猊日走五百里』。一切經音義二十一引無『日』字。」郝校略同。○陳逢衡：「野馬，騊駼之屬。」○顧實：「名，大也。名獸，大獸也。野馬，騊駼之屬。此柏夭補申鳥獸飛走里數，必與後至西北大曠原之翔略有關係。」○樑案：説文、爾雅「猊」皆作「麑」，郭璞注爾雅云：「即師子也，出西域。」玉篇、廣韻同。

〔二五〕亦，顧實云「疑衍」。

〔二六〕檀萃：「郭爾雅音狻爲酸。」○翟云升：「爾雅釋獸釋文：『狻，先官反。』此云音俊，蓋『酸』之譌。」

〔二七〕距，洪頤煊：「爾雅釋文引作『岠』。史記司馬相如列傳集解引『虛』下有『日』字。」○檀萃：「邛邛距虛，爾雅以爲獸。山海經云：『北海内有素獸，狀如馬，名曰蛩蛩。』與騊駼駮並言之，故郭云：『亦馬屬也。』張揖亦云：『蛩蛩，青獸，狀如馬。距虛，似羸而小。』是爲二，故郭不引爾雅以爲比肩獸也。」○陳逢衡：「爾雅蛩蛩距虛與蹷比，蹷是一物，蛩蛩巨虛是一物，非謂蛩蛩是一物，巨虛又一物也。單言之邛邛，並言之曰蛩蛩巨虛，其實一物也。山海經海外北經：『北海有素獸焉，狀如馬，名曰蛩蛩。』郭曰：『即蛩蛩鉅虛也，一走百里，見穆天子傳。』」○檪案：此獸未明。西域廣漠，善奔之獸殊多。此獸之名與中原獸名頗不相同，疑是譯音。文獻對此獸諸説不一，且不明瞭。

〔二八〕邛邛，道藏、吴、李、邵、唐、楊鈔、何、范、趙、程、周諸本作「蛩蛩」，檀、翟本、盧文弨校改作「蛩蛩」。

〔二九〕□，檀、張本填「走」字。又，「十」字翟云升「疑『百』之誤。」

〔三〇〕以，道藏、范、趙、邵諸本作「已」，范陳本校改作「以」（下同）。上，此從道藏、范、吴、程、李、吴鈔諸本作，他本多作「下」。

曰柏夭既致河典〔一〕，典，禮也。自此以上事物，皆河圖所〔二〕載，河伯以爲禮，禮穆王也。乃乘渠黄〔三〕之乘〔四〕，爲天子先〔五〕，先驅導路也〔六〕。以極西土〔七〕。極，竟。乙丑，天子西濟于河〔八〕。□爰有温谷樂都，温谷，言冬暖也。燕有寒谷，不生五穀。河宗氏之所遊居〔九〕。柏夭之别州邑。丙寅，天子屬官效器〔一〇〕。會官司閲所得〔一一〕珤物。乃命正公郊父〔一二〕正公謂三上公。天子所取正者，郊父爲之。受敕憲〔一三〕，憲，教令也。管子曰：「皆受憲。」用申八駿之乘〔一四〕。八駿名在下。以飲于枝洔之中〔一五〕，水岐成洔。洔，小渚也，音止。積石之南河〔一六〕。積石，山名。今在金城河關縣〔一七〕南。河出北山而東南流。

校釋

〔一〕既，洪頤煊：「既，本作『皆』，從太平御覽八百九十六引改。」○翟云升同洪，云：「與下文尤協，當從之。」○檀萃：「『曰』者，河伯命柏夭之言也。今柏夭致河典於王。」○陳逢衡：「此『曰』字疑作空方。『皆致』者，總上文而言也。」○顧實：「大抵穆王欲西征，非依河伯之圖典不能行，是河伯實爲交通西方之負責人，而河即爲西方交通之一大機關也。」○樑案：曰，語首虛辭。此上自「天子之寶」起，皆河典之文。郭注訓典爲禮，失之。

〔二〕所，本作「數」，盧文弨校「數疑所」。翟本改作「所」，云：「所，諸本皆作數，以同音而致誤也。水經注一：『穆天子傳曰：「玉果、璿珠、燭銀、金膏等物，皆河圖所載，河伯以禮穆王。」』亦可證，今改。」

〔三〕洪頤煊：「太平御覽八百九十六引無『渠』字，注云：『所乘馬盡黄色，爲之驅也。』與此亦少異。」○顧實：洪校是也。「渠黄在八駿之列，此不當復見。『渠』字顯係後人妄加。況詩鄭風叔于田篇曰『乘乘黄』，漢書禮樂志曰『出乘黄之乘』，此皆可爲不當有『渠』字之證。」○樑案：洪、顧説是。渠黄乃穆王所乘，此則柏夭之乘，不當亦作「渠黄」。

〔四〕郝本末多一「馬」字。

〔五〕檪案：甲、金文有「馬其先」、「先馬」、「先馬走」等，于省吾甲骨文字釋林釋「先馬」考云：「案：先馬於卜辭並非職官之名，然實後世先馬、洗馬之濫觴。古者王公外出，常有導馬於前，沿習既久，則先馬爲專職之官名矣。」案：于説是，此云柏夭爲穆王西行之先導也。

〔六〕陳逢衡：「太平御覽八百九十六引『所乘馬盡黄色，爲先驅也。』與此不同。」

〔七〕丁謙：下文行動皆遵河典命而行。

〔八〕丁謙：「『西濟于河』下當脱一『源』字。」〇小川琢治：此至「用申八駿之乘」，「其中認出有若干之脱落。」〇顧實：以卷四文證之，「此缺文當即記至于西夏氏之事，殆可推而知也。」〇顧頡剛：「然而那裏還不是河源，恐怕是脱了别的話。」（針對丁説而言）

〔九〕檀萃：「郭引寒谷以比類土氣之異也。」「遊居，燕息之地。猶後世離宫別館也。」〇陳逢衡：「西山經：『昆侖之丘，又西三百七十里曰樂遊之山。』畢氏沅注：『疑即穆天子傳之樂都也。』元和郡縣志云：『湟水縣湟水亦謂樂都水，出青海東北亂山中。』衡案：穆王此時尚未升昆侖，無由先已越昆侖而至樂遊之山也。一統志甘肅鞏昌府：『華川水在通渭縣西南，東南流入伏羌縣界，亦曰西河。』即古温谷水也。水經注：『温谷水導源平襄縣南山温溪。』」〇郝懿行：「遊居，遊牧也。」〇丁謙：「蓋河之重源，發於今西寧府西南境巴顔喀喇山東麓，合二小支爲阿爾坦河

（譯言金河），其地尚在星宿海西三百里，與本句方位恰合。温谷、樂都二地，均當河源南，故須濟而後至。」○小川琢治：「此次渡河地點，當在黄河北端支流（北河）自北南折處。」○顧實：「温谷樂都，當即今甘肅西寧府之碾伯縣治。後漢書郡國志浩亹縣有雒都谷，漢書趙充國傳作落都。雒、落同音，皆『樂』之借用字。温谷樂都，原本一地。……故漢志逕稱雒都谷，尤確爲一地之證也。水經河水注云：『湟水又東逕樂都城南。』孫星衍曰：『穆天子傳「温谷樂都」即此』，是也。南涼秃髮烏孤曾大城樂都而居之。」「或曰温谷即後漢書西羌傳：『自燒當至滇良世居河北大允谷』之允谷，允、温一聲之轉也。」但據漢書王莽傳、水經注，「允谷在青海境内之東，未免過遠。無已，則惟清一統志云『熱水泉在西寧歸德府西南三十里巴伽山。水自地湧出，如沸湯。』即今貴德廳之暖水河，以此當温谷，或足備一説乎？」陳説更在偏東，愈不合矣。○沈曾植：此「甘凉南境歟？」○張公量：「案：畢説是，蓋穆王甫出甘肅境也。」○高夷吾：「温谷樂都即後凉之樂都郡，元之樂州，今碾伯縣。」○錢伯泉：「渡河之後，進入今青海地區西寧市一帶。漢、晉、南北朝，這裏有樂都城，在樂都谷口，正符合温谷樂都的情景。上古這裏是羌人居住的地方。」○衛挺生：「按照穆王當時行程計算，每日行程平均約一百四十餘里。」己未至乙丑，凡六日。「而至已行二千三、四百里到達今青海省之樂都縣，此殆不可能。」若加六十日，又過近，不合。「此六日間，若按平常速度，所行當在七、八百里上下，乃在今寧夏省銀川市至靈武、中衛一帶，其土壤皆膏腴。秦邊紀略稱其用河水灌溉而有『塞外江南』之譽，可當『温谷樂都』矣。」○櫟案：下文方言「用申八駿之乘」，可知穆王此時尚未離河套地區遠征，故衆説皆勞而無功。穆王此處所濟之河，乃今河套西端之烏加河——先秦時爲黄河主道。在烏加河（古黄河）與今黄河（穆傳下文之「南河」）間，支流密布，正合於下文所言「枝洔」。因此，河宗氏的遊居之地温谷樂都也應當是在這裏，因此處在北地確可無愧於「温」與「樂」。

〔一〇〕天，范本無。○檀萃：「謂檢閲河伯所獻珤物。」○陳逢衡：「不必專指河伯。蓋天子大朝於黄之山，諸侯各以方物來見，因而命官屬效其器也。效如王會解『菉幣』之謂。」○顧實：「效，用也。器，謂珤器，下文之駿狗是也。」○衛挺生：「『效』，獻也。戰國策秦策『效上洛於秦』，又漢書元后傳『天下輻湊自效』，師古注曰：『效，獻也。』」○櫟案：此效當讀作校。莊子列禦寇「效我以功」釋文「效，本作校。」朱駿聲説文通訓定聲：「效，假借爲校。」廣雅釋言「效，考也」，王念孫疏證：「效之言校也。」穆傳此「效」即校檢之意，校檢所有器物，爲繼續起程西征作準備。卷三「收皮效物」之「效」亦正此意。

〔一一〕檀本「得」下增「之」字。

〔一二〕檀萃：「效父，其字。」「抑或官名。」○洪頤煊：「後漢書周嘉傳注引謝承書曰：『其先出自周平王之後，漢興，紹嗣封爲正公。』郊父即圻父也，古郊、圻通用。」○陳逢衡：「正公，王之三公。召誥『篤叙乃正父』，逸周書成開解『正父登過』，是其例也。」「此正公郊父猶之祭公謀父也。但祭是封邑，正則其爵號耳。效父，疑其名。」○顧實：「正，政古字通。正公者，執政之上公也。後凡兩言『天子大饗正公諸侯王』，正公在諸侯之上，可證。」「郊父，人名。亦猶造父、謀父，皆人名也。」洪云可備一説。○于省吾：洪説是。又，「正父當即正公也。」○槃案：「正公」與「正父」義雖近之，然也畢竟尚有差異。此可能爲戰國時某國的稱法，故與西周時官爵尊稱不同。

〔一三〕敕，洪頤煊：「敕，本作勑，從吳氏本改。張參五經文字云：『敕，古勑字，今相承作勑。』」○盧文弨校改敕作勑。○顧實：「敕，范本作勅，程本作勑，皆古今字。」○槃案：金文有「敕」而無「勑」，是「敕」字確古於「勑」，故此從吳、吳鈔、李等本作「敕」。

〔一四〕申，洪頤煊：「申，本作伸，下又有□字，從太平御覽四十引删。臧鏞堂云：『宋版爾雅疏引作「用中八駿之乘」，申爲中之譌。「中八駿」者，内厩所畜也。』」○陳逢衡：「宋版爾雅疏不可據。」○顧實：「必至此而始申八駿之乘者，蓋自北而西，山路峻危，非駿馬之力不勝任也。」○槃案：申，整飭、備馬也。下文飲馬「於枝洔之中，積石之南河」，即其中一事。又，穆王行程自宗周洛邑至河宗氏「三千四百里」（其中亦不乏叢山峻嶺）之後方言「用申八駿之乘」者，是因爲以前的行程基本上是在中域範圍内，因此是將出河套以後的行程才視爲真正的西征，故儼然整裝，充分準備。由此句亦可見此時穆王尚未登程離開河宗國（今河套地區）。

〔一五〕檀萃：洔，「即沚字。」○洪頤煊：「文選海賦『枝岐潭淪』注引管子云：『水别於他水，入於大水及海者，命曰枝。』毛詩江有汜傳云：『水岐成渚。』陸氏釋文：『本作「水枝成渚」。』此注『岐』字當依正文作『枝』。」錢侗云：『洔，與沚通。玉篇：「沚，小渚也，亦作洔。」』」○陳逢衡：「飲，飲馬也。」〇丁謙：「洔者，小渚。枝洔謂河源旁支流小渚。」〇小川琢治：「枝洔乃若干支流分岐間之小洲。」〇顧實：「古枝、歧字通用，洔、沚通用。枝洔者，水岐而成爲小渚者也。枝洔之中，當即在積石之南河中。」〇檪案：説文：「枝，木別生條也。」廣韻：「枝，枝柯。」言枝杈乃對樹幹而言。引申之，則河之小支對幹道而言，亦可謂枝，管子度地篇言之甚明（參洪頤煊引）。洔，通沚，小渚也。此枝洔在今烏加河（古黄河主道）與黄河主道（即穆傳之「南河」）間，正是一大片小水支道與小渚。

〔一六〕檀萃：「後漢志河間縣改屬隴西郡，積石山在西南，河水出。」「穆王飲八駿於南河，則在蒲昌之上流，河所岐出。」〇陳逢衡：「檀説非，因穆王尚未至昆侖也。其云『積石之南河』，蓋小積石之下流，去大積石甚遠。」「積石山，水經注謂之唐述山。」「南河則殆即唐述水。漢金城河關縣今在甘肅蘭州府河州西。〇翟云升：「漢書地理志金城郡河關積石山在西南羌中，……後漢書郡國志隴西郡河關故屬金城。……晉書地理志金城、隴西二郡皆無河關，蓋東晉之初曾西漢之舊而史失之也。」〇吕調陽：「積石阜在套東，水經注訛爲積石。」〇丁謙：「積石山在河源北，大禹導河始此，即今噶達蘇齊老山。」「積石南河者，指河源二小支中之南一支，出於拉瑪陀羅海山者（拉瑪，八也。陀羅海，頭也。言山有八峰）。」〇小川琢治：郭説地望不合。「今按雁門、積石之語乃因地形而起，本不限一處。三國志魏略『大秦國之山名積石』語可爲一例。」「積石者，水成岩或火成岩之嶄然露角於土山之間者也。此種情形，華北甚多，到處皆是。」此處「當説中最古之一積石。河之枝湋即九河遺蹟。」○顧實：「積石即積石山，在今青海土爾扈特南前旗，黄河之南，阿里克土司之東（董祐誠説），積石之南河者，黄河流經積石山南者，是也。」水道提綱以大雪山（阿木你麻纏母孫山）爲積石，黄河重源者。翟説是，郭注非。○高夷吾：「積石南河即河源阿勒坦噶達素齊峰。」○顧頡剛：「他們從河宗國走了兩天即到積石，足見積石即在河套。又在昆侖之東，和山海經西山經説在昆侖西的不同。自從西嚮渡河之後到了積石，在他的意想中，積石是河套西北角的一座山。從積石以下就是南河，他大概要穆王沿了賀蘭山南行。」（樑案：「他」，指作者。）○岑仲勉：「余謂積石本通名，猶云沙礫（别有説），居延一帶多流沙，故傳云『積石之南河』，不當於黄河求之。」○常征：「穆天子傳積石即禹貢『導河自積石』之積石山。其山即今河湟間拉脊山。積石山與對岸陽紆山夾黄河而形成之積石峽，即山海經、水經注等所説之『陵門』或曰『石門』。」岑説牽强附會。○錢伯泉：據史記正義，「大積石在今青海西寧南約五百多里，不當西行孔道；小積石在今青海湖東北。這裏的『積石之南河』及『枝湋』，當指今湟水。穆王由此進柴達木盆地。」○樑案：諸説大多未能細審文義，而未悟穆王此時只是在河套西北角而尚未離開河套。或者只顧去印證古地名，自然謬誤百出。唯顧頡剛先生最具慧眼，其説可確信無疑。只是具體當今何山仍難以確定。吕調陽所釋穆傳大多臆説，此處雖亦不確切，但較他人則近之。南河，即今黄河主道，古時因在黄河（今烏加河）之南而得名南河。

〔一七〕關，原作「間」，顯誤，此從洪、翟、吕本改。○洪頤煊：「注『關』，本譌作『間』。漢書地理志『積石山在金城郡河關縣西南』，今改正。」翟云升、郝懿行校同。

天子之駿：駿者，馬之美稱。赤驥、世所謂騏驥。盜驪〔一〕、爲馬細頸。驪，黑色也。白義、踰輪〔二〕、山子〔三〕、渠黄〔四〕、華騮〔五〕、色如華而赤，今名馬驃〔六〕赤者爲棗騮。棗騮，赤馬〔七〕也。緑耳〔八〕。緑耳，紀年〔九〕曰：「北唐之君來見，以一驪馬〔一〇〕，是生緑耳。」魏時鮮卑〔一一〕獻千里馬，白色而兩耳黄名曰黄耳〔一二〕，即此類也。八駿皆因其毛色以爲名號耳。案：史記：「造父爲穆王得盜驪、華騮、緑耳之馬，御以西巡遊，見西王母，樂而忘歸。」皆與此同，若合符契〔一三〕。狗：重工、徹止〔一四〕、雚猳、□黄〔一五〕、南□〔一六〕、來白〔一七〕。皆駿〔一八〕狗之名，亦猶宋鵲之類。天子之御：造父、三百〔一九〕、下云「三百爲御」者。耿翛〔二〇〕、芍及。造父善御，穆王封之于趙城。餘未聞也。曰天子是與出□〔二一〕入藪，田獵釣弋。弋，繳射也。天子曰：「於乎！予一人不盈于德，盈，猶充也。而辨于樂〔二二〕，辨作遊樂之事。後世亦追數吾過乎！」穆王遊放〔二三〕過度，行輒忘歸，故作此言以自警也。七萃之士□〔二四〕天子曰：「後世所望，無失天常〔二五〕。奉天〔二六〕時也。農工既得〔二七〕，歲豐登也。男女衣食。無飢寒也。百姓珤富，富者，安也。官人執事〔二八〕。各視職事。故天有旹，四時。民□〔二九〕氏響□〔三〇〕。音國〔三一〕。何謀於樂？言不規樂而樂自及。何意之忘？常慎德也。與民共利，世以爲常也。」天子嘉之，善其有辭。賜以左佩玉華〔三二〕。玉華之佩，佩之精也。

乃再拜頓首〔三〕。

校　釋

〔一〕盜驪，洪頤煊：「史記秦本紀作『温驪』，『温』即『盜』字之譌。索隱引劉氏音義云：『盜驪，騧驪也。』」○檀萃：「盜猶竊也。爾雅訓爲淺黑色之馬也。」○小川琢治：盜，「想即土耳其語 dar(sehmaleng)之意。」「由此類推，則驥是 kusil(含有赤色之意味)。」○蔣超伯：張注列子云即荀子之「纖離」也。「案：圉寇所述八駿與傳悉同，字體稍異。」「爾雅馬屬有小領盜驪，廣雅作駣⿰馬犁，玉篇桃⿰馬犁，史記秦紀作温驪，皆盜驪之異文。」

〔二〕洪頤煊：「史記秦本紀索隱引穆王傳作『騟⿰馬侖』。」「玉篇云：『騟，紫色馬。』」○陳逢衡：白義，「卷四作『白俄』，博物志周穆王八駿作『白蟻』。」「⿰馬侖當作⿰馬侖，博物志『踰輪』作『騧騟』。」○小川琢治：義，「想與土耳其語 Beigir(Pferd)之馬相當。則『白義』二字成爲一語。」「踚輪，在土耳其語求其相當之字，則所謂 Tylar(蛇)爲近之。與盜驪同，均取其頭細。」○樑案：小川以土耳其語求八駿之名之含義，失之。八駿之名皆華夏本土之名，不當由外方之語求之。説文：「駿，馬之良材者。」又，「驥，千里馬也。」則「赤驥」即如赤兔馬之類也。盜驪，蔣超伯説可參，驪爲黑色馬。義蓋讀爲威儀之儀。卷四作「俄」，文選揚雄甘泉賦注：「善曰：駊騀，高大貌。」則「白義」當是白色高大而有威儀之馬。踚，廣韻「紫馬」，與玉篇同。又，集韻訓「馬雜色」，另一義。博物志引作「騧騟」，騧，説文訓「黃馬黑喙」（詩小戎傳、爾雅釋畜釋文引字林説同）。爾雅釋畜訓「白馬黑唇」，郭注「今之淺黃色者爲騧馬」（廣韻説同）。騟，字書無釋，張文虎舒藝室續筆以爲「騧」字之誤，可信。總而觀之，該馬有紫、黃、白、雜色四種不同的説法。以八駿中別有黃、白之馬與「騧騟」爲博物志所作考慮，則踰輪似爲紫色及雜色的可能性較大，尤以紫色的可能性更大些。

〔三〕陳逢衡：「博物志無『山子』，另有『飛黃』。」○顧實：「蓋或傳聞有異也。」○小川琢治：「山子爲Sary，想因含有黃色之意味呼？」

〔四〕陳逢衡：「文選江賦注引『天子之八駿曰渠黃』。」「渠黃，一曰駏騜，爾雅『黃曰騜』注『黃白相間色』。」○小川琢治：「渠黃者，蓋因爾雅之所謂『回毛……在背闋廣』而通音，乃旋毛在背之意味。」「又或即山海經之『吉量（良）』、『吉黃』、文選東都賦之『騰黃』。」○欒案：陳逢衡説是，玉海、廣韻等與爾雅説同。

〔五〕洪頤煊：「騮，史記秦本紀集解引作『駵』。」○顧實：「駵、騮，古今字。」○小川琢治：「華騮亦以同義之 kyrmysy 而呼之。」

〔六〕驃，本作「標」，洪頤煊據史記秦本紀集解引改，此從之。

〔七〕洪頤煊刪「騮」上「棗」字，又云「赤」下本無「馬」字，從史記秦本紀集解引改。○顧實：「刪『棗』字不合，增『馬』字是也。」○欒案：洪刪「棗」字，蓋據説文等訓「騮，赤馬」之説。然「棗騮」與

〔八〕「騮」同意，且删之無據，故此不從。又，赤下「馬」字，范、程、周本皆有之，洪校未見，此補證之。

〔九〕緑，黄校引史記秦本紀索隱作「騄」。

〔一〇〕洪頤煊：「注『紀年』本譌作『緑耳』，從史記秦本紀集解引改。」○范陳、翟、郝本俱改作「紀年」。盧文弨校云：「見紀年。」○樑案：此有「紀年曰」三字自然無疑，但是否必改去「緑耳」兩字則未必。綜觀前八駿注文，郭氏多有先列馬名者，故此「緑耳」兩字不改去。

〔一一〕洪頤煊：「『以一驪馬』，本作『騮馬』，從太平御覽八百九十六引改。」○翟云升：「又『騮馬』，今紀年作『驪馬』，爾雅釋畜疏、玉海百四十八、太平御覽八百九十六引此注並作『驪馬』，『騮』蓋『驪』之誤也。」○范陳、陳、盧文弨、褚、郝本俱改作「驪」、「麗」。

〔一二〕洪頤煊：「臧鏞堂云：『宋板爾雅疏引「鮮卑」作「西卑」，西、鮮聲相近。此鮮字是後人據他書所改。』」

〔一三〕曰，褚本校改作「之爲」。○樑案：「曰」與「之爲」在此義同，且又無據，故此不從。

檀萃：「八駿之名，諸家異説。列子、吕覽各殊，而拾遺記獨創其名，尤爲不經。」○陳逢衡：拾遺記皆係揑湊之名。「列子與穆傳相合，但字形異耳。」吕覽至味所云與穆王無涉，不能連及。○顧實：紀年所云緑耳當别爲一馬。又趙世家、樂書皆只言盜驪、華騮、緑耳，而不言八駿。○樑案：華，典籍又作「驊」，漢書揚雄傳注：「師古曰：『驊騮，駿馬也，其色如華而赤也。』」是。八駿之名各書相異，蓋因初時並不畢備，後漸完善。由此亦可知此非西周時所有，而屬後起。

〔一四〕止，道藏本作「山」，洪本據改。檕案：作「止」或「山」，未可定論，故不從洪改動。

〔一五〕□，檀本填「中」字。

〔一六〕□，檀本填「丹」字。

〔一七〕檀萃：「他本引此『來白』下有『龍狗』二字。」「此表六狗之名。猳，猿類。藿，其色。謂其騰捷猿猱也。重工者，五色花狗，如染工之重入也。徹止者，色黳如止水之碧澄也。藿猳者，毛色如藿葉之青也。中黃者，毛色黃也。南丹者，毛赤得南火之精也。來白者，來，古萊，萊葉面心白毛色似之也。蓋八駿應五方之色，而六狗亦如之。」○洪頤煊：「張華博物志云『周穆王有犬名耗毛白』。」郝懿行、顧實校同。○陳逢衡：「檀解六狗語多附會，空方所填『中』、『丹』二字不可據。『藿』當通作『獾』，言其形如獾猳，蓋獵犬也。『黃』，吕氏春秋楚文王得茹黃之狗，疑即此類。『來白』者，蓋白色犬。廣韻：『㹪，獸名，似狼。』」○檕案：檀本填字及校有「龍狗」者，皆不知其所據。愚意「龍狗」二字當下注文「駿狗」而訛爲正文者。六狗之名，除「來白」可徵諸於博物志外，它皆無可考。

〔一八〕駿，范、趙、檀、郝本作「淩」。檀萃：「淩當作獵。」盧文弨、郝懿行俱云當作「俊」，吕本徑改「俊」。洪頤煊、翟云升據博物志物名考「宋有駿犬曰䧿」作「駿」字。○檕案：「淩」當「浚」之訛，古從「夌」與「夋」多相混作。浚，即「駿」、「俊」之假字。

〔一九〕三，洪本改作「參」，云：「注引下文本作『參』，因改。參，古三字。」翟云升、顧實以兩字古通，而以爲不必改字。○槱案：翟、顧説是。

〔二○〕 倏，黄校見吴鈔本作「倐」。○章炳麟：「『参百耿』爲一人。参者，参乘，與御相對。書序『穆王命伯冏爲周太僕正』，伯、百古通用；釋文音九永反，與耿同音。又云『字亦作臩』，近人謂臩即臩之壞字，非是。蓋本作耿而譌臩爾。然則百耿即伯冏矣。」○劉師培：「疑『耿倐』即尚書之『伯冏』也。書序云『穆王命伯冏爲周太僕正，作伯冏。』此冏爲僕官之證。伏生大傳、史記周本紀均作臩。説文云：『臩，驚走也，一曰往來也。从乔𠁁聲（説文『𠁁』字下云：『乖也，讀若誑。』）周書曰伯臩。』是冏字正文本作臩。尚書釋文：『冏，一作臩。』漢書古今人表『伯㷗』，顔注：『穆王太僕也，㷗音居永反。』臩、㷗二字均係『臩』字傳寫之訛，故顔氏音爲居永反，冏亦臩字同音假用字。」「古籍景、耿、光、冏諸字互相通用」，「是耿、冏二字音近義通」。「故知耿倐即伯冏。或冏爲姓而倐爲名耳。」卷四崗崮，孫詒讓侍御考即列子「泰丙」。丙、臩音相近；泰、伯義同。亦同一人。此皆「晉人已鮮知之矣。」（槱案：劉氏另有專文穆傳耿倐考，收左盦集卷五，所説與此大同。）○顧實：「然劉氏説冏、耿可通，而耿倐之名終未全明也。餘詳卷四疏。」苟及更不可考。○槱案：劉氏説是，然亦尚有餘疑，有待深究。

〔二一〕 □，檀本填「征」字。○陳逢衡：「空方不止缺一字。」○槱案：「出□入藪」，出與入對，□即與藪對，則□當只一字。鈞在藪，則田獵必在陸。故疑□蓋「林」字之類。

〔二二〕 辨，洪頤煊：「辨，列子周穆王篇作『諧』。」○顧實：「乃晉人不達古義者所改。」○檀萃、陳逢衡、盧文弨、郝懿行皆云：辨，徧也，徧作遊樂。○劉師培：「古籍般、班、辨諸字互相通用，故此文假辨爲般。般即孟子『般樂』之般，趙注『般，大也』，爾雅釋詁『般，樂也』。而『般于樂』猶言淫於樂也。淫亦大義。○顧實：「辨借爲昪，樂也。通作般、盤字。尚書無逸曰『盤於遊田』，孟子公孫丑篇曰『般樂怠敖』，皆是也。」○檪案：劉師培説般、班、辨諸字互相通用，顧實説借爲昪，皆是。又，「予一人」文獻、甲文、金文又作「余一人」、「我一人」、「一人」。「一人」爲天子專稱，見詩下武毛傳、史記魯世家集解引馬融説、左傳文公三年與襄公十三年杜注；「余一人」、「予一人」則爲天子自稱專用，見禮記玉藻、尚書金縢與君奭孔疏等。對此在甲骨、金文中的情況等，胡厚宣先生有釋「余一人」（載歷史研究一九五七年一期）與重論「余一人」問題（載古文字研究第六輯與四川大學學報叢刊第十輯古文字研究論文集）兩文專論，可參。

〔二三〕放，陳逢衡：「『放』疑『畋』之誤。」

〔二四〕□，檀本填「諫」，丁謙、顧實則以爲是人名。

〔二五〕陳逢衡：「天常，蓋綱紀法度之謂，在天爲天常，在人爲人紀。」「望，常叶。」○顧實：此處文字「與莊子天下篇云『以法爲分，以名爲表，以參爲驗，以稽爲決，其數一二三四是也。百官以此相齒，以事爲常，以衣食爲主，蕃息畜藏，老弱孤寡爲意，皆有以養，民之理也』一段文字，正相吻合。」

〔二六〕天，洪頤煊：「注『天』本作『太』，從汪氏本改。」○翁鈔作「六」，盧校改「天」，云：「別本作『天』。」

○顧實：「邵本作『天』。」○檪案：范、趙、何、范陳、吕、郝本皆作「天」，此從之。

〔二七〕陳逢衡：「得，食叶。」

〔二八〕陳逢衡：「富，事叶。」○于省吾：「『珤富』二字不辭，珤應讀作飽。」「然則『百姓珤富』即『百姓飽富』。」○檪案：于説甚是。古從包、從保、從缶者多相通作，其例極多，此不贅舉。

〔二九〕□，檀本填「有」字。

〔三〇〕檀萃：「□，古文國字，非缺。」○陳逢衡：「『響』字當斷句，與下文『忘、常』叶。」「此句本有譌誤，不可强通。」○翟云升：「以上下四字韻語例之，『民□氏響』爲句。氏，是也。是，古通用氏。響則饗之譌也。□，音國，不可曉。□蓋缺文，非字也。『音國』二字，即『響□』之重出者，傳寫滋譌，且誤以爲注耳。」○孫詒讓：「翟校近是，但此文皆四字句，則『饗』下不當更有缺文，□蓋誤衍。」○檪案：□下郭注既云「音國」，則缺文必非「國」字，檀説非。又，此處乃韻文，前以「望」、「常」，「得」、「食」，「富」、「事」叶韻；後以「忘」、「常」叶韻。此處今存八字以上，則當共有十六字，亦或可能有二十四字（從「故天有峕」至「響」字處），再多的可能性就小了，由於缺字過甚，此處文意難明。

〔三一〕洪頤煊：「孫同元云：『注「音國」二字，疑即正文「饗國」之譌。「響」與「饗」古通用，「國」譌作□，「音」即「響」字之半耳。』」○盧文弨校亦勾去「音國」二字。○孫詒讓：「案：如孫（檪案：指洪頤煊所録孫同元説）説則與韻不協，殆非也。」「注：『音國』疑當作『亯同』，蓋郭本『響』正作『饗』，下亦無□，故注即以『音』讀『饗』。今本正文既譌衍，並以改注，遂不可通。」○櫟案：孫詒讓駁孫同元説可取，但其説注文「音國」疑當作「音同」，則亦僅一説而已。

〔三二〕洪頤煊：「『玉』字本脱，『華』下譌增一『也』字。從太平御覽六百九十二引改。」陳逢衡、翟云升、郝懿行校同。○顧實：「余檢北堂書鈔一百二十八引亦有『玉』字。」

〔三三〕陳逢衡：「頓首，見周禮春官大祝，鄭注『頭叩地也。』此臣拜君賜，故再拜。」○翟云升：「『頓首』疑『稽首』之誤，以前『稽首』有注，此無注也。」○褚德彝校：「頓首當作稽，古稽作䭬，與頓形似。」○顧實：「頓，當作䭬，䭬即稽之本字，與頓形近而誤。卷三云『奔戎再拜稽首』可證。」○櫟案：諸説「頓」當作「䭬」，是。以金文察之，臣拜君唯見「稽首」一禮。䭬，又可隸作「稽」（今即多此作），則與「頓」更爲形近。

穆天子傳卷二

古文

□〔一〕柏夭曰〔二〕□〔三〕封膜晝于河水之陽，膜晝，人名。疑〔四〕音莫。以爲殷人主〔五〕。主，謂主其祭祀，言同姓也。丁巳，天子西南升□〔六〕之所主居〔七〕。似〔八〕説古之聖賢以〔九〕居。爰有大木碩草〔一〇〕，碩，大也。爰有野獸，可以畋獵。戊午，曷□〔一一〕之人居慮古疇字。居慮，名。獻酒百□〔一二〕于天子〔一三〕。「百」下〔一四〕脱盛酒器名。天子已飲而行，遂宿于昆侖之阿〔一五〕、赤水之陽〔一六〕。昆侖山有五色水，赤水出東南隅而東北流。皆見山海經〔一七〕。

校釋

〔一〕□，檀本填「詔」，張皋文本填「命」。○丁謙干支表：「距前五十一日。按此上脱文甚多，蓋自河宗至昆侖、赤水，須經西夏、珠余、河首、襄山諸地，五十一日行四千里恰合。」○小川琢治：「卷二亦缺十餘簡，篇首有十簡左右。」「自陽紆往復西夏，至于河首，其記事全然缺落。推想卷一與卷二之間，尚有一篇以載此事。」「約言之，則卷一與卷二之間，至少有十簡以上之脱落，或達於五、六十簡。」「自卷一之末『戊寅』至卷二之首『丁巳』，其間凡五十一日，無一事記載，故卷二篇首脱簡頗多，推測其達於十餘簡、六百字内外。其間自陽紆至於西夏氏二千五百里，又自西夏至於珠余氏及河首千五百里，合計經過四千里之行程。」○顧實：「缺文在卷端，當所缺甚多，不可詳知。」○櫟案：此上缺文甚多，據卷四文知其間行程是：自陽紆至西夏氏，再至珠余氏、河首、襄山，又至舂山、珠澤、昆侖之丘，共四千七百里。此處距昆侖尚有二、三日或稍多一些的行程，則此處距陽紆應在四千五百里左右（折合今里在三千至三千七百餘里間）。穆傳雖有大致方嚮、里程的記載，但具體難免有盤旋曲折，故其間的具體行程、位置，都難以考察清楚。諸家的説法在此有很大的分歧。而須注意的是，有學者往往以現代的地理知識去套合，則是絶對不可取的。

〔二〕洪頤煊：「『曰』本作□，從道藏本、程氏本改。」○顧實：「范本亦有『曰』字。」○櫟案：吴、唐、郝本亦作「曰」。案：下有□，上不當再作□，故作「曰」是。

〔三〕□，檀本填「其」字。○顧實：「『封』上當脱『天子乃』三字，後言『天子乃封長肱于黑水之西河』，可爲例證。」○櫟案：此處缺字甚多，參注五。

〔四〕疑，翟本作「膜」，云：「注下『膜』字諸本皆誤作『疑』，今改正。」

〔五〕檀萃：「言殷之同姓也。」○陳逢衡：「此或殷遺當日播遷於此，如殷民六族、殷民七族之類，故使之爲主以統屬之也。」○丁謙：「膜晝當是伯夭子姓，故分河水以北地，請天子封之。」○小川琢治：「膜畫與亳丑同音通用。其地位在漢武威郡樸𠟰之邊，……則膜畫封域其位於涼州之東南，在涼、蘭兩邑之街道以東之地方，甚明。」其亦殷人無疑。○顧實：「河水之陽，當即積石之南河北岸，迤西北以至柴達木河北岸一帶，在今青海土爾扈特旗及和碩特旗境内是也。卷四云：『「自西夏氏至於珠余氏及河首，千又五百里」，容有變辭言之者。珠余氏當即膜畫也。水北曰陽，必穆王自經積石之南河而後，即依南河之北岸而西行。故中途封膜畫於河水之北岸也。膜畫爲人名，而膜字之義不可曉。蓋不若膜拜之膜借爲拍，西膜之膜借爲漠，皆可循文義而推知也。』」「主，宔通用字，謂守宗廟神主也。後言『太王亶父封其璧臣長季綽於春山之虱，妻以元女，以爲周室主』可爲比證，郭注云：『主其祭祀，言同姓也。』殊失之。」「此膜畫亦必非商胤，自當以先世通婚，遂爲殷人主也。」○岑仲勉：「此處之河爲塔里木河」，西戎人誤爲黄河之重源。顧氏不主同姓之説，「按今世所見周金器銘，均無周人祭商代先王之事，擬爲别設官司主守，事屬可信；從另一方面來看，謂商族當日有同姓居今新疆，亦難成立，顧駁郭注，非爲無見。」○王範之：「大致膜畫乃是殷人的同姓。」○欒案：由卷四文視，此時按理已過河首，而又言「河水之陽」，有數種可能性：其一，河有重源，當然這種可能性在先秦較小。其二，此爲河之支流，這一可能性恐亦較小，因支流大凡别有其名。其三，河水曲折，穆王一行先過其首而後再至其流。其四，文有錯簡，此處文字本當在河首之前。究爲孰是，未能確斷。至岑仲勉謂此河乃塔里木河，則顯屬大誤。顧實説膜畫爲珠余氏，僅其自説而已，並無確證以使人信從。

「以爲殷人主」一句，顧實以郭注以爲未必同姓，舉長季綽爲例。然其例却正爲反證，其文云「赤烏氏先出自周宗」，再叙太王亶父對長季綽之事，是長季綽乃出於周宗，必與周同姓。卷四穆王又封長肱於黑水之西河，「以爲周室主，是曰留骨之邦」，則長肱與周亦應是同姓。再回首顧此膜晝，郭注言其與殷同姓則大致不誤。又，由上兩例文推測本句「封膜晝」上之□，也當是寫封膜晝之歷史背景、事件與封主。其缺當甚多，而决不像檀萃只填一「其」字、顧實只填「天子乃」三字（參注三）。

〔六〕□，檀本填「膜晝」二字。○櫟案：據下文，則此當爲：壽□之人居慮之所主居。

〔七〕丁謙：「主居，謂主宰居住，與上卷『無夷之所都居』句法相同。」「水道提綱河源西南有拉母陀羅海山，穆王所升當即其地。」○小川琢治：「此空格處大約是襄山，或崇吾之山之二字或三、四字。又某居認此爲缺落『余壽氏』三字，而流於此山地之西邊有莊浪河，地理志謂流於金城郡枝陽縣之傍之逆水，而枝陽想即襄之緩音。逆字想與古音溯通，爲襄之縮音。此兩名皆在襄山之西界，殆忘其名而由轉訛以殘留者歟。」○顧實：「西南升□，當即升今青海之巴顔喀喇山。穆□，缺文當甚多。」○櫟案：依穆傳文例，所升者必山。由下文知此在昆侖近傍，具體未明。穆王一行此時已由河首、襄山臨近昆侖，其方嚮正是「西南」。

〔八〕似，多本作「以」，盧文弨校云：「當作似。」洪、翟本徑改作「似」，但未云何據。○顧實：「邵本、范本正作『似』。」○櫟案：范陳、趙、吕本亦作「似」。此從文。

〔九〕以，盧文弨校：「别本作『之』。」吕本亦作「之」。范陳本改爲「所」，洪、翟本亦改爲「所」。俱未云所據。○樑案：依文義，作「所」較勝。但無據，未可擅改。

〔一〇〕草，道藏、范、邵、趙、范陳、吕本作「艸」。艸，草之古體。

〔一一〕咢，諸本字形多有小異，洪、翟本據説文改爲此。○樑案：此即壽字，郭注爲「古疇字」，實迂遠矣。壽字異體異構殊多。□，檀本填「余」字，陳本從之。小川琢治據卷三「壽余之人命懷」亦補「余」字，並以爲即「珠余氏」。顧實則以爲非也。○樑案：顧説是。

〔一二〕□，檀本填「斛」字，金蓉鏡批亦作「斛」。○樑案：填「斛」字可取耳。盛酒容器甚多，先秦時期有尊、壺、卣、方彝、觥、罍、鑐、瓮（罌、甂、瓿）、尊缶、罐、甇、斛等。斛，十斗也，其起於東周。穆傳多用斛，亦其西周後成書之一證矣。

〔一三〕檀萃：「凡稱『人』者，皆其國之酋長也，猶春秋『夷』書『人』之例。」○小川琢治以壽余與珠余氏爲通用之名。「前稿州靡（王會篇）、壽靡（吕氏春秋）、壽麻（大荒北經）與此書之『壽余』及西次三經之丑塗之水相比對之，則其當否不難判别矣。」又史記（卷一一一）及漢書（卷五五）衛青霍去病傳記霍去病踰居衍至祁連山，得酋涂王，又有檮余山。「是昆邪王之故地即屬於今之武威、張掖、酒泉三郡之一部者可知。」○顧實：「獻酒蓋戎禮，非華夏之禮也。自此而西，皆荒服之國，故不復見華夏之隆禮矣。」○高夷吾：「壽□即海外南經所謂壽華之野，羿戰鑿齒處。」○岑仲勉：「又，魏略：鄯善東南有地名居盧倉。居慮、居盧只一音之轉，當即 kharo 之音寫。

若然則印度西北人住居新疆之歷史，盡可上推至公元前十世紀頃矣。」○樑案：小川以此壽□爲壽余，可作一説。但云即珠余氏，則並不妥當。吕覽任數「西服壽靡」，高注：「西極之國。『靡』亦作『麻』。」陳奇猷校釋疑爲恃君篇之「舟人」。山海經大荒西經有壽麻之國，郭注及諸家考釋多引吕覽任數相證。是壽靡亦西方之國，壽□亦可釋壽靡（麻）。但壽□究爲壽余抑或壽靡，未可持定。又，王會解之「州靡」，孔晁注爲「北狄」，其方位、形像與壽靡（麻）皆不合，故小川説與壽靡同者不妥。

〔一四〕下，范陳、邵本作□，范陳又旁校「下」字，顧實以爲「足證缺文有誤者。」

〔一五〕阿，洪頤煊：「阿，山海經西山經注引作『側』。」

〔一六〕檀萃：「西山經云槐江之山西南四百里曰昆侖之丘，是惟帝之下都，……距鍾山九百里。經之言昆侖非一，惟西山經與海内經差詳。」○陳逢衡：「此時穆王蓋在昆侖之東南隅，蓋由小昆侖轉而西北。」○吕調陽：「昆侖在今綏來縣南曰威懷勒晶嶺。赤水即烏蘭烏蘇，出山之西南。南流合裕勒都斯河，瀦爲博斯騰淖爾，是謂氾天之水。」○丁謙：「昆侖山在和闐南（别有專考）。（樑案：見丁謙漢書西域傳地理考證昆侖山考）「赤水，今喀什噶爾河。唐地志作『赤河』，西域水道記作赫色勒河。赫色勒，回語『赤』也。」○小川琢治：可决定昆侖位置者，壽余即漢書霍去病傳之「酋涂」、「檮余」，在凉、甘兩州中間。○葉浩吾：「愚謂昆侖、赤水必在一地，當即指巴顔喀喇山。」○顧實：「昆侖之阿、赤水之陽，當在今巴顔喀喇山之西部，那木齊圖烏蘭木倫河之北岸。」「蒙古語謂赤色曰烏蘭。」○沈曾植：「昆侖之丘，西王母之邦在其（指大曠原，今裏海、鹹海間）東，當今葱嶺東西、葱嶺南北，漢西域諸國。」○張公量：「此云昆侖，乃與春山接鄰，當今甘肅涼州（武威）古浪縣相近之地（據小川琢治）。」董祐誠説雖不明，「然以科科諸爾北湟水之支流烏蘭木倫河爲赤水，因甚確也。」○高夷吾：襄山、昆丘、春山、赤烏皆禹貢昆侖之域。「昆侖丘即帕米庫爾得。」○顧頡剛：「西山經説赤水出昆侖而東南流，與此正合。」○岑仲勉：「昆侖指于闐南山，已無疑義。阿者，邊緣地也。稱赤水者不止一地，此則當於新疆求之，既近于闐而又在水北，赤水固非于闐河莫屬。」○王範之：古籍皆云昆侖爲河水所出，但自古河源之説又不一。「史記正義引括地志説：『昆侖山在肅州酒泉縣南八十里。』前漢書地理志敦煌郡廣至縣有昆侖障，後漢書西域傳酒泉有昆侖塞。依照這樣説來，穆傳所言的昆侖之丘，恐當是在甘肅境内了。」○趙儷生：「『赤水』可以有兩種解釋，説是恒河上游也可，説是怒江上游也可，説它在昆侖的東南也是正確的。」○常征：「穆天子傳盛稱之昆侖，即古代『昆侖丘』。傳説黄帝氏族未遷黄河中游前，曾居此山下，故昆侖丘又稱『帝臺』、『軒轅丘』。」「兩漢書皆載臨羌縣（今湟中）有昆侖祠黄帝，又有弱水祠，兩祠即在昆侖丘下。」「而昆侖丘南注黄河之溪川，河床多赤石，是即赤水。」○衛挺生：本段之首要問題，乃穆王所登陟、所禋祀之昆侖之丘何在？「愚意以爲即現今英美地圖上所記之 K_2 山，或又稱 Mount Godwin Austen，中國新地圖音譯之爲奥斯騰峰。」赤水，唯西山經之丹水可當，「即今之喇斯庫穆河，而亦即葉爾羌河之上游遠源也。」○錢伯泉：「史記大宛列傳：『漢使窮河源，河源出于闐，其山多玉石，采來，天子按古圖書，名河所出山曰昆侖。』穆王由塔里木盆地南緣西行，到了于闐的昆侖山。」○樑案：昆侖的位置，可由陽紆之山（今河套陰山山脈）爲基準點，從兩個方嚮來確定。其一，是從去路考察。據卷四文云：「自陽紆西至于西夏氏，二千又五百里。自西夏至于珠余氏及河首，千又五百里。自河首襄山以西南，至于舂山、珠澤、昆侖之丘，七百里。」則大致可知昆侖在陽紆之西微偏南四千七百里（折合今里在三千一百至三千九百里間）。如考慮行程中的迂迴曲折，里數上可能要打些折扣。其二，從歸路考察。卷四文云曠原之野在陽紆西北七千里（折合今里爲四千六百至五千八百里間），知必爲今新疆準噶爾盆地無疑。由曠原回推，西王母之邦在其南一千九百里（折合今里在一千二百至一千五百里間），則當在今新疆庫爾勒、尉犁一帶。西王母之邦在昆侖西微偏北四千里（折合今里在二千六百至三千三百里間）。如此兩相推勘，則本傳之昆侖當爲今甘肅祁連山。史界對昆侖的地望有以下四說：一說在酒泉南，即今祁連山；二說在新疆于闐（今和田）南，即今昆侖山脈；三說在青海，即今巴顔喀喇山；四說以爲古昆侖乃融合西域（包括今新疆、青海、甘肅等）諸地理特點而成的傳說。四說雖然各有其理，但考稽其時代，在先秦至西漢武帝以前，唯有第一說存在，其他皆爲後出。如此，則穆傳之昆侖與歷史上的古昆侖所在正相吻合。以上所證，又可參見本書整理前言。赤水，見西山經，當今何水不明。

〔一七〕盧文弨校改「東南」爲「南」，云：「（山經）二卷東南流，十一卷以行其東北。」○陳逢衡：「太平御覽八十五引『昆侖山有赤水東北流，見山海經。』」

爰有鶠鳥之山〔一〕，鶠，音甄，一音栴〔二〕。天子三日舍于鶠鳥之山。□吉日辛酉，天子升于昆侖之丘，以觀黄帝之宫〔三〕。黄帝巡遊四海，登昆侖山，起宫室於其上，見新語〔四〕。而封□隆〔五〕之葬。「隆」上字疑作「豐」〔六〕。豐隆筮御雲，得大壯卦，遂爲雷師。亦猶黄帝橋山有墓，「封」謂增高其上土也，以標顯之耳〔七〕。癸亥，天子具蠲齊牲全，以禋□〔八〕昆侖之丘〔九〕。蠲者，潔也。齊〔一〇〕祭神曰禋，書「天子禋于六宗」。蠲音圭。

校釋

〔一〕檀萃：「鶠同鸇，鸇鳥之山蓋鷙鴞之所集也，故名鶠，音堅。」「即諸毗之山也，在槐江之北。」○陳逢衡：「西山經『申山北有鳥出』，郝懿行曰：『穆天子傳有鶠鳥之山，疑即此。』鶠，玉篇同鸇。」檀說是。○呂調陽：「鶠鳥疑百舌也。」○丁謙：「鶠鳥之山當在喀什噶爾東北。」○顧實：「鶠鳥之山，當即今新疆于闐東境之勒科爾烏蘭達布遜山。」郝、檀、陳説皆非。鶠從垔聲，僊從䙴聲，垔、䙴又皆從西聲。「則鶠、僊或同字。」此山當即西山經之「嶢崖」、楚辭涉江之「瑶之圃」。凡瑶之意義，一必含有鹽味，二必帶赤色。「今新疆和闐州之勒科爾烏蘭達布遜山（清一統志作『碙什達爾烏蘭落布遜山』，水道提綱作『勒科爾烏藍達布蘇阿林山』。）亦曰碙什達爾烏蘭達布遜山，山形高大，石多赤色。回語謂硇砂曰硇什達爾，紅曰烏蘭，鹽曰達布遜。」與此正合。○衛挺生：「山經即云：『槐江之山，鷹鸇之所宅也。』……玉篇『鶉同鸇』，即鷹鸇也。下文春山『爰有白鶽青鵰』，皆鷹鸇也。」（檠案：衛文此附鶉鳥照片，編號十四，標註「鬚鷹」，又稱「髭兀鷹」。云分佈於西藏、昆侖山、葱嶺、蒙古高原及西伯利亞。）○檠案：鶉鳥之山爲古昆侖山中一山，具體則不明。以山經對照，則槐江之山與鳥山皆有可能，然未能確定。

〔二〕栴，黄丕烈、郝懿行校道藏本作「旃」。○檠案：范陳、邵、檀本亦作「旃」。兩字形近音同。未知本作何字，此權作栴。

〔三〕洪頤煊：「漢書地理志云：『金城郡臨羌縣西北至塞外，有西王母石室，又西有弱水、昆侖山祠。』崔鴻十六國春秋云：張駿時酒泉太守馬岌上言酒泉南山即昆侖之體。周穆王見西王母，樂而忘歸，謂此山也。」○陳逢衡：「藝文類聚人部所引乃襲郭璞山海經序文。又太平御覽六百七十二引亦雜郭注，皆與本傳文不合。」○金蓉鏡：「黄帝宫即阿耨達宫也。」○丁謙：「按此山自西而東，横亘和闐南境，約千餘里。」與山經所載形勢相合。○劉師培：「案：金城塞外之昆侖係因後世西境日狹，遂將西方昆侖之名移之金城。若穆王所至，以所行之程度之，實今喜馬拉山南岸也。」「此文昆侖即釋典之須彌，今轉音爲喜馬拉，穆王所至則其巔也（山海經又言玉山有軒轅之丘，亦黄帝在西方之故蹟也）。」○顧實：「昆侖之丘，即今後藏、新疆間之昆侖山脈。漢書西域傳所謂于闐南山者，是也。」「黄帝之宫，當在今昆侖山脈之北，阿勒騰塔格嶺之上。」即水經河水注引釋氏西域記所言阿耨達宮。○岑仲勉：「今洛浦縣南有慕士塔格（Muz-tagh，猶言『冰山』），高七二六二公尺，『黄帝之宮』大概指此類高山言之。」○衛挺生：「黄帝之宮應即在 Surakwat 河右岸山谷間之一廣闊平原上。」「從『甲子舍于珠澤』而論，則黄帝之宮當在主峰 K_2 之西谷平原上。」○欒案：黄帝之宮等等，雖在戰國秦漢時卓具影響，但畢竟都屬傳説，因此也就無須真去嚴加稽考，且亦無法真正考明。此僅需知傳説黄帝之宮在昆侖即可。

〔四〕陳逢衡：「太平御覽五十三引無『見新語』三字。八十五引作『登昆侖而起宮以上，見新語』，『以上』當是『于上』之誤。檢漢魏叢書中所載陸賈新語十三篇，無此語。」○欒案：劉師培、顧實校明此「新語」係賈子新書修政，甚是。

〔五〕「封□隆」舊作「豐□隆」。○洪頤煊：「山海經西山經注，水經河水注俱引作『封豐隆之葬』，後傳寫脱『豐』字。……正文『封』譌作『豐』，今依注改正。」○欒案：翟云升、盧文弨、褚德彝、郝懿行校同洪氏，是，此從之。

〔六〕洪頤煊：此六字「本後人校者之文，今本誤羼入注中。」○陳逢衡：此六字「當是郭校。」

〔七〕檀萃：「王逸注楚辭以豐隆爲雲師，則注『雷』字乃『雲』字之誤。」○陳逢衡：「豐隆爲雷師，猶赤松子爲神農時雨師，皆古官名，非指先天之神。」據淮南天文訓、張衡思玄賦、水經河水注，豐隆爲雷師，是。○丁謙：「豐隆，人名，當是從黄帝西征而道卒者，故葬於此。」○顧實：「豐隆之葬，當與黄帝之宮相近。河圖曰『黄帝以雷精起』，春秋合誠圖曰『軒轅主雷雨之神』，則豐隆疑即黄帝之别名。而墓在塞外，豈亦冠帶葬耶？」○衛挺生：「黄帝有天下而爲『雲師』。乃豐隆附於黄帝亦稱雲師，此可見豐隆乃黄帝之大臣也。」「其死後爲雲神，爲雷神。」○㮚案：豐隆，戰國時文獻又見於楚辭離騷、遠遊等，王逸注爲雲師、雷師（離騷注），可知檀萃説乃不確。又，先秦相傳雷神不一，但無以黄帝爲雷神（及雲神）者。左傳昭十七年載剡子語云：「昔者黄帝氏以雲紀，故爲雲師而雲名。」此蓋即後世緯書説黄帝主雷雨之起因源頭。但緯書之説畢竟非先秦之説，且又率多無稽，故未可用來詮釋穆傳。至謂豐隆乃黄帝之臣，亦僅測度之辭。今人有謂豐隆乃雷聲之音寫，雖亦出於推測，但可信度較緯書説要高得多。

〔八〕□，檀、張本填「于」字，顧實云：「疑即『于』字。」

〔九〕檀萃：「齊，當讀粢。自崇吾之山至翼望之山凡三十三山，其神狀皆羊身人面。其祠之禮，用一吉玉瘞，糈用稷米。稷曰明粢，即蠲齊之義也。」○陳逢衡：「精意以享之謂禋。周禮大宗伯『以禋祀昊天上帝』，鄭注：『禋之言煙，周人尚臭煙氣之臭聞者。』」○顧實：「前禮河水，官人陳牲全。兹禋昆侖，亦具牲全。則名山火川同也。」「説文云：『禋，潔祀也。』……蓋凡潔齊而祀，皆曰禋祀。」○㮚案：蠲齊，即潔齊，諸考已明。

〔一〇〕翟云升：「注『齊』上當有『潔』字，言蠲齊即潔齊也。左傳隱十一年注：『絜齊以享謂之禋祀。』絜，潔本字。」

甲子，天子北征，舍于珠澤，此澤出珠，因名之云，今越巂平澤出青珠是。以釣于汓水〔一〕。曰珠澤之藪〔二〕，方三十里〔三〕。澤中有草者爲藪。爰有萑葦〔四〕莞蒲〔五〕、莞，葱蒲〔六〕，或曰莞蒲，齊名耳〔七〕。關西云莞音丸。茅萯〔八〕萯，今菩字，音倍。蒹〔九〕蒹，薕〔一〇〕也，似萑而細，音兼。蔞〔一一〕。蒡蔞，詩曰：「四月秀葽。」

校釋

〔一〕洪頤煊：「汓，本作流，從太平御覽八百九十六引改。汓，古流字。」○陳逢衡：「此蓋于闐玉河之類。」○劉師培：「珠澤在昆侖北，即今阿里附近之馬帕木達賴池也，釋典名阿耨達池，蓋穆王由喜馬拉山西北行，北出今後藏也。」○丁謙：「珠澤，山海經作稷澤，今名伊斯庫里泊，在和闐西北百餘里。此泊西南，有桑珠披、雅爾滿二水流入之，與傳言『北征』及『釣于流水』合。」○葉浩吾：「珠澤似爲今拜噶爾河所注之哈喇淖爾。」○顧實：「珠澤，當在今和闐之玉瓏哈什河、哈喇哈什河合流處。」「今回語謂玉瓏爲白，哈喇爲黑，哈什爲玉。」○高夷吾：「珠澤即思納湖。」○岑仲勉：珠澤，「據近圖，哈喇哈什河極南端還有沼澤不少，且與産玉之山相近（傳文言珠澤之人獻白玉石），故謂應指此言之。」○常征：昆侖「丘下有小水北流注於湟水，即傳之汓水，山海經名之曰溽水。溽、溺音同，古人又名之曰『弱水』。」「汓水發源之小沼，細泉出地，水泡如聯珠，因稱『珠澤』。」○衛挺生：「珠澤當即巴格思海子，海拔約五二〇〇公尺。其命名殆非因産蚌珠而實無之，似因其下（西）玉河多玉石子，其形似珠，而此澤乃其發源地也。」○槱案：珠澤，當今何地不明。由下文看，方圓三十里（合今里爲二十至二十五里間），並非浩瀚大澤，故名不甚著。

〔二〕陳逢衡：「周官職方氏注『大澤曰藪』。」○槱案：此藪内遍長蘆葦一類植物，蓋爲鹽碱性池沼，今甘肅、新疆等西北地區内頗多此類池沼。

〔三〕三，洪頤煊：「太平御覽八百三引作『四』。」○陳逢衡：「九百九引作『天子于珠澤之藪，方三十里』，藝文類聚八十四引亦作『三十里』。」（槱案：郝懿行校同。）

〔四〕洪頤煊：「爾雅釋草『蒹薕』，郭注云：『似萑而細。』」○陳逢衡：「萑葦，蒹葭也。萑如葦而細。」○翟云升：「説文一下：『萑，薍也，从艸萑聲。』詩七月『八月萑葦』，傳：『薍爲萑，葭爲葦。』非爾雅釋草所言『雚，芄蘭』也，今改正。」○衛挺生：「珠澤所見之高山植物，今可一一證明其實有。」「萑葦，又名葦、葭、荻，至秋堅曰萑（音追），其細長者曰蒹。生於溼地，高九至十尺。學名：Arundo donax Linn。」○槱案：説文「萑，薍也」，段注：「今人多作萑者。」是知萑乃或體。説文：「葦，大葭也。」詩豳風七月「八月萑葦」疏：「初生爲葭，長大爲蘆，成則爲葦。」朱熹集傳：「萑葦，即蒹葭也。」周禮春官司几筵「其柏席用萑」注：「萑，如葦而細者。」儀禮公食大夫「加萑席尋」注：「萑，葦也。」疏：「葦，一名蘆，一名薍，一名萑，一名荻。」皆可明萑葦同類而細有别也。

〔五〕洪頤煊：「太平御覽九百九十九引作『貇葦』。」○陳逢衡：「貇字誤，爾雅：『貇，茈草。』宋本御覽作『苋』，字彙補云『音義與「莞」同』。衡案：苋與莞蓋以形近而譌。」「爾雅釋草：『莞，苻離。』郭注：『今西方呼蒲爲莞蒲。』」○衛挺生：「莞蒲，一名白蒲，又名小蒲，吉林地方呼烏拉草，日本稱大藺。生澤中，多年生草本，莖綠圓長，高五至六尺，葉小如鱗，褐色。學名：Scirpus lacustris L.。」○檪案：説文：「莞，艸也，可以作席。」爾雅釋草：「莞，苻離，其上蒚。」疏：「白蒲，一名苻離，楚謂之莞蒲，其上壹別名蒚。」漢書東方朔傳「莞蒲爲席」，師古曰：「莞，今謂之蔥蒲。」詩小雅斯干「下莞上簟」，箋：「小蒲之席也。」案：莞屬莎草科，多年生草本植物，生於沼澤、水畔。莖細而圓，高五、六尺，叢生。莖可織席。一名小蒲。蒲，説文：「小草也，或以作席。」莖細長，圓柱形，長四、五尺。葉細長，多肉互生。夏日開矛形茶褐色花。莖可織席。

〔六〕葱，翟本作「蔥」，顧實云葱爲俗字。

〔七〕齊，翟云升據爾雅釋草疏「白蒲，一名苻蘺，楚謂之莞蒲」云：「或當作『楚』。」

〔八〕洪頤煊：「道藏本、程氏本皆作『芧萯』。」○陳逢衡：「茅，説文『菅也』。若作『芧』，則三稜也，見漢書司馬相如傳注。月令：孟夏之月『王瓜生』注云：『今月令云「王萯生」。』呂氏春秋作『王菩生』，高誘注：『菩，或作瓜，瓠瓤也。』今刻本皆譌『菩』爲『善』。案：説文云：『菩，艸也。』」○衛挺生：「茅，一曰白茅，生山野中，草本多年生，高二尺，有匍匐莖，葉長尖，有平行脈，三、四月開花。學名：Imperata cylindrica（L.）P. B.。萯，俗名葛蔓，多年生蔓草，全株糙澁，卷鬚單一，葉心形、多角形或掌狀。總狀花序。苞細小，漿果橢圓形，長二寸，熟時朱紅。生田野，夏季開花。屬王瓜科Cucurbitaceae。學名：Trichosanthes bractcata Uoigt。」○櫟案：茅，范陳、李、邵、楊鈔等本作「芧」，盧文弨校「芧，別本茅」。吳鈔本原作「芧」，朱筆改作「茅」，天頭上標一「蓘」字。案：字作「茅」是。茅即茅草。蓘，管子地員「大蓘細蓘」注：「草名。」字亦作「菩」、「蓓」、「草」。說文：「菩，艸也。」爾雅：「蓓，黄蓓，草名。」廣韻：「蓓，黄蓓草也。」茅、蓘亦可編織。

〔九〕洪頤煊：「爾雅釋草『蒹、薕』郭注：『似萑而細。』」○陳逢衡：「齊民要術引廣志曰：『三薕似翦羽，長三、四寸，皮肥細，緗色。以蜜藏之，味甜酸，可以爲酒啖。出交州，正月中熟。』異物志曰：『薕實雖名三薕，或有五、六長，短四、五寸。正月中熟，正黄多汁，其味少酢，藏之益美。』」○衛挺生：「蒹，狄也，似萑而細長。」○櫟案：詩秦風蒹葭「蒹葭蒼蒼」傳：「蒹，薕。」疏：「郭璞曰：『蒹，似萑而細，高數尺。』陸機疏云：『蒹，水草也。堅實，牛食之，令牛肥彊，青、徐州人謂之薕。』」說文：「蒹，雚(萑)之未秀者。」段注：「凡經言萑葦、言蒹葭、言葭菼，皆並舉兩物，蒹、菼、萑一也，今人所謂荻也。萑，一名薍，已秀曰萑，未秀則曰蒹、曰薍、曰菼也。」朱駿聲說文通訓定聲：「蒹，史記司馬相如傳『藏莨蒹薕葭』索隱：『薍也。』按：今謂之荻，堅實，中有白瓤，可爲簾薄，實即菼薍也，鵻也，烏蓲也，薕薍也。初生爲蒹薕，未秀爲菼薍，至秋堅成，謂之雚。與葭蘆之爲葦者，同類別種。葦，空中而高大也。」

〔一〇〕洪頤煊：薕字，本譌作荷。今改正。

〔一一〕金蓉鏡：「説文：劉向説『苦葽』，曹氏以爾雅、本草證之，知爲遠志。」○衛挺生：「葽，葽繞，屬遠志科 Polygalaceac。五、六月開黄花甚美。生産地自秦嶺至昆侖山及喜馬拉雅山，生於高四千尺以上乃至一萬一、二千尺地方。學名：Polygala arillata。」○檪案：朱駿聲説文通訓定聲：「葽，按劉説即『莠』字。葽、幽、莠，一聲之轉。詩之秀要、小正之秀幽、穆天子傳之蒹葽，一草也。味苦，秀於四月。」案：朱説以本傳「蒹葽」爲一物則失之，餘則是也。

〔一〕乃獻白玉〔二〕□隻，□角之一□三可以□沐。乃進食□酒十□姑劓九□亦〔三〕味中麋〔四〕胃而滑。中，猶合也。因獻食馬三百〔五〕、可以供厨膳者。牛羊三千〔六〕。天子□昆侖〔七〕，此以上似説封人于昆侖山旁。以守黄帝之宫，南司赤水，而北守舂山之珤〔八〕。欲以崇表聖德，因用顯其功迹。天子乃賜〔九〕□〔一〇〕之人□吾黄金之環三五〔一一〕，空邊等爲環。朱〔一二〕帶貝〔一三〕飾三十〔一四〕、淮南子曰「貝帶鵕鸃〔一五〕」是也。工布之四〔一六〕。□吾乃膜拜而受〔一七〕。今之胡人禮佛，舉手加頭〔一八〕稱「南膜〔一九〕」拜者，即此類也。音模〔二〇〕。天子又與之黄牛二六，以爲犧牲種。以三十□人于昆侖丘〔二一〕。

校釋

〔一〕檀萃：「其獻之者，即下文『□吾』也，其國名缺。」○洪頤煊：「事物紀原三引作『珠澤之人獻玉石』。」○顧實據洪校而上補「珠澤之人」四字，並云：「珠澤之人，當在今和闐州治。」○檪案：洪校可參，但此權仍缺之。

〔二〕陳逢衡：「太平御覽六百九十六引『天子北征，舍于珠澤，獻白玉食』，『食』字疑誤。下即接『天子賜黄金之環三五，朱帶貝飾三十』。或曰『食』下疑脱『馬』字，蓋下文有『獻食馬』云云。」○顧實據洪頤煊上校所引事物紀原而在「玉」下補「石」字。

〔三〕洪本云：「亦，道藏本作亣。」○檀萃：「亦乃丌字之誤。」○翟云升以洪、檀説「似皆可從」。○唐本録校文：「孫曠曰：『亣，古丌字。』」○盧文弨改「亣」爲「丌」，云：「亣，别本作亦，竊疑是丌字。此下多有丌字，即其字也。」○顧實：「亣，吴鈔本、道藏本、范刻本如是，疑當作亓，爲丌之古文。與其通用。」黄校九行本作六，檀本、洪、翟校本俱作『亦』，於文均難通。」○于省吾：「上文『乃進食□酒十，□姑劓九』，是名辭下均數字，黄校本六作六，是也。余所藏古先磬，六字正作六。」○檪案：吴、程、唐、趙本亦作「亣」。字形與「其」字古文及「六」字俱近，但由於缺文過甚，故難決孰是。而作「亦」字者，則顯然不妥。

〔四〕麋，程、翟、翁鈔本作「糜」。盧文弨改「麋」，云：「抄作糜。」○翟云升：「又考禮記内則有『鹿胃』，疏以爲『不可食』，『麋胃』當與同。氣亦不可食麋胃，豈『麋膚』之譌歟？『麋膚』亦見内則。」

〔五〕洪頤煊：「事類賦注二十一引作『其人獻食馬三百』。」○陳逢衡：「御覽八百九十九『食馬』作

『良馬』。」○顧實：「『良』當爲『食』字，形近之誤。」○槃案：此作「食馬」是，證有二：其一，由郭注可明。其二，卷一「良馬二六」校釋已明：穆傳凡良馬概爲四之倍數，而食馬則概以十、百記數。此處言「三百」，則可知必爲「食馬」。

〔六〕陳逢衡：「三千，御覽八百九十六、八百九十九俱作『二千』。」「『隻』字上空方當是『斛』字。『姑劓』不知何物，『姑』疑『牯』字之誤，謂牡牛也；劓，割也，一曰刖劓也。埤雅云『牛耳無竅以鼻聽』，或牛之美在鼻，故以爲獻。『九』下空方疑是數目字，或是盛肉之器。『□角之一□三』，脱誤不可解。」○衛挺生：「『□隻』以下至『而滑』，缺文太多，文意難通。從受獻之『食馬三百，牛羊三千』，可推知王之七萃、六師、王官皆登山矣。」○槃案：此一段文字因缺漏過甚，難以確解。陳説仍不清。此僅可知所獻物有三類：一，白玉。二，美酒、食品。三，食馬、牛、羊。

〔七〕□，檀本填「以主」二字，云：「表黄帝之德也。」○陳逢衡：「空方當是『封』字，謂以昆侖之丘封□吾也。案：昆侖，本古國名，見禹貢。」○顧實：「尚書禹貢、周書王會皆有昆侖國。」○衛挺生：「郭注是也。所封之人似即下文之□吾。」○槃案：所封者即下□吾甚明。檀、陳所填字似皆過簡。

〔八〕金蓉鏡：「案：郭氏西山經『鍾山』注引此傳而云：『鍾山作春字，音同耳。』然則『春山』即『鍾山』耳。」○顧實：「春山即鍾山。穆傳春山在昆侖之北，與山海經昆侖在鍾山之南正合。」赤水實在昆侖之東，此約言之。

〔九〕賜，唯檀本有之。○洪頤煊：「『賜』字本脱，從北堂書鈔一百二十九引補。」○槃案：據洪校知檀本「賜」字亦自加。案：有賜字是。

〔一〇〕□，檀本填「某」字。○陳逢衡：「當是『昆侖』二字。『□吾』則昆侖之人名也。」○衛挺生：「『乃賜』二字下之闕文，當是『珠澤』二字。」

〔一一〕檀萃：環，「肉好如一也。□吾，其國人名。『三五』，十五環也。」○陳逢衡：「□吾，則昆侖之人名也。」○顧實：「環之造字，從玉得義，明中國只有玉環也。」金環，胡人所用。○櫟案：環，説詳卷一。穆傳載穆王沿途賜異族諸侯金器、金貨甚多。核之出土實物與文獻記載，西周時雖已有黄金使用，但數量並不大。且以鎰爲黄金計量單位，亦僅春秋、戰國始有，故此時代特點亦就很明顯了。

〔一二〕朱，黄校：「吴本作珠。」（櫟案：指吴鈔本）

〔一三〕洪頤煊：「貝，太平御覽六百九十六引作『具』，史記佞幸列傳云『孝惠時，郎侍中皆冠鵕鸃貝帶』，匈奴列傳云『黄金飾具帶一』。具、貝各異。注引淮南爲證者，必作『貝』也。」○陳逢衡：「太平御覽八百七珍寶部凡貨貝、織貝，無不作『具』。又九百四十一鱗介部所引諸書大率與珍寶部同，亦作『具』。疑具、貝二字古通。」○顧實：「貝，北堂書鈔百二十九引作『具』，形訛字。」○櫟案：字作貝是，具者形訛字，説詳下。

〔一四〕陳逢衡：「史記佞幸傳索隱『冠鵕鸃』下注曰：『應劭云：「鳥名，毛可以飾冠。」許慎云：「鷩鳥也。」淮南子云：「趙武靈王服貝帶鵕鸃。」漢書云：「秦破趙，以其冠賜侍中。」』衡案：鵕鸃自是冠飾，與『朱帶貝飾』無涉。朱是其色，貝飾則用貝之甲以爲帶飾，故曰『朱帶貝飾』。郭引淮南子連而及之，誤矣。貝是大貝，説文：『貝，海介蟲也。』邢昺爾雅疏：『取其甲以飾器物。』」○小川琢治：「史記匈奴傳『文帝贈以黃金飾具』，帶者，恐是同一之物。」○顧實：「朱帶貝飾，後文亦簡名曰『貝帶』，必朱色之帶而以貝爲飾也。」○于省吾：「按注云：『淮南子曰「貝帶鵕鸃」是也。』下文屢言『貝帶』，即『朱帶貝飾』之簡文也。『朱帶貝飾』者，以貝飾帶也。近世出土之鼎，鼎外周圍飾以貝者，貝之有縫處均外嚮，以貝飾帶，當亦如是也。」○櫟案：戰國策趙策二王立周紹爲傳章：「遂賜周紹胡服衣冠、具帶、黃金師比，以傳王子也。」史記匈奴傳「黃金飾具帶一、黃金胥紕一」，集解：「漢書音義曰『要中大帶』。」索隱「謂要中大帶。」漢書匈奴傳作「黃金飭具帶一、黃金犀毗一」，注：「孟康曰：『腰中大帶也。』張晏曰：『鮮卑郭落帶，亦謂師比，總一物也，語有輕重耳。』」帶以革制，涂以朱色，即爲「朱帶」。再以「貝飾」，可謂華貴矣。腰帶的連接是鉤，即文獻之師比、胥紕、犀毗、郭落帶者，今謂之帶鉤也。由考古發掘可知，在古代中原的各國，春秋中、晚期已經出土帶鉤，而北方與西北少數民族地區則出土較晚。因此，不少學者對革帶、帶鉤是趙武靈王胡服騎射後由鮮卑族等傳入中原的舊説產生了懷疑，而提出很可能是由華夏民族發明而傳入少數民族的新説，還有學者認爲「郭落帶」乃是「鈎落帶」的異寫。這與本傳所記是穆王賜予戎族而非戎族獻予穆王倒是相合的。革帶、帶鉤既然最早起源於春秋中、晚期，則穆傳非西周時作品也就很明瞭了。

〔一五〕洪頤煊：「注『貝』上本衍『其』字。」又從佞幸傳、淮南子改「飜」爲「鸃」。○翟云升：改「飜」爲「鶡（⿰壽鳥）」。○顧實從翟改，云：「余檢鵕鸃者，鷩雉也，即華蟲也。惟淮南子主術篇作『鵕⿰壽鳥』，則作『⿰壽鳥』是也。」○樑案：飜，范、范陳、趙、邵、檀本作「翻」，周本作「鄱」。案：字當作「鸃」，但此無據本故不改也。鵕鸃冠乃史記、漢書習見者也，蓋冠或如雉形，或上插雉尾羽也。

〔一六〕檀萃：「『之』當爲『疋』，謂工精之布四疋也。」○陳逢衡：「『疋四』文不順。『之』當作『三』，三四，十二也。」○翟云升：「傳中『之』字疑誤，或其下有缺文。」○章太炎：「越絶書外傳記寶劍，歐冶子、干將作鐵劍三枚，一曰龍淵，二曰泰阿，三曰工布。此工布亦當爲劍名，其名固不必自歐冶、干將始也。」○顧實：「工布，未詳何義，或爲工巧之布也。」○樑案：工布爲何物不明，章太炎說雖頗有據，但於本傳却未必適用。之四，陳說爲「三四」，可參。

〔一七〕陳逢衡：「玉藻『君賜稽首，據掌致諸地』。『膜拜』者，據掌致地之謂也。」○顧實：「膜拜之膜，當借爲挀。爾雅釋嘼云：『獏，白豹。』後漢書西南夷傳字作貊，山海經中山經郭注字作狛。呂氏春秋離俗篇高注云：『募讀千伯之伯。』此皆從莫聲字可與百聲、從白聲字通之證。說文云：『挀，拊也。』字亦作拍。廣雅釋詁曰：『扑、打、拍、挀、擊也。』……周官大祝釋文曰：『今倭人拜，以兩手相擊。』則膜拜即挀拜者，自是一種荒服民族之敬禮。」郭注混於佛禮，誤。○蔣超伯：「膜拜乃戎俗，據傳則周時已然，世以苾芻禮佛之稱，誤也。」○童書業：「案：佛教自印度孔雀王朝阿育王後始傳至中亞一帶，其時約在中國六國將亡之時，即公元前二五九年以後，而本書之撰成時代，則最遲不得過公元前二九九年（魏襄王二十年。或謂汲冢乃安釐王之墓，非），作者又安得知佛教之禮乎？即此一端，已足證晉人之僞造矣。」○趙儷生：膜拜之説，誤在郭注憑空多加一「南」字。「假如西膜之人的拜法就叫『膜拜』，那就不一定是佛教以後的事情了。」顧實之説相當可以成立。「假如一切與印度或西域相關之名物，必待佛教之傳入而後隨至，那麼山海經中『無達』、『汜天』、『醜涂』諸水名顯係印度語中名，遠在佛教傳入之前很久即已赫然載在中原遠古典籍，這又怎樣去解釋呢？」○衛挺生：「膜拜云者，謂西膜式之參拜也。」○檪案：膜拜，西膜人之拜式，具體不明。郭注無端牽於佛禮，遂使後人生疑。

〔一八〕顧實：「加，北堂書鈔八十五引作『過』。」○陳逢衡改「頭」爲「額」，未云何據。

〔一九〕膜，洪頤煊據程氏本改作「謨」。○檪案：道藏、范、吴本亦作「謨」，黄校朱筆北堂書鈔八十五作「膜」。案：此字當譯音，故無需改字。

〔二〇〕翟云升：「注『音』上當有『膜』字。」顧實從而亦補加。

〔二一〕檀萃：「彼方無黄牛，多與爲種。又與中土三十人，同守昆侖丘。十，或作千。」○陳逢衡：「此本不可解，必欲强解之，則鑿矣。仍當以賞賜昆侖之説爲正。」○顧實：「□人于昆侖丘，有缺文不可知。且亦當作『昆侖之丘』，不當作『昆侖丘』也。」

季夏丁卯，天子北升于舂山之上〔一〕，以望〔二〕四野。曰：「舂山，是唯天下之高山也。」

孳木華不畏雪〔三〕，天子於是取孳木華之實，持歸種之〔四〕。孳，音滋。曰：「舂山之澤〔五〕，清水出泉，温和無風，无條適也。飛鳥百獸之所飲食，先王所謂縣圃。」淮南子曰：昆侖去地一萬一千里，上有曾〔六〕城九重。或上倍之，是謂閬風。或上倍之，是謂玄圃〔七〕，以次相及。山海經云，明明昆侖、玄圃各一山，但相近耳。又曰：實唯帝之平圃也。天子於是得玉榮〔八〕、枝斯之英〔九〕，英，玉之精華也。尸子曰：「龍泉有玉英。」山海經曰：「黄帝乃取密山〔一〇〕之榮，而投之鍾山之陽。」是也。曰：「舂山，百獸之所聚也，飛鳥之所棲也。」爰有□〔一一〕獸，食虎豹，如麋〔一二〕而載骨盤□始如麢，小頭大鼻〔一三〕。麢，麞是也。爰有赤豹白虎、詩曰：「赤豹黄羆。」熊羆豺狼〔一四〕、野馬野牛〔一五〕、山羊野豕〔一六〕。今華陰山有野牛、山羊，肉皆千斤。爰有白鶽〔一七〕青雕，執犬羊，食豕鹿〔一八〕。今之雕亦〔一九〕能食麢〔二〇〕鹿。曰天子五日觀于舂山之上〔二一〕，乃爲銘迹于縣圃之上，以詔後世。謂勒石銘功德也。秦始皇、漢武帝巡守登名山所在，刻石立表，此之類也。

校釋

〔一〕檀萃：「舂，山海經作『鍾』，其音同，俗語猶然。」○陳逢衡：「西山經鍾山在峚山西北四百二十里，與昆侖相距八百里，蓋亦如于闐南山爲昆侖之體也。」○劉師培：「舂山即今岡底斯山，亦昆侖之支脈也，爲喜馬拉最高之峰。岡、舂音近。縣圃當在其側。」○丁謙：「舂山，一作舂山，山海經作邊春山，言其山多葱。又作鍾山，云山有燭龍（謂日光）視晝暝夜，均指葱嶺而言。葱嶺有一峰，曰塔戛爾瑪，其高度至二萬五千三百英尺。」（葉浩吾從此説）○小川琢治：春山即山經之鍾山。「西次三經之鍾山即祁連山，又不過南山之一部分。據本書，則自昆侖之丘以西二、三百千米之間，皆屬於春山之麓。」○顧實：「春山即葱嶺，今曰帕米爾 Pamir。」○張公量：此春山爲山海經之『鍾山』無疑，在賀蘭山麓。○岑仲勉：「由珠澤西北去則爲喀喇昆侖，其高峰奥斯騰海拔八六一一公尺，實在古人所謂葱嶺範圍之内，王樹枏謂鍾山等當在葉爾羌、和闐之間（新疆山脈圖志四），未盡切合。」○常征：「赤水以西爲青海高原與湟水沃地之界山日月山，即傳之春山（山海經作鍾山）。」○樑案：春山，昆侖山中一山，即今祁連山脈中一山。以文曰「春山，是惟天下之高山也」視，似爲主峰，然穆王一行非登山家，且古無精確測量手段，僅大約而言之。又，由下文視之，似春山即縣圃，則與山經相異。

〔二〕陳逢衡：「藝文類聚人部引『以望』作『眺望』。」

〔三〕此句原作「孳木□華畏雪」。○馮舒校：「御覽（二十二）作『孳木蕃不畏霜』。」○洪頤煊：「『蕃』即『華』字之譌，以下句證之，『孳木』下不應有□字，因從御覽引改正，惟『霜』字尚不如今本『雪』字之善耳。」○翟云升亦據御覽謂當作「孳木華不畏霜雪」。○陳逢衡：「西山經：『峚山有丹木，員葉而赤莖，黄華而赤實，其味如飴，食之不飢。』又云：『玉膏所出，以灌丹木，丹木五歲，五色乃清，五味乃馨。』郭注：『言滋香也。』疑此『孳木』即『丹木』。」○顧實：「孳木華，未詳何物。今帕米爾境内，樹木難遇，但有草根似木者（據戈登遊記），或即此物歟！」○櫟案：洪校是，此從之。孶木華，疑爲雪蓮。雪蓮（Saussurea involucrata）屬菊科，多年生草本，高五十釐米左右。莖倒立，下部有褐色殘葉。又有綿頭雪蓮（S.gossypiphora），高十至二十五釐米，全株密被白色綿毛，葉線形或狹倒卵形。皆因不畏雪而得名。但未可終定。

〔四〕洪頤煊：「『持歸種之』本譌作注，從太平御覽二十二引改正。」○櫟案：翟云升從改，此亦從改。

〔五〕陳逢衡：「吕氏春秋本味篇『水之美者，昆侖之井』，高注：『井泉。』」○丁謙：「春山之澤即薩雷庫里湖。（湖縱約九里，横約三十里。水面高於平地，萬四千二百公尺。左右之山又高於湖五千尺，湖水西流，爲阿母河源。）」○顧實：「春山之澤，即今新疆沙車（即葉爾羌）之大帕米爾湖也。」○高夷吾：「春山之澤即愛齊魯湖。」○衛挺生：「其澤當指小帕、大帕、阿爾楚爾帕之諸湖而言。其湖四面皆有山環繞，故『温和無風』。」○櫟案：春山之澤，當今地望不明，但必在春山。

〔六〕曾，范、趙、邵、本作「層」。

〔七〕注文兩「玄」字，或作「縣」、「元」、「京」，此從洪、盧校作。

〔八〕榮，本作「策」。○檀萃：「策乃榮字之譌，據郭注自見。」○洪頤煊：「後漢書張衡傳注引山海經亦作『策』。同裹弟震煊云：『郭氏彼注云謂玉華也，字當作榮，作策者誤也。』玉海八十七引山海經云『玉策』，小字注云：『穆天子傳注作「玉榮」。』王厚齋所見本尚不誤，今改正。」○翟云升：「諸本惟周作『玉榮』，餘皆作『玉策』。」○陳逢衡：「李善思玄賦、李賢蔡邕傳注引山海經並作『玉策』。」「案：山海經當是『玉榮』，謂玉之精華如玉漿、玉脂之類。」○盧文弨改爲「榮」，云：「本書作榮。」○顧實：「山海經原作榮，可證。」○檪案：榮、策乃形近而誤，漢魏晉唐時簡牘碑帖中習見。此據郭注、洪校而改。

〔九〕陳逢衡：「枝斯，當如珊瑚之類。」○丁謙：「此所得玉榮枝斯之英，即黄帝所投物，以穆王有六師從行，故能徧搜山谷而得之也。」○顧實：「凡玉之生，有榮、有英、有華。榮謂玉之始生，如草木之榮也。英謂一玉中之最美者，如草木之英也。華謂玉之方成，如草木之華也（桂馥説）。」丁説不妥，豈能同一物歟。○張星烺：「章鴻釗謂枝斯石即唐書西域傳之瑟瑟，讀音與出産地點皆相合。章氏之言甚合理（參觀章著洛氏中國伊斯蘭卷金石譯證）。」○錢伯泉：「玉榮即玉龍，古匈奴語，『白』的意思。枝，當爲『技』之誤，枝斯當作技斯，古匈奴語，『玉』的意思，突厥語作喀什（kash）。和闐河上古名『計式水』、『計戍河』，又名『樹枝水』，其實當作『枝樹水』，是『計式水』的不同音譯，它們都是『玉河』之意。近古名叫『玉龍喀什河』，意爲『白玉河』。『玉榮枝斯之英』，也就是白玉中的精英，指質量最好的羊脂玉。」○檪案：錢先生考雖甚辯，但「玉榮枝斯」顯爲兩物（文獻多見），且玉榮顯非外來譯音，故其説仍不妥。顧實所用桂馥説於典籍並無依據。玉榮、枝斯皆玉之精品，但具體各説不一，且並不明瞭。

〔一〇〕密，翟云升、顧實校山經作「峚」。

〔一一〕陳逢衡：「空方疑是『猛』字。」

〔二〕麇，或作「麋」。○郝懿行：「明藏經本作麇。」○褚德彝：「麇疑當作麋。」○檠案：字作麇是。

〔三〕檀萃：「言此獸能食虎豹，其形如麇而骨瘦植立。」○陳逢衡：「『食虎豹如麇而載骨』當作一句。虎豹，大獸；麇，小獸。謂食大獸如小獸，言易也，載者，置也。……蓋謂棄置虎豹之骨而不食也。檀氏誤解。」○顧實：「有獸能食虎豹，未詳何獸。……殆春山特產之獸，爲他處所無者歟。」○于省吾：「載應讀作豺。……『如麇而載骨』，形象如麇而骨格如豺也。」○檠案：此猛獸具體不明。又，説文：「麇，麞也。」籀文作「麕」。但甲、金文皆有「麇」而無「麕」，是麇字最早，麕字後起。

〔四〕豺，范本作「豺」、周本作「豹」。又，「狼」字邵本作「狼」。

〔五〕陳逢衡：「太平御覽八百九十九引『爰有赤豹封牛』，今本有『野牛』而無『封牛』。」

〔六〕檀萃：「白虎，騶虞也。蜀滇間山羊甚多，然無千斤者。」○陳逢衡：「太平御覽九百八引『春山，百獸所聚也，爰有赤豹熊羆』。又九百九引『春山，百獸所聚，爰有豺狼野馬』。」「爾雅：『甝，白虎。』『野馬，如馬而小，出塞外。』」又，據玉篇：「犎，野牛也。」此野牛當封牛。○檠案：後文有「牥牛」，即封牛，此野牛不當釋封牛。

〔七〕「白鴅」，原作「白鳥」。洪頤煊從山海經海內西經注引改，又云：「一切經音義六引作『白梟』。」○翟云升：「山海經西山經兩引此傳皆作『白鳥青雕』。海內西經『鴅』注云：『雕也，穆天子傳曰「爰有白鴅青雕」，音竹笥之笥。』……『白鳥』作『白鴅』者，以相涉而誤也。」○顧實：「鴅亦雕也。然西山經注兩引『白鳥』，蓋因習見詩大雅靈臺篇之『白鳥』而誤，不悟彼『白鳥』爲鷺，決不能執犬羊、食豕鹿也。」又有作「梟」者，「當亦『鳥』或『隼』之誤。」○樑案：此從洪校作鶽。

〔一八〕郝懿行：白鳥青雕，「蓋即欽䲹及鼓所化爲者也。」○衛挺生：「白鶽、青雕而能『執犬羊、食豕鹿』，則皆今日所謂『鷲』類也，與上文鵰鳥之山之鷹鸇同物。」○樑案：鶽、雕皆猛禽，執犬羊、食豕鹿並不爲奇。

〔一九〕亦，原作「赤」，檀、洪、郝云當作「亦」，盧、翟據文選鷦鷯賦注引改，此從。

〔二〇〕麕，道藏、范、趙、程諸本作「獐」，洪據鷦鷯賦注改爲「麕」，盧文弨在「麏」右下角注一「麞」字。○翟云升：「麏、麕皆通，未知孰是。」○樑案：麕、麏同訓，刻本大多作「麏」。

〔二一〕洪頤煊：「錢詹事云：『古文「曰」與「粵」通，此書多有云「曰天子」者，當與「粵」同義。』」○陳逢衡：「書中『曰』字，有其地君長語王之辭，有柏夭對王之辭，有史官執筆記事之辭。」「藝文類聚二十八引。」○樑案：此「曰」亦語首虛辭，卷一有說。

壬申，天子西征。甲戌，至於赤烏〔一〕。赤烏之人其〔二〕獻酒千斛于天子〔三〕，食馬九百，羊牛三千，穄麥百載〔四〕。穄，似黍而不黏。天子使𨟻父受之。曰：「赤烏氏先出自周宗」〔五〕。與周同始祖。大王亶父即古公。亶父，字也。之始作西土，言作興於岐山之下，今邑在扶風美陽是也。封其元子吴太伯于東吴〔六〕，太伯讓國入吴，因即封之于吴。詔以金刃之刑，南金精利，故語其〔七〕

刑法也。賄用周室之璧〔八〕。賄，贈賄也。封丌璧〔九〕臣長綽〔一〇〕于春山之虱，妻以元女，詔以玉石之刑，昆侖山出美玉石處，故以語之。以爲周室主〔一一〕。」天子乃賜赤烏之人□丌〔一二〕墨乘四〔一三〕、周禮：「大夫乘墨車。」黃金四十鎰〔一四〕、二十兩爲鎰。貝帶五十、朱三百裹〔一五〕。丌乃膜拜而受。裹音罪過之過。丌，名，赤烏人名也。曰：「□〔一六〕山，是唯天下之良山也。珤玉之所在，嘉穀生之，草木碩美。」天子於是取嘉禾以歸，樹于中國〔一七〕。漢武帝〔一八〕取外國香草美菜，種之中國。曰天子五日休于□〔一九〕山之下，乃奏廣樂。赤烏之人丌好獻〔二〇〕二〔二一〕女于天子，所以結恩好也。女聽、女列〔二二〕爲嬖人。一名〔二三〕聽名失一女名下文〔二四〕。曰：「赤烏氏，美人之地也，珤玉之所在也〔二五〕。」

校釋

〔一〕「赤烏」，諸本多不重，洪頤煊、盧文弨、丁謙以爲當重。○顧實：「范本、邵本俱重『赤烏』二字。」○櫟案：范陳、趙本亦重。案：先秦時重文多是在字的右下角標『=』號以明之，故後世極易疏漏，簡書尤然。此作重文是。

〔二〕其，馮舒、洪頤煊、呂本、黃校朱筆、丁謙校俱作「丌」。○櫟案：丌、其之同音假字，但戰國時人多喜用丌。本傳「其」字字體不一，蓋傳寫所致，此無須改作丌。

〔三〕陳逢衡：「赤烏氏國，蓋在舂山之西。史記匈奴傳：岐、梁山、涇、漆之北有烏氏之戎，疑即赤烏氏之遺種也。」○丁謙：「赤烏氏國，據卷四里西土之數，云在舂山西三百里，當爲今瓦罕部地。」○葉浩吾：「愚謂赤烏氏當在今克什米爾。……似赤烏之人即外道姿羅門徒也。」○張星烺：「丁謙大唐西域記地理考證謂達摩悉鐵帝唐書作護蜜，亦作護侶，又作護蜜多，即古赤烏也。其説可信。」○顧實：「赤烏當在今興都庫士之西部，阿富汗 Afghanistan 境内。」「今大帕米爾的是西連興都庫士，知上古統名曰舂山也。」○小川琢治：「此赤烏氏與禺氏、禺知當爲同音之地名。」○高夷吾：「赤烏即什瓦帕米爾。」爲帕米爾高原西麓。○岑仲勉：「從地理求之，可能相近於現在之塞勒庫勒。」○衛挺生：「（赤烏氏）當去阿爾楚爾湖約三百里左右。其地相當於今什窪湖 Shiwa 一帶。而 Shiwa『什窪』適爲『赤烏』之對音。是否因昔之赤烏氏而以名此湖，今則無從考證。」○趙儷生：「山經中的『赤國妻氏』是否就是穆傳中的『赤烏氏』，我們不敢説定，但很可能是。」「漢朝時候安定郡（今平涼地區）有個烏氏縣，爲岐梁涇漆地區『四戎』之一，蒙文通認爲這就是赤烏氏後裔東遷後所居地的置縣，這説法在很大程度上是很可信的（蒙説見所著周秦少數民族研究頁一〇五）。」○櫟案：赤烏在舂山西三百里（合今里在二〇〇至二四九里間），則仍當在昆侖區（今祁連山脈區域）内。趙先生説可能是山經（大荒西經）的「赤國妻氏」，頗可考慮。

〔四〕洪頤煊：穄，「太平御覽八百四十二引作『稔』。玉篇云：『穄，關西糜，似黍不黏。』」○陳逢衡：

「鮑刻本作『稔麥』，『稔』字誤。」○郝懿行引校同洪氏，又云：「稔與穄或形近而譌，或古有二本。其義俱通，稔訓熟也。」○顧實：「吕氏春秋本味篇曰：『飯之美者，陽山之穄。』」「今燕魯之民，猶謂穄飯曰細米子飯。」赤烏氏農業在西方似獨發達者。○樑案：穄，又名糜（穈）、鏖、穄稷，分佈在北方，西北及東北一部分地區。早期的字書，如説文、倉頡篇、玉篇、廣雅等皆以穄爲黍之一種，即不黏之黍。自唐本草以穄爲稷，糾葛始起，至今猶未已。

〔五〕檀萃：「謂與周同出帝嚳也。」○洪頤煊：「藝文類聚六十七引作『宗周』。」○陳逢衡：檀本、御覽六九六引俱作「宗周」，當是。「潛夫論志氏姓『三烏』、氏族略三引風俗通有三烏大夫，因氏焉。漢有三烏羣。元和姓纂云：『三烏，姜姓，炎帝之後爲侯國，因氏焉。』據此，則赤烏氏蓋炎帝之後。炎帝亦曰赤帝，故其後爲赤烏氏；或亦因居赤水之旁，故曰赤烏氏。其曰『出於周宗』者，爾雅釋親『男子謂姊妹之子爲出』。」下文以元女妻之，即是。「其曰『宗周』者，宗者，尊也，言爲後世子孫之所尊也。路史國名紀三云：『穆傳赤烏之國在舂山西三百，與周同祖，謂是高辛氏後。』不知何所據云，想亦由郭注而誤也。」○顧實：「周宗指周室系而言，宗周指洛邑王城而言，二者截然不同。當以作『周宗』爲長。」「出自周宗」者，指嫁女而言。○樑案：顧辨「周宗」與「宗周」之異，甚是。但以「出自周宗」指嫁女則失之。古來無以女子可承宗者，且此亦非招贅，故仍當以郭注所説爲是。

〔六〕檀萃：「言『東吴』者，對西虞而言。」○陳逢衡：「漢右扶風美陽縣，今在陝西同州府武功縣。」對吴之事見史記。○顧實：「太王，封臣嫁女，乃遠至今之興都庫士山，洵不愧周太王之崇號。」管子小匡「流沙西虞」，虞、吴字通，足明西吴即赤烏氏矣。又作西胡，海内經「西胡在大夏東、流沙西」，正合。○顧頡剛：「『太王亶父』不是西周人的稱謂，太王和古公亶父合爲一個人是戰國時的事。」○樑案：大王亶父即古公亶父，據史記周本紀，古公亶父爲周始祖后稷之孫公劉的第九代孫，率周族由豳（又作邠，今陝西栒邑縣西）遷到岐山脚下的周原（今陝西岐山、扶風間），「乃召司空，乃召司徒，俾立室家」（詩大雅緜），「作五官有司」（史記周本紀），並正式「改國曰周」（集解引皇甫謐説）。又，太平御覽引皇甫謐帝王世紀説同，當即集解所引之本）。此即本傳文所言之「始作西土」。是古公亶父乃是周族真正的開國者，功高顯赫，故後人追尊爲『太王』，詩魯頌閟宫：「后稷之孫，實維太王，居岐之陽，實始翦商。」即是。或以古公亶父與太王亶父爲兩人，乃誤解。又，太伯封吴，史記吴世家記太伯乃讓位而遁走東吴，非太王所封，至武王時纔予追封（此參集解）。則本傳乃又一説也，與史記所載不一。

〔七〕其，盧文弨：「其，當作之。」並改。○樑案：如依盧文弨校改，似當於「之」字下斷句，下「刑，法也」别一句。

〔八〕檀萃：「言著刑法於金刃上，如賦鼓鐵鑄刑書也。」「所謂分寶玉於同姓之國也。」○陳逢衡：「刑，通作型，典型也，不謂刑法。金刃猶金版也。詔謂古公詔太伯也。」○顧實：「金刃之刑及玉石之型，刑、型古字通，謂範型法則也。即鑄金刃及制玉石之範型法則也。」○樑案：兩「刑」

字似訓法爲妥，且不當異訓。但「金刃之刑」與「玉石之刑」總難免有些難解而不够清晰，因其他文獻未見也。

〔九〕「丌璧」，吕本作「其嬖」。○顧實：「孫曰：『璧疑作嬖，形近而訛。』然當承上文『周室之璧』而訛。」○櫟案：璧、嬖同音可通，非必訛字。

〔一〇〕洪校云：「吴氏本『綽』上有『季』字。」

〔一一〕洪頤煊：「虱疑是古文凨字之譌。」○檀萃：「丌，古其字，赤烏之人名也。長季綽之人，其所屬也。」「虱猶各在一摶之摶，謂在春山脇也。綽人者，毛氏之國也。」「長季，猶大小也，謂大綽人之國，小綽人之國也。」○陳逢衡：「檀説荒謬之至，似全未讀上下文者。」「長季猶長子也。璧臣，綽，皆人名，皆赤烏氏之先民。綽爲璧臣之子。」「虱蓋古文『西』字之誤。」此與下文長肱皆異姓。○翟云升：「虱，俗蝨字，在此未詳其義，疑字誤也。」○丁謙：「虱字無解，或是『原』字之訛。」○顧實：「春山之虱，當即興都庫士山。虱非蝨俗字，當爲『蜀』之壞文。一名獨山。賈子修正語上篇曰：『堯身涉流沙地，封獨山，西見王母。』」「蓋流沙即今蒙古接新疆之戈壁，而獨山在流沙之西。」○衛挺生：「顧以『虱』爲『蜀』之壞字，甚是。今石匿又稱 Shuguan，其首音即『蜀』之所由也。」○常征：「虱即尸，尸古作夷，夷者裔也，又即邊裔。春山之虱就是春山之邊，山海經名之曰『邊春之山』。其山作爲日月山之邊脈，正在青海湖東岸（爲青海、湟水分水山）。」○錢伯泉：「虱，側也。山麓的意思。赤烏氏的祖先爲周太王的嬖臣和女婿，則原來一定居住於周國附近，後來纔遷到春山之側。」即大荒西經之「赤國」。「據漢書西域傳，自青海祁連山經新疆昆侖山到葱嶺（今帕米爾高原），都有若羌人居住。羌即是姜，羌人爲姜姓民族，原居於陝西省北，與周族世代通婚，關係密切，赤烏國很可能就是姜姓民族羌人建立的國家。其地約在葱嶺東部，今新疆塔什庫爾干東境。」〇櫟案：赤烏，余又或疑與古烏孫有若干關連。據漢書西域傳等，知烏孫本居敦煌、祁連間，後逐大月氏而建烏孫國（遷今新疆温宿以北至伊寧一線）。其種族諸說不一，西域傳云：「故烏孫民有塞種、大月氏種云。」據之分析，烏孫人種較雜，且亦不排斥有黄色人種在内。尹盛平西周蚌雕人頭像種族探索（載文物一九八六年一期）即疑「原居敦煌一帶的烏孫人，未必屬於歐羅巴種」。西域傳顔師古注云其人多「赤眼、赤鬚」，或即因此而又名之「赤烏」也。所謂「出自周宗」者，乃指其首腦人物而言，猶太伯之吴而可謂東吴之先出自周宗，而其屬民仍是當地人也。虱，疑「西」字之訛。西字篆文作[illegible]，漢印及後人文鈔中猶可見之。

〔二二〕□，洪、翟校俱云衍文宜删。〇丁謙：「此句『人』下當脱『丌』字，校者注其字於旁，遂致誤入正文。」

〔二三〕陳逢衡：「釋名：『墨車，漆之正黑，無文飾，大夫所乘也。』」〇孫詒讓：「此赤烏氏蓋是荒服諸侯，不當賜以大夫墨車，此黑乘疑即周禮巾車『木路以封蕃國』，鄭注云：『木路不輓以車革，漆之而已。』蓋木路髤漆色黑，故通謂之黑乘也。」（顧實從孫説。）〇櫟案：孫説可參。又，此墨車亦可能爲通名，不必拘於三禮，穆傳與三禮不合者甚多。

〔一四〕鎰(及注)，黄校朱筆作「溢」。

〔一五〕朱，范、趙本作「珠」。後多如此，不再校出。○檀萃：「朱者，纁帛布。」○陳逢衡：「古者五貝爲朋，『貝帶五十』與十朋之錫同。玉篇：『裹，包也。』集韵『古卧飾，音過。』」○盧文弨：「此『朱』疑即『珠』也，故以裹言。」○小川琢治：「朱及朱丹，見於周禮鍾氏『染羽』之鄭注，想爲裝飾用顔料之必要品。」「小島祐馬文學士春秋時代與貨幣經濟考究所得，謂鎰字見於孟子、國語、戰國策、管子等書，乃行於戰國時代以黄金爲單位之用法。」○顧實：「朱、絑，古今字。説文云：『絑，純赤也。』『裹，纏也。』豳風七月之詩曰『我朱孔陽』，毛傳云：『朱，深纁也。』然則『朱三百裹』者，猶言朱帛三百纏也。」○于省吾：「書禹貢『礪砥砮丹』僞傳：『丹，朱類。』山海經大荒北經『有始州之國有丹山』，注：『此山純出丹朱也。』説文：『丹，巴越之赤石也。』荀子王制『南海則有翮齒革曾丹青于焉』注：『丹，丹砂也。』按：朱亦稱丹，又謂之丹朱，亦謂之朱丹。……吕覽本生『無不裹也』，注：『裹猶囊也。』然則『朱三百裹』，猶言『朱三百囊』矣。一説裹、橐字通。」○樑案：于省吾考之甚是。本傳後文有作「硃」者，更是其證。朱爲硃之先字，硃爲後起專字。鎰，小川引小島説乃行於戰國時代黄金所用單位，大致不誤。亦或寫作「溢」。其制有二：一爲二十兩，見史記平準書集解引孟康注、孟子梁惠王注等；一爲二十四兩，見禮記喪大記注等。言黄金者，多用二十兩制，郭注不誤。

〔一六〕□，檀本塡「春」字，顧實以爲是「蜀山」。

〔一七〕檀萃：嘉谷、嘉禾爲海内北經昆侖之墟、開明之北『長五尋、大五圍』的木禾。「今中國之高粱高丈餘，疑即木禾之遺。」○陳逢衡：嘉禾爲吕覽本味之「昆侖之蘋」、「玄山之禾、不周之粟、陽山之穄」一類。○顧實：「□山即蜀山。」地在今巴達克山西境、克什米爾、俾路芝之地。「説文云：『禾，嘉穀也，二月始生，八月而孰。』故知爲稻屬，而非麥屬也。」○檃案：「禾」字在甲、金文中已有。顧實云爲稻屬，誤矣。吕覽審時叙六種作物爲：禾、黍、稻、麻、菽、麥，可證禾非稻甚明。又任地篇云：「種稑禾不爲稑，種重禾不爲重，是以粟少而失功。」又，説文：「禾，嘉穀也。」「粟，嘉穀實也。」廣韻：「粟，禾子也。」可知禾、粟乃一也。細言之，則禾乃指植株，而粟專指籽粒。混言之，則皆可獨指全物。禾粟乃北地與西北主要糧食作物，各處自有不同的良種。傳之「嘉禾」，乃是赤烏氏人培育之良種，移贈華夏民族也。此事之背景，即民族間的交流之事實。

〔一八〕馮舒：「『漢武帝』下注似有缺。」

〔一九〕□，檀本塡「春」字，顧實以爲仍是「蜀山」。

〔二〇〕「好獻」，范、范陳、趙本作「獻好」。○顧實：「作『獻好』，則與郭注不合。」

〔二一〕洪頤煊：「『二』字本脱，從藝文類聚十七、太平御覽三百八十一引補。」○檃案：有「二」字是，此亦從補。

〔二〕洪本「列」下補一「以」字，云：「從藝文類聚十七引補。」○櫟案：不補於文義亦無大礙，故此不補。

〔三〕名，檀本作「女」，陳逢衡從之。

〔四〕洪頤煊：「注有脱譌，不可曉。」○陳逢衡：「『下文』二字當衍。」○翟云升：「注義不可曉，蓋有顛倒錯誤。當云：『一女名聽女，下失一女名。』言女聽之下僅存女字而失其名也。「列爲嬖人」爲句。』」○櫟案：以傳文視，二女當一名聽、一名列，但由注文視，雖有些錯亂，但仍可看出似説一女名失，與傳文似有矛盾。故此處諸家争議頗盛。

〔五〕郝懿行：大荒北經鍾山有赤水女子獻，即此傳之女。○顧實：「『赤烏氏美人之地』者，山海經亦謂之赤國妻氏。妻氏者，以其女子宜爲人妻而名之歟！」大荒北經之赤水女子獻，炎帝之妻曰赤水之子，皆同出赤水，此處確爲西方美人之産地。○櫟案：山經等傳説，確反映了當時東、西通婚狀況。又，從「美人之地」看，則其中很可能有高鼻深目之類異於中域民族的女子。

己卯，天子北征，趙行□〔一〕舍。趙猶超騰。舍，三十里。庚辰〔二〕，濟于洋水〔三〕。洋水出昆侖山西北隅而東〔四〕流，洋音詳。辛巳，入于曹奴〔五〕。曹奴之人戲觴天子于洋水之上，戲，國人名也。乃獻食馬〔六〕九百、牛羊七千、穄米百車。天子使逢固受之〔七〕。逢固，周大夫。天子乃賜曹奴之人戲□〔八〕黄金之鹿、白銀之麕〔九〕、今所在地中得玉肫金狗之類，此皆古者以賂夷狄之奇貨也。

貝帶四十、朱四百裹。戲乃膜拜而受。壬午，天子北征，東還。從東頭而還〔一〇〕歸。**甲申，至于黑水，**水亦出昆侖山西北隅而東南流〔一一〕。**西膜之所謂鴻鷺。**西膜，沙漠之鄉。以〔一二〕言外域人名物與中華不同。春秋叔弓敗莒師于濆水〔一三〕，穀梁傳曰「狄人爲〔一四〕濆泉〔一五〕失名〔一六〕，號從〔一七〕中國，名從主人」之類也〔一八〕。**於是降雨七日，天子留骨六師之屬〔一九〕。**穆王馬駿而御良，故行輒出從〔二〇〕衆前。**天子乃封長肱于黑水之西河〔二一〕**即長臂人也。身如中國〔二二〕，臂長三丈〔二三〕。魏時在赤海〔二四〕中得此人裾〔二五〕也。長脚人國又在赤海〔二六〕東。皆見山海經。**是惟鴻鷺之上〔二七〕，以爲周室主，是曰留骨〔二八〕之邦〔二九〕。**因以名之。

校　釋

〔一〕□，檀萃本作「不」。

〔二〕「庚辰」，洪頤煊、郝懿行俱校山海經西次三經注引作「戊辰」，郝又校水經漾水注引同今本。〇陳逢衡：作「戊辰」則距「乙卯」四十九日，誤。（顧實從之。）

〔三〕檀萃：此洋水即山經之洋水，亦即黑水。「或謂洋當作漾，即漢水之源，以廣異聞則可，恐實未必有然也。」〇陳逢衡：檀以洋水、黑水爲一者，非也。洋水，淮南注或作「養水」。〇呂調陽：「（洋水）即伊犁水，西北流。」〇丁謙：「此『北征』當是東北行，至小帕米爾地，乃折而南，至乾竺特部境，即曹奴氏之所居，今棍雜城也。洋水即棍雜河。」〇劉師培：「河水者，今塔里木河南源之于闐河（漢仍以于闐河爲河源）也，赤水即藏江，洋水即印度河（洋、印音近），黑水即阿母河也（古之嬀水及縛芻河）。　蓋穆王由今後藏西北進，沿帕米爾南境，故經印度河而至阿母河。」○小川琢治：「（洋水）乃在居延澤之東（居延澤即禹貢之豬野澤），遥從東南沙漠中而北流於昌寧池之水乎？」「洋與弱之古音爲 jang 與 jak，兩相近似而得通用，所不容疑。」○顧實：「洋水即今新疆疏勒府之喀什噶爾河，其上流爲烏蘭烏蘇河，爲瑪爾堪蘇河。　徐松西域水道記所謂『葱嶺北河』者是也。」「黑水即葱嶺南河。」「古之黑水，則自今之葉爾羌河，而東接水經注之南河。」○張星烺：「洋水及曹奴氏當仍在帕米爾高原。」○高夷吾：「洋水即阿庫斯河，爲阿母河北源。」○岑仲勉：「（洋水）乃葉爾羌河西源之澤普勒善河也。」○衛挺生：「洋水即噴赤河，集六帕三系之水而統一之，然後下山嚮西南一瀉千里。」○常征：「赤烏氏東鄰曹奴氏，以洋水爲界。洋水，亦稱『養水』，或名『養女川』，即今西寧市境之長寧河。」○樑案：郭注「趙猶超騰」，蓋以趙、超音同而訓。　洋水，見西山經，畢沅注在甘肅。　淮南子地形訓作養水，高誘注：「洋水經隴西氐道東至武都爲漢陽。」水經作「漾水」，酈道元注即引本傳文爲證，又云：「余以太和中從高祖北巡，狄人猶有此獻，雖古今世殊，而所貢不異。　然川流隱伏，卒難詳照，地理潛閟，變通無方，復不可全言闞氏之非也。」本傳之洋水當在今甘肅西部酒泉左近。　上古此處水系不明，漢時流入居延澤有兩大河流：呼蠶水與羌谷水，二水合而爲弱水。　又西有籍端水（冥水）流入冥澤。　此洋水與下黑水當在此處水系中，只是未能確指（酈道元時已不明）。

〔四〕東，盧校改作「南」，云：「山海經云『西南流』（一卷），又云『以東行』（十一卷），水經注『西南』（廿卷）。」○劉師培：「此文郭注誤。山海經明言洋水西南流，此云東流。」

〔五〕洪頤煊、郝懿行俱云本脱「曹奴」二字，水經漾水注引同。○顧實：「惟邵本不脱，重『曹奴』二字。」「黄曰『曹奴二字重』，未審據何本。」○樑案：「曹奴」二字范陳本亦重，是。

〔六〕食，盧文弨：「前亦作『良』。」○洪頤煊：「水經渭水注引作『良』。」○樑案：此作「食」是，因以百、十計也。

〔七〕檀萃：據紀年，逢固「則爵公而非大夫。」○陳逢衡：「檀説太泥。大夫，上大夫，蓋公卿之通稱。」○顧實：「曹奴當即疏勒。」聲近可通轉。或説爲匈奴，地望不相應。「漢書西域傳之疏勒國，今新疆疏勒府之疏勒縣治。適在喀什噶爾河之上。」○衛挺生：「（曹奴）當在羅善嶺 Roshah Mt 北薩雷兹帕 Sarcz Pamir 境地矣。」洋水之支源，「今之巴爾塘河 Bartang 也。」○樑案：曹奴未詳。或説爲疏勒、匈奴，前者顯然不當，後者又無據。逢固，詳卷一「梁固」條。

〔八〕□，陳逢衡：「空方當是『以』字。」

〔九〕「白銀之麕」，本脱，洪頤煊、陳逢衡從藝文類聚九十五、太平御覽九百六、九百七、事類賦注二十三、高似孫緯略二引補。○陳逢衡：「『黄金之鹿、白銀之麕』，乃是以金銀熔鑄而成，若如郭云玉肫、金狗之類，則是生成之物矣。」○顧實：此類物「當亦皆依西方之俗而特制以賜之者。」○衛挺生：此「乃中原高度文化所産生之工業藝術上品也。」

〔一〇〕還，洪頤煊、陳逢衡、顧實分別校明道藏、吴、范、邵本作「旋」。櫟案：李、趙本亦作「旋」。

〔一一〕盧文弨：「山海經云『西流』（二卷），又云『以東行』（十一卷）。」

〔一二〕以，范、范陳、趙、邵本作「似」，范陳校改作「以」，顧實以作「似」是。

〔一三〕水，盧文弨、翟云升皆作「泉」，蓋原書校改。

〔一四〕爲，范本作「謂」。

〔一五〕翟云升：「今穀梁經傳作『賁泉』，公羊傳乃作『濆泉』也。」

〔一六〕名，檀本、洪頤煊、陳逢衡、翟云升諸本皆作「臺」。○陳逢衡：今穀梁作「臺」。「案：『失臺』二字不可解，當從郭引作『失名』得之。」

〔一七〕從，范本作「以」。○檀萃：「『號以』之『以』當是『从』字之誤。」○櫟案：今本穀梁作「從」。以文義論，作「從」者是。

〔一八〕章太炎：「『膜拜』固是南膜，惟『西膜』則非沙漠之義。泰西人謂紅海左右之國若亞細亞、腓尼基、巴比倫、亞拉伯，以及猶太，皆曰賽模民族，實爲歐洲種族宗教之鼻祖。賽模之稱，著自草昧。此西膜即賽模，而『模稷』則猶言戎菽也。」○劉師培：「西膜即漢西域傳之塞種。……塞王本居大夏，後徙罽賓、疏勒西北，均其種。大夏沿今阿母河，罽賓在今阿富汗東，疏勒即今喀什噶爾，捐毒、休循均在其西。是由葱嶺達中亞，均漢代塞種所居。」「西膜即塞迷之轉音，塞又西膜之省音也。」○丁謙：「西膜，人種名。一作仙摩，一作塞米的，一作西米科特，漢書所謂塞種是也。亞西里亞國（即本傳西王母邦）爲其種人所建設。當時葱嶺以西，皆在此國勢力範圍之內。」○小川琢治：「鴻鷺與土耳其語之kara、日本語之異同。」「穆王之旅行中，其在北方者爲西夏，而其在南方者爲西膜（膜即薄及亳），是殷民族所散布之部落。」○沈曾植：「西膜，音絶近須彌，……而漢西南夷之冉駹，亦即此西膜之同音異字歟？」○岑仲勉：「提到西膜語言的地方，都屬於今新疆範圍內，漢書西域傳之南道。而特提『西膜之人』只有文山一處，可見文山是彼時西膜的住地。」「據Alberuni言，巴比倫古名Šamăš；又一説，巴比倫原分南北兩部，此邦名阿卡德（Accad），其較大的一省名Sippara of samas，samas即šamaš之異拼，得與漢語西膜（切韻siei mak）相對。往歲研究漢書西域傳，據別的材料，極疑以鄯善爲巴比倫移民之裔，今讀本傳，更增强我的臆想。」○衛挺生：「小川之説是也。」「黑水無『西河』，而此處近色勒庫勒莊，即蒲犁城。其東北乃托布侖河之大彎曲，所謂『阿』也。即黑水注入處，故曰『黑水之西阿』也。」○趙儷生：「觀隋唐類書中，提到西域概念時，有時作『西胡』，有時作『西極』，那么，『西膜』會不會是與『西極』、『西胡』、『西域』是同義的一個辭呢？待考。」○常征：「西膜或塞米亦譯索密、薩莫、謝米，爲上古時代自阿爾太高原及西伯利亞平原南下的一大部落群，史記或省稱之曰『塞』種（唐書突厥傳或省稱之曰『索』國）。其主要部分固在中亞（即西方史傳所稱之『西徐亞』、『薩卡』、『塞克』、『斯夫基』），小股則進入河西走廊。在河西走廊武威地區者，即穆天子傳所載之『西膜』。」○樑案：西膜，當以郭注及趙儷生説近之。穆傳言「西膜」者分佈較廣，可知並非一地或一國之名，而當如後人之謂西域者。膜，當讀爲广漠之漠。

〔一九〕檀萃：「骨當爲胥，……胥者，待與俱也。」○洪頤煊：「骨疑是胥字之譌。胥有待義。○陳逢衡：「檀、洪二説固當，然下文有『留骨之邦』，若作『留胥之邦』，頗無義味。且穆王先六師之屬不止一處，何獨命此邦爲留胥也？」五月來，必有軍士路死者，至是埋骨於此，故曰『留骨六師之屬』，而名其地曰留骨之邦。」故當作骨是。○小川琢治：「此留骨之邦，叢刊本作『國』，道藏本作『骨』。今按：恐是出於卷五之初『留昆歸玉百枚』之『留昆』異字。」○櫟案：由傳文「降雨七日」及郭注視，此「骨」字當「胥」字之譌。胥，漢以後別體甚多，皆與「骨」字形近。此當是後世傳鈔所致。

〔二〇〕從，陳逢衡校爲衍字。

〔二一〕馮舒：「別本無『河』字。」○翟云升、丁謙以「河」爲「阿」字之誤。

〔二二〕國，翟本作「人」，云：「海外南經『長臂國』注：『身如中人，本三國志東夷傳。』今東夷傳作『其身如中國人』，博物志同。『長臂國』注蓋脱『國』字，此注亦當作『身如中國人也』。」

〔二三〕丈，周本、盧文弨校作「尺」，據山海經注。

〔二四〕「赤海」，翟本無「赤」字，檀本「海」作「河」。

〔二五〕裾，翟本改「褶」，云：「爾雅釋器『衱謂之裾』，注：『衣後裾也。』急就章十一『襜褕袷複褶袴褌』注：『褶謂重衣之最上者也，其形若袍，短身而廣袖。』惟褶可驗長臂，裾則否矣。或曰：袖亦曰裾，淮南子齊俗訓『楚莊王裾衣博袍』注：『裾，褎也。』則作『裾』亦不爲誤。然僅得一袖不足以驗長臂也。」

〔二六〕海，翟本據海外南經、海外西經改爲「水」。

〔二七〕洪頤煊、盧文弨校云西山經注引作「是惟昆侖、鴻鷺之上。」

〔二八〕骨，范本作「國」，鄭、翟、吕本改作「胥」。

〔二九〕陳逢衡：「長肱疑古賢裔，久而式微，穆王舉廢國，故封於此。或曰即大荒南經之張弘國，亦非也。」○劉師培：「黑水，今阿母河上游。」○丁謙：「黑水，今葉爾羌河，又曰澤普勒善河，土人稱喀喇烏蘇。喀喇言黑，烏蘇言水，即黑水也。其源有二：西源出塔克敦巴什山東南，穆王由曹奴國北征東還，形勢正合。其所至之處，當即今塞勒庫勒城也。長肱受封於此，即漢依耐、魏唐渴盤陀國境。……長肱，人名，當是其地酋長。」「舊注以長肱爲長臂人，非是。」○葉浩吾：丁謙説是。「或黑水即喀什噶爾河，亦發源西北而東南流。」○小川琢治：「現從甘州之南嚮西北流而入居延澤（一作居延海）者，此穆傳之黑河也。」留骨之位置，「想與今之肅州張掖相當。張掖之語源，據地理志應劭曰：『張國臂腋，故曰張掖也。』其説明如此，或因長肱所居之地得名，從而因肱字譌爲『腋』字亦可想見。……後由『腋』變『掖』，亦未可知。」○顧實：「黑水，即今新疆莎車府之澤普勒善河，其下流爲喇斯庫木河，爲葉爾羌河。西域水道記所謂『葱嶺西河』者也。」「中國謂之黑水，而西膜謂之鴻鷺，必以其爲鴻鳥、鷺鳥之産地，遂因以名之，非有他義也。」「又太平御覽有鴻鷺山，太平寰宇記云『隴西道酒泉縣有鴻鷺山，即穆天子傳之所謂鴻鷺。』……此指山作水，李代桃僵，豈有此理哉？」「黑水之西河，當在今葉爾羌河之西。」長肱之族無論何人種，「必嘗與周締姻如赤烏者，故封長肱以爲周室主。」「主者，宗廟神室也。」○高夷吾：「黑水西河即禹貢黑水西河，爲雍州今出喀喇庫勒東流之雅璊雅爾河，東流與于闐河合。」「長肱即爾雅邠國、大荒西經曰西周之國、海内經曰西南黑水之間有都廣之野。」○岑仲勉：「我以爲黑水必是葉爾羌東源之聽雜阿布河（申報圖作提士約布河），故循此可達群玉之山。」○錢伯泉：「黑水即今新疆的葉爾羌河，突厥語和維吾爾語稱之爲『喀拉蘇』。『喀拉』爲『黑』的意思，『蘇』爲『水』的意思。」○樑案：史籍名黑水殊多，約二十餘條（北地多白山黑水，故實際必不止於此數），而以在今甘肅境者最衆。此黑水，前已言在今甘肅酒泉附近。與山經相較，彼黑水在洋水之西，而此黑水在洋水之東北。穆傳與山經地望頗多不合者，無須（亦不能）强求一致。太平御覽、太平寰宇記記載酒泉有鴻鷺山，雖然山、水相異，但何嘗又不是一條間接的證據呢。證明酒泉附近確有名鴻鷺者。山名鴻鷺，或是由水名而及者。鴻鷺，當是譯音，亦可能是言黑水之盛，或有鴻鷺棲息於此處，未能終定。陳逢衡説留骨之邦者未允，以留胥六師而名，並非「無義味」。而「獨命此邦」者，亦是機緣。如本傳有玉之山頗多，而名群玉之山者僅一處，其理一也。又，黑水之西河，高夷吾云即禹貢黑水西河，是。歷來解禹貢者衆説不一，但高説在今新疆則顯然不確，地當在黑水附近。長肱者，人名也，郭注以長臂解之，未允。此長肱或爲穆王之臣子（同姓）、或爲前赤烏長季綽之後裔（亦同姓），故可又爲「周室主」。

辛卯，天子北征，東還，乃循黑水。癸巳，至于群玉之山〔一〕，即山海經玉山，西王母所居者〔二〕。容□氏之所守〔三〕。曰：「群玉田山〔四〕□知阿〔五〕平無險〔六〕，言邊無險阻也。四徹〔七〕中繩〔八〕，言皆平直。先王之所謂策〔九〕府。言往古帝王以爲藏書册之府，所謂藏之名山者也。寡草木而無鳥獸〔一〇〕。」言純玉石也。爰有□〔一一〕木，西膜之所謂□〔一二〕。天子於是攻其玉石，取玉版〔一三〕三乘，玉器服物，環佩之屬。載玉萬雙〔一四〕。雙玉爲瑴〔一五〕，見左氏傳。天子四日休〔一六〕群玉之山，休，遊息也。乃命邢侯待攻玉者。留待〔一七〕之也。邢，今廣平襄國縣〔一八〕。

校釋

〔一〕劉師培：「群玉山即今帕米爾，即唐波米羅也，其地在阿母河東北。」○丁謙：「群玉山，山海經作峚山，今稱密爾岱山，在葉爾羌西南，庫克雅爾池、克里克二莊之西。漢書西夜、子合國産玉石，即其地。」（葉浩吾從之）。○小川琢治：「『東』字想亦是『西』之誤字。」「此處不過於肅州以西者甚明。」○顧實：「群玉之山，當在今葉爾羌及其西南之密爾岱山。」「密爾岱山，又作米爾臺搭班者，一語音之變。回語謂山曰搭班，一作達坂。」「山海經有峚山，有玉山。峚音密，峚山即密爾岱山。」「郭注謂即玉山者，誤也。」○張星烺、岑仲勉、錢伯泉、衛挺生皆從丁、顧之說。○張公量：「群玉之山即山經之玉山無疑。」○顧頡剛：「祁連山出玉，所以有群玉山。」○㮾案：顧頡剛説是。據卷四文，群玉山在赤烏氏、舂山東北方約七百里（折合今里在四百六十五至五百八十里間），則當在今祁連山脈中或至合黎山、龍首山一帶。

〔二〕洪頤煊：「注本脱『即』字，又『經』下有『群』字，從文選謝玄暉郡内高齋閑坐答吕法曹詩注引改。」○陳逢衡、郝懿行分别校明吴本、道藏本有「即」字。○㮾案：范、趙本亦有「即」字，又「經」下本有「云群」二字。

〔三〕□，檀本填「成」字，洪頤煊、翟云升、丁謙等據御覽六百十八引改作「成」字。○洪頤煊：「路史前紀五引作『庸成氏之所守』，庸、容古通用。」○陳逢衡：「文選謝玄暉詩引『容』下脱『成』字。」「『容成』即『庸成』，遂人氏之後。路史國名紀六『山海經中容之國，舜之所生，或云即諸馮。穆天子傳有容氏國，或是。』」○小川琢治：「由卷四歸路有『至于重雍氏之阿』語，由此觀之，恐是『容』與『雍』異字而通用者。此空格當在『容』字之上而誤顛倒之。如是，則以填『重』字爲妥當。」○顧實：「莊子胠篋篇言容成氏在伏羲氏前，則上古帝王之胤裔，至周猶有在西方者或可爲吾民族西來之一證乎？然列仙傳之容成公，則出於漢末人之附會，不足據也。」○錢伯泉：新疆葉城縣西南，「上古這裏是容成氏守護之國。葉城，突厥語叫它爲 Yarkhan，音譯爲『也里虔』、『葉爾羌』，古匈奴語與突厥語辭匯多有相同，或許也是那樣叫的。○㮾案：容成氏出於黄帝時史官容成公（傳爲始造律曆、房中術者），參莊子胠篋篇、淮南子本經訓等。本傳置容成氏於群玉山者，蓋因與黄帝傳説有關（而黄帝傳説又與昆侖有關）之故。但此處之「容□氏」是否爲容成氏，尚未能斷定，故此不從洪改而仍舊。

〔四〕陳逢衡：據山經注引，此處「『田』字是『之』字之誤，『山』下『□知』二字當衍。」

〔五〕阿，洪頤煊、王鳴盛校史記太史公自序索隱、山海經西山經注皆引作「河」。

〔六〕險，洪頤煊：「太平御覽六百十八、路史前紀五引皆作『隥』。」〇郝懿行：「郭氏西山經『玉山』注引作『山河無險』。」

〔七〕轍，或作「徹」。洪頤煊、陳逢衡校云山海經西山經注、北堂書鈔引皆作「轍」。陳又云：「孫氏星衍影宋本北堂書鈔跋云：『穆天子傳「四徹中繩」，徹，邊也，勝「徹」字。』案：孫據北堂書鈔作『徹』字，不可從。」〇顧實：「邵本作『轍』，……黄亦曰：『徹作轍。』但未審據何本。」〇櫟案：范、趙本亦作「轍」，又，徹當是轍之假字，故亦無不可（戰國時人恒用假字）。因今已無從斷定本作何字。

〔八〕櫝萃：「郭注山海經引此傳謂『群玉之山，見其山河無險，四徹中繩』。與此史明，當從之。」〇陳逢衡：「郭引蓋鈔撮之辭，何可據以改穆傳。」

〔九〕策，洪本從文選謝玄暉詩改作「册」，云：「説文：『册，符命也，象其一長一短，中有二編之形。』『策，馬箠也。』册、策本不同，今經典通用。」〇櫟案：郝本據郭注改爲「册」。案：册爲本字，策爲假字，此無需改。

〔一〇〕檀萃：「此即佛經所謂其國無丘陵險阻，以黄金繩爲界。」○陳逢衡：「四徹，四達也。中繩言直。」○顧實：據新疆紀略、祁韻士西藏釋地、漢書西域傳、西疆圖志，此地形與密爾岱山正合。○小川琢治：「管子揆度篇有『禺知邊山之玉一筴（策）也』之語，與『先王之所謂策府』同意，則『田山』乃『禺』一字之譌字，當以禺知爲是。」「此部落之位置，殆在今高臺縣之附近。」○櫟案：此策府之類，顯爲戰國時人馳騁想象傳説之語，恐難以真正考明。

〔一一〕□，檀本填「大」字。

〔一二〕□，檀本填「榣」字。

〔一三〕「取玉」之上，洪頤煊從山海經西山經注引補「攻其玉石」四字。版字，洪頤煊、盧文弨據西山經注、太平御覽三十八引補。○櫟案：「取玉三乘」語甚不類，故此權從補「版」字，但仍感不滿。

〔一四〕「載」上本有「于是」二字，洪本據西山經注、御覽三十八引删。「隻」（及注文），檀萃、黄校引惠云、諸德彝、盧文弨等俱云當作「雙」字。○陳逢衡：「（隻）即古『雙』字。玉必以雙獻。」○盧文弨：「凡此書『隻』字皆當爲『雙』字。」○顧實：「隻借爲雙，猶中借爲艸。」四馬爲乘，「而三乘猶今言十二匹馬力也。取玉版三乘，玉器服物，載玉萬隻，論其數量，當不止萬斤之譜。」○櫟案：「載」上有「于是」二字甚不類，此從洪校删。注「瑴」爲「玨（珏）」之異文，説文：「二玉相合爲一玨。」核之甲文，其形正合。瑴，從玉㱿聲，是後起的形聲字。由此可知，「隻」當作「雙」，故從改。

〔一五〕洪本此下據西山經注、御覽三十八引增「半瑴爲隻」四字。○陳逢衡：案「雙玉爲瑴」爲莊十八、僖三十杜注文，非左傳文，且無「半瑴爲隻」四字。○檪案：陳逢衡説是，洪本增四字不妥。

〔一六〕顧實：「『休』下當脱『于』字。」

〔一七〕「留待」，范、吴、李、程、趙本作「待留」。

〔一八〕檀萃：「攻玉者，役群玉之人攻其玉。天子將北征，而留邢侯於群玉以待之也。」○洪頤煊、翟云升據晉書地理志改「裹邑」爲「襄國」。○陳逢衡：「襄國，漢屬趙國，晉屬廣平郡，今直隸順德府邢臺縣，古邢國地。」○檪案：「裹邑」，當作「襄國」。此邢侯與前井利非一族，卷一已辨。此邢侯爲姬姓，周公之後。其封地舊有二説：一説在今河北邢臺，即郭注所言地；一説在今河南温縣附近。舊以前説爲主，但亦未能終決。近來考古發掘竟在兩地都找到了一定的證據，尤使人莫衷其是。至近年，有金文學家據臣諫簋、麥方尊等諸器銘文而提出：邢原封於今河南温縣近處，約在康王時再封於今河北邢臺，而仍有部分子孫留居在温縣附近。此説或可解開邢國封地的千古之謎。

孟秋丁酉，天子北征。□〔一〕之人潛時潛時，名也。觴天子于羽陵之上〔二〕，乃獻良〔三〕馬、牛羊。天子以其邦之攻〔四〕玉石也，不受其牢。重慎費其〔五〕。牢，牲禮也。柏夭曰：「□氏，檻

□之後也〔六〕。」天子乃賜之黃金之罌三六〔七〕即盂也。徐州謂之罌。朱三百裹。潛時乃膜拜〔八〕而受。戊戌，天子西征。辛丑，至于剞閭氏。音倚。天子乃命剞閭氏供食〔九〕六師之人天子六軍。詩曰：「周王于邁，六師及之〔一〇〕。」于鐵山之下。壬寅，天子祭于〔一一〕鐵山，乃徹祭器于剞閭之人。以祭餘胙賜之。温歸乃膜拜而受〔一二〕。温歸，名也。天子已祭而行，乃遂西征。丙午，至于鄄韓氏〔一三〕。鄄，之然切〔一四〕。爰有樂野温和，穄麥之所草〔一五〕，此字作艸下皁〔一六〕，疑古茂字。犬馬牛羊之所昌，昌，猶盛也。琂玉之所□〔一七〕。丁未，天子大朝于平衍之中〔一八〕，衍，墳之下者，見周禮。乃命六師之屬休。己酉，天子大饗正公、諸侯、王吏〔一九〕、七萃之士于平衍之中〔二〇〕。鄄韓之人無鳧〔二一〕乃獻良馬百匹、用牛三百〔二二〕、可服用者。良犬七十〔二三〕、良，調習者〔二四〕。牥牛二百〔二五〕、野馬三百、牛羊二千、穄麥三百車。天子乃賜之黃金銀罌四七、貝帶五十、朱三百裹、變□雕官，無鳧上下〔二六〕乃膜拜而受〔二七〕。疑古「上下」字，今夷狄官多復〔二八〕名。

校釋

〔一〕□，檀本填「群玉」二字。○岑仲勉：「據余揣之，缺名地似當在喀什噶爾附近。」

〔二〕丁謙：「羽陵地未詳，當去群玉山不遠。」下文又云北征，「蓋自玉山直北行，至今英吉沙爾地，由是折而西行。」○顧實：「北征當仍在葉爾羌境內，以其邦之攻玉石可證。」穆傳羽陵四見，不止一地。「羽陵亦必爲丘陵，而其上皆禽鳥所落羽毛，故名之曰羽陵耳。」○高夷吾：「羽陵即冰達坂。」○衛挺生：「此羽陵當即鐵格山或海立雅山。」

〔三〕良，顧實：「以前珠澤、赤烏、曹奴皆獻『食馬』比證，則此亦當作『食』。」○櫟案：顧説是。

〔四〕攻，洪頤煊：「道藏本作『功』。」

〔五〕「費其」，檀、陳、翟本改作「其費」。○櫟案：「費其」不類。

〔六〕小川琢治：「『氏』上之空格，當爲重容氏之一族。『檻』下之字，當以『諸』字填之。淮南子脩務訓云：『玉堅無敵，鏤以爲獸，首尾成形，礛諸之功。』高誘注：『礛諸，治玉之石，可以爲錯。』是礛讀廉氏之廉，一曰濫也。」○櫟案：小川説可參。

〔七〕罌（及注），洪頤煊、翟云升據西山經注、玉海一百五十四引云當作「嬰」（嬰，古罌字）。洪本並改字。○小川琢治：「罌是細口扁圓之水瓶，恐此形狀乃流入於扁圓之鑄型時，尚留其口，故名之曰罌耳。」○櫟案：罌，郭注訓盂（與其注山經西山經同），誤。説文：「罌，缶也。」字又作甖、甇、盎。爾雅釋器：「盎謂之缶。」詩宛丘釋文：「缶，盎也。」急就章卷三：「甀、缶、盆、盎、瓮、罃、壺」，顔師古注：「缶，即盎也，大腹而斂口。」是。缶之行在春秋、戰國時期。而盂爲侈口、深腹（亦有方形），行於商周時期。兩者儼然不同，未可相混。此亦是穆傳成書在西周以後之一證。又，郭注云：「徐州謂之罌。」應爲方言。但揚雄方言未載，且可見盂、罌不同，錢繹箋疏辨之甚明。傳文下或有作「嬰」者，假字，無須改字。

〔八〕洪頤煊：「拜」字「本脱，依前後文例補」。（褚德彝校同。）○檀萃：「不言拜，省文。」○陳逢衡：「吴本有『拜』字。」○顧實：「（拜字）范本、邵本有。」○欒案：范陳、趙本亦有「拜」字。又，吕、張、翟本、盧校補「拜」字。

〔九〕陳逢衡：「太平御覽五十引『食』作『養』。」

〔一〇〕陳逢衡：「此注當在前『聿將六師』下。」

〔一一〕祭，本作「登」，洪頤煊據北堂、御覽引改。下又據北堂補「祀於郊門」郭注文四字。○欒案：「登」改作「祭」是，但四字注文則需謹慎處之，不遑補入。

〔一二〕吕調陽：剞閭氏「在哈什河南岸特穆爾圖嶺北。」○劉師培：「『鐵山即鐵門』，見唐書西域傳、元史太祖本紀。『鐵門屬唐吐火羅。』吐火羅即古大夏，在今阿母河東。」○丁謙：「上節既云北征，蓋自玉山直北行，至今英吉沙爾地。由是折而西行，上格兹山峽，經小喀喇庫里湖。又西踰格里塔嶺，西稍南經魯善部地，至達爾瓦斯部，即傳剞閭氏所居。鐵山在其東北完治河上游，是山産鐵，質極精純，爲各部落所争售，見俄人康穆才甫遊記。」○小川琢治：「『剞閭氏』、鐵山之位置，……自群玉山五日行程；約在百五十千米内外之西，想在肅州以西，嘉峪關北側，黑山之邊。」○顧實：「剞閭氏當在帕米爾西之達爾瓦兹 Darwaz，鐵山在完治 Wanj。」楚辭遠遊有微閭，「或即剞閭一語之轉。」「魏書西域傳曰：『者至拔國有潘賀那山，出美鐵。』山即鐵山，今完治河邊之薩阿賴山 Alai Mts 也。」參英人戈登、俄人康穆才甫斯基的遊記。劉師培謂即鐵門山，然不出鐵，地望亦不合。○高夷吾：「鐵山即撒馬兒罕之鐵門石硤。」○岑仲勉：「缺名地似當在喀什噶爾附近。由此入阿賴伊（Alai）界，經帖列克達坂（Terek Pass）北出，Alai之首a音降作i；即得與剞閭相對照矣。」○錢伯泉：「『剞閭』當是『伊犁』的不同音譯，漢書陳湯傳譯作『伊列』，長春真人西遊記譯作『益禹』。」這裏是古代中西交通的要道。○衛挺生：鐵山即喀喇雜克，亦即天山之首喀喇租庫嶺。「剞閭氏似即今英吉沙爾縣及疏附縣之境地。」○常征：「剞閭讀如倚呂，即戰國後期出現之匈奴國家王族虛連氏。」「該族爲羌人（非西羌）之一支，三代以前屬於羌族共工氏部落聯盟，居牧於六盤山脈地區。」○檪案：剞閭氏、鐵山，距群玉山五日路程，具體未明。

〔一三〕鄄，洪本云本作「鷣」，從事類賦注二十引作「鄄」，下同。○劉師培：「鷣韓之地，以地望審之，疑即撒馬爾干。」○呂調陽：鷣韓，「今都爾伯勒津回莊。」○丁謙：西出葱嶺，「抵今布哈爾部地，即傳鷣韓氏國。」○小川琢治：鷣韓，「想在今安西以西而前往。」其國即海內東經之璽喚。○顧實：「鄄韓當即今中央亞細亞之撒馬爾干Samarkand。」樂野即海外西經之大樂之野。○高夷吾：「鄄韓即檐寒。」○岑仲勉：即今Cemkend，居塔什干東北。○衛挺生：「『鄄韓』乃Chimghan之對音。……此鄄韓當在今安集延城一帶。」○檪案：此距剞閭氏又四、五日行程，大約在今敦煌至羅布泊一線上。或稍準確些說約在科什庫都克與庫木庫都克附近，邊上正庫姆塔格沙漠北緣，即下文之「平衍」。

〔一四〕「鄄韓氏」下洪本從事類賦注引補注文四字「鄄，之然切。」陳逢衡云御覽九百四引亦有此四字注文。

〔一五〕洪頤煊：「錢詹事云：『草當爲皁字之誤，隸楷形相涉耳。』宋咸熙云：『草，古皁字，當讀詩「既方既皁」之皁。』」○陳逢衡、翟云升校改「草」作「草」。呂本改同，並云：「此草字。」○顧實：「然草亦變從皁，則改與不改有何異耶？　據郭注則疑當作草，非作草也。」○檪案：草爲草字異文，又作皁、草。説文：「草，草斗，櫟實也。」段注：「草斗之字，俗作皁。」櫟實曰皁，引申則凡結籽實皆可曰皁，詩大雅大田「既方既皁」即是。其詩毛傳云：「實未堅者曰皁。」正合上文所論。是此可釋穄麥初實而未終熟，言環境氣候很適合於作物生長秀實。如改「草」，於義亦通，然因無據，此不從改。

〔一六〕皁，此從道藏、范、吴等本作，他本作「草」。○顧實：疑皁爲皁，「蓋皁訓大也、盛也。皁而从艸，故郭氏疑爲古茂字耳。」○檪案：依傳文，此應作皁，故郭氏會疑爲皁字。由此而知傳文「草」當作「草」，只是無據而未能改之。

〔一七〕□，檀本填「聚」字。

〔一八〕檀本眉批：「樂野即大樂之野，一曰大遺之野，一曰大穆，一曰穆天之野也。」○陳逢衡：「此樂野猶樂土、樂郊也。謂其平曠，何得以大樂之野爲即樂野乎？」上文樂野即此「平衍之中」也。○顧實：「平衍者，阿母河 Amu D. 或 Oxus R. 之下游，爲撒馬爾干，爲布哈爾，爲土蘭平原 Turan Plain 皆是也。」○樑案：平衍，說見上。

〔一九〕郝懿行：「『吏』疑爲『勤』，卷三內有此句可證。」○顧實：郝說是。「據老子及史記、漢書中多言『侯王』，則『侯王』二字相連爲古成語，明當於『侯王』斷句。『吏』亦『勤』字之誤。」○樑案：郝、顧說非。此處正公、諸侯、王吏、七萃之士層次清楚，文義明晰。而以「諸侯王」爲稱，與史、漢之「侯王」亦義有異，其說此不從。

〔二〇〕陳逢衡：「大饗禮見周禮大行人、掌客。」

〔二一〕鳬（及下文），范、吳、李、趙、翟本作「鳧」。○翟云升：下「當有注云『無鳧，名也。』」

〔二二〕用，洪、翟本據北堂書鈔三十一引改作「服」，並在下注文起首增一「服」字。○陳逢衡：「太平御覽八百九十九引『鶤韓之人獻用牛三百』。」○樑案：「服牛」在此義不切合，此不從。「用牛」，愚頗疑當讀「庸牛」（犝牛），但唐人（如顏師古等）說即封牛（亦即下之「牥牛」），故此只可權從郭注。

〔二三〕「七十」，諸本作「七千」。○陳逢衡：「太平御覽九百四引『鶤韓之人獻天子良犬七千』。案：『七千』疑誤，當作『七十』。」○翟本改作『七十』，云：「據北堂書鈔、太平御覽九百四、事類賦注二十三改正。」○樑案：御覽引文是「七十」而非「七千」。此從翟校改正。

〔二四〕良，范本無。洪本據北堂書鈔三十二引在起首增「良」字。

〔二五〕檀萃：「牥，音方。日可行二百里，一曰犎駝。」○洪頤煊：二百，「太平御覽八百九十九引作『三百』。」○陳逢衡：「舊本御覽作『二百』。」「廣志：『州留，項上肉大如斗，似橐駝日行三百里。』異物志：『周留，水牛也，毛青、大腹、鋭頭、青尾。』鬱林異物志：『州留者，其實水牛。』」○郝懿行：「玉篇云：『牥，良牛名，日行二百里，又云馲駝。』」○劉師培：「牥，通作彭，大義也。」○顧實：「蓋牥牛有二解：一即爾雅釋獸之犦牛，亦曰犎牛。牥、犦一聲之轉。牥、犎則同音字也。又一即馲駝。據卷四云『牥牛以行流沙』，則非馲駝而何物哉！」○蔣超伯：「案：爾雅牛十七種，無牥牛。郭注『犦牛』云：『即犎牛也，領上肉㸬胅起高尺許，狀如橐駝，肉鞍一邊，健行者三百餘里。今交州合浦徐聞縣出此牛。』郝疏謂：『犎當作對，漢書西域傳罽賓國出封牛，正作封字。』又名一封橐駝，駝肉鞍兩邊，此止前一邊也。超案：牥、封一聲之轉，牥牛即封牛矣。」○檪案：郝、顧、蔣説是。牥牛即封牛、犎牛、㹀牛、峰牛、犦牛，亦即今所謂單峰駱駝。

〔二六〕洪頤煊：「注『疑古「上下」字』，正文必不作『上下』，凡書中譌字無別本可校者，俱仍其舊。」○盧文弨：「觀注則正文本不作『上下』字，『上下』應作『丄丅』，故注云疑此字，隋時猶書之。」○褚德彝：「『上下』疑原文作『三』，故郭氏云『疑古「上下」字』，又云『復名』也。」○檪案：諸考可參。

〔二七〕檀萃：「第四卷天子賜䍀黹有『絲䌰雕官』，當即此四字，今所謂克絲之類，詳後。」「言其君臣上下同膜拜而受天子之賜也。」○陳逢衡：「古文管爲官，……則『雕官』即雕管，蓋樂器之類。」「『上下』亦拜之品節，如登降之義。論語，『拜不禮也，今拜乎上泰也。』據此則無鳧登成拜後，而復下階而膜拜也。」○翟云升：「注義未詳，蓋有顛倒脱誤，傳亦或有缺文。」○顧實：「蓋賜以雕工之官，專司刻鏤之事者。上下，當即指無鳧及其從屬而言，郭注未諦。」○于省吾：「按卷四有『絲繉雕官』，……官、管古字通，儀禮聘禮注『古文管作官』。荀子賦篇『管以爲母』，注『管所以盛箴』。疑『變□』、『絲繉』皆絲類。雕管，管之雕以華文者。絲類與盛箴之管，均用之相因者。」○檠案：「變□雕官」，于省吾説可參。「上下」，檀萃、顧實説是。

〔二八〕復，洪頤煊：「吴氏本作『覆』。」

庚戌，天子西征，至于玄池〔一〕。天子三日〔二〕休于玄池之上〔三〕，乃奏廣〔四〕樂，三日而終，是曰樂池。因改名爲廣樂池〔五〕，猶漢武改桐鄉〔六〕爲聞喜之類。天子乃樹之竹，種竹池邊。是曰竹林〔七〕。竹木盛者爲林。癸丑，天子乃遂西征。丙辰，至于苦山，西膜之所謂〔八〕茂苑〔九〕。天子於是休獵，於是食苦。苦，草名，可食。丁巳，天子西征。己未，宿于黄鼠之山〔一〇〕。西〔一一〕□乃遂西征。癸亥，至于西王母之邦〔一二〕。

校釋

〔一〕「玄池」（及下），翟、翁鈔本作「元池」，當避諱而改。○檀萃：據山經，「河水之間附禺之山，帝顓頊之丘，方圓三百里，帝俊竹林在焉，大可爲舟。其西有沈淵，顓頊所浴。帝水精所浴之池黑，即元池也。」○陳逢衡：「穆王是時方周循黑水；其玄池是必黑水之支流停蓄而爲小水者，斷非山海經之沉淵。」○呂調陽：即「黄草湖。」○劉師培：「玄池即今鹹海，唐書作雷翥海。下文苦山、黄鼠山均在其西。今鹹海以西，波斯國界也。」○丁謙：「元池，今布哈爾城西南有登吉斯湖，地望相合，且舍此别無他池。」○小川琢治：「（穆王）沿蘇勒河至於玄池（即冥澤，又名哈拉泊者）而前進。」○顧實：丁謙説是。「今錫爾河 Syr Darya 上，與此合。」○錢伯泉：「伊犁之西有玄池，此必伊塞克湖。」○樑案：玄池距西王母邦僅近十日左右之程，而西王母邦距群玉山有三千里（折合今里在二千至二千五百里間），則此玄池與黑水當已不相干。愚意此玄池當今新疆之羅布泊。羅布泊古名泑澤，見山經西山經等。史記大宛列傳正義引括地志云：「蒲昌海，一名泑澤，一名鹽澤，亦名輔日海，亦名穿蘭，亦名臨海，在沙州西南。」據水經河水注二，「穿蘭」當爲「牢蘭海」之誤。牢蘭即樓蘭。古樓蘭國正在羅布泊西南，考古發掘已探明其城墻位置。玄、泑皆水色黝黑之意，此乃湖濱多蘆葦、水草及腐殖質，又有鹽分積累，遂使湖水微帶黑色。舊或説羅布泊乃游移湖，乃誤。羅布泊爲歷代通西域之要道，考古發掘在這一帶已發現自先秦以來大量的中域遺物，更是明確無誤的證明。

〔二〕「三日」，洪頤煊：「當涉下文而誤，從事類賦注二十四、玉海一百七十一引删。」○陳逢衡：「太平御覽九百六十二引亦無『三日』二字。藝文類聚水部、太平御覽六十七引俱有『三日』二字。」○顧實以洪本删「三日」二字爲「未當」。○樑案：「三日」二字存之無礙文義，故無需删去。

〔三〕陳逢衡：「太平御覽五百六十五引無『天子三日休于玄池』八字。」○顧實：「北堂書鈔百五引無

『天子三日休于玄池之上』句。」

〔四〕洪頤煊：「文選宋孝武宣貴妃誄注引無『廣』字。」○陳逢衡：「藝文類聚水部引『乃奏廣樂而歸』，又樂部引與今本同。」

〔五〕陳逢衡：「『樂池』上舊衍『廣』字。」○檪案：以義衡之，「廣」字當删，但因無據而只能存之。

〔六〕桐，原作「祠」。檀萃：「祠應作桐。」洪、翟、陳校同，並改。○檪案：諸校是，此亦從之。

〔七〕洪頤煊：「太平寰宇記三十盩厔縣下『司竹園在縣東一十二里』。」○陳逢衡：盩厔縣在今陝西，與此不合。○顧實：「中央亞細亞産竹有名，黄帝使伶倫取竹於大夏之西，印度語曰覩貨邏篷奢，覩貨邏者，大夏也；篷奢者，竹也（章炳麟説）。」

〔八〕謂，道藏、汪、鄭、洪諸本脱，據范本补。

〔九〕洪頤煊：「山海經中山經有苦山，與帝臺相近。晉書束皙傳言此書記『周穆王遊行四海，見帝臺、西王母』，疑即此山。」○檀萃：苦，「一名苦菜。」○陳逢衡：洪説非，「此苦山當以苦菜得名。」苦即蕒菜，見容齋續筆、唐書五行志。○丁謙：「所至苦山，當在斜拉哈斯城西。○小川琢治：「欽定西域圖志（卷四十三）土産之部曰：『又有樹曰察爾察，形似山茶，取其葉可以供飯，彼中以之代茶荈。』」其地各説不一，「故我推定，以爲從安西附近向西北望天山之東端而進行爲合。」○顧實：「苦山當在今波斯東北境之馬什特 Meshed。或曰：『苦山即呼羅珊 Khorasan 之對音也。』」苦謂苦菜，詩經云『采苦采苦』，儀禮特牲禮記云『鉶芼用苦若薇』，禮記內則篇云

『濡豚包苦實蓼』，皆謂荼菜也，亦名苦菜。」〇衛挺生：苦山，「當在撒馬爾罕一帶。」「穆王道出積累富善山系之孔道，道東有山高一千五百公尺，道西有山高二千二百公尺，今所謂 Kara Tyube 嶺者，殆即穆傳所謂『苦山』也。」〇檪案：苦山距玄池二、三日程，距西王母邦五、六日程，具體未明。苦，以之爲名植物甚多，此可食者，蓋即苦菜（苦荼）也。文獻多見，屬菊科草木植物，嫩苗可食。學名：Sonchus oleraceus。

〔一〇〕劉師培：「苦山、黄鼠山未詳，當在今波斯西境，故過此即至西王母邦。」〇顧實：「黄鼠山，當在今波斯之大撒耳特鹽漠 Great Salt desert。……因産黄鼠，故名曰黄鼠山。」〇岑仲勉：「苦與黄鼠二山都無可考，丁、顧兩家之臆説，可不必繁辨。」〇衛挺生：「黄鼠之山當是古雜爾河上之山。自古雜爾出仍西南行而至今之乞爾欽札克 Qirqinchak Cuzar，故穆傳曰『乃遂西征』。……則穆傳中西王母之邦當不在謀夫，而在大夏之都也。」〇檪案：黄鼠山距西王母邦更近，然具體未明。

〔一一〕顧實：「『西』字下『黄校朱筆添『膜』字，不知何據。」

〔一二〕陳逢衡：「西王母是西荒國名，是此國君長。」神仙家誤爲神怪。〇劉師培：「穆王賓於西王母，即至亞西里亞國都之尼尼微 Nineveh 或 Ninua 城。」〇丁謙：「西王母事載於古書甚多，如爾雅釋地、山海經、列子、莊子、洛書靈准聽、河圖玉版（見列子）、淮南子、魚豢魏略、晉書地理志、宋書符瑞志等皆是。」蔥嶺以西諸國，「足以當西王母邦稱號者，最先惟加勒底，一名加爾特亞，與黄帝同時，繼之爲巴比侖，與堯舜同時；又繼之者爲亞西里亞，與穆王同時。此三國者，皆興盛於底格力士、幼發拉的兩河之間，爲古代西亞各國之領袖。」「竊謂西王母者，古加勒底國之月神也。」「穆王見西王母處，當即亞西里亞國都尼尼微城（年表作密尼佛）。據舊約創世紀，此城爲古加勒底寧緑王所造。」○小川琢治：「今西王母殆亦西宛之緩音，顯於漢代之大宛，想與西苑爲同一民族。」山經無其國而有女子國，「想至戰國時忘却有西夏、西宛，尚記有女子國。」○顧實：「西王母之邦，當在今波斯之第希蘭 Teheran 附近。……然考西王母舊居，當在今新疆，不與穆傳同也。」○張星烺：「是西王母之邦當在今俄領土耳基斯坦撒馬爾罕附近也。」夏德中國古代史列西方學者之見有：「愛臺爾（E. J. Eitel）謂『西王母三字僅爲譯音，別無意義。穆天子傳及中國他種古書皆不言西王母爲婦人，此名與傳中他名相同。鄙意西王母爲部落之名，其酋長亦以此爲名也。』」夏德則以爲周穆王最遠似未出今長城關。柏林大學福爾克（A. Forke）謂：「西王母者，非他人，乃設巴女王（Queen of Sheba）也，周穆王所至之西王母之邦即今阿拉伯也。」法國沙萬内（Chavannes）謂朝王母者非穆王，而實爲秦穆公。○岑仲勉：「秦漢以後之西王母，純屬神仙家言，出於附會。本傳之西王母則確有其地，確有其人。」其地諸説不一，「其去事實不遠者，惟沈曾植穆天子傳書後云『……大曠原蓋今裏海、鹹海之間大沙漠，東迄北至烏拉嶺東吉里吉斯高原也。』其確址雖無能指實，大致要不外如是矣。」○常征：「西王母者，不過西周時代尚保留母係氏族制的河西一部落及此部落之女酋長而已。……論其地，不過張掖南山。」春秋以後爲烏遜所逐，避入青海。後又下西藏，與他族合併而爲魏書吐渾傳、隋書之「女國」。○錢伯泉：據後漢書西域傳，「安息國（波斯）居和櫝城，去洛陽二萬五千里。」「其東界是木櫝城，號爲小安息，去洛陽二萬里。」與本傳里程方合。○樑案：西王母從一開始在文獻中露面，便充滿傳奇色彩。古今中外考證者無數，但凡言之具體者，則皆在似是似非之間，無一可確鑿而信者。今考穆傳西王母者，當撇開其傳言。就穆傳而論，其位置可由兩個方嚮推定：（一）昆侖爲今祁連山，群玉山在昆侖東北約三、五百里（折合今里約二百至四百里間），西王母邦又在群玉山西三千里（折合今里在二千至二千五百里間）。（二）前考昆侖時已闡明曠原之野當今新疆準噶爾盆地，西王母邦在其南一千九百里（折合今里在一千二百至一千六百里間）。由此兩方勘合，則西王母之邦當在今新疆塔里木盆地與塔里木河東北緣之庫爾勒、尉犁一帶。西王母者，乃其邦之女酋長、女頭領。考古發掘表明，這一帶確有母系社會遺蹟，一些女性（特别是老年女性）的隨葬品明顯高於他人，則在考古上證明了我們的考證確有實據。

穆天子傳卷三

古文

吉日甲子〔一〕，天子賓于西王母〔二〕。西王母，如人虎齒，蓬髮戴勝，善嘯。紀年：「穆王十七年〔三〕，西征〔四〕昆侖丘，見西王母。其年來見，賓于昭公〔五〕。」乃執白圭玄璧〔六〕以見西王母，執贄者，致敬也。好獻錦組百純〔七〕，□〔八〕組三百純。純，疋端名也。周禮曰：「純帛不過五兩。」組，綬屬，音祖〔九〕。西王母再拜受之。□乙丑，天子觴西王母于瑤池之上〔一〇〕。西王母爲天子謡〔一一〕徒歌曰謡〔一二〕。曰：「白雲在天，山〔一三〕陎陵字。自出〔一四〕。道里〔一五〕悠遠，山川間之。間音諫〔一六〕。將子無死，將，請也。尚能復來〔一七〕。」尚，庶幾也。天子答之曰：「予歸〔一八〕東土，和治〔一九〕諸夏。萬民平均〔二〇〕，吾顧見〔二一〕汝。顧，還也。比及三年，將復而野〔二二〕。」復反此野而〔二三〕見汝也。西王母又爲天子吟曰〔二四〕：「徂彼西土〔二五〕，徂，往也。爰居其野〔二六〕。虎豹爲群，於〔二七〕鵲與處。於，讀曰烏。嘉命不遷，言守此一方。我惟帝女〔二八〕。帝，天帝也。彼何世民，又將去子〔二九〕。吹笙鼓簧，簧在笙中。中心翔翔〔三〇〕。憂無薄也。世民之子，唯天之望。」所瞻望也。天子遂驅升于弇山〔三一〕，弇，弇兹山，日入所也。乃紀丌〔三二〕迹于弇山之石，銘題之。而樹之槐，眉〔三三〕曰西王母之山〔三四〕。言是西王母所居也。西王母〔三五〕還歸丌□〔三六〕。

校釋

〔一〕子，郝本作「午」，校云：「案：郭注西次三經玉山、太平御覽八十五卷及八百十五卷引此文并作『吉日甲子』，以下文『乙丑』推之，當是『甲子』」，明藏經本亦作『甲子』」。

〔二〕陳逢衡：山海經西山經：「西王母，其狀如人，豹尾虎齒而善嘯。」「豹尾者，其衣有尾也。」「虎齒，言齒粗大也。善嘯如後世孫登、阮籍之類。蓬髮者，古時質樸，不似後世女人梳妝，故髮四垂也。戴勝者，戴玉花勝也。」○劉師培：「蓋『西膜』轉音爲『西母』，緩讀之，則中有助音。古人以中土字迻寫之，則爲『西王母』，猶今塞米種或書賽爾迷亞也。……今波斯附近，在西周時爲阿西利亞國所宅，此西王母殆即古亞西利亞歟！後之安息國即阿西之轉音。瑶池、弇山、温山、溽水均在其地。」○顧實：「『豹尾虎齒』，當爲古時一種儀式，今謂之曰假面具是也。」母、姥、女，意一。此稱母，尊之也。○于省吾：「西王母者，西母也，加『王』字乃尊大之義。」○樑案：與山經相比，本傳之西王母更近於實際，但究竟如何，仍未全然明瞭，亦恐未可全然據爲信史。

〔三〕劉師培年月考：「今即穆傳所紀干支核以三統術，當以十三年爲確。」○小川琢治：據今本、古本紀年，穆王西征有二次：十三年與十七年。由本傳王母吟「將子無死，尚能復來」，「則本書所記載之西征，殆於十三年。至十七年，實踐其約而再西征。」○丁謙：據紀年，西征出發在十二年十月，歸在十四年十月。○顧實：「穆王十三年西征，十四年東歸。越二年後，至十七年而復西征。」○岑仲勉：穆王征年，「尚難定論。」○衛挺生：穆王西征在十二年十一月出發，十四年十一月入南鄭。○檪案：穆王西征，今本紀年云在十三年，古本紀年云在十七年。各家考證頗多，但終未得一令人滿意的明確答案。愚亦曾詳稽於金文與文獻，亦無所獲。且穆王是否西征，尚是一個疑題（參整理前言），故此權從岑仲勉說。

〔四〕翟本「征」下增一「至」字，云：「據紀年本文及藝文類聚十七、太平御覽三十八補。」○檪案：古本紀年原書早佚，今存僅古籍中引文，各本字句有異，不足爲奇。史記秦本紀集解所引即無「至」字，故此可不增「至」字。

〔五〕公，洪頤煊、翟云升、盧文弨據西山經注、御覽八十五、今本紀年改爲「宮」字。○檪案：字作「宮」是，但各校所據皆紀年而非穆傳文字，故未可直改。

〔六〕陳逢衡：據周禮春官典瑞注，圭爲瑞信，朝見所執。郭注以贄解，誤矣。○郝懿行：「郭注西山經引作『玄珪白璧』。」○顧實：郝校是，作「玄圭」爲長。「周官典瑞、小行人、考工記玉人有『天子執圭以朝諸侯』，而並用圭璧，希見明文。」惟詩衛風淇澳有以並言，喻人君之德。又尚書金縢、管子形勢篇、墨子明鬼篇、尚同篇則是並用於先王鬼神，然則在古時神權時代，故賓諸侯與賓神同耶！○檪案：穆傳不合於其他文獻者甚多，此與外域交往更不足奇，故顧說「賓諸侯與賓神同」恐未必妥當。

〔七〕洪頤煊、郝懿行校云西山經注引作「錦組百縷，金玉百斤」。○陳逢衡：「『金玉百斤』，添設。」「太平御覽八十五、五百三十九引『獻錦組百純』，又八百十五引『吉日甲子，天子乃執白珪玄璧以見西王母，好獻錦組百純，西王母再拜受之。』又八百十九引『天子見西王母好獻錦組百純。』」○顧實：金玉百斤，「然或傳文有異同也。」

〔八〕□，范、范陳、趙本作「錇（缺）」，下同，不再校出。檀本填「素」字。

〔九〕檀萃：「疋端者，大概釋純之稱。至於組，則言端而不言疋。」○陳逢衡：「史記蘇秦列傳集解云：『純，匹端名。』張儀列傳索隱：『凡絲緜布帛等一段爲一純。』儀禮鄉射禮、大射禮並云：『二算爲純。純，耦也。』說文：『匹，四丈也。』小爾雅：『倍丈謂之端，倍端謂之兩，倍兩謂之匹。』則匹是八丈，兩猶純也。郭蓋以兩釋純字。」○劉師培：「案：『好蓋語辭，猶古籍所用之越、爰、聿、曰耳。」○顧實：「純，借爲稛，或借爲纏。詩召南所謂『白茅純束』，是其義也。」○衛挺生：「此『□組』者，當即縞紵之類，周代以爲贈品，左傳紀子札、子産之互獻是也。」○櫟案：由文獻可知一純爲一束、五兩、十端、二十丈。三百純，六千丈也。組，郭注「綬屬」，乃本之說文，但段注云：「屬，當作織，淺人所改也。組可以爲綬，組非綬類也。綬織猶冠織，織成之幘、梁謂之纚，織成之綬、材謂之組。大爲組綬，小爲組纓，其中之用多矣。」說文通訓定聲：「闊者曰組，爲帶綬。狹者曰條，爲冠纓。」可正郭注之誤。

〔一〇〕陳逢衡：□，衍字。文選王元長曲水詩序引『天子升太山之上，以望四野。乙丑，天子觴西王母于瑶池之上』，於『乙丑』上多二句。案：『太山』是『舂山』之誤，見卷二選注，蓋誤連爲一也。○小川琢治：瑶池，「是湖水之所在也。接巴里坤近傍，有巴爾庫勒淖爾，爲漢代之蒲類海。……據徐松西域水道記（卷三），則在今之鎮西府西北四十餘里。」○顧實：「瑶池，當在第希蘭之南，有一湖，波斯語曰 Daria-i-namak，義言王之海也。」○衛挺生：「瑶池，考縛喝近郊有澤陂而無大池。……故瑶池亦可能爲昔有而今無之人造池，不足異也。」○樑案：瑶池，愚疑爲今新疆和碩縣南，庫爾勒東北之博斯騰湖，西漢時名海，東漢時名秦海，亦即水經注之敦薨藪。此處湖光山色甚美，頗合「瑶池」之名。

〔一一〕檀萃：「謡者，蓋王母傳道於穆王之微言。」

〔一二〕陳逢衡：「郭注見爾雅釋樂，言但以人聲，不用絲竹也。」

〔一三〕洪頤煊：山，文選沈休文早發定山詩注、太平御覽八引作「丘」。○郝懿行：「文選謝朓拜中書記室辭隋王箋注引仍作『山』。」○顧實：「然下言『山川』，則此當言『丘陵』。山莫大於昆侖，猶尚稱昆侖之丘也。」

〔一四〕褚德彝：「『自出』二字疑作『阻之』，阻字古文且，篆文㞢與出字同。」（並改「自出」爲「且㞢」）。○章太炎：「按字體當作陕，從夌省聲。以古文篆體𡴀字作㞢，隸寫者遂譌作尜。」○樑案：褚説「自出」爲「且之」，可參。

〔一五〕洪頤煊：「里，太平御覽八引作『路』，八十五引作『理』。」

〔一六〕洪頤煊：「顔氏家訓書證篇云：『穆天子傳音諫爲間。』段若膺明府云：『案顔注，知本作「山川諫之」，郭注讀諫爲間。』」○陳逢衡：「此説非是。」○盧文弨、顧實俱改傳文「間」爲「諫」，注文爲「諫音間」。○㮚案：以上下文義察之，當作「間」字爲是，改之不確。

〔一七〕檀萃：「將，助也，助子以不死之道，得來還之丹術也。」○陳逢衡：檀説「殊屬誤會」。○盧文弨：「山海經注引此作『尚能復來』。」○顧實：「此謡辭與下吟辭皆周人純粹之四言詩也，是亦西王母必爲中國女子之證也。」○㮚案：顧實説非，此辭可由中原人譯寫，如近人以七言詩形式等譯作外國人詩一樣，何能即以據而斷定其必爲中國人呢？

〔一八〕洪頤煊：歸，「山海經西山經注引作『還』。」

〔一九〕洪頤煊：治，「山海經西山經注引作『理』，是唐時避諱所改。太平御覽五百七十二引作『洽』。」

〔二〇〕陳逢衡：「平均」，「藝文類聚四十三引作『樂均』。」

〔二一〕洪頤煊：「顧，太平御覽五百七十二引作『願』。」○陳逢衡：「此二詩宋趙德麟侯鯖録引『吾顧』作『吾願』，是宋時所見本俱作『願』也。」○㮚案：李、程本誤「顧見」爲注文。

〔二二〕盧文弨：「山海經注引作『尚復能來』。」○而，檀、陳本作「爾」。

〔二三〕洪頤煊：「注『而』字本脱，從道藏本補。」○㮚案：范、范陳、吴、程、翁鈔本亦俱有「而」字。

〔二四〕洪頤煊：「自道藏本以下皆作『西王母之山，還歸丌□，世民作憂以吟』云云，本在下文『眉曰西王母之山』下，與山海經西山經注所引不同。今本多譌舛不可句讀，或是傳寫之誤。山海經注文義明順，又同爲郭氏所注所引，當得其真，因改此而從彼。」○翟云升：「藝文類聚四十四、太平御覽五百八十一亦以『吹笙鼓簧』二語爲西王母吟，而太平御覽九百二十一作『西母還歸，世民謡嗄以吟曰「徂彼西土」』云云，則與今文略同，自當以今文爲主。」○顧實：「余謂御覽一書，本集前朝之修文御覽諸書而成，故所引穆傳衆本不一。據御覽已引『西母還歸，世民謡嗄』云云，則今本穆傳當出宋世流傳之别本，而又經元、明人竄亂者，故茲從洪校本悉依西山經郭注引古本。」○檪案：今本此一大段文字較亂，不能通讀，此從山經注引校正爲是。

〔二五〕洪頤煊：「今本作『比徂西土』」。○陳逢衡：「當作『彼徂』。」「彼謂西王母也，徂當是阻之譌，謂隔絶也。」○翟云升據御覽九百二十一改「比徂」爲「徂彼」。○郝懿行：「郭注西山經引作『徂彼西土』。」「明藏經本作『比』是也。」○檪案：翁鈔、汪、周、吕、郝、褚、何等本作「北徂西土」，「北」當是「比」之訛，但俱不如洪、翟等校改之「徂彼」爲佳，故此從之。

〔二六〕洪頤煊：「野，西山經注引作『所』。」

〔二七〕於，洪頤煊：「西山經注作『烏』。」○顧實：「蓋郭以今字易之。」○檪案：由注文視，當作「於」爲是。

〔二八〕洪頤煊：「『女』字本脱，從事類賦注十九引補。太平御覽九百二十一引作『惟我惟女』。」○郝懿行：「西山經注有「女」字。○顧實：「『我惟帝女』者，西王母自陳爲穆王之女也。其是否和親保西垂，不能明也。」○衛挺生：顧實之説姑備一説則可，若實信則未必然也。○檪案：顧實説失之。先秦時單言「帝」者基本上皆爲天帝，戰國時或稍有爲五帝等之省稱者，但絶無稱人王者。故此之「帝」者絶不可理解穆王，顧説不可信從。

〔二九〕洪頤煊：「今本無此二句，有『天子大命而不可稱，顧世民之恩，流涕芔損』十七字。」從西山經注引改。○顧實：今本「文旨不倫，當出元、明人竄改無疑。」

〔三〇〕翔翔，吳鈔、檀、陳本作「翱翔」。○洪頤煊：西山經注作「翱翔」。○盧文弨、蔣超伯：翔翔即洋洋。○顧實：「『中心』，御覽五百八十一引作『衷』。」「詩齊風載驅篇毛傳曰：『翱翔，猶仿佯也。』鄭風羔裘篇鄭箋曰：『翱翔，猶逍遥也。』蓋翱翔爲形容辭，憂樂皆可。故郭注亦訓憂無薄也。」○檃案：此當作「翔翔」爲佳。翔翔即洋洋，悠然快意之狀。古文苑十三班固十八侯銘五注：「洋洋，得意貌。」列女傳二賢明齊相御妻：「意氣洋洋，甚自得也。」

〔三一〕洪頤煊：「弇，西山經注作『奄』。」○陳逢衡：「太平御覽六百七十二引作『於是天子升于崦嵫』。列子周穆王篇『迺觀日之所入』張湛注引穆天子傳云『西登弇山』。」「崦嵫山，今在丹（甘）肅秦州之西、鞏昌府之東，見一統志。……然此並非西極之地，蓋秦州之崦嵫另是一山。」○丁謙：「考西里西亞國轄境西至地中海，海東北濱有阿馬那司山（新約作亞馬奴山），地圖作亞爾馬山）。阿馬那司，急讀音如弇兹。」○葉浩吾：「愚謂弇山即波斯西境之西恒山。」○顧實：「弇山，當即第希蘭西北之厄耳布爾士（鄒刻地圖作耶耳布爾斯）山脈 Elburz Mts. 中之最高峰也。」○張公量：「弇山當是今天山南路之一支脈也。」○高夷吾：「弇山即崦嵫，惡速志所謂鐵壊山門。」○岑仲勉：「此之弇山，許是烏拉山脈之一峰也。」○王範之：「或者説弇山就是括地志、西河舊事裏説的天山（或稱白山），……但這也難確定。」○樑案：弇即奄之古體。山在西王母邦内，當今何山未能確定。

〔三二〕丌，洪本改「名」，云：「邢昺爾雅疏引作『其』，山海經西山經注引無『丌』字，大荒西經注引作『乃紀名迹』，朱元珪名蹟録謂取義於此，則宋本固有作『名迹』者矣。以注及上文云『乃銘迹于縣圃之上』校之，宋本是也，因改正。」○陳逢衡：「『紀迹』猶『銘迹』也。『丌』字本可衍，若『紀名迹』似不貫通。太平御覽六百七十二引『乃紀迹于崦山』。」○樑案：陳説是。又，丌字吕本作「其」。

〔三三〕馮舒：「『槐眉』，别本『蜆峴』。」未明出何本。○翟云升：「爾雅釋地疏引作『名曰西王母之山』，當從之。『名』與『眉』形近而誤也。」○盧文弨：「眉猶題也。」○顧實：「墨子非樂上篇曰『眉之轉朴』，眉亦即名也，則不必改。」○樑案：顧實説是，詳參孫詒讓墨子閒詁非樂上，孫氏考之甚明。

〔三四〕洪頤煊：「今本自『天子遂驅』以下本在上文『將復而野』下。又列子湯問篇言穆王越昆侖至弇山，反，有獻工人偃師一段。」

〔三五〕顧實：「『西王母』下原有『之山』二字，翟、郝校據御覽九百二十一引作『西母還歸』，則宋人所見本無『之山』二字，當承上文而誤衍，今删。」○樑案：顧説甚確，「之山」二字顯係衍文。

〔三六〕顧實：「洪校删去此句，然西山經注引至『眉曰西王母之山』句而止，不能斷定此句之有無也，則不必删。惟此下直接『丁未，天子飲於温山』句，各本無徵，不能不出於以意綴合耳。」○㯺案：此句自有其涵義，於上下文義正合，不删爲宜。

丁未，天子飲于温山〔一〕。□〔二〕考鳥〔三〕。紀年曰：「穆王見西王母，西王母止之，曰『有鳥䳟人〔四〕』」，疑説此鳥。脱落不可知也〔五〕。己酉，天子飲〔六〕于㵒水〔七〕之上。㵒，音淑。乃發憲命〔八〕，憲〔九〕謂法〔一〇〕令。詔六師之人□〔一一〕其羽〔一二〕。爰有□〔一三〕藪水澤，爰有陵衍平陸〔一四〕，大阜曰陵，高平曰陸。碩鳥解〔一五〕羽。六師之人畢至于曠原〔一六〕。言將獵也。下云「北至曠原之野，飛鳥之所解其羽」。山海經云：「大澤方千〔一七〕里，群鳥之所生及所解。」紀年曰：「穆王北征，行積羽千里。」皆謂此野耳。曰天子三月舍于曠原。□〔一八〕天子大饗正公、諸侯、王勤〔一九〕、七萃之士勤猶勞也。于羽琌〔二〇〕之上，下有「羽陵」，疑亦同。乃奏廣樂。□〔二一〕六師之人翔畋于曠原〔二二〕，翔，猶遊也。得獲無疆，無疆，無限也。鳥獸絶群。言取盡也。六師之人大畋〔二三〕九日，乃駐于羽陵之□〔二四〕。收皮效物〔二五〕，物謂毛色也。詩云：「三〔二六〕十維物。」僨〔二七〕車受載，僨，猶借也。天子于是載羽百車〔二八〕。十羽爲箴，百羽爲縛，十縛爲緷，見周官〔二九〕。

校　釋

〔一〕陳逢衡：「温山疑即西山經之鳥山，在穆王時則名温山也。」○丁謙：「温山當即尼尼微北馬西亞司山，圖作亞爾熱羅什山。」○小川琢治：温即王母之王的轉音。○顧實：「温山當即阿拉拉特 Ararat 山，在今俄屬高加索南部，當阿爾美尼亞 Armenia 高原之一部。」「波斯人謂之諸亞山。」「此山曾爲噴火山，故穆傳稱曰温山。温者，温煖之義。」○高夷吾：「温山即司措勿羅力之麻熟嘎山。」○岑仲勉：「温山，仍在曠原附近。」○衛挺生：「温山者，當木爾哈布水 Mughab 之西南，庫什喀 Kushka 西北之山也，高二一四二公尺。由此往北，循木爾哈布水即達木鹿『樂園』。」「當即今海拉特 Herat 之西北山也（今山名爲：Paro Pamisus Range）。」○檪案：温山，距曠原僅一、二日程，蓋是天山山脈北側、靠準噶爾盆地南緣之一山，具體當今何山不明。

〔二〕□，檀本填「以」字。○陳逢衡：「空方當是戊申日干。」○檪案：此處缺文較多，具體未明。

〔三〕檀萃：「考者，校也。鳥猶禽，禽猶獵，留之校獵也。」○郝懿行：「文選赭白馬賦注引古文周書穆王曰『有黑鳥若鳩』云云，或即考鳥之事。」○丁謙：「『考鳥』義不可曉，當闕疑。惟山海經有『鳥山，滹水出焉』語，此考鳥或指鳥山言，故下節接言『飲于滹水上』，故録以備一說。」○顧實：考鳥，「或爲預計北至曠原取羽也。」

〔四〕顧實：「⿰谷甹字不見於字書，其義不可曉，或是傷害人之意。」○雷學淇竹書紀年義證卷二二云：

「愚案：『⿰石甹』字或作『⿰谷甹』，字書無此字。爾雅釋訓曰：『甹夆，制曳也。』司馬相如上林賦曰『適足以甹君自損』，晉灼注曰：『甹，古貶字。』然則⿰石甹或是⿰石甹，即古砭字，謂以喙刺人如針石也，否則即制曳之矣。蓋王見西王母，猶欲西征，故西王母止之曰『有鳥⿰石甹人』，而王始由西而北也。」〇朱右曾汲冢紀年存真：「字書無『⿰谷甹』字，譌『⿰彳甹』之譌。説文：『⿰彳甹，使也。』通作『甹』。」〇櫟案：雷、朱説可參。又，⿰谷甹字所從谷，疑或即字書之谷，義爲開口發笑，文獻通作噱、嘟。但此僅臆測，未爲定論。無論何説，郭注引紀年之文與本傳似並不相關。

〔五〕注文「西王母」三字，范、趙、范陳本俱只一見，范陳本補重。「⿰谷甹」，金蓉鏡：「有本作鵠，亦無可訓。」未知爲何本。又，檀萃、洪頤煊、翟云升、盧文弨、丁謙等俱校云今本紀年無此文，洪頤煊云：「今本紀年乃後人採掇成書，故年數次第多與此傳不合。」〇翟云升：「藝文類聚七引紀年云：『穆王十七年，西征昆侖丘，見西王母，西王母止之。』即郭注所引，而脱『有鳥⿰谷甹人』一句也。」

〔六〕顧實：「飲，北堂書鈔八十二引作『大飲』。」

〔七〕洪頤煊：「太平御覽八十五引作『辱水』。」〇陳逢衡：「鮑刻本作『溽水』，下注云：『音汙溽也。』案：汙溽之溽當作辱，所引郭注亦與今本不同。藝文類聚水部引亦作『溽水』。」〇呂調陽：溽水，「即特穆爾圖淖爾。」〇丁謙：「溽水當即尼尼微東北郭馬爾河。」〇葉浩吾：「愚謂溽水殆今之阿特力克河，自庫善東山麓發源，西流入裏海者也。〇顧實：「北堂書鈔十六引作『濤』，形近誤字。」「滹水，當即庫拉河 Kura。」○張星烺：「滹水即西爾河（Sir Daria）。西爾二字，速讀之，音與滹字相近。」○衛挺生：「此『滹水』當即哈利滹 Hari Rud。此水起於縛喝之西南，注於其西北黑沙漠中而没。」○錢伯泉：「滹水，古名素葉水，今名楚河。滹、素葉、楚，都是同一名稱的不同漢語音譯。」○檠案：今準噶爾盆地南部水係即相當豐富，古當猶然。此滹水當今何水，尚難確定。

〔八〕顧實：「命，范本作『令』，北堂書鈔八十二引亦作『令』。然郭注訓憲爲法令，則似穆傳本不作『令』也。」

〔九〕翟云升：「注『憲』下疑脱『命』字。」

〔一〇〕陳本改「法」爲「政」，未言其據。

〔一一〕□，檀本填「收」字，未言所據。○衛挺生：「『其羽』上缺文，今按照下文文意，推補『獵鳥而取』四字。」

〔一二〕陳逢衡：「『□其羽』蓋擇其可以爲旌旄之用者。」○翟云升：「詳傳義，『乃發憲命，詔六師之人□其羽』疑當在『碩鳥解羽』之下，或在『畢至于曠原』之下。」○劉師培：此句在「碩鳥解羽」下。○檠案：此時尚未正式取羽，乃爲取羽作鋪墊也。

〔一三〕□，檀本填「林」字。

〔一四〕丁謙：「大澤者，裏海也。」○顧實：「□藪水澤，即今黑海以北；陵衍平陸，即今高加索山以北。」

○高夷吾：「水澤即黑海阿速海，大荒西經所謂大澤長山也。」

〔一五〕解，道藏、范、吴、吴鈔、李、程、邵、翁鈔本俱作「物」，范陳、陳逢衡、翟云升、盧文弨校改作「解」。○每君釋「飛鳥之所解其羽」（載文史哲一九八一年第三期）：山海經亦有此語，袁珂以爲是换舊毛生新毛，其説不確。天問：「羿焉彃日，烏焉解羽。」解羽顯然指死去。海内西經「群鳥之所生及所解」，「解」與「生」對，則解亦當釋爲死。○櫟案：每君説是。

〔一六〕陳逢衡：「曠原，山海經大荒北經謂之大澤，史記、漢書謂之翰海。」○金蓉鏡：「列子穆王游終此之海，疑此是也。」○小川琢治：「穆王之往大曠原是在沙漠之東鄰，當密機阿拉之西北端。」（其書所附地名表云：「曠原在鎮西之西北，科布多之南。」）○丁謙：「此曠野在裏海東，今俄屬雜喀斯比省地。」○沈曾植：「大曠原蓋當今裏海、鹹海間之大沙漠，迤北以至烏拉山東吉里吉斯高原。」○衛聚賢：大曠原在今新疆過和闐至疏勒。○顧實：以曠原爲上『□藪水澤、陵衍平陸』之總名，其地望「當包有今南俄大平原及歐洲大平原，俱在内也。」○張星烺：「余意此曠原即今阿拉爾海東北之吉爾吉斯曠野也。」○高夷吾：「曠原即南俄克薩部。」○顧頡剛：衆説大多過遠了。自宗周（洛陽）至陽紆（河套）三千四百里，從陽紆到曠原七千里，「算起來至多只有到新疆哈密呢！」○衛挺生：「當在今 Kizil Arvta 附近，此乃欽察草原 Kipchak Steppe 之北邊，而在黑沙漠與裏海之間也。」「每年陽曆九月、十月，爲其解羽季節。」○錢伯泉：「楚河旁有曠原，……則其地必指塔拉斯草原。」○櫟案：曠原位置，前考昆侖已明，由陽紆（今内蒙古陰山）往西略北七千里（折合今里爲四千六百至五千八百里間），則非準噶爾盆地莫屬。小川、顧頡剛先生所考近之，其他諸説皆過遠，原因中很重要的一條即是忽視了古里僅爲今里的0.7至0.8間（證在卷四）。準噶爾盆地，今其西部及中部仍多水系，降雨量豐富，爲北疆之多水緑洲地帶。自西往東，雖乾燥度漸增，然即使到古爾班通古特大沙漠，仍有相當量的降水，地下潛水仍甚豐潤，故此處沙漠懸顯水層頗高，植物生長較快，再加之有巨大積鹽，不易起沙。故雖其面積爲我國大沙漠之亞（僅次於塔里木盆地的塔克拉瑪干大沙漠），但流沙極少，與其東側的流沙地帶不同。盆地植被以半灌、小半灌木爲主，鳥獸蕃衍，正是行獵馳騁之勝地。古代自然條件無疑更佳，故可停師三月。又，考古發掘在今準噶爾盆地至原蘇聯巴爾喀什湖、喀爾齊斯河一帶出土大量先秦以來的中域遺物，更從實物上證明了早在先秦時中西交通即已到達了此間。

〔一七〕千，盧文弨改作「百」，云：「山海經別有方千里之澤，此但云『百里』。注引此作『廣原』。」

〔一八〕□，檀本填「之野」二字。○櫟案：檀填可參，但無據。

〔一九〕洪頤煊、翟云升、盧文弨、郝懿行俱改「勒」爲「勤」。洪云據御覽八百三十二引改，但翟云升又云：「以前文例之，『王』下蓋脱『吏』字。」○劉師培：「（據卷二文）『勒』乃『吏』字之誤。」○櫟案：「依卷二文則『勒』乃『吏』之誤。依御覽所引及郭注視，則又當『勤』字之誤。孰是未可終定，但似以作『勤』字更近些。」

〔二〇〕洪頤煊：「太平御覽八百三十二引作『羽陵』。上文『山陖自出』注云『陵』字。水經汝水注云：『楚武王冢，民謂之「楚王琴」，皇覽作「楚王岑」。』皆『陵』字之譌。」○檀萃：「羽陵者，羽澤中之高陵。」○陳逢衡：「琌蓋玪之譌，欽上聲，坎也。蓋曠原之卑下處。」○金蓉鏡：「延陵墓表陵作陵，此琌字形近而訛。」○丁謙：「羽琌非地名。蓋羽積如山，久遂腐而成土，人可登陟，故稱之曰羽琌。」○顧實：「琌當爲陖之形訛字。」「當在今波蘭 Poland 華沙 Warsaw 之間乎？」○常征：「史記楚世家注引皇覽曰：『楚武王冢在汝南鮦陽縣葛坡鄉城東北（今新蔡西北六十里），民謂之楚王岑。』水經注琴字即皇覽之岑字同音假借。」而岑即此琌之省。○㮚案：常征説甚是，唯其以岑爲琌之省則略有不妥。實岑爲正字，説文：「岑，山小而高。」（爾雅釋山、釋名釋山等皆同。）今西北沙漠、盆地多有這樣的小山。楚謂冢爲岑，乃因其形似而稱。琌則是岑的繁形，東周（尤其是戰國）文字恒有增加立、土、王（玉）等偏旁的習慣，所增之旁有許多並無什麼含義，琌字即當屬此。

〔二一〕□，檀本填「命」字，洪本據御覽八十五、八百三十二引刪。○陳逢衡：「此□當是日干缺字，刪之非是。」

〔二二〕陳逢衡：「翔畋蓋縱放鷹犬獵騎奔馳之謂。」○顧實：「翔畋者，猶卷四云翔行，明迅捷也。」○㮚案：説文：「翔，回飛也。」即言盤旋。是知翔畋即縱横馳騁、放意行獵也。

〔二三〕吴鈔本連下文兩「畋」字皆作「甸」，又標「畋」字於其旁。

〔二四〕□，檀本填「陵」字，陳逢衡、顧實填「上」字，衛挺生云是「下」字。

〔二五〕陳逢衡：「物即指鳥獸。」○顧實：名爲取羽，「而實則羽毛齒革咸備，不但取鳥，亦兼取獸。」○檪案：物，毛也，郭注是。又，諸本此下有「是載羽車」四字，他本皆無，恐是誤加。

〔二六〕三，原爲「九」，此同翟、吕本改爲「三」，本詩小雅無羊。

〔二七〕檀萃：「債當爲賃，謂載重而幾債車。」○洪頤煊：「王懷祖觀察廣雅疏證引作『賃車受載』，今俗語猶謂以財租物曰賃矣。」（陳逢衡、褚德彝從之。）○翟云升亦從洪校，並云：「賃，借傭也，見玉篇。」

〔二八〕翟云升：「又傳文未言羽數而注言云云，疑『百車』爲『百緷』之譌。」○洪頤煊：「廣雅疏證引『百車』作『百緷』。」○顧實：「王念孫廣雅疏證、孫詒讓周禮正義皆引作『緷』。」今據改。○陳逢衡：「太平御覽八百三十二引『自天子大饗正公』至『乃收皮效物，是載羽車』止。『是載羽車』有脱字。」○檪案：「車」字當「緷」之訛，詳參下。

〔二九〕洪頤煊：「周禮羽人職云：『十羽爲審，百羽爲摶，十摶爲縛。』爾雅釋器云：『一羽謂之箴，十羽謂之縛，百羽謂之緷。』此注郭氏本引周官，今名從爾雅，疑後人所改。」○陳逢衡：「此蓋郭氏記憶不清，未檢原本，故周官與爾雅互錯耳，非後人所改。」○顧實：「箴、審同部通用字，縛、摶同聲通用字。而『十摶爲縛』之『縛』字，當係『緷』之訛字。則郭璞所見周禮本猶不誤也。」至爾雅所云，「乃今本流傳之誤，説詳孫詒讓周禮正義。」○檪案：洪、顧説是。

己亥，天子東歸，六師□〔一〕起。庚子，至于□之山而休，以待六師之人。庚辰，天子東征。癸未，至于戊□之山，智氏之所處〔二〕。□智□〔三〕往〔四〕天子于戊□之山。勞用白驂二疋〔五〕，驂，騑馬也。野馬野牛四十、守犬七十。任守備者。乃獻食馬四百、牛羊三千。曰智氏□〔六〕。天子北遊于綸子之澤〔七〕，智氏之夫〔八〕獻酒百□〔九〕于天子。天子賜之狗𤪌采〔一〇〕、疑玉名。黃金之嬰二九、貝帶四十、朱〔一一〕丹三百裹、桂薑百□〔一二〕，乃膜拜而受。乙酉，天子南征，東還。己丑，至于獻水〔一三〕，乃遂東征。飲而行，乃遂東南。己亥，至于瓜纑之山，三周若城〔一四〕，言山周匝三重，狀如城壘。闕氏胡氏〔一五〕闕音遏。之所保。天子乃遂東征，南絕沙衍〔一六〕。沙衍，水中〔一七〕有沙者。辛丑，天子渴于沙衍〔一八〕，沙中無水泉。求飲未至。七萃之士〔一九〕高奔戎刺其左驂之頸〔二〇〕，取其清〔二一〕血以飲天子。今西方羌胡刺馬咽取血飲，渴亦愈〔二二〕。天子美之，乃賜奔戎佩玉一隻〔二三〕，奔戎再拜䭫首。古稽字。天子乃遂南征。甲辰，至于積山之邍〔二四〕，爰有蔓柏〔二五〕。曰：哥余〔二六〕之人命懷命懷，人名。獻酒于天子，天子賜之黃金之嬰、貝帶、朱丹七十裹。命懷乃膜拜而受。乙巳，□〔二七〕諸飦獻酒于天子，諸飦，亦人名，音犍牛之犍。天子賜之黃金之嬰、貝帶、朱丹七十裹。諸飦乃膜拜而受之〔二八〕。

校釋

〔一〕□，檀本填「繼」字，陳逢衡：「必是『未』字。」衛挺生填「集」字，皆未可定。

〔二〕檀萃：「智氏，國名。」○陳逢衡：「智氏，猶河宗氏，……疑如後世之部落，不必定有國也。」○呂調陽：「今奇臺縣西北浮遠城。」○劉師培：「智氏乃裏海附近國名。」○丁謙：「然行僅三日，必距曠原不遠，當即今溪西爾亞城西之山。」○顧實：「戊□之山，當即今俄國之華爾泰岡 Valdai Hills。戊與華 Val 音尚相近也。此山在斯摩稜斯克 Smolensk 及莫斯科 Moscow 之間。」「智氏不可考。」○高夷吾：「戊□之山即端揑茨山。」○衛挺生：「自高障山脈之西北『東歸』，必經由基發汗國 Khiva Khanate，即下文智氏。」「察其山今稱 Kizil Arvat，高一三五六公尺（略低於我國東岳泰山一五四五公尺），爲高障山山脈中之一山。」○樑案：穆王自曠原東歸河套陽紆之大致路線爲：自今新疆準噶爾盆地出發，經哈密、巴里坤左近，再穿越今甘肅西北端伊哈托里、馬鬃山，居延、額濟納旗一線而進入今寧夏、內蒙古北緣或蒙古人民共和國南緣；繼而便沿內蒙北緣而直至今河套陰山。此路線與王北辰古代居延道路（載歷史研究一九八〇年第三期）所提出的「居延道路」大致近同。王文云這一路線最早見於漢武帝，而由穆傳可知早在先秦時即已有之。只是由於這一路線多行於荒漠之中，今日所知地名亦已不多，古籍所載尤罕，故本傳所載地名、部落、國家也就大多難以落實。此處作一總的説明，後則不再一一説明。戊□之山，距曠原並不遠，大約在今新疆巴里坤或哈密附近。

〔三〕「智」上空方，陳逢衡疑是日干，小川琢治疑是「禺」或其他之字。「智」下空方，檀本填「氏」字，洪頤煊、翟云升亦疑是「氏」字。○櫟案：「智」上空方缺字恐較多，難以確定，而小川云疑「禺」則不妥。「智」下空方内當有「氏」字，但未能確定尚有它字否，故此不能像檀本那樣只填一「氏」字。

〔四〕翟云升：「『往』字下似有缺文。或曰『智氏往天子』云云與上『河宗伯夭逆天子燕然之山』同文，往猶逆也。」○丁謙：「往，往見也。」○小川琢治：戊□之山不明，「戊與伐，古音同一。又戊想爲伐字之譌，多數與陽紆之翏多同。翏多者，指天山之博克圖山也。若如此想像，則庚辰東征『東』乃『南』之誤字。從巴爾庫爾附近向北又西北行，歸於西南又南，再到天山之麓。居此處之智氏，其上當脱一『禺』字或其他之字，未明。」「其下想脱去人名。」○顧實：「方言云：『往，勞也。』則往亦勞也。蓋重復言之，故上文曰往，下文曰勞也。」○衛挺生：「往者，迎也。」○櫟案：往，前往迎接之意。又，往字古文作「迬」，與「逆」、「迎」形近，則此往字亦可能爲逆、迎之形訛。

〔五〕陳逢衡：「儀禮覲禮『使者降以左驂出』注：『騑馬曰驂。』又禮記曲禮注：『車有一轅四馬，中兩馬夾轅，名服馬；兩邊名騑馬，亦名驂馬。』又，本草：『馬三歲曰駣。』疋，譬吉切，音匹。案：小爾雅：『倍兩謂之疋。』二馬兩，然則四馬爲疋。二疋爲蓋八馬也。疋與乘馬同義。」○櫟案：一乘四馬，二服二騑（驂），此不當云爲八馬。

〔六〕□，檀本填「甲申」二字。○陳逢衡：「此下當有贊美之辭，如上文曰『赤烏氏，美人之地也』、『寶玉之所在也』云云，其辭脱落不可考。」○衛挺生：「此脱文當爲『尊』字。」並當連下文讀。

〔七〕豨，吳、郝本作「豨」，鄭、吕本作「⿰豸彔」，周本作「⿰豸咼」。○檀萃：「古師字。」「師子，狻猊。」○陳逢衡：「漢書西域傳條支國出師子，烏戈山離國出師子，續漢書章帝章和元年安息國獻師子，後魏書者至拔國出師子，北史伏盧尼多師子，太平寰宇記西戎天竺國出獅子，其旁有師子國，能馴養師子，故以爲名。犬抵此獸産於西方。」○吕調陽：「孚遠城東北之池也。」○劉師培：「此澤蓋今裏海，故在西王母之北。」「下文獻水又在其東。沙衍者，今裏海東之沙漠也。」○丁謙：「豨子澤在伐□山之北，當即札瑪拉湖。」○顧實：「卷一有狻猊，此不當有獅子甚明。」「蓋豨當㣇之古文，……玉篇曰：『㣇，貍子也。』借㣇爲貍，此豨子正即貍子矣。」「豨子之澤，當即華爾泰岡（亦曰華爾泰丘）北之拉獨加湖 Ladoga，或倭納加湖 Onega 也。而豨子當即貍子之古文，貍與拉獨加湖之拉音近。且接近芬蘭 Finland。芬蘭至今猶爲黄種人之住地也。」○衛挺生：狸子之澤，「乃今之鳴筎簗湖 Mingakli Lake。」○櫟案：此澤疑即今新疆巴里坤湖。

〔八〕檀萃：「『智氏之夫』猶言智氏之人也。」○翟云升：「夫，疑『人』之譌。」

〔九〕陳逢衡：「以前後文例之，空方疑是『斛』字。」

〔一〇〕檀萃：「璅，古繅字，同藻。璅采當是繸綬佩帶。狗爲就，音之混也。」○洪頤煊：「璅疑璪字之譌。古文璪、璅通用。」○陳逢衡：「狗璅采者，或是以狗之茸毛織成藻采。」○翟云升：「璅疑與下『玲瓏戾璽』之瓏是一字而小異，或有一誤也。」○小川琢治：當釋「璅」。○檪案：「狗瓏采」與卷四之「黃木⿰鼠黽銀采」、「銀木⿰豸黽采」疑爲同類物，瓏與⿰鼠黽、⿰豸黽亦當爲同字之異構。卷四又有「玲瓏」，乃玉名，郭注「音鈴瓄」，則郭璞應該是認識這個字的。如此，瓏如釋璪（璅）無論在音或義上都恐怕就不妥當了。由卷四「玲瓏」及郭注看，字應是玉名、音瓄（此字應作「質」），只是終難確定。

〔二〕朱，范、趙本作「珠」。

〔三〕□，檀本填「崀」，盧文弨校改同。郝懿行、于省吾疑「崀」字。洪頤煊、翟云升以缺文爲「崀，智氏」三字。衛挺生填「崀，智氏之夫」五字。○洪頤煊：「漢書南粤王傳『獻桂蠹一器』，疑即此類。」○陳逢衡：「桂、薑性暖，是二物。北地寒冷，故以賜之。」○顧實：「朱、丹，皆帛色。朱已見前赤烏氏等，丹則淺赤色也。」○常征：「朱丹何物，雖不甚明瞭，桂、薑一望即知是以乳肉爲食者畜牧部落亟需之調味品。」○莫任南：「肉桂西傳，兩漢文獻没有提到。但波斯稱肉桂爲 dār-čīnī 或 dār-čīn（『中國木』或『樹皮』），説明波斯人是從中國輸入肉桂的。」「過去有人提出公元前幾百年肉桂即由中國嚮西輸出的問題，因無足够證據，遭到反對。我看穆天子傳多次提到周穆王賜贈西方各部以『桂、薑』，實爲一有力的證明。『桂』字可用以指多種植物，穆傳中的『桂』是否指肉桂？這應不成問題。」「在我國古籍中，桂、薑並提或連用常見。如禮記檀弓上：「喪有疾，食肉飲酒，必有草木之滋焉，以爲薑桂之謂也。」又如呂氏春秋卷十四：『和之美者，楊樸之藬、招摇之桂。』這兩條記載明謂藬、桂爲調味的植物産品，穆傳説到的『桂、藬』自應相同。桂指肉桂可無疑義。」藬的西傳亦是我國源出，兩漢文獻亦未云及，「穆傳所説當是藬西去的最早的記載。」○㮚案：莫任南説是。桂即肉桂（Cinnamomum cassia Presl），又名箘桂（因其皮卷爲圓形似竹箘而得名）、筒桂（筒者，箘之訛），今俗稱「桂皮」。其爲樟科常緑喬木，皮味辛甘，有香氣。吕覽本味高注：「招摇，山名，在桂陽。」是當時以桂陽之桂皮爲最佳。桂、藬、椒爲先秦、兩漢之名物，在烹飪、藥物、薰香中使用極普遍，在文獻及出土實物與簡牘中習見，此皆可與莫任南先生説相參證。

〔一三〕吕調陽：獻水，「今噶順塘。」○劉師培：獻水在裏海東。○丁謙：獻水「必即謀夫城南木爾加布河。」○小川琢治：「所謂獻水，乃從博克圖山北流之濟木薩河也。」○顧實：「獻水，當即今俄國之窩爾加河 Volga，亦譯作佛兒格河。」○高夷吾：「獻水即枯班河。」○衛挺生：「獻水當即阿母河之下游河上之一地名，當即今 Bayit 地方。」○㮚案：獻水當今何水不明，約在今新疆近甘肅交界邊緣。

〔一四〕陳逢衡：「廣韻：『周，匝也。』」○吕調陽：「即巴里坤，今鎮西府。」○金蓉鏡：「管子地員篇：『土有五纑。』」○丁謙：「瓜纑山，今謀夫東庫克求别山。」○小川琢治：「此山位置，推定爲後漢之伊吾廬，即今之哈密附近。」○顧實：「瓜纑之山，當即烏拉爾山 Ural。」○衛挺生：「即今之 Agatma 盆地，山環西北東三面若城垣。」○㮚案：此山當今何山亦不明。

〔一五〕檀萃：「鬩氏、胡氏，二國名。」○陳逢衡：「此鬩氏胡氏亦猶智氏，乃其君長之姓氏，非國名也。」○翟云升：「路史七國名紀作『鬩胡氏』，當從之。」遂删上「氏」字。（顧實從之。）○顧實：以地望推之，似當爲烏拉阿爾泰語系民族。○顧頡剛：「『鬩氏胡氏』恐怕不是兩個國名而是匈奴單于后的傳訛。」○岑仲勉：「按火教經文稱『主』或『貴族』曰 ahu，正鬩胡之對音。」○衛挺生：「故『鬩氏』頗可能爲 Urgench 部落，後來譯『玉龍傑赤』，『胡氏』殆即 Khoresm 之部落，後來譯『花剌子模』或『呼羅珊』。」○錢伯泉：「山海經海内西經：『西海之内，流沙之中，有國名鏧布。』或即此胡氏。『穆天子傳所説的『鬩氏』必是新疆焉耆，其東南恰爲白龍堆大沙漠。」○欒案：檀説爲二國顯然不妥，但究竟是應如路史國名紀删一氏字作「鬩胡氏」，亦或以「鬩氏」爲匈奴單于妃，則未可確定。相比之下，似作「鬩胡氏」較好。

〔一六〕檀萃：「沙衍謂沙而平衍者耳。如水中有沙，天子曷至於濕哉？」○陳逢衡：「沙衍，衍當如墳衍之衍。」即流沙。○呂調陽：「今鎮西東西黑帳房磧也。」○劉師培：「沙衍者，今裏海東之沙漠也。」○顧實：「沙衍，當即今裏海鹹海北部之乾燥地 Arid Region。」「即今吉利吉思荒原矣。」○欒案：此沙衍當即古流沙也。今西起甘肅與内蒙古西北角、東至河套西側，南至甘肅、寧夏古長城北界，北至阿拉善高原，是一大片沙漠（最爲著名的即巴丹吉林沙漠與騰格里沙漠），間有山陵、草原與沼澤。計算里程，穆王此時當在甘肅、内蒙古的西部，亦正是流沙的西北角或稍進入一些，故穆王遇濕。

〔一七〕翟云升：「『水中』二字疑誤。」並舉前列檀萃詁郭注語爲證。

〔一八〕洪頤煊：「衍，太平御覽六百九十二引作『中』。」○陳逢衡：「太平御覽八百六十一引作『渴于中』，脱『沙』字。八百九十六引正作『沙衍』。」○顧實：（據洪校改「衍」爲「中」，又云：）「北堂書鈔百四十四引作『沙間』，間亦中矣。然御覽八百九十六又引作『沙衍』，蓋據誤本矣。」○㮚案：當作「沙衍」爲是。作「沙中」者，乃涉注文而誤。作「沙間」者，又「沙中」之誤。

〔一九〕洪本此下從太平御覽八百六十一引補一「曰」字。

〔二〇〕洪頤煊：「頸，御覽六百九十二引作『頰』。」

〔二一〕洪頤煊：「清，本作青，從太平御覽六百九十二引改。」○翟云升：「清，諸本皆譌作青，據太平御覽六百九十二、八百六十一、八百九十六、事類賦二十一改正。」（顧實從改。）○㮚案：盧文弨、褚德彝校亦俱改作「清」。此亦從改。

〔二二〕洪頤煊、陳逢衡俱校御覽八百六十一引作「取血飲之，瘉亦辱瘉也。」陳以爲當從之。○㮚案：御覽此引文格調與穆傳有異，未可遑從。

〔二三〕陳逢衡：「隻，太平御覽六百九十二、八百六十一引俱作『雙』。」此「隻」字爲『雙』字省文。○㮚案：字作「雙」是。

〔二四〕檀萃：「𨙸，古複字。亦重山也。」○陳逢衡：「此積山疑亦因小積石山得名。𨙸猶尾也。」○劉師培：「𨙸疑邊字，古文之別體。」○丁謙：「積山，原當爲今什貝爾昆城地，城南之山殆即古時積山。」○顧實：「積山之邉，當在今阿拉爾海Aral（即鹹海）中。」邉，邊古文。○小川琢治：「今考此積山與癸未所到之蘇谷（卷四首）是同一名。……恐即哈密東南約三百千米之一帶。」○于省吾：「邉疑即邊字之譌。」○衛挺生：「殆指積累富善嶺 Zerafshan Range 之西邊。積、Ze同音，且地望恰合。」○檃案：邉即邊字。此積山與文獻中之大、小積石山及本傳卷一之積山俱非一山，當今何山不明。

〔二五〕蔓，翟本作「蔓」。○檀萃：蔓柏，「木名，謂林茂密礙行道也。」○陳逢衡：「字書無蔓字，吳任臣字彙補疑即蔓字，引穆天子傳云『爰有蔓柏』。……蓋謂此柏茂密而枝長，故曰蔓柏。」（顧實從之。）○衛挺生：蔓柏，「胡秀英博士云：有兩大類形狀略同。美洲產者學名爲 Juniperus horizontalis，亞洲產者學名爲 Juniperus soquamata Lambert。其生產分佈地自雲南與華西一帶而西，昆侖、喜瑪拉雅、葱嶺皆有。……其木蔓生，枝幹匍匐地上，略成大團圓形，其圓徑一、二丈。出土上升之枝長不滿尺。」○檃案：蔓，蔓之俗字。蔓柏，疑即叉子圓柏（Sabina vulgaris），爲匍匐灌木，成片生長於固定或半固定沙地，蔓延生長，今內蒙古、寧夏、甘肅、青海、新疆等地多見。

〔二六〕𠷎，吳鈔、翁鈔本作。余，吳鈔本作「予」，趙本作「佘」。○檀萃：「古儔字。」○陳逢衡：「集韻引吕忱字林：『𠷎，力知反，南方雉名。』則與疇字有別。」又云即卷二之「𠷎□」。○吕調陽：「國名，即沙拉伯勒。」○顧實：「𠷎余之人不可考。」陳說爲卷二之「𠷎□」，大誤。○衛挺生：「後漢書西域傳『粟弋國』顯然爲『壽余』之對音。蓋土人稱其地曰 Soghd Soughd 之譯音也。魏書以後稱『粟特』，則波斯、希臘語 Sogdiana 之譯音也。地屬康居。」

〔二七〕陳逢衡：「空方疑是至于某地。」

〔二八〕洪頤煊依前後文例删「之」字，陳逢衡、顧實從之。

穆天子傳卷四

古文

庚辰，至于滔水，濁繇氏之所食〔一〕。山海經曰：「有川名曰三淖，昆吾之所食。」亦此類。辛巳，天子東征。癸未，至于蘇谷，骨飦氏〔二〕之所衣被。言谷中有艸木，皮可以爲衣被。乃遂南征東還。丙戌，至于長泆〔三〕，重𨞺氏〔四〕之西疆。疆，界也。丁亥，天子升于長泆，乃遂東征。庚寅，至于重𨞺氏黑水之阿〔五〕。爰有野麥，自然生也。爰有荅堇〔六〕，祗〔七〕謹二音〔八〕。西膜之所謂木禾〔九〕，木禾，穀〔一〇〕類也。長五尋，大五圍，見山海經云。重𨞺氏之所食。爰有采石之山〔一一〕，出文采之石也。重𨞺氏之所守。曰枝斯、璿瑰〔一二〕、璿瑰，玉名。左傳曰：「贈我以璿瑰。」旋回兩音。玫瑶〔一三〕、亦玉名。瑶音遥。琅玕〔一四〕、石似珠也。郎干〔一五〕兩音。玪𤨨〔一六〕、无瓀〔一七〕、皆玉名。字皆無聞。玪𤨨音鈐瓀。玗琪〔一八〕、玉屬也。于其二音。徽尾〔一九〕，無聞焉。凡好石之器于是出。盡出此山。

校釋

〔一〕呂調陽：滔水，「今洮賴圖河。」濁繇氏，「一作屬繇國，依濁浴之水，今和爾郭斯諸河也。」○金蓉鏡：「河圖：西南戎州曰滔土。」○丁謙：「滔水，似即漢書嫣水，今曰阿母河。濁繇氏，魚豢魏略作屬繇，今本山海經作居繇，居亦屬字傳寫之譌。……當今亞查克城等地。」○小川琢治：「玆所謂滔水者，即注入於今居延海之兆賴河（即托賴河），其流域在西部沙漠與山間之凹地帶。」○顧實：「滔水，當即今之楚河，亦曰朱河、曰吹河、曰潮河，皆譯音之異文。」「濁繇，亦作諸繇、居繇、屬繇。」見史記六國年表、山海經海内東經、三國志注引魏略。「其國既在流沙之西，與大夏相次。」「或曰：『濁古音如獨，濁繇疑即西史之土蘭 Turan，而後變爲突厥，及土耳其者也。』然未可定也。」（趙儷生從之。）○岑仲勉：「因浩罕固在錫爾河流域，擬以錫爾河於事理較順也。」○常征：滔水，「今永昌縣境之郭河。」濁繇即疇余、珠余，初居湟水下游，後稍東北遷，西周後期自河西進入隴東。其中一股融入義渠國，一股混入白狄。○衛挺生：顧實説是，地在今錫爾河中游塔什干以北、蘇聯可薩克斯坦。

〔二〕骨，馮舒、吕本作「胥」，吕云「當作『胥犴』。」○陳逢衡：「路史國名紀七『諸飦衣被胥谷』，胥谷即蘇谷也。」○翟云升：路史諸飦爲人名，與此國名骨飦不同，「疑路史誤。胥、蘇音近，或通用也。」○丁謙：蘇谷，「當在今撒馬兒罕城南山谷間基大普城地。」○顧實：「蘇谷，當即今伊錫克庫爾湖 Issik Kul。」「骨飦氏不可考，或即今浩罕 Khokand 之對音。」衣被，或與木棉有關。（岑仲勉從之。）○常征：「骨飦（讀干）與西膜，皆珠余氏鄰族。」「骨飦或堅昆，即漢書『鬲（隔）昆』，隋唐之結骨、黠戛斯、吉爾吉斯，元史之吉利吉斯。」蘇谷以産蘇而名。蘇，麻類纖維植物，或即

「胡麻」。○衛挺生：「骨飦者，浩罕也。蘇谷，回語即河谷。」○樑案：蘇谷、骨飦氏，具體難定，大致在今甘肅居延以西至多五、六日程處。

〔三〕洪頤煊：下有長沙之山，「𣵀疑沙字之譌」。○陳逢衡：「長𣵀疑是地之高阜處。……當在甘肅左近。」○吕調陽：「今果子溝。」○丁謙「長𣵀殆指撒馬兒罕東北一帶沙磧地。」○顧實：「長𣵀，當即伊錫克庫爾湖南之廓克沙勒山脈 Kok-Shal M.t.s(亦作庫庫爾特留克，亦作貢古魯特)。清一統志作喀克沙勒山是也。在今新疆西北境與俄國分界處。」○樑案：字彙收有𣵀字，訓「山也」，蓋據此文而省録。長𣵀非下文長沙之山甚明，其地更近居延，具體未可確指。

〔四〕陳逢衡：「重䣝，亦姓氏。」○吕調陽：「今安阜城。」○丁謙：「重䣝氏邦當在今俄屬塔什干、費爾干等省地。」○顧實：「重䣝氏以寶石之名爲國名也。」○樑案：䣝，當以讀音近雍。

〔五〕陳逢衡：「長肱在黑水之西，此或在黑水之東。」○丁謙：「黑水即支納司河，其上游名喀喇庫里札河。喀喇譯言黑，故稱黑水。」○顧實：「重䣝氏黑水之阿，當在今新疆烏什之南，即葉爾羌河北流，合喀什噶爾河之處。」○顧頡剛：此黑水即前黑水也。重䣝氏「和前赤烏氏是同一流域而南北分居的。」○趙儷生：「從總體上看起來，這一地區很像蘇聯的費爾干省。」黑水「很像是錫爾河上游的納林河。這地區就是唐朝所謂的鈸汗那，漢朝所謂的大宛。」○樑案：顧頡剛説是。重䣝所在更北，大致已在居延澤近處。

〔六〕檀萃：「苔，竹箇也。堇，茎也。草木之枝幹也。」○陳逢衡：「野麥，今謂之燕麥。」「苔，説文云：

『小尗也。』案：尗與菽通，則荅菫蓋野豆之屬。以其長大故謂之木禾。菫，菜也，無有訓莖者。」○孫詒讓：「荅，疑當作『苔』。……集韻六脂『陳尼切』紐有『菭』字，『苔』與『菭』字同。」○顧實：「翟、孫説俱未諦也。」從合、臺二字互混，本傳假荅爲疊。古時菫、堇二字通用。「荅菫者，夏小正曰『榮菫』，詩大雅緜篇曰『菫荼如飴』。荅蓋借爲疊，如史記貨殖傳之荅布，訓麤厚之布也。是荅菫即麤大之菫也。」○衛挺生：「荅，説文：『小尗也。』菫，苦菫。蓋木本而産小豆角，回人呼之曰『水禾』也。菲律賓産木芸豆，其類也。村越三千男原色植物圖鑑卷六豆科有『木豆』，學名 Cajanus indicus Spreng，産豆似大豆，可炊煮食用，産印度與天山區。」

〔七〕翟云升：「祇，一作衹。荅無祇、衹之音，蓋皆誤也。」○盧文弨：「菫音祇謹耳，疑後人妄改之。」（郝懿行校同。）○孫詒讓：「注當作『音坻』。」

〔八〕二，范、何、周、翟本作「兩」。

〔九〕陳逢衡：「此木禾專指荅菫。」郭注未可據。「蓋穆傳之木禾是野豆之屬，是穀類可食。」而山經之木禾爲木類，不可食。○呂調陽：「今土人名阿爾達摩多。」○顧實：「或曰木禾即木稷也。廣雅曰：『菫，藋也。』藋粱，木稷也。』此荅菫爲木禾即木稷之證，今之高粱也。」○樑案：荅菫有二説：一指菫類植物，荅表明某品種，只是具體未明。顧實説爲「麤大之菫」，可參。二指木稷，即高粱。王念孫廣雅疏證：「今之高粱，古之稷也。秦漢以來，誤以粱爲稷，而高粱遂別名木稷矣。」古籍又名蜀黍（蜀秫）、蘆穄、蘆粟、荻粱、秫秫、茭子等。我國古代有無高粱曾有爭議，而一九三一年以來，特別是一九四九年以來，在我國北方與西北諸多地區直至江蘇都在考古中發現有高粱實物出土，其中最早的距今已有五千年左右，可證明我國古代確有高粱。但此荅堇究爲何物，則尚難確定。

〔一〇〕穀，洪頤煊據山海經海内西經注引改，陳逢衡、顧實從之。○檪案：范本等郭注以粟釋禾，乃據通説（前已言明，粟、禾乃一物之異名）。洪改粟爲穀，亦未見得妥貼。

〔一一〕陳逢衡：西山經騩山多采石，郭注：「采石，石有采色者。今雌黄、空青、緑碧之屬。」水經河水注有畫石山，一名省嵬山。「在今甘肅寧夏府寶豐縣。」○呂調陽：「在哈什河源之阿爾癸圖山。」○丁謙：「采石之山當在河北。然是地今不聞産美石，或採取已竭耶？（按：馬哥遊記言巴達克商産紅寶石，其地當在重巒氏境内，所云采石之山或即指此。）」○顧實：「采石之山當即赤沙山。在今新疆阿克蘇北。」即一統志之哈喇裕勒袞山也。○衛挺生：當即北山經之帶山，「其上多玉，其下多青碧。」

〔一二〕陳逢衡：「説文：『璿，美玉也。从王睿聲。』瑰，玫瑰，亦見説文。枝斯，珊瑚之類，説見前。」○顧實：「穆傳采石凡八種：一曰枝斯」，説前疏已云。「二曰璿瑰，左氏傳言瓊弁，説文引作璿弁，則璿瑰即瓊瑰也。詩秦風渭陽篇曰『瓊瑰玉珮』，毛傳云：『瓊瑰，石之次玉者。』則不以爲即玫瑰而訓火齊也。三曰㻫瑶，詩衛風木瓜篇有瓊瑶，而㻫瑶則不可知矣。四曰琅玕，尚書禹貢、爾雅釋地皆載雍州之璆琳琅玕，而海内西經又言昆侖有琅玕樹，殆似珊瑚樹之類。漢後釋琅玗者，或曰即青珠，或曰即石珠。」「五曰玲瓏，六曰旡瓚，據洪、翟、郝三家校語，則文字且有錯誤，愈不可知矣。七曰玗琪，海内西經言：『開明北有玗琪樹』，亦似珊瑚樹之類。而爾雅釋地、淮南子地形篇又皆載有『醫無閭之珣玗琪焉。』玗琪當即珣玗琪之略。則不獨西方産此物矣。且琪、璂古字通，璂以飾弁，豈爲弁飾之用耶？八曰璥尾，此與五六兩物，皆無法以知之。郭注亦稱無聞焉。」○衛挺生：「章鴻釗石雅以枝斯爲瑟瑟，即藍寶石。以璿瑰爲瑪瑙，爲赤寶石。琅玕，爲緑松石珠。玫瑶，爲碧玉。玗琪，爲赤石，亦稱『錦州石』。」○樑案：枝斯，説見前。璿瑰，與卷一「璿珠」或即一物。

〔一三〕檀萃：「瑶，玉之美者也。」○陳逢衡：「徐應秋玉芝堂談薈引作『古瓊』，非是。玫，集韻音没。説文本作玫，王屬。書禹貢『瑶琨』傳『瑶琨皆美玉。』疏王肅云：『瑶琨，美石次玉者。』」○盧文弨：「説文繫傳引作琛。」

〔一四〕陳逢衡：「書禹貢『璆琳琅玕』，鄭注：『琅玕，珠也。』説文：『琅玕，似珠者。』」○吕調陽：「瑪瑙也。」

〔一五〕郎干，道藏、吴本作「琅干」，范、范陳、趙、周本作「琅玗」，程、邵、何、汪、褚、郝本作「琅玕」，唐、吕本作「良干」。翟云升據爾雅釋地改同洪本。○樑案：注之「琅」字不確，但此類現象頗多。

〔一六〕洪頤煊：「玲，本作『玲』。案：玉篇云：『采石山有玲玗琪。』與郭音鈴合，今改正。」○樑案：此從洪本。

〔一七〕檀萃：「説文曰：『玲塾，石之次玉者，音玲勒。』瑻，今作璅，説文曰：『石之次玉者，音藻。』注以玲瑻音鈴瓆，瑻當是璅字也。旡，古天字。……瓆近智，周書世俘解注：『天智，玉之上天美者也。』」○陳逢衡：「尚書『璆琳』，鄭本作『璆玲』，注：『璆，美玉。玲，美石。』」玲，「疑『玞』字，廣韻：美石次玉。同砆。」檀、洪説非。○翟云升：「玉篇玉部：『瑊，古咸切。』玲同瑊。」○郝懿行：「旡疑古天字。瓆疑瑹字之或體。」○櫟案：上字顯非天字，下字疑爲寶之異構。

〔一八〕陳逢衡：「書顧命『夷玉』鄭注：『東北之珣玗琪也。』爾雅『東北之美者』有醫無閭之珣玗琪焉。琪同瑅。説文：『玗，石之似玉者。』」○翟云升：「玉篇玗作玗者，譌也。」櫟案：玗，金文或作玗，所增「○」疑即此玉之形。

〔一九〕檀萃：「⿲彳录攵，中從录，古稑字，通綠，亦從之。古有結綠，今之翡翠玉也。」○陳逢衡：「潛確類書服御七引『⿲彳录攵尾』，⿲彳录攵字注云：『徽同』，非是。」「談薈二十六作『⿲彳录攵尾』。」○呂調陽：「虎魄也。」○小川琢治：⿲彳录攵爲琭。○于省吾：「⿲彳录攵當即『琭』之古文。」

孟秋癸巳，天子命重䣙氏共食天子之屬。音恭〔一〕。言不及六師也。五日丁酉，天子升于采石之山，於是取采石焉。天子使重䣙之民鑄以成器于黑水之上〔二〕，今外國人所鑄作器者，亦皆石類也。器服物佩好無疆。曰天子一月休。秋癸亥〔三〕，天子觴重䣙之人⿰骨录鼃，乃賜之黃金之嬰二九、銀烏〔四〕一隻〔五〕、貝帶五十、朱〔六〕七百裹、筩箭〔七〕、桂薑百峀〔八〕、絲綣〔九〕、雕官。髞巤乃膜拜而受。乙丑，天子東征，髞巤送天子至于長沙之山〔一〇〕。□隻〔一一〕，天子使柏夭受之。柏夭曰：「重𨝌氏之先，三苗氏之□處〔一二〕。」以黃木[illegible]〔一三〕銀采□〔一四〕乃膜拜而受。三苗，舜所竄於三危山者。

校釋

〔一〕翟云升：「『音』上當有『共』字。」〇恭，本作「共」，盧文弨：「疑音供。」洪、翟、陳、顧實等本俱改作「供」。〇郝懿行：「郭注『音共』之『共』當作『恭』，經典盡然。」〇檗案：共，甲、金文皆爲雙手奉物之形，乃「供」之本字，「供」則後起專字。但此作「共」則顯然不妥，作「供」又無據，余從吴鈔本作「恭」。

〔二〕檀萃：「今水晶、琥珀之類，多有燒石而成者矣。」〇洪頤煊：「上，太平御覽五十一引作『山』。道藏本作『黑山之上』。史記司馬相如列傳索隱引河圖云：『流州多積石，名琨珸石，鍊之成鐵以作劍，光明如水精。』即此類。」〇陳逢衡：「鑄猶琢磨也。」〇盧文弨：「如今玻璃、法瑯之類。」〇郝懿行：「鑄石成器，如今琉璃之類。」參太平御覽八百八十卷引魏書、引南州異物志。〇顧實：「書鈔一百六十引有『天子於是取好石彩具成』句，文殊不類。」郝說可參。又據萬國通史等知，古玻璃非如後世之純淨透明，而是五色，故亦謂之采石。「曩讀日、英兩國人著書，有謂玻璃爲支那人發明者，殆即據此穆傳而爲言歟？黑水之上，即塔利木河之北岸。」〇顧頡剛：此即是「燒料的琉璃了。」〇衛挺生：「詢之哈佛大學礦學專家Dr. Hurlbut云：各色次玉寶石，可以切磋琢磨，獨不可以冶鑄，因冶鑄即失去其美觀也。故此『鑄』字當是『錭』字之訛，『錭』乃『彫』、『雕』之古文，其字形與『鑄』字之古文形近似。」○檃案：盧文弨、顧實等疑所鑄即玻璃，甚是。只是當時無實證而僅是推測，且先秦時有玻璃更是前所未知。近年來，在陝西、河南、山東、湖南等地出土了大量的自西周至戰國時期的原始玻璃制品，以圓珠、管珠爲主。這顯然都是裝飾品，與本傳所載「服物佩好」亦正相合。這些玻璃制品經科學測定，可以確定與後來西方傳入的玻璃（因含鈉鹽成分較高而通稱「鈉玻璃」）不同，而是我國早期所獨有的（因含鉛鹽、鋇鹽成分較高而稱「鉛鋇玻璃」或「鉛玻璃」）。因含雜質較多，這些原始玻璃呈緑、黄、紫等半透明彩色，且易風化。這些地下出土的原始玻璃實物，是本傳「鑄石成器」的最佳注釋；而本傳的記載，又是先秦時期有關原始玻璃唯一的文獻證據。

〔三〕檀萃：「『休秋』猶休夏，西域之俗也。初秋暑熱，故休。」○陳逢衡：「周之秋，夏之夏也。於時爲五月，所謂休秋，蓋休息於此以待秋也。」○翟云升：「秋」上「疑脱『于采石之山』五字及『仲』字。」○丁謙、顧實俱疑「秋」上當脱「仲」字。

〔四〕檀萃：「銀烏猶銅烏，所以相風。」○陳逢衡：「銀烏疑酒器。」○顧實：「烏，范本作『鳥』，北堂書鈔引作『馬』。」○檃案：銀烏者，疑爲銀制鳥形酒器。

〔五〕陳逢衡：「隻即雙字。」

〔六〕洪頤煊：「朱，汪氏本作『珠』。」○陳逢衡：「『珠』字誤。」○樑案：范、趙、周、褚、郝本作「珠」。

〔七〕檀萃：「筒，古筍字。箭，箭萌，亦筍也。」○洪頤煊：「震煊云：『筒當作笛。古文攸通作卣，作竹下卣者，因作竹下攸耳。筱，箭類也。』」○樑案：由所賜物品看，箭釋爲箭竹可取。箭竹(Sinarundinaria nitida)又名箘、箘簬、篃簬，屬温性竹，山地林組，廣群芳譜引戴凱之竹譜云：「箭竹，高者不過一丈，節間三尺，堅勁，中爲矢，江南諸山皆有之，會稽所生最精好。」今南方諸省及四川、陝西、甘肅、西藏等省區皆産，古時分佈面更廣。筒當笛之訛，笛讀筱。説文：「筱，箭屬，小竹也。」亦名篠。

〔八〕小川琢治：筒爲「笥」、「掊」(即把)。○樑案：于省吾釋峝爲矞，爲𤔲字省文，甚是。然云「百𤔲猶言百枚」則未確。桂皮易碎，如何以枚計之？且百枚桂薑亦太少了些。筒字在此當進而讀爲「笥」。説文：「笥，飯及衣之器也。」書説命中「惟衣裳在笥」，儀禮大射禮「小射正奉決拾以笥」、「小射正以笥受決拾」。又，戰國秦漢墓葬與簡書遺册中多見，如馬王堆一號漢墓三十號簡「魚膚一笥」，長沙砂子塘漢墓泥封木匣上書「栗一笥」等等，皆是。禮記曲禮上鄭注云：「方曰笥。」核之出土實物，笥正是方形竹筐。馬王堆一號、三號墓所出竹笥中，盛有各種食物、藥物、絲織品、香料等。尤其引人注目者，正有桂、薑在其中。凡此皆可證明此讀「笥」不誤。

〔九〕檀萃：「絻音縚，今之絲縚流蘇也。」○陳逢衡：「絲絻疑亦樂器有絃。」○小川琢治：絻，旒字。○樑案：絻，疑讀爲繅(璪)。周禮夏官弁師注：「繅，雜文之名也，合五采絲爲之繩，垂於延之前後各十二。」字下所從儿蓋即垂流之形。

〔一〇〕檀萃、洪頤煊、高夷吾俱云即西山經之長沙之山，泚水所出。○呂調陽：「在安阜縣東。」○丁謙：「此山當即特穆爾圖泊北崆郭阿拉陶山。」山經之泚水，「蓋今庫圖爾河，發源阿拉陶山陰，北入巴爾哈什湖。」○顧實：「長沙之山當即今之沙山，在新疆哈喇沙爾之南。哈喇沙爾即焉耆。蓋以其山東西相屬而繇長，故古亦謂之長沙之山也。」○衛挺生：「長沙之山當即巴爾庫山之南麓，砂石嶙峋，長數百里。其山嶺東頭盡處迤南，即今哈密縣城所在。」○檗桼：西山經「長沙之山」，郝懿行箋疏亦云與穆傳此山相同。可參。

〔一一〕□，檀本填「獻玉百」三字。○小川琢治：「想爲出迎人所獻品名、數量之脱簡。由『隻』字而推，當是玉石之類。」○顧實：「『隻』上缺文甚多，當係所獻牛羊之類。」

〔一二〕□，檀本填「後」字，陳逢衡云爲「所」字，小川琢治以爲「後」或「裔」字，趙儷生云：「很可能是『裔』或是同義字。」顧實：「缺文亦甚多」，檀本填「後」字恐誤。○陳逢衡：「處猶守，守猶保也。」小川琢治：「此處出迎者，爲重雍氏之一族。」畢沅山海經注考三危有三説：（一）在今甘肅肅州北塞外。（二）在今秦州西。（三）在今四川省。三苗與禺知、禺氏、月氏始同一民族，並與于闐相關，俱音可通。○顧實：「苗民在今塔里木河、羅布泊之北，即重𨛫氏之所居者甚明也。」○趙儷生：此間又是塞種的居地，正反映了Saka人與中原華夏人又衝突又融合歷程中的截面。○錢伯泉：此與山經正合。黑水即敦煌之黨水。泑澤，即敦煌北之黑海子，爲疏勒河瀦成。「所以，重邋氏的國境，無疑在敦煌一帶。」〇檪案：此處雖有缺文，但大意可明，乃言重邋氏之先出於三苗氏。三苗竄於三危，古之一則傳説。三危之地，古多以爲在西北，而今人則漸趨於南方（如湖南、雲南等）。而穆傳所載，則與古説在甘肅相合。

〔一三〕檀萃：「黄木⿰足黽銀采，⿰足黽仍爲璅，同藻。」「『黄木銀』者，黄爲黄色，木爲青色，銀爲白色，蓋三采也。」〇陳逢衡：「『黄木⿰足黽銀采』上疑脱『賜』字。」此「猶後文賜𦈡奴之『銀木⿰豕黽采』也。『黄木』當是『黄金』之譌。蓋『黄金⿰足黽』一物，而『銀采』又一物也。」〇翟云升：「『以』字上、『黄』字下，似皆有缺文。『木⿰足黽銀采』疑與下『銀木⿰豕黽采』同文，二處有一顛倒錯誤者。」〇顧實：「木，范本作『水』，誤。」〇檪案：黄木⿰足黽銀采」與卷三之「狗⿰王黽采」及下文之「銀木⿰足黽采」當同類物，異體未明。

〔一四〕□，陳逢衡、翟云升云爲「⿰骨彔⿱分黽」二字。

丙寅，天子東征南還。己巳，至于文山〔一〕，西膜之所謂□〔二〕。觴天子于文山。西膜之人乃獻食馬三百、牛羊二千、穄米千車。天子使畢矩受之〔三〕。曰□〔四〕天子三日遊于文山，於是取采石〔五〕。以有采石，故號文山。壬寅〔六〕，天子飲于文山之下。文山之人歸遺歸遺，名也。乃獻良馬十駟、四馬爲駟。用牛三百、守狗九十、牥牛二百以行流沙〔七〕。此牛能行流沙中如橐駝〔八〕。天子〔九〕之豪馬、豪牛、豪，猶髦也。山海經云：「髦馬如馬，足四節，皆有毛。」尨狗〔一〇〕、尨，尨茸，謂猛狗。或曰尨亦狗名。豪羊，似髦牛。以三十祭文山。又賜之黄金之嬰二九、貝帶三十、朱三百裹、桂薑百峀。歸遺乃膜拜而受。癸酉，天子命駕八駿之乘：右服菡騮〔一二〕疑華騮字〔一三〕。而左緑耳，右驂赤蘢古驥字。而左白俄〔一三〕。古義字。天子主車，造父爲御，𦈢𦈢〔一四〕爲右。次車之乘，次車，副車。右服渠黃〔一五〕而左踰輪，右驂〔一六〕盜驪而左山子。柏夭主車，參百爲御，奔戎爲右〔一七〕。

校釋

〔一〕陳逢衡：中山經文山郝懿行疏云：「蓋即岷山也，史記又作汶山。」並引此文。「衡案：汶山，岷江所出，在今西徼外，若果即係此山，景純何不注？」「蓋另一文山。」○呂調陽：「慶綏城南之㞐林哈必爾噶山也。」○丁謙：「文山者，今木素爾嶺也。」○顧實：「文山當即今哈密之俱密山，而其連麓尚有星星峽也。亦作猩猩峽。」○櫟案：此文山絶對不是岷山，地約在今甘、寧北部，具體難定。

〔二〕丁謙：「西膜即塞種。」○顧實：「西膜，亦即今之哈密。……則西膜當以在沙漠之西而得名也。」○岑仲勉：「提到西膜語言的地方，都屬於今新疆範圍内漢書西域傳之南道，而特提『西膜之人』只有一處，可見文山是彼時西膜的住地。」○衛挺生：「自甘肅以西直至大夏邊境及裏海、鹹海，其居民之語言皆用西膜語，其禮俗皆用『膜拜』，蓋皆今世所謂回語回俗也，語言學家所謂突厥語系也。」○櫟案：西膜之義，卷二已釋。其「西」字乃對中域而言，而非如顧實所説是

「在沙漠之西」也。

〔三〕陳逢衡：「畢矩，畢公高之後。」

〔四〕陳逢衡：「上下兩空方，脱語甚多。」○顧實：「缺文之空圍，以前文之『曰天子一月休』句爲比證，則空圍不當有，而宜删矣。」

〔五〕顧實：「采石，當兼有天然之石質及人造之玻璃。」○顧頡剛：采石，「這是天然的顏料。」

〔六〕壬寅，檀萃：「當作『壬申』。」（陳逢衡、顧實從之。）

〔七〕洪删「以行流沙」四字，云：「『以行流沙』四字當是注文傳寫之譌，今删。（陳逢衡從之。）」○顧實：洪説非也。「流沙，即今哈密東南之大沙海。」○錢伯泉：流沙，「當是今甘肅北部的巴丹吉林沙漠。」○樑案：此「流沙」乃一般名辭，非指某地。

〔八〕洪頤煊：「太平御覽八百九十九引此注在上文鄄韓之人所獻『牥牛』下。」

〔九〕陳逢衡、顧實俱據下文有「又賜之」而云：「『天子』下當脱『賜』字。」

〔一〇〕檀萃：「豪牛即旄牛也，爾雅謂之犪牛。」「今西蕃之狗大而多茸毛。」○洪頤煊：「尨，道藏本作『龍』，尨、龍古通用。」○陳逢衡：「以上下文馬、牛、羊例之，則此狗蓋長毛犬也，今謂之獅子狗。」○顧實：「程本如是，范本、邵本、道藏本俱作『龍』，注同。」「曰豪曰尨，皆以多毛而得名。」○樑案：説文：「尨，犬之多毛者。」並引詩召南野有死麕「無使尨也吠」。一切經音義六十三引説文云：「尨，犬之多毛雜色不純者。」可知尨、龍本非一字，後世方有混用者。

〔一一〕洪頤煊：「臧鏞堂云：『郭引「右服盜驪」以證爾雅之「小領盜驪」，且自解云：「盜驪，千里馬。」然則穆傳注必作「疑盜驪字」矣。邢叔明所引山海經正與雅注合。今本作「華騮」，與御覽所引同。此後人竄改之本，非郭注原書也。正文作「騮」，更非。』」○顧實：「爾雅郭注、邢疏俱因下文盜驪而誤引也。不然，則八駿之中將有兩盜驪而爲九駿，必不可通矣。」○檠案：此八駿及御、右者名多出異字，而列子、博物志等異字更多，此皆相傳所致歧異也。由前「義」字此作「儀」字視，則其他異字亦當有假借字在。

〔一二〕翟云升：「『疑』字當作『即』。」○郝懿行：華，「道藏本作『驊』。」○檠案：范、吳、范陳、李、楊鈔、趙、邵、唐、檀本亦作「驊」。

〔一三〕洪頤煊：「列子周穆王篇作『白㵒』，太平御覽八百九十六引云『右服驊騮而左綠耳，右驂赤驥而左白義。』唐宋類書引此書，凡遇古文皆從注中今字。」○孫詒讓列子張注：『㵒』下云：『古義世德堂本作『犧』字……』釋文『白㵒』作『白犧』。」

〔一四〕檀萃：「列子作『𠫤𡆪爲右』，則𠫤同𠫤，音齊。𡆪同𡆪，音丙。」○陳逢衡：「字彙補云：『𠫤，通奈切，音泰，人名。𡆪，補皿切，音丙。』」淮南原道訓、覽冥訓作『大丙』，范據雲溪友議載王起云：周穆王有𠫤『𡆪』，但誤爲飛兔騕褭之屬。○孫詒讓：「𡆪，釋文引石經作𡆪……」以意推之，石經古文疑作𡆪，蓋重累丙字之形。隸寫貿亂，變上丙爲凧，下丙爲口，遂不可辨識。穆傳作𠫤𡆪，亦傳寫之訛。」○黄以周：「𠫤下當從夳，古文泰字；𡆪下當從囧。書伯囧字囧、丙音近，故亦謂之泰丙。」

〔一五〕洪頤煊：「黄，太平御覽八百九十六引作『胥』。」○陳逢衡：「『胥』字誤，鮑刻本正作『黄』字。」

〔一六〕洪頤煊：「『驂』字本脱，從太平御覽八百九十六引補。列子周穆王篇亦有『驂』字。」（翟云升、盧文弨、郝懿行校同，翟本亦補。）○樑案：洪校可從。

〔一七〕小川琢治：「參百，文選七發（卷三十四）形容廣陵曲江波濤之壯觀作『太白』，李善注：『淮南子原道訓云：「昔馮遲、太白之御……」』高誘注本『太白』作『太丙』，莊逵吉以爲丙、白二字相近，王念孫以爲聲轉。今按白字是百字之誤，由參經泰而轉訛者，參百想爲最古。雖然，參恐亦自齊而訛，周禮夏官大司馬（下）太僕之外，有齊右、齊僕。由御者官名而推，當冠以齊。若百爲丙之訛，則齊丙爲最近於真之想像。」○顧實：「奔戎，高奔戎也。本爲七萃之士，蓋擢升車右也。」○樑案：小川説誤。以上考釋八駿之名、人名者，大多難以據信，只是彼一説而已。

天子乃遂東南翔行，馳驅千里，一舉轡千里，行如飛翔。至于巨蒐氏〔一〕。巨蒐之人𡙇奴〔二〕乃獻白鵠〔三〕之血，以飲天子。所以飲血〔四〕，益人炁力。因具牛羊〔五〕之湩，湩，乳也。今江南人亦呼乳爲湩。音寒凍反〔六〕。以洗天子之足令肌膚滑。及二乘之人〔七〕。謂主天子車及副車者也。甲戌，巨蒐之𡙇奴觴天子于焚留之山〔八〕，乃獻馬〔九〕三百、牛羊五千、秋麥千車、秋麥，禾也。膜稷三十車〔一〇〕，稷，粟也。膜，未聞。天子使柏夭受之。好獻枝斯之英〔一一〕四十、精者爲英。僮䍺㚟𨞲珌佩百隻〔一二〕、琅玕四十、〓〓十篋〔一三〕，疑此紵葛之屬。天子使造父受之。□乃賜之銀木䩨采、黃金之嬰二九、貝帶四十、朱三百裹、桂薑百𥫗。𡚒奴乃膜拜而受。

校釋

〔一一〕檀萃：「巨即渠，蒐即搜，國名。」○洪頤煊：「『巨蒐氏』三字本脱，從太平御覽三百七十二、八百九十六引補。史記匈奴列傳索隱引『巨菟』，誤。」○陳逢衡：「渠搜屬禹貢雍州，漢朔方郡渠搜縣故朔方城東即禹貢渠搜戎地。」太平寰宇記、隋西域志云在葱嶺西五百里，與此顯然不合。○呂調陽：「同渠搜，今烏魯木齊。」○丁謙：「蓋由文山東行，踰那喇特嶺，順裕勒都斯河東南至焉耆府地，當即巨蒐國所在。巨蒐古作渠搜，禹時與昆侖、析枝同貢織皮。」○沈曾植：「巨蒐即禹貢渠搜，已涉河首之南、梁州之北，今青海、西藏交界之番地。」○小川琢治：「巨蒐即漢志朔方郡之渠搜縣（注中都郡尉治），王會篇作『渠叟』，占河北之南之鄂爾斯地方。」「今追蹟穆王之行路，實在賀蘭山脈之西，漢代朔方郡之鄉土。」○顧實：「巨蒐氏當在今土謝圖汗南端，與喀爾喀右翼旗及烏喇特旗接界處。」○張星烺：「渠搜在今俄領費爾加拿省。渠搜即漢代大宛、隋之鏺汗、唐之拔汗那。」○高夷吾：「『東南翔行』，即經疏勒、温肅、庫車、焉耆、吐蕃、鎮西等府廳，札薩克圖汗、三音諾顔謝圖汗、茂明安諸部。」「巨蒐即禹貢渠搜、隋志所謂鏺汗，東去疏勒千里。唐書居西鞬城，在真珠河北，今撒露臺耶州境。」○岑仲勉：「下文『乙亥，南征陽紆之東尾』，陽紆依傳一考，地在居延海附近，則此之巨蒐應在今肅州迤西至鄯善一帶。」○趙儷生：「巨蒐即渠搜，方位一説在費爾干，一説在河套。此离陽紆僅一天之程，則後者爲是。漢志朔方郡就有渠搜縣。○常征：「穆天子巨蒐即禹貢渠搜，魏略之堅沙，史記、漢書之曲射（射讀石）、車師、姑師（姑讀居）。鄂爾渾河發現之突厥可汗碑又稱之曰欽察。其族初居在河西走廊之皋蘭山一帶，周穆王見之於此。戰國時受逐於烏孫王國，遷去河套，又遷蒙古高原。秦漢之際臣服於匈奴後，移居天山東部、今吐魯番一帶。」○衛挺生：巨蒐，「約當在今沙井子驛站地方。」○錢伯泉：據逸周書王會解、水經河水注，「可知上古的渠搜在周國的北方，今河套内外。後來大部分西遷到葱嶺以西，小部留在故地，所以漢、唐各代在朔方郡設有渠搜縣。」○樑案：諸説巨蒐爲古渠搜，可信，此是穆傳中能够與其他古文獻相印證的爲數寥寥中的一個。其地距陽紆之東尾僅一日程，可知其必在今陰山東麓之北至多百里左右處。其他諸説皆不合。

〔二〕檀萃：「説文：『叒，讀若弱。』……阁者，主若水之義。不流爲奴，故曰⿰叒阁奴，當音弱。」○洪頤煊：「錢詹事云：『⿰叒阁疑即若字。古文若作，説文叒即若「木」字。』」○陳逢衡：「太平御覽八百九十六引無『⿰叒阁奴』二字，下即接『用具牛馬之湩』二句。又九百十六引亦無。」○顧實：字從阁，終不可曉。

〔三〕洪頤煊：「鵠，太平御覽三百七十二、九百十九、事類賦注十八俱引作『鶴』。鶴、鵠古通用。」○陳逢衡：「御覽九百十六引作『白鶴』，九百十九無此條。」○翟云升校同上，又云：「北堂書鈔

『鵠』亦作『鶴』。」

〔四〕洪本改「所以飲血」爲「飲血，所以……」（顧實從之。）

〔五〕「因具牛羊」，褚德彝改作「用具牛馬」。（據御覽八百九十六。）〇郝懿行：「太平御覽三百七十二卷引此文作『且具牛馬之湩』，廣韻亦作『牛馬』。」〇顧實從郝校改作「且具牛馬」。

〔六〕檀萃：「三蒼：『湩，乳也。』」〇陳逢衡、翟云升俱改「音寒凍反」爲「音寒凍之凍」。翟云升：「事類賦二十一從省作『音凍』，太平御覽八百九十六作『音東』，則『凍』之譌也。」〇郝懿行：「李善注孫楚爲石仲容與孫皓書引郭注作『湩，乳汁也，竹用切。』此注『寒凍反』，『寒』字誤也。」〇顧實：「李善所見本又不同矣。」〇常征：「左傳言楚令尹子文生而棄於野，母虎乳之得不死。楚人謂虎曰『於兔』（烏杜），謂乳曰『鬬穀』（鬬構），故名子文曰『鬬穀於烏』（乳虎）。」「『湩』字讀如『動』，即『鬬穀』急讀之音，是『湩』亦即是『乳』。」〇欒案：説文、廣韻、集韻等俱訓湩爲乳汁，是湩本南方方言，後則普及，常征説已明。

〔七〕洪頤煊：「列子周穆王篇自『天子命駕八駿之乘』以下至此俱同，惟下云『已飲而行，遂宿于昆侖之阿、赤水之陽，别日升昆侖之丘以觀黄帝之宫』，與今次爲少異耳。」

〔八〕吕調陽：焚留之山，「今惠來堡東之布克達山。」〇小川琢治：此大體在洋水下游，在爾雅釋地之九府，即「東方之美者，有醫無閭之珣玗琪焉」之無閭，地理志屬遼東郡，「迫近於武威郡之武威（在今鎮蕃縣之塞外），亦與今之不拉山山脈相當，已無疑義。」〇顧實：「焚留之山當即在土謝圖汗南端、烏爾圖古勒湖東南之小山。」亦疑即土謝圖汗左翼中旗北之轟郭爾山。即黃帝合符之釜山。○衛挺生：「所謂焚留之山當即今馬鬃山也。」○欒案：諸説似皆過遠些。此次日即至陽紆之東尾，九日（癸丑）又至滲澤（即卷一之「滲澤」），則此山及下瓔胥之谷、𤣩璃等皆當在今内蒙古烏拉特中後聯合旗至烏拉特前旗一帶。（編者案：此處欒計算日期似有誤。）

〔九〕顧實：「『馬』上當脱『食』字。」「黃校朱筆添『食』字，不知據何本？」○欒案：顧校是。

〔一〇〕檀萃：「其地苦寒，麥至秋始熟，故謂之秋麥。」「膜同漠，言沙漠之粟。」○陳逢衡：「即今之大、小麥也。周正五月爲秋，正割麥之時，故謂之秋麥。月令『麥秋至』，初學記三引蔡邕章句曰：『百穀各以其初生爲春，熟爲秋，故麥以孟夏爲秋。』」「膜稷蓋未去膚殼者。或曰：膜，大也，與下『膜堇』同義。」○郝懿行：「麥有春種者，食之不益人。秋種者良，故以著名。」○欒案：膜稷即西膜之稷，其與中原之稷可能有品種上的差異，亦可能僅作爲供食之用。秋麥者，秋種之麥，月令甚明。

〔一一〕洪頤煊、翟云升、盧文弨俱从注文改「石」作「英」，顧實從洪本。翟云升校並云：注文起首疑脱「玉之」二字。○欒案：由注文視，「石」當作「英」。

〔一二〕陳逢衡：「隻即雙之省文。」

〔一三〕檀萃：枝斯，「即玉榮。」「偅𦋐、𤰈𦉼，皆玉器。𤰈同彙。𦉼，言其壅形如蝟隱文針起如磔也。𦋐，玉巵匜也，音貽。偅，古僮字。偅𦋐者，僮僕所捧之玉匜也。𤰈，抑或爲男，釋典作『侽』。

珌佩，刀上飾，天子玉琫而珧珌也。」「虤同瑬，爲冕旒之旒，綬十二小玉。 姚同玘，佩玉之細者。」○陳逢衡：「檀説附會不可從。」「虤姚」二字從艸，當以郭説紵葛之説爲長。」○褚德彝：「虤字疑釋，説文：『扁緒也，一曰弩腰鉤帶。』下文疑仍當作『絺紵』，傳寫訛也。」○小川琢治識「俥貂鼻貔」四字爲「華琯畢蓮」。○顧實：貔，「與前重巤氏之巤極相似，疑係一字，但亦知其當爲寶物，而不能説其形聲。」○樑案：顧實説是。除虤姚外，餘皆當玉名。虤姚以篋裝，則非食物即織物。但具體皆未明。

乙亥，天子南征陽紆之東尾〔一〕，尾，山後也。乃遂絶𡿭胥之谷〔二〕。已〔三〕至于𩁹璃〔四〕，河之水北阿〔五〕，爰有𧝎溲之□〔六〕，河伯之孫，今西有渠搜國，𧝎疑〔七〕渠字。事皇天子之山〔八〕。有模堇〔九〕，其葉是食明后。模堇，木名。后，君也。堇音謹。天子嘉之，賜以佩玉一隻。柏夭再拜稽首。癸丑，天子東征，柏夭送天子至于鄘人。鄘柏絮觴天子于澡澤之上、𠞩多之汭〔一〇〕，汭，水涯。河水之所南還。還，回也。音旋。曰天子五日休于澡澤之上，以待六師之人。戊午，天子東征，顧命柏夭歸于丌邦。天子曰：「河宗正也。」柏夭再拜稽首。辭去也。

校釋

〔一〕呂調陽：「今模爾格嶺。」○沈曾植：「約其地望，當在今寧夏之南、慶陽之北，近於宋人所稱橫山、元人所謂六盤者。」○小川琢治：「所謂『陽紆之東尾』者，乃沿河水屈曲，自東西折而南，哈拉納林鄂拉之南端，『東』字當爲『南』之誤字。」○顧實：「陽紆之東尾，當即今烏喇特旗北之噶札爾山。」○欒案：小川說「東」當爲「南」字之誤，不確。穆王一行明明在陽紆之北，何能不越陽紆而至其南歟？且陽紆之山（今陰山山脈）本即東西橫亘，言「東尾」方合情理。

〔二〕丁謙：「⿰乂比胥之谷，當即今庫勒爾城東遮留谷，水經注所謂鐵谷關也。」○小川琢治釋⿰乂比胥爲「茈胥」，謂即國語齊語之卑耳山，亦即北山經之熊差山。「地理志北地郡云：『卑移山在西北。』當在今賀蘭山脈，寧夏府西之卡。」○顧實：「⿰乂比胥二字不可識，然⿰乂比胥之谷按其地望，當即今之巴顔鄂博河。清一統圖、會典圖皆有此河，喀爾喀右翼旗札薩克駐此。」「或曰⿰乂比胥之谷即魚海也。然魚海當即今沽育兒大泊，殊於地望不合。」○高夷吾：「⿰乂比胥之谷即五達谷，在薩拉齊西。」○衛挺生：「自馬鬃山以東約二千餘里而至於陽紆之東尾，其間可稱橫『絶』之谷，唯陽紆之三個山口。」「此谷最長，在戰國以後稱曰高厥。」○欒案：谷在陽紆稍北，具體不明。

〔三〕陳逢衡：「『巳』上落『辛』字。」○翟云升：「『巳』蓋辰巳字，其上脱干名也。」○丁謙於「巳」上補「乙」字。（岑仲勉從之。）○顧實：「非也，已猶既也、已而也、既而也。」○衛挺生：「翟說非也，乃『己丑』日。」○欒案：以上下文義衡之，此處當是干支日名，只是「己」抑或「巳」未能確定。此權作『巳』。

〔四〕檀萃：「⿱⿰木叟氺璃者，漆洛也。初『癸酉天子舍于漆澤』者，即此河。」○孫詒讓：「璃疑瑹之譌（說文玉部：璿，古文作⿰王客。」○劉師培：「⿰桼叟疑古漆字。」○丁謙：「⿰桼叟璃河即今拜河。」○小川琢治釋作「薄珞（洛）」，與準語（土耳其）Balak（泉）相當，「是自寧夏至於北方一泉地無疑。」○岑仲勉：「河水仍指張掖河。」○衛挺生：「水阿」顯即今五加河水之北阿也。「然則所謂『⿰桼叟璃』殆在今狼山縣城之東北。」○樑案：孫詒讓説璃疑⿰王客之譌可參，集韻璿字古文作璃，與此亦近。其地具體未明。

〔五〕陳逢衡：「『之』字當在『水』字下。」（顧實從之。）○樑案：陳校是，只是改之無本，故仍舊作。

〔六〕檀萃：⿰阝⿱昜水，「郭説非也。」字蓋是古湯字。檀又誤□爲「口」，云即湯泉之口。○吕調陽：「同⿱湯金。」○顧實：「⿰阝⿱昜水字不可識，必非渠搜則亦可斷言。」「缺文疑即『邦』字。」○樑案：前「巨蒐」既爲渠搜，則此⿰阝⿱昜水溲不當再釋渠搜。

〔七〕「疑⿰阝⿱昜水」顯係「⿰阝⿱昜水疑」之倒。范陳、洪本改正，顧實從之。○樑案：「疑⿰阝⿱昜水」無可讀通，故雖無據，亦不得不從改。

〔八〕檀萃：「事皇天子之山者，即前河宗致命于皇天子之處也。言此山在湯泉之口也。」○陳逢衡：「事皇天子之山，猶海内南經之三『天子障』、海内東經之三『天子都』也，又西山經有『天帝之山』，此或類是。」○小川琢治：皇天子之山與北山經泰澤中帝都之山同，「推足與右岸之汗圖噶爾（阿爾布斯）相當。」○顧實：「皇天子之山，當即在河水之北阿之北岸，即余所考定最初黄河故道之北岸。然必鑿指當今何山，則又難言矣。」○衛挺生：「當即燕然之山。」○樑案：顧實說是。

〔九〕檀萃：「即木槿也，其花可食。」○陳逢衡：「詩大雅『堇荼如飴』傳：『堇，菜也。』爾雅釋草『苦堇』郭注：『今堇葵也。字又通作槿。』禮月令『木堇榮，一名舜。』詩鄭風有女同車『顔如舜華』是也。爾雅釋草『椴木槿、櫬木槿』郭注：『別二名也，白曰椴，赤曰櫬，一名日及。』南方草木狀：『赤槿名日及，一名王蒸。』即此模堇是也。」○顧實：「模訓大也，則模堇亦苔堇之類也。模、膜、漢俱同聲可通用，則模堇猶膜稷之類也。然不知其葉以何特異而食明后也。」○欒案：堇可入藥有二：一爲堇草，又名芨、藋、蒴藋、陸英；一爲木槿。此當爲木槿，學名：Hibiscus syriacus，屬錦葵科，性甘、平，有清熱解毒功效，本草綱目云其可「洗目令明」，與此可大致吻合。並，本傳「明后」之「后」字蓋「目」字之形訛，作「后」字於義殊不類。

〔一〇〕檀萃：「⿰⿱罒見刂音伐。」○呂調陽：「⿰⿱罒見刂同混。」○丁謙：「水北曰汭，⿰⿱罒見刂多之汭當即指滲澤之水西流入河處。」○沈曾植：「其地望蓋近古之君子澤，今之包頭。」○小川琢治：「此⿰⿱罒見刂多當即地理志五原郡之莫䵶。（注：如淳曰：音忉恒。師古曰：音丁葛反。）爲楊氏地理圖五原郡無考四縣之一，因其適當黄河南折處，似即今包頭地。」「綜上所論：今包頭地爲穆王時⿰⿱罒見刂多、春秋戰國時毋達、無達、漢之莫䵶。漢以後縣廢，名遂不見於史乘。」○顧實：「清一統輿圖有無黨河，或作五黨。清一統志作五達，均與莫䵶音近。漢莫䵶縣當即置此河濱，非包頭也。無党河西又有博托河，因音別而爲包頭清會典圖作包頭河，此真包頭矣。」「最古當是名曰⿰⿱罒見刂多。……大概鄘邦之境跨連今圖爾根河與博托河之間，……其當在今薩拉齊之南境，黄河折而南流之處乎！」○衛挺生：剛多，今字爲博多、包頭，乃今包頭市所在。河水南還處，乃包頭縣屬之河口。」○櫟案：剛，檀、陳、褚、吕本作「斵」。澡澤即卷一「滲澤」。澡澤、剛多、河水南還處，俱當在今内蒙古包頭至托克托一帶，諸説大多近同。

天子南還，升〔一〕于長松之隥〔二〕。坂有長松。孟冬壬戌，天子〔三〕至于雷首〔四〕。雷首，山名，今在河東蒲坂縣南也。犬戎胡〔五〕觴天子于雷首〔六〕之阿，乃獻良〔七〕馬四六。天子使孔牙受之〔八〕，曰〔九〕：「雷水之平〔一〇〕寒，寡人具犬馬牛羊〔一一〕。」爰有黑牛白角，爰有黑羊白血〔一二〕。記異也。癸亥，天子南征〔一三〕，升于髭之隥〔一四〕。音訾。丙寅，天子至于釿山之隊〔一五〕，東升于三道之隥〔一六〕，乃宿于二邊〔一七〕。命毛班、毛班，毛伯衛之先也。逢固〔一八〕先至于周，以待天〔一九〕之命。癸酉，天子命駕八駿之乘、赤驥之駟，造父爲御。□〔二〇〕南征翔行，逕絶翟道〔二一〕，翟道，在隴西。謂截隴阪過〔二二〕。升于太行〔二三〕，南濟于河〔二四〕。馳驅千里，遂入于宗周〔二五〕。官人進白鵠之血，以飲天子，以洗天子之足。亦謂乳也〔二六〕。造父乃具羊之血，以飲四馬之乘一。與王同車，御右之屬。左傳所謂「四乘」〔二七〕是也。

校釋

〔一〕翟云升：北堂書鈔十六引此句上有「祭于宜軫之鄭」句。（丁謙校同。）○顧實：書鈔引此句「在穆傳卷六，書鈔撮成駢辭耳。」

〔二〕洪頤煊：「水經河水注西河陰山縣有長松水，與蒲水合。疑從此隥得名。」○陳逢衡：「漢西河郡陰山縣，今陝西延安府宜川縣東南。」○顧實：「余檢北堂書鈔十六引作『隥』，百五十七引作『坂』。……蓋傳作『隥』，注以『坂』釋之，遂爾混用。而『坂』又作『阪』，『隥』又作『磴』，更成異文矣。」「長松之隥，當在今朔平府右玉縣牛心堡迤北一帶，舊有大松樹山是也。」見讀史方輿紀要、清一統志。洪說爲水經之陰山縣，在今山西吉州，相隔過遠。○檪案：顧實説近之。

〔三〕洪頤煊：「『天子』二字本脱，從水經河水注、玉海一百四十八引補。」（陳逢衡、顧實從之。）○檪案：洪校是，此亦從補。

〔四〕檀萃：「一統志：『雷首山在平陽府蒲州東南三十里，夷齊隱此，即首陽山也，禹貢「壺口雷首」。』」○陳逢衡：「漢、晉蒲坂縣，今山西蒲州府永濟縣，雷首山在其南。」○呂調陽：「此雷首謂陰館纍頭也，非河東之雷首。」○丁謙：雷首者，「雷水上源之山，當在犬戎西南，蓋即今索爾古山。」郭注誤。○小川琢治：「要在雷首爲雷水之源無疑。其正確位置，據支那地圖帖在朔州北十餘千米東南山麓，桑乾泉池側。桑乾泉水故以甘冽名。從酈道元説，此泉爲灅水支流漯湄水，於其側求雷水阿當較可信。」即纍頭山。○顧實：「雷首，即今朔平府馬邑縣之洪濤山。出雷水，即灅水，今之永定河。　其源出洪濤山，流至直隸天津府之大沽河，北入海，即桑乾河是也。」小川説是。「故雷首山即纍頭山，雷水亦即灅水矣。」○錢伯泉：穆王此時回到了今山西省北部，犬戎居地。○㮚案：依文意，此雷首、雷水非卷一之當水甚明。雷首，非郭注所云今山西永濟、芮城一綫的雷首山，彼山乃卷六之薄山。此雷首當以小川、顧實説是。

〔五〕翟云升：「前云『犬戎□胡』，此『胡』字上亦當有缺文。」○㮚案：翟校云此「胡」上亦當有缺文則未必，文獻與本傳如「昆侖之丘」亦可作「昆侖丘」，「太山之稽」馬王堆帛書作「太山稽」，則此「犬戎胡」前亦可能稱「犬戎之胡」，故不必定有缺文，則此「犬戎□胡」之□可能是「之」字。

〔六〕首，洪本作「水」，云：「水經河水注、北堂書鈔八十二引作『雷首之阿』。」○陳逢衡：「太平御覽九百二引作『雷首之阿』。」○顧實：洪本作「水」，「則此阿與雷水密邇之故耳。」○㮚案：洪本改作「水」，當涉下文而誤。依傳文慣例，此觴宴之地當即此前所云所致之地，故當作「雷首」爲是。

〔七〕良，諸本作「食」。○洪頤煊：「食，水經河水注、太平御覽九十二引作『良』。」○陳逢衡：「錦繡萬花谷後集三十九引作『良馬四疋』，疋字誤。」洪引御覽當在九百二，而非九十二。○翟云升：「食馬，水經注四、太平御覽九百二、玉海百四十八皆作『良馬』。」「『四六』，北堂書鈔作『四匹』。參觀水經注三書，疑當作『良馬百匹』。」（丁謙校同。）○郝懿行：「初學記二十九卷引作『獻良馬四疋』。」○顧實：「證以文義，作『良』爲是，今改。」「北堂書鈔八十二引作『及獻食馬四匹』，大誤。」○櫟案：卷一已言，本傳獻食馬概以百十記，獻良馬概爲四馬（一乘之駕）之倍數，此作「良馬」爲是，從諸校改。

〔八〕陳逢衡、劉師培：孔牙即尚書序之「君牙」，穆王之大司徒。君、孔一聲之轉。○櫟案：陳、劉説是，顧實從之，此亦從之。書序傳云「或作君雅」。

〔九〕馮舒：「曰，水經注作『于』。」○陳逢衡：「『曰』字是『於』字之譌。」○顧實：「曰，水經河水注引作『於』。古曰、於通用，見爾雅及經傳釋詞。」

〔一〇〕洪頤煊：「平，水經河水注引作『干』。」（馮舒、郝懿行校同。）○陳逢衡：「水經注引作『天子使孔牙受之于雷水之干。』太平御覽九百二引作『天子使孔牙受之，曰雷水之平。』案文義，當從水經注、御覽，『平』是『干』字之誤。」「水經河水注：『又南涑水注之水出縣雷首山，其水西南流，亦曰雷水。』又玉篇有濡水，疑即此。太平寰宇記河東道蒲州河東縣涑水引水經云：『涑水出河東縣雷首山，一名雷水。經桑泉界，蓋此水出雷首山，故曰雷水也。』」○呂調陽：「雷水即如渾水，雷水之平即白登山。」○郝懿行：「初學記引『平』下無『寒』字。」（陳逢衡稱是。）○顧實改「平」爲「干」，云：「干者，岸也，猶詩言『河之干』也。審文義，則當讀『寒寡人』句，『具犬馬牛羊』句，言以荒寒而少人，俱具犬馬牛羊也。」○張公量：雷水，桑乾河。○岑仲勉：「伊蘭語稱川水 rud，『雷』即其音寫，當指涇水之一支。」○常征：「至如雷水，則爲自『河首』蘭州地區南歸時途經之河，其河源出雷首山，西流注於洮河，水經注訛稱者『濫水』（雷、濫音近）是也，渭源縣北。」岑文雷水與當水合一，誤。○檕案：此句頗費解。或改「平」爲「干」，但仍感不佳，故此仍權從舊文不改。

〔一一〕洪頤煊：「初學記二十九、太平御覽九百二引俱無『寒』下八字。」○顧實：「牛羊，范本如是，程本、九行本俱倒作『羊牛』。」○檕案：翟本亦作「牛羊」，此亦作「牛羊」。

〔一二〕陳逢衡：「余謂白血『血』字亦『角』字之誤，無所謂異也。」○劉師培：「此文倒譌，當作『雷水之平，平同坪，即水旁平衍之地。爰有黑牛白角，爰有黑羊白血或下仍有挩文，寡人具犬馬羊牛。下有挩文。』『寒』係衍文，蓋一本誤『寡』作『寒』，校者復併入正文也。」○顧實：「劉說臆竄，更不足據。」○衛挺生：「『黑牛白角』、『黑羊白血』，挺案是殆國語周語所云『獲四白狼、四白鹿以歸』之所本。蓋周語記者得之，傳說誤也。」○檕案：陳說可參，他說皆非。

〔一三〕顧實：「征，北堂書鈔一百五十七引作『還』。」

〔一四〕呂調陽：髭，「音觜。案：今應州西南龍灣山。」○丁謙：「當即碾伯縣南境之山。」○小川琢治：「髭之隥爲雁門無疑。」○顧實：「當即今山西代州之句注山。句注山在代州西北二十五里，雁門山在代州西北三十五里。」「髭，本作『頿』，說文云：『頿，口上毛也。』然此非其義也。當借髭爲茈。古書凡泛稱顏色者作茈，而稱繒帛乃作紫耳。」「清一統志言五壹縣產紫石硯、紫英。」（常征從之。）○檕案：小川與顧實說實近之，只是顧實說借髭爲茈云云則頗迂矣。

〔一五〕洪頤煊：「史記淮陰侯列傳索隱引作『陘山之隧』。」

〔一六〕陳逢衡：曲水詩序注引有注文「隥，阪也」三字。」○樑案：引有注文三字者當後人所增，郭注於前「長松之隥」下已云「坂」，此不當再出。

〔一七〕陳逢衡：「『三道』疑作『徑道』。『二邊』二字不可曉。竊疑『二邊』乃『山邍』之誤。」「邍，古複字，謂陘道之重複處也。或曰：邊當作『道』。案：爾雅『一達謂之道路』，此『三道之隥』猶爾雅之劇旁，『宿于二道』謂宿于歧旁也。」○呂調陽：「『三道』疑作『三昔』，今平定州北隥道也。」「二邊，「清漳口也。邊音緜。」○丁謙：「此鈃山隊爲太行西谷，在今山西平定州東。三道隥、二邊，均在其地。」○顧實：「三道之隥及二邊，當俱在今正定之井陘山中。」○樑案：今北方以二道、三道命名之地猶多，遼寧、吉林、内蒙古、河北、山西俱有。此三道、二邊在井陘東側，具體難定。

〔一八〕逢，范、趙本作「逄」。○顧實：「郭注引毛伯衛，見春秋文元年、九年，及宣十五年左氏傳。」○于省吾：「按：卷五有毛公，注謂毛公即毛公班，是也。班簋云：『唯八月初吉，在宗周。甲戌，王命毛伯更虢城公服。』又云『班拜稽首曰』，又云『班非敢覓』，是毛伯名班，乃穆王時人。而郭沫若、吴其昌均考定班簋爲成王時器，失之。」○樑案：于説甚是。班簋，由其銘文内容、字體至器形、紋飾，顯然皆屬西周中期，斷爲穆王時器不誤。由班簋銘知毛班本只卿爵，故稱伯。因繼替虢城公之職而升爲公爵，稱公。本傳卷五稱其「毛公」，是已升公爵矣。班簋載穆王尚稱其爲「毛父」，可知其當高於穆王一輩。銘文又載其自謂「文王、文姒聖孫」、「文王孫」，可知文獻所載毛國爲文王之子毛叔鄭所始封不誤。傳世著名大鼎毛公鼎，即宣王時一代毛公所作，至春秋時毛氏一族仍居周室高位，可知其世爲公卿重臣。穆傳中的記載，亦是寶貴的史料。

〔一九〕洪頤煊：「『天』下疑脱『子』字。」○檪案：翟本有「子」字，當其自補。此處當有「子」字，否則不可讀。

〔二〇〕□，洪頤煊據太平寰宇記引删。○陳逢衡：「藝文類聚卷七引『御』下亦無空方。」又，「空方疑是日干。」○檪案：此空方不宜删。

〔二一〕郝懿行：逕，「太平御覽一百六十四卷引此文作『翔行經翟道』。藝文類聚七卷引與今本同。」○陳逢衡：「太平寰宇記關西道坊州中部縣石堂山下引水經注：『豬水西出翟道縣西石堂山，本名翟道山。穆天子傳曰「……」（檪案：即本此文），翟道即縣之石堂山也。』」今本水經無。郭璞説非，地望不合。○吕調陽：「赤翟潞氏之道也。」○丁謙：「按近出地圖，從此南行，有一捷路可通邢州，其路南過沾水。據趙氏水經注，平定州樂平縣今縣廢，駐州判。東五十里，有昔陽故城，即春秋鼓子都。鼓爲白狄種，時直穿其地而行，故曰『逕絶翟道。』」○小川琢治：郭注誤。「據漢書地理志，此翟道不過居于太行山脈之翟人其部落間通行路之意味。」○顧實：「翟道，當在山西平定州及潞安府潞安縣東一帶之地。」「翟假爲狄，戎、翟一也。」「宣十五年云：『晉荀林父敗赤狄於曲梁，滅潞。晉侯治兵於稷，以略狄土。』左傳。此狄土，正即翟道矣。」「然則，翟道決不止一處。」○顧頡剛：洛邑、鎬京、南鄭，「這三處，無論從哪一處出發到西北去，總當沿着渭水或涇水走。何以到了穆天子傳，他竟不經行陝西而偏走山西，會把他的旅行線定在太行和鈃山？」「依我看來，這無非因爲武靈王開闢了『代道』的緣故。這條代道從靈壽起，……這條代道就是穆傳裏的『翟道』。趙世家說：『翟犬者，代之先也。』可見『代』和『翟』是通稱。這二字又是雙聲，更容易通假。」○岑仲勉：郭注是。○常征：古義「鳥道曰『翟道』。」○錢伯泉：「翟即是狄，春秋戰國時期，陝西、山西和河北多有白狄和赤狄居住。『翟道』即是翟人的通道，並非隴西的狄道縣。穆王回到井陘西口，南下到今山西省黎城縣東北的古代壺口關，由吾兒峪東逾太行山，又南渡黄河，進入東周王城。」○衛挺生：「自澤州以北至托城以東以南，周初皆戎翟佔有地。其大道間皆所謂『翟道』也。」○樑案：顧頡剛釋翟道爲代道，最確。史記趙世家惠文王：「三年，滅中山，遷其王於膚施。起靈壽，代道大通。」細審文義，「起靈壽」乃克拔其城，非謂代道起自靈壽。代道當至少起自邯鄲（或更南），北至代邑（今河北蔚縣東北）或代郡。靈壽（今河北平山縣訪駕莊一帶）在其中間，拔靈壽、滅中山遂使此道無梗，此即是「代道大通」。由穆傳看，上已言「至于鈃山之隊」（鈃山之隊當今河北井陘，已在平山之南），此方言「南征翔行，逕絶翟道」，亦可明瞭代道非自靈壽起而北者，而是在靈壽之南亦有。此可補正顧先生之小誤矣。

〔二二〕在，程本作「任」。阪，范、吴、程、趙、何、翟、褚、吕、郝本作「坂」。過，郝本作「也」。

〔二三〕陳逢衡：「太平御覽一百六十四引『癸酉，天子命駕八駿之駟，造父爲御，翔行經翟道昇於太行』，蓋是截録之辭。」

〔二四〕陳逢衡：「藝文類聚七引『升于太行，南濟于河』。」○丁謙：「又東南踰太行山脊，即今鶴度嶺口，又東即邢州，……由是西南濟河入宗周。」○顧實：「太行，即太行山，在今河南懷慶府城北，亦名曰羊腸坂。」○岑仲勉：「太行非山西之太行山，乃今之隴山。『行』與『陘』通，有險徑者便得此名。南濟河之『河』則指渭水。」○常征：古義「大路曰『太行』」。○衛挺生：「『升于太行』，則越天井關之峽道也。曰『南濟于河』，則至孟縣孟津也。」○檪案：太行，即今山西、河北、河南界處之太行山。河即指黄河在河南境内一段。

〔二五〕小川琢治：「本書所謂宗周，即尚書所謂成周。」○顧實：「宗周即洛邑王城，今河南洛陽縣城内西偏，即周之王城故址也。」古書言宗周有二：一爲鎬京，一爲洛邑。「禮記祭統篇載衛孔悝鼎銘曰『即宫於宗周』，此宗周則指洛邑而言矣。」○衛聚賢：由下文可知宗周在洛水、瀍水邊，「洛水在洛陽南，瀍水在洛陽東，這説明東周人的觀念以洛陽爲周都的。」「以洛陽爲宗周，認爲西周的都城，當是東周人的觀念。換句話説，就是穆天子傳在東周以後纔産生的。」○張公量：「蓋穆王還抵陝西境矣。」宗周即鎬京。（岑仲勉同，並證以金文、詩、書等。）○常征：宗周爲南鄭。○錢伯泉：「稱成周爲『宗周』，這是周平王東遷以後的事。」○檪案：下文宗周、瀍水並言，則此宗周必是洛邑。孔悝鼎是後世文獻中唯一可見稱洛邑爲宗周者。孔悝，見於左傳哀公十五、十六年，此已是春秋晚期而近戰國時期。余永梁先生金文地名考（中山大學史語所周刊五卷五十三、五十四期）亦云洛邑爲宗周之稱「爲六國後」。此亦可明穆傳的成書年代不會早至西周時期。主張穆傳的「宗周」爲鎬京者，乃過於篤信、拘泥穆傳成書於西周之故，靳生禾等已有辨駁，此不再贅言。

〔二六〕陳逢衡：「鵠焉得有乳。」○翟云升：「注意言『以洗天子之足』上當如前言『具牛羊之湩』也。然則其上必有缺文。」○顧實：「『官人』已詳卷一疏。」「此宗周之白鵠，當出中國所産也。」此飲乃鵠血以復元氣，爲古之衛生法，大可注目也。○衛挺生：「周時人顯然以爲血可以用以補血，故天子飲並洗足用白鵠血，四馬飲用羊血。」

〔二七〕陳逢衡：此飲王之一乘四馬，非四乘十六馬也。郭注誤。○翟云升：「今左傳作『駟乘』。」○顧實：翟校蓋「指文十一年云『富父終甥駟乘』之文也。然郭氏或誤憶哀十四年云『成子兄弟四乘如公』之文，亦未可知。」○盧文弨引段玉裁案：「『四』當作『同』，左傳曰『同乘兄弟也』。」

庚辰，天子大朝于宗周之廟。乃里西土之數〔一〕，里謂計其道里也。紀年曰：「穆王西征，還里天下，億有九萬里〔二〕。」曰：自宗周瀍水以西〔三〕，瀍水，今在洛西，洛即成周也〔四〕。音纏。北〔五〕至于河宗之邦、陽紆之山，三千有四百里。自陽紆西至于西夏氏〔六〕，二千又五百里。自西夏至于珠余氏及河首〔七〕，千又五百里。自河首襄山以西〔八〕南至于春山、珠澤、昆侖之丘，七百里。自春山以西，至于赤烏氏、春山〔九〕，三百里。東北還至于群玉之山，截春山以北〔一〇〕。截，猶阻也〔一一〕。自群玉之山以西，至于西王母之邦，三千里。□〔一二〕自西王母之邦北至于曠原之野〔一三〕，飛鳥之所解其羽，所謂解毛之處。千有九百里。□〔一四〕宗周至于西北大曠原，案山海經云「群鳥所集澤」有兩處，一方百里，一方千里。即此大曠原也。萬四千里。乃還，東南復至于陽紆，七千里〔一五〕。還歸于周，三千里。各行兼數，二萬有五千里〔一六〕。

校釋

〔一〕顧實：「尚有古今尺度不同，周初之里數大於六國，六國之里數大於漢代，漢代之里數復大於今世。」○岑仲勉：里制與各代尺度增減無涉，里數乃以人行或馬行爲標準，試之既久即相沿述。僅偶見例外，亦別自有因。顧實説不確。○檪案：古今里制之相異，在今天是早已爲學界之常識了，岑説未確。顧實雖明古今里數不同，但云愈古里數愈大則非。而經諸多學者探研，早已確定其演變恰是自小而大，古里小於今里，這也已是學界的常識了。顧實不明，故愈走愈遠。而更多的則是根本對這個問題毫不注意，故也就自顧自説，離真實愈遠矣。唯小川琢治、顧頡剛先生較好地注意到了這一點，故實際解決問題也就最近實。

〔二〕檀萃：「『還里』，紀年作『還履』。」○陳逢衡：「紀年所謂『億有九萬里』，乃總穆王一生車轍之所至，共有此數也。『億』字有誤。」○郝懿行：傳文「水經注引與今本同。郭注引紀年『里』，今本作『履』，又誤入正文，當據以訂正。」○顧實：「開元占經卷四引古本竹書紀年曰：『穆王東征天下，二億二千五百里，西征億有九萬里，南征億有七百三里，北征二億七里。』更較郭注所引爲備。

惟其西征里數與穆傳所記者，大有逕庭。必戰國人所記，與周初人所記不同也。」○岑仲勉：「然穆王時吾人尚無計算兩地直距之技術，穆傳所記里數，斷是經行之路。」○櫟案：紀年所載未可全然據信，原因有二：一是古無精確計量技術，距離愈長誤差也就愈大；二是戰國人多好誇大之辭，穆王事蹟又多傳奇色彩，再誇張一些便就上億了（古一億爲十萬者，與今爲萬萬不同）。」

〔三〕丁謙：「洛水源出澠池縣西北，東流至鞏縣入河。」○顧實：「瀍水出今河南洛陽縣西北穀城山。」○岑仲勉：瀍水即陝西之滻水，宗周即鎬京。滻水距鎬京不過三四十里。○櫟案：「瀍水，亦即今河南之瀍水。岑說非。

〔四〕「成周也」三字，范陳本作「今周也」，又校改「今」爲「成」字；邵本作「今周七」。

〔五〕洪頤煊：「『北』字本脱，從水經河水注引補。」○櫟案：郝本有「北」字，未知是自增抑或有所本。以文意衡之，當有「北」字，此從洪校補。

〔六〕檀萃：「西夏，大夏也。」○洪頤煊：「周書史記解云：『昔者，西夏性仁非兵，城郭不修，武士無位。唐氏伐之，西夏以亡。』」○陳逢衡：「路史國名紀七：『西夏氏在河首，至今爲國。』案下文『至于珠余氏及河首』，則西夏氏不在河首明矣。」「海内東經：『國在流沙外者，大夏。』」○吕調陽：「近今格子煙墩軍臺。」○沈曾植：「西夏氏邦次東，當今青海。」「西夏蓋即王會大夏之西部所居，蓋漢以前月氏故地。」○丁謙：「以道里核之，西夏、珠余，當在庫車地。」○小川琢治：據本傳、逸周書、史記，西夏與大夏相當，「當在亞爾泰山脈東南之南麓。」○顧實：「西夏氏當即穆王西濟於河，在今甘肅蘭州府、河州大夏河之西。」○衛挺生：「原文多脱落，詳細不可考。就其總結大略言，水經注『大夏川經大夏故城南』。地在今甘肅導河。」○高夷吾：「西夏、珠余，即禹貢析支，今青海、西藏。」○岑仲勉：「以里數差之，當在今羅布泊附近。」○樑案：西夏當文獻之大夏，地約在今甘、青或寧一帶，具體難明。

〔七〕顧實：珠余氏當即膜晝之所封，在今青海大雪山西。」「及於河首，則北連達布遜淖爾。」○衛聚賢：「自導河經循化、貴德至星宿海（舊日以爲河首）。」○樑案：珠余氏、河首及襄山在昆侖（今祁連山）之北七百里，具體地望亦不明。

〔八〕檀萃、洪頤煊、陳逢衡、郝懿行俱釋即山西、陝西交界處之雷首山，但檀、陳又有疑。○吕調陽：河首，「即無達中國河之首。」○小川琢治：襄山即北次三經之首崇吾山、北山經之首單孤山，其名音讀緩急而已。「其位置盤繞於今寧夏府之西南、中衛縣之西。」「黄河在蘭州、寧夏間至中衛之西成爲峽谷，由是開出平地。本書所呼河首者，即指黄河上流之溢處而得名。」○丁謙：「河首、襄山，當在瑪喇巴什廳地。」○顧實：「河首、襄山即今青海之達布遜淖爾及烏爾代克山等。」○衛聚賢：「由鄂陵海至巴顔喀喇山（即昆侖）。」○張公量：小川説是。「即今松山，臨甘肅蘭州以北之黄河峽谷。」○高夷吾：「河首、襄山即于闐大雪山，水經注所謂仇摩置，漢武名爲昆侖者也。」○顧頡剛：河首，名見後漢書西羌傳，亦合於淮南子「河水出東北陬」。「那时從河套西南行四千里，未到昆侖，已至河首，足見河源所在本無問題，到張騫以後放向遠處一猜，才猜出問題來的。」○岑仲勉：河首，「應在于闐河匯入塔里木河之處。」○常征：「河首（蘭州地區，古人謂黄河出於積石，故此區被目爲『河首』。）如漢末宋建在臨夏之枹罕稱王，即曰『河首平漢王』。」○櫟案：河首、襄山在昆侖北七百里。河源置此，以今天的地理知識衡之，自屬荒謬。但在當時却就是如此認識的，並不足爲奇。河源的正確位置是自元代以後纔逐漸得到正確認識的，這當然是後話了。而釋穆傳之河首爲今青海巴顔喀喇山，實是以後人的見解來替代古人的認識，看似正確而實則錯誤。

〔九〕陳逢衡：「『春山』二字疑衍。」

〔一〇〕陳逢衡、顧實、岑仲勉俱云此下當缺「七百里」，衛挺生則以爲「漏列里數，實約八百里。」○櫟案：當以「七百里」爲妥。

〔一一〕阻，道藏、吴、李、程、邵、唐、翁鈔本作「沮」，盧文弨校：「別本作『阻』。」○翟云升：「阻，疑當作『絶』。」○郝懿行、顧實校：猶，「程本、道藏本作『由』。」○衛聚賢：自春山至西王母邦，「是由巴顔喀喇山北繞布爾汗布達山而西至新疆于闐。」○櫟案：衛説非，詳前。

〔一二〕陳逢衡、翟云升：□，當衍，宜删。○櫟案：當慎而不删。

〔一三〕衛聚賢：「由于闐至疏勒巴楚烏什大曠原。」○櫟案：衛説非也，詳前。

〔一四〕□，檀本填「自」，翟云升以爲「當從之」。

〔一五〕顧實：「或曰『七』上當脱『萬』字，云『萬七千里』。」誤，乃牽合於三萬五千里之數。

〔一六〕劉師培：「穆王西征之途，蓋由今河南渡河，東北沿直隸、山西北境以入陝、甘。河宗之邦所在。
又濟黄河西南行，西夏氏蓋在今甘肅西南，珠余氏、河首則今青海河源。更由青海入藏，則
春山、珠澤、昆侖所在也。又由今後藏西北行，沿印度河西北及阿母河上游。即赤烏所在。又
東北以至帕米爾，即此文所謂至群玉之山、截春山之北也。更西沿阿母河北行，經鹹海而至
波斯東北，即西王母之邦也。嗣復北至裏海附近，即大曠原所在。東沿阿母河北折而入今新
疆北境。又東南入甘肅。又沿陝西邊境入山西以歸河南周都。」「此文言各行兼數三萬五千
里，『三』蓋『二』字之訛。」〇丁謙：「穆王此行往還均不自宗周，而迂繞至河北以踰鈃山，迨
抵陽紆。又西行至河源、積石其南，則升昆侖丘。既抵赤烏，本可直向西行，乃復東經曹奴。
又北行轉東至群玉山，再北截春山，往西王母邦。既至其地，更西嚮往返於弇山。此皆不在
當經道里數内，故綜合兼數，共三萬五千里也。」〇小川琢治：「從洛陽（宗周）爲起點，越太
行山，渡漳水上流向北，溯滹沱河之上流出雁門，向西北達包頭之路者，蓋在戰國以前從此
路乃爲孔道故也。自是沿黄河西進於陰山（陽紆山）之南麓，至相傳禹、益治水之起源地，即
陽紆之九河地方及積石地名與此邊哈拉納林鄂拉之一部而前行。西夏之正確位置，大約在
阿爾泰山脈自西北嚮於東南端之南麓，爲其所在地。自是南歸爲寧夏之南、中衛以上之黄
河峽谷（上河峽、青山峽），本書所呼爲河首之地方。此處是殷人之鄉土，同時又爲相傳后
羿、寒浞之地。」「昆侖之丘、鍾（舂）山等，其西方即爲南山之東北麓，在涼、甘兩州間之泉地。

穆王西進，與此等民族之酋長周旋後，從安西之邊更向西北，經天山北路之哈密、巴里坤，至於西王母（西宛）之邦。在此附近地方狩獵，縱游於今之孔道線路之東北，而巡迴於漢代匈奴諸王之遊牧地，而後歸於寧夏之附近以返焉。」「今案：總里數三萬五千，其『三』字當爲『二』字之訛。此誤謬之理由，當由傳鈔者致誤。」○顧實：「然總計上數，實止二萬四千里。此必古文『四』字作亖，『五』字作☰，皆以積畫書之，故其形易混而又誤四爲五歟。」○衛聚賢：「是由陽紆山至西北大曠原繞半圓球，爲數一萬零六百里（由宗周至西北大曠原一萬四千里，減去由宗周至陽紆三千四百里），較由西北大曠原直線至陽紆少三千六百里（一萬零六百里減去七千里）。由犬戎回宗周，直下穿太行，故較繞平漢線井陘少四百里（由宗周至陽紆三千四百里，減去陽紆……還歸于周三千里）。」○衛挺生：「穆天子傳記周穆王西征從漳水南起程，沿現在河北平漢路線北上，轉平綏路線，由河套到甘肅，由西寧入青海，從巴顔喀喇山入新疆到疏勒（即大曠原）。從天山南沿西套蒙古到河套，順原路到洛陽。」○張公量：「穆王自首都洛陽戒途，踰太行，涉滹沱，出雁門，循桑乾河（雷水）折而西，越黄河之北，描一大弧形，轉而南的東北角，抵包頭，祭河伯。復經凉州東北之西膜部落，踰賀蘭山，於寧夏近旁黄河岸斜斷鄂爾圖斯沙漠。再抵包頭以歸，如小川琢治氏之言者是矣。」○顧頡剛：「他去的時候走一萬四千里，回來時只走一萬里，大概去路多回旋，歸路則徑直的緣故。」○岑仲勉：總計里數，「實二萬三千三百里。」加上所缺的七百里，爲二萬四千里。「劉師培以『三萬』爲『二萬』之誤，其説可信。」「惟回時里數亦許有省略，則二萬五千里無須依顧氏校改爲二萬四千里也。」○錢伯泉：「穆王西征的路線，可以説是中西交流的『南路』。由于此路經過的青海和南疆塔里木盆地南緣，是羌人居住的地方，所以，這條通道也叫『羌中之路』。」○衛挺生：「察周穆王西征各地。里程數多與現代地理之記載及地圖合。」推而勘之，三萬五千里之數不誤，今本穆傳頗多闕漏。○靳生禾：「以是書所記西行路線，河套以東正是趙武靈王當年西北拓地所走過的路線，河套以西則屬民族融合、商旅往還中趙人可聞者，亦爲是書具有地理的徵實性部分；至若積石以下，則爲假山海經地名，附以作者想像，路線每每渺茫不經了。」○常征：「顧氏爲穆王設計的這場遠遊，非但法顯、玄奘不敢望其肩背，即成吉思汗、拔都也不能不爲之驚愕。無怪乎時之學界責之爲『荒唐』。」○櫟案：欲正確研究、釋解穆傳之道里，必先將其所載里數俱折合爲今里（注意：此是「里」，長五百米，而非長一千米的「公里」）。但古里具體長度至今尚無一個公認的可靠説法，故此擬出三種方案：（一）戰國、漢人所載周里制皆云：六尺爲步，三百步爲里。周實尺長度，今已不知。以漢人所云周尺爲漢尺（23.1 釐米）之八寸計，則爲 18.48 釐米，一里則爲 333 米許，正今里之三分之二，與今里之比爲 0.6667。（二）考慮穆傳爲戰國時作品，故又以三晉地區戰國尺（23.1 釐米）計算，一里即爲 415.8 米，與今里之比爲0.8316。（三）嘗試直接以戰國尺與今尺之比例爲古、今里數之比例，則古一里爲 346.8 米，與今里之比爲 0.6936。以上三種方案以何者爲是，諸多師友讀者儘可以各抒己見。筆者以穆傳所載自洛陽至河套陰山爲三千里與三千四百里核之，頗感以第二種方案較近些。

自然，在下表中是將三個方案的計算結果都列入了，以便讀者觀覽評判。

穆傳所載行程及里數	以三種比例計算折合今里里數		
	0.6667	0.6936	0.8316
自宗周瀍水以西北，至于河宗之邦、陽紆之山，三千有四百里。	2266.78	2358.24	2827.44
自陽紆西至于西夏氏，二千又五百里。	1666.75	1734	2079
自西夏至于珠余氏及河首，千又五百里。	1000.05	1040.4	1247.4
自河首、襄山以西南，至于春山、珠澤、昆侖之丘，七百里。	466.69	485.52	582.12
自春山以西，至于赤烏氏、春山，三百里。	200.01	208.08	249.48
東北還至于群玉之山，截春山以北（七百里）。	466.69	485.52	582.12
自群玉之山以西，至于西王母之邦，三千里。	2000.1	2080.8	2494.8
自西王母之邦，北至于曠原之野、飛鳥之所解羽，千有九百里。	1266.73	1317.84	1580.04
□宗周至于西北大曠原，萬四千里。	9333.8	9710.4	11642.4
乃還，東南復至于陽紆，七千里。	4666.9	4855.2	5821.2
還歸于周，三千里。	2000.1	2080.8	2494.8
各行兼數二萬有五千里。	16667.5	17340	20790

應當注意的是，以上所計里數，當非可以視爲確數，亦即是説不可死板理解。因古代尚無精確測量技術，且非直線的行程就更難以確算，故以上所計里數只可靈活視用。又，總里數三萬五千之「三」當「二」之訛，因總計穆傳所載里數只有二萬四千里。顧實云四作三而訛爲五(亖)，非是，兩周文字五無作亖者。此處四作五者當別有因(如或爲計算有誤、或爲約數等等)。

吉日甲申，天子祭于宗周之廟。告行反也。書大傳曰：「反必告廟〔一〕也。」乙酉，天子□〔二〕六師之人于洛水之上〔三〕。丁亥，天子北濟于河，□〔四〕羝〔五〕之隊。以西北升〔六〕于盟門〔七〕九阿〔八〕之隥〔九〕，盟門山，今在河北。尸子曰：「河出于盟門〔一〇〕之上。」乃遂西南。仲冬壬辰，至纍山〔一一〕之上〔一二〕，乃奏廣樂，三日而終。吉日丁酉，天子入于南鄭〔一三〕。今京兆鄭縣也。紀年：「穆王元年，築祇宮于南鄭。」傳所謂「王是以獲没于祇宮」〔一四〕者。

校釋

〔一〕廟，翟本改作「奠」，顧實從之。

〔二〕□，檀本填「觴」字，衞挺生填「勞」字。○陳逢衡：「當是『飲』字。」

〔三〕丁謙：「洛水源出澠池縣西北，東流至鞏縣入河。蓋西征凱旋之師，於洛水上勞犒之也。」○顧實：「此洛水即伊雒二水之雒。洛、雒通用字。源出今陝西西安府雒南縣冢嶺山，至河南河南府鞏縣東北入河，與渭洛之洛有別也。」○衛挺生：告宗廟之次日即勞師於洛水之上，可證宗周果在洛邑。○檪案：洛水之洛本作雒，至東周而始有作「洛」者，此亦穆傳成書西周以後之一證。洛邑有周人宗廟，金文與文獻俱有記載。

〔四〕□，檀本填「絶縞」二字。

〔五〕檀萃：中山經縞羝之山，無草木，多金玉。○丁謙：「羝之地未詳，當在孟縣西北境，故由此升九阿之隥。」○顧實：檀説良確。「當在今河南濟源縣卲源關之西北，山西翼城縣之東南。」

〔六〕升，郝懿行：北山經作「登」。

〔七〕洪頤煊：「盟，山海經北山經注、水經河水注俱引作『孟』。史記索隱云：『盟，古孟字。』翟云升、盧文弨説近同。

〔八〕阿，原作河，丁謙改作「阿」。○顧實：「河，當爲『阿』之誤，卷五云『天子西征，升于九阿』，可爲比證。況於事理，可以有九阿之隥，而決不能有九河之隥，尤極明白也。然山海經注、水經注引均作『河』，其誤久矣。」○檪案：顧説是，此從改。

〔九〕檀萃：「一統志：『孟門山在吉州西七十里。』」○陳逢衡：「『九河』非爾雅九河。」疑即中山經和山，即首陽山。「當在今河南孟津縣界。」○吕調陽：「今天井關也。」○金蓉鏡：「春秋齊伐晉入孟門，孟門山在慈州文成縣，今平陽吉州。」○丁謙：「盟門即孟津，史記正義云『在河陽縣南。』今爲孟縣西河陽堡。九阿隥，考今濟源縣西一百五十里有十八盤坂，爲西行至秦孔道，當即古時九阿，以東近孟津，故冠以盟門字。」○顧實：「『盟門九河之隥』，河當爲阿之誤，在今山西吉州之孟門山。北山經：『孟門之山，其上多金玉。』」○張公量：「盟門當即孟門。準此，九河亦當臨山西西南境，始與盟門接壤。而九河自漢以後，已徧訪不得。」○衛挺生：「穆王先濟于河而西北，升于盟門九河之隥以後，乃遂西南以赴南鄭，更可證宗周不在豐鎬而在洛邑。」○樑案：盟門即孟門山，地在今山西吉縣與陝西宜川間黄河邊上、壺口瀑布之北。文選張衡東京賦：「西阻九阿，東門于旋」，李善注：「洛陽西十里，九阪之道謂之九阿。」與此顯然不合，但是否有一定關係，則尚待研究。九阿，卷五亦有，其位在陽山、軨坂（今山西平陸境）東北，與此亦不合。由上二例可知「九阿」乃是一個較泛的稱呼，並可知此「九阿」乃盟門山之九阿也。

〔一〇〕郝懿行：「盟門，郭氏北山經引尸子作『孟門』。孟、盟聲同，古字通也。」

〔一一〕檀萃：「纍，古累字。按水經注『横谿之水出三累山，其山層密三成，故以三累名。』」○丁謙：「今芮縣西南有西而東之山，殆即纍山。」○顧實：「纍山，即今陝西同州府韓城縣西之三累山。」檀説是。纍與累聲同可通。○常征：纍爲累之古文。○衛挺生：「此纍山乃王静安所云之『雷首』也。」○樑案：檀、顧説是。纍非累之古文，而當是别體或假字。

〔一二〕楊鈔本此下有「癸巳，天子飲于纍山」八字，爲各本所無，顧實補入正文。○樑案：此慎而不補。

〔一三〕洪頤煊：「漢書地理志，京兆鄭縣周宣王弟鄭桓公邑，臣瓚曰：『周自穆王以下都于西鄭，不得以封桓公也。』」顏師古注否之，恐未檢此二書。○檀萃：「西鄭應作南鄭，字之誤也。」○陳逢衡：「西鄭在京兆，南鄭在漢中。」二地非一，此在南鄭。○吕調陽：南鄭，「今郿鄉也，不在京兆。」○小川琢治：「南鄭在今華州北，當漢書地理志京兆鄭縣。」「今按文王初居程，在渭北岐水、岐山之間。」「程、鄭古音通。欲加區别，故名在渭南之鄭爲南鄭。宣王母弟所封者則爲古程，而非南鄭。」○顧實：「郭注是也。」「然自班固漢書誤之於前，鄭玄詩譜誤之於後，而晉京兆鄭縣同於漢京兆鄭縣，妄當鄭桓公始封邑，幾於莫能辨正也。」史記鄭世家載宣王二十二封桓公於鄭，在今涇陽縣，即棫林，而不在京兆鄭縣。班固求其地不得，妄以京兆鄭縣當之，後鄭玄、酈道元皆拘囿其説。陳逢衡説更非，漢中之南鄭乃鄭人奔居而秦人謂之南鄭，與穆傳之南鄭毫不相涉。（常征同小川、顧實説）。○檪案：此南鄭地望，前人大多已不知。此南鄭既非京兆鄭縣，亦非漢中南鄭，而是西周金文中的「奠（鄭）」。我們在卷一「井利」一條中曾叙及井氏一族與「奠（鄭）」地的關係密切，這種關係集中表現在説文「邢」字的叙述中：「邢，鄭地邢亭。」金文反映出在西周中期，「奠（鄭）」這個地方開始成爲重要的政治中心。周王在這裏辦理册命、賞賜等政務，舉行宴饗與射禮，該地有宮殿、宗廟等等，還有管理奠還、奠田、奠人的官員。這些史實與竹書紀年所云「周自穆王以下都於西鄭」的記載正相吻合。金文的「奠（鄭）」、紀年的西鄭、穆傳的南鄭，實則是一個地方。這個地方文載未載其地望，但現代的金文學家認爲金文反映出「奠（鄭）」與另一個地名「棫」極相近，棫也就是鄭桓公一族的原居地棫林。棫林，現基本上可以確定在今寶鷄至扶風一帶，尤其以今鳳翔的可能性最大。因此，奠（西鄭、南鄭）也就必在其近旁。此乃正解。

〔一四〕顧實：「郭注又引傳，見昭十二年左氏傳。」

穆天子傳卷五

古文〔一〕

珤處〔二〕。曰天子四日〔三〕休于濩澤〔四〕，今平陽濩澤縣是也。濩音獲〔五〕。於是射鳥獵獸。丁丑，天子□雨乃至〔六〕。鄒父自圃鄭來謁：鄭有圃田，因云「圃鄭」〔七〕。謁，告也。留昆歸玉百枚〔八〕，留昆國，見紀年。陖翟致賂〔九〕，陖翟，隗姓國也，音峻。良馬百駟，傳曰「文馬百駟」。歸畢之珤〔一〇〕，畢，國名。言翟前取此珤也。以詰其成。成，謂平也。詰，猶責也。陖子𠷎胡□〔一一〕東牡〔一二〕，夷狄有德者稱子。疇，胡名。見許男於洧上〔一三〕。男，爵也。許國，今許昌縣，洧水之所在。音羽美反〔一四〕。鄒父以天子命辭曰：「去茲羔，用玉帛見。」禮：「男執蒲璧。」許男欲崇謙，故執羔也。許男不敢辭，奉王命。還取束帛加璧，□〔一五〕毛公舉幣玉。毛公，即毛班也。是日也，天子飲許男于洧上。天子曰：「朕非許邦，而恤百姓□〔一六〕也，咎氏宴飲毋有禮〔一七〕。」禮：天子稱異姓諸侯爲伯舅。燕者私會，不欲崇禮敬也。管子曰：「伯咎〔一八〕無下拜。」字亦作「咎」，「咎」猶舅也。許男不敢辭，升坐于出尊，禮記曰「反坫出尊」〔一九〕。唯兩君爲好，既獻反爵，坫上出尊，蓋此之類也。坐之於尊邊，使爲酒魁，欲以盡歡酣也。乃用宴樂〔二〇〕。言曲宴也。天子賜許男駿馬十六。稱駿者，名馬也。許男降，再拜空首，空首，頭至于地〔二一〕。周禮「三曰〔二二〕空拜〔二三〕。乃升平坐。及暮，天子遣許男歸〔二四〕。

校釋

〔一〕檀萃：晉書束皙傳載穆傳有見帝臺事，則此卷應爲見帝臺。不見者，豈束皙之妄臆？或原文脱落，或此卷與井公博即見帝臺事。○陳逢衡：「帝臺謂軒轅之臺，即是卷二升昆侖觀黃帝之宫、封豐隆之葬事。」「其實卷五、卷六兩篇與卷四以前異趣。」

〔二〕陳逢衡、翟云升、衛挺生皆云「琁處」上有缺文。○丁謙：「按：此卷舛錯甚多。考竹書紀年，畋於軍丘、翟人侵畢，即本卷『畢人告戎』。蒐萍澤、作虎牢，均十四年事。當作十五年。留昆氏來賓、作重璧臺，即本卷『作臺以爲西居』。觀于鹽澤，均十五年事。當作十六年。而霍侯之薨，亦在是年。此皆前後錯亂。又，『夢羿射于塗山』宜列於『曰有陰雨』之先；『是以選扐，載之神人』二句似與『祭公占之』爲一事。此皆分裂數處致文義不貫。」○小川琢治：「卷五、六，皆於篇首有十餘簡之脱落。此殘篇中，處處皆有脱簡。」

〔三〕洪頤煊：四日，「事類賦注四引作『四月』。」○陳逢衡：「案：『月』字誤，太平御覽二十二亦引作『四月』。」

〔四〕檀萃：「漢地理志平陽、濩澤屬河東郡。平陽，堯都，在平水之陽；濩澤在析城山西北，後漢俱爲侯國。濩澤縣西南有祁城山，則『析』誤爲『祁』。」○陳逢衡：「今山西澤州府陽城縣西。」

○呂調陽：「即廣成澤也，以温水名。」○丁謙：「濩澤故城在今澤州陽城縣西南二十里。」○樑案：濩澤，古有三：一爲戰國魏邑，在今山西陽城縣西偏北，紀年所載「晉取玄武、濩澤」即是。二爲水名，水經卷九沁水注可見，即今山西陽城縣南固隆河、濩澤水。三爲澤名，即墨子尚賢中舜「漁雷澤」之雷澤，水經沁水注引應劭曰：「澤在（陽城）縣西北。」此三者實際是緊鄰的，故此穆王主要當然居於城中，但也難免遊於水澤。

〔五〕翟云升：「獲，諸本皆誤作『特』，今據太平御覽二十二改正。集韻入聲二十陌『濩，濩澤縣名』與『獲』皆『胡陌切』。或曰：獲、特，古韻同部，『特』即『獲』也。」○樑案：獲，道藏、吴、范、李、程、邵、唐、楊鈔、何、趙、郝本作「獲特」，范、陳、周本作「特」，范陳本又在「特」旁加點以示誤字，並補「濩」字。

〔六〕劉師培：「『乃至』下當脱二字，係地名。」○衛挺生：「闕文當作『遊于洧上』。」○陳逢衡：「『乃至』者，至于留昆氏也。」

〔七〕檀萃：「水經：濟水東逕原武縣故城南，春秋之原圃也。」「祭公所封祭城，一統志在鄭州城東北十五里，圃田在中牟，郭牽連而言，殊不可分也。」○丁謙：「後漢地理志：『中牟有圃田澤，在今鄭州東北。』」○樑案：圃田，澤名，爲當時九藪之一，春秋時又名原圃，戰國時又名圃中。開封府志卷五山川云：「在中牟縣西北七里。……其澤東西五十里，南北二十六里。」今澤早已淤爲平地。

〔八〕檀萃：「紀年穆王十五年『留昆氏來賓』，蓋西戎之國多以昆爲名也。」○陳逢衡：「吴本亦作

『枚』。」「留昆，疑即詩所云『彼留子國』也，蓋距鄭國不遠。」檀說誤。○丁謙：「留昆，國名。但其地無考。」○小川琢治：留昆即留骨之邦。○櫟案：道藏、汪、范、吴、趙、何、翟本作「枚」，此從作。

〔九〕檀萃：「左傳叔隗、季隗，姓也。」○洪頤煊：「廣韻云：『陖，亭名，在馮翊。』」○翟云升：「路史六國名紀作『郯子』。」○孫詒讓、陳逢衡：後文「畢人告戎曰：『陖翟來侵。』天子使孟悆如畢討戎」十八字當在此句上，討而服，故來致賂。○丁謙：「地亦未詳。」○小川琢治：此歸寶，後再討，蓋服而再叛，亦或爲顛倒。○常征：陖翟爲「允翟」之古字。○櫟案：依一般規律，孫、陳說是。但恐亦有如小川所說的情況，故此不改。其地，當時必在畢（今陝西咸陽）附近。而其大本營則恐難定。廣韻所載「陖，亭名，在馮翊」，則當多少反映出陖翟在該地活動過，甚至有可能爲其本邑。

〔一〇〕洪頤煊：「左氏僖廿四年傳『畢、原、酆、郇』杜預注云：『畢國在長安縣西北。』」○陳逢衡：郭注引「左傳見宣二年，杜注：『畫馬爲文四百匹。』」「此寶蓋陖翟侵畢時所取，今因天子來討，故歸之。」○孫詒讓札迻：「『歸畢之珤』，珤古寶字，此當借爲『俘』。春秋莊六年經『齊人來歸衛俘』，左傳及公羊、穀梁經並作『寶』。」蓋陖翟先伐畢，俘其人民器物，今既懼討王命，乃歸之畢而與之成，故云『以詰其成』。『詰』亦疑即『結』之叚字。」○丁謙：「畢，國名。郡縣志在京兆萬年縣西南二十八里，今咸陽縣南境。畢與陖近，故被侵。」○櫟案：畢，文王第十五子畢公高所封，地在今陝西咸陽市東北。竇，孫説可爲一説。

〔一一〕□，檀本填「貢」。

〔一二〕檀萃：「東牡，蓋所得於東胡之牡馬。」○陳逢衡：「『子』蓋所封之爵，非因有德也。『東牡』，不知何物。或曰：蓋疇胡飲天子于東牡之上，東牡，地名。路史國名紀：『陖澤音俊，致賂於王。』即陖子壽胡也。」○㮚案：東牡，義未明。

〔一三〕陳逢衡：「水經洧水注引。」「晉許昌縣，今河南許州。洧即溱洧之洧。」（郝懿行、丁謙、張公量、衛挺生説同。）○㮚案：許，説文作「鄦」，云：「炎帝太嶽之胤，甫侯所封，在潁川。从邑無聲，讀若許。」通志氏族略以國爲氏：「許氏，姜姓，與齊同祖，炎帝之後，堯四嶽伯夷之子也。周武王封其苗裔文叔於許，以爲太嶽後，今許州是也。」金文皆作「鄦」，與説文同，並可知其確爲姜姓。故邑在今河南許昌市東。洧，説文：「洧水，出潁川陽城山，東南入潁。」明以後名雙洎河，直至今。「洧上」，續河南通志卷十八以爲地名，「在洧川縣」，「穆王時洧川地正爲許郊」，並引本段文字。姑備一説。

〔一四〕羽，吴本作「于」，翁鈔作「余」，盧校改作「羽」。

〔一五〕陳逢衡：「空方疑是『命』字。」○衛挺生：「闕文當作『天子使』等字。」

〔一六〕洪頤煊：「□字疑衍。」

〔一七〕檀萃：「言朕若非許邦而能恤百姓耶，嘆許男之賢也。咎氏者，鄭重而呼之也。宴飲者，行燕飲之禮以爲樂也。毋有禮者，毋拘於禮而不違也。」○劉師培：「『有禮』當作『囿禮』。無囿禮者，不域于禮也，猶今宴會所謂不拘禮矣。」○衛挺生：「非許邦，似指辭羔事而言。」○樑案：「非」下疑有脱字，亦或讀作假字（具體讀何字不明）。毋有禮，似以劉説較佳。

〔一八〕洪頤煊：「注引管子『伯咎』與下『作咎』俱譌作『舅』，今從注意改正。」（又於管子義證小匡篇云：）「穆天子傳郭璞注引作『伯咎無下拜』，士昏禮注『古文舅皆爲咎』。此舅字後人所改。錢詹事云：『士昏禮「贊見婦于舅姑」注：「古文『舅』皆爲『咎』。」春秋傳「舅犯」，他書多作「咎犯」。此書「舅氏」爲「咎氏」，足證爲真古文矣。』」（常征説近同。）○陳逢衡：「『伯舅無下拜』，見管子小匡篇。」○樑案：諸本此皆作「舅」，洪本、范陳、馮舒校改作「咎」，盧校「疑當作咎」。今見管子亦作「舅」。

〔一九〕檀萃：「時許男方下拜，因天子命不敢辭，乃升堂，而天子命坐於尊間，使其飲酒爲一坐之魁以盡歡樂也。」○陳逢衡：「『反坫出尊』，見禮記明堂位。」○樑案：注二「坫」字從吴、吕、郝、翟本作，今本禮記亦作「坫」，他本皆作「玷」。

〔二〇〕陳逢衡：「宴樂者，歌樂以燕之，如蓼蕭、湛露之詩是也。郭注『曲』當如歌曲之曲。」○孫詒讓札迻：「宴樂即周禮之燕樂也，亦謂之房中之樂。詳周禮磬師鄭注。後文鄒公飲天子酒亦云『乃紹宴樂』，亦同。郭注非是。」○樑案：孫説是。

〔二一〕「頭至于地」，吕本作「頭不至地」。○檀萃：引周禮見大祝職。○陳逢衡：「周禮鄭注：『空首，頭至手。』郭注謂『頭至于地』，誤。頭至地則稽首也。」

〔二二〕曰，邵本作「百」，吴、何、郝本作「日」，郝懿行校：「郭引周禮『三日』當爲『三曰』。」又，吕本「三曰」前增「九拜」兩字。

〔二三〕拜，盧校：「周禮作『空首』。」○檪案：吕、翟本作「首」，當據周禮而改。

〔二四〕陳逢衡：「『及暮』者，謂宴飲至暮也。」○衛挺生：「此段記異姓諸侯謁見天子之禮儀，規律精密而嚴肅。非當時人，不易細緻若此。」

癸亥，天子乘鳥舟龍舟〔一〕浮于大沼〔二〕。沼，池。「龍」下有「舟」字〔三〕。舟皆以龍、鳥爲形制，今吴之青雀舫，此其遺象也〔四〕。夏庚午〔五〕，天子飲于洧上。乃遣郯父如圃鄭，用□〔六〕諸侯。辛未，天子北還，釣于漸澤，食魚于桑野〔七〕。丁丑，天子里圃田之路〔八〕：盡規度以爲苑圃地，而虞守之也。東至于房〔九〕，房，房子，屬趙國，地有巑山〔一〇〕。西至于□丘〔一一〕，南至于桑野，北盡經林、煮□之藪〔一二〕。南北五十□〔一三〕。十虞〔一四〕：東虞曰兔臺〔一五〕，西虞曰櫟丘〔一六〕，櫟，今河南陽翟縣。音立〔一七〕。南虞曰□富丘〔一八〕，北虞曰相其〔一九〕。御虞曰□來十〔二〇〕虞所〔二一〕。□〔二二〕辰，天子次于軍丘，以畋于藪□〔二三〕。甲寅，天子作居范宮〔二四〕，范，離宮之名也。以觀桑者，桑，採桑也。詩云「桑者閒閒兮」。乃飲于桑中〔二五〕。桑林之中。天子命桑虞主桑者也。出□桑者〔二六〕，用禁暴民〔二七〕。

不得令妄剗〔二八〕犯桑木〔二九〕。

校釋

〔一〕洪頤煊：「鳥舟，文選張景陽七命注引作『鳧舟』。『龍』下本有『卒』字，從太平御覽七百九十六、事類賦注十六引刪。又御覽、事類賦注引俱作『鳥舟龍舟』。」〇陳逢衡：「舊本『龍』下無『舟』字，今據郭注補。又書鈔一百三十七兩引穆天子傳『乘鳥舟龍舟浮于大沼』，俱無『卒』字，『龍』下俱有『舟』字。」〇翟云升校同陳，又云：「『卒』字義未詳，或宋以後誤增者。」〇櫟案：諸本爲「鳥舟龍舟」，此從諸改。「卒」，抑或「舟」之音近誤字。

〔二〕檀萃：「『龍卒』者，所謂雕題之士、鏤身之卒，比飾虬龍蛟螭與對者也。」〇陳逢衡：「淮南本經訓『龍舟鷁首』高誘注：『龍舟，大舟也，刻爲龍紋。鷁，大鳥也，畫其像著船頭，故曰鷁首。』即此類也。」卒或率之誤，通繂，維舟之索。「一統志：『河南開封府大沼在洧川縣西北三里，亦名白雁陂。』水經注：『白雁陂在長社東北，東西七里，南北十里，在林縣之西南。』縣志：『大沼縱廣百餘頃，今爲楊家湖，下流入雙洎河。』」〇丁謙：「大沼似即洧淵，在新鄭縣西南。」〇櫟案：續河南通志卷七輿地志山川一：「大沼，在洧川縣西北三里許，從廣二百餘頃，四望無際。」下引本傳文。又云：「所謂大沼即此，今名楊家湖。」可參。又，據文獻所載，在春秋戰國時期，已有諸多型號船艦，河南汲縣所出戰國早期銅鑑上的水陸攻戰圖及多處發掘的先秦、秦漢船舶工場遺址更從實物上證明了文獻記載的可靠性。此鳥舟、龍舟蓋亦當時船舶中的華貴者。

〔三〕洪頤煊：「注『龍下有舟字』五字，亦是校者之文。」

〔四〕「遺象也」，洪頤煊從文選注引改「制者」作「象也」。○陳逢衡：「御覽七百六十九引『沼，沚。「龍」下宜有「舟」。皆以龍、鳥爲形制，今吴之青雀舫遺像。』」注文五字，「蓋古本脱落而郭校之也。」「文選七命引『舟爲鳧形制』。」○櫟案：洪校改作「遺象也」，文義並未勝「遺制者」。

〔五〕陳逢衡：「『夏』字誤，當是季春。」○丁謙：「此必孟夏。」

〔六〕□，檀本填「合」字。○衛挺生：「闕文當是『聯絡』等字，擬補『聯』字。」○櫟案：檀、衛填字俱未可人意，疑所缺非一字。

〔七〕檀萃：漸澤，「疑即圃田二十四浦之一二也。桑野，地名。」○陳逢衡：「一統志河南開封府：『漸澤在洧川縣北二十里，廣數里。穆天子傳「釣于漸澤」即此。今名指澤陂。』」○呂調陽：即故開封□之百尺陂。○丁謙：「漸澤無考。桑野爲范宫地，當在今鄭州南。」○衛挺生：「康熙開封府志（卷十六古蹟，頁十四）：『桑野在洧川縣西北。』下引穆傳本段文。又察周穆王之范宫即梁惠王魏嬰之范臺、韓王之鴻臺宫，在洧川縣城外西一里，去桑林苑不一里。洧川縣令劉振聲詩有句云『穆王當自登此臺』。」「又道光河南通志卷十七水利上云：『漸澤，在洧川縣北二里，周圍廣數里，即穆天子傳「飲于洧上，釣于漸澤」是也。今名爲指澤陂，著納衆水。』」○櫟案：漸澤，續河南通志卷七亦云即指澤陂。桑野，河南通志卷五十一古蹟上與開封府志載同。俱可參。

〔八〕路，黄本作「藪」。○陳逢衡：「此『理圃田之路』猶卷四言『乃里西土之數』也。」「水經注：『圃田東西四十里，南北二十里。中有沙崗，上下二十四浦，津流逕通，淵潭相接，各有名焉。有大漸小漸、大灰小灰、義魯練秋、大白楊小白楊、散嚇禺中羊圈、大鵠小鵠、龍澤密羅、大哀小哀、大長小長、大縮小縮、伯丘大蓋羊眠等浦。』」○劉師培：「案：里即釐字。書序『帝釐下土方』馬注：『釐，理也。』周禮獸人鄭注云：『謂虞人釐所田之野。』此文之『里』與彼同義。」○櫟案：里字本名詞，但在此用作動詞，計里之意，故無需讀破。

〔九〕檀萃：「吴房縣，漢屬汝南郡，古房子國也，在圃田之東。無因遠至於趙地。」○洪頤煊：「漢書地理志『房子有贊皇山』，不聞巑山。歐陽修集古録周穆王吉日癸巳文跋引穆天子傳『登贊皇山以望臨城』。太平寰宇記六十引穆天子傳云『至房子，登贊皇山』，今本無此文。注『巑山』即贊皇山之譌。」「又水經濟水注疑房在陽武縣故城南，以郭氏此注爲非。」○陳逢衡：「水經注：『濟水又東逕房城北。穆天子傳曰：「天子里圃田之路，東至于房。」疑即斯城也。』」水經説是。○吕調陽：「此房在尉氏。」○丁謙：「房在圃鄭東，非春秋房子國地。」○櫟案：漢吴房縣在今河南遂平，位於開封南開西。趙房子在今河北臨城、高邑、贊皇中間，位於開封之北。俱與本傳所記在圃田之東似不相合，尚待深入考察。

〔一〇〕翟云升：「路史六國名紀引『房子國，趙地，有巑山。』」

〔一一〕□，檀萃本填「頓」字，云：「據詩，頓丘爲衛地。」○陳逢衡：「漢志東郡頓丘縣，今直隸大名府清豐縣西南二十五里。」姑從檀說。○呂調陽：「『丘』上當是『櫟』字。」

〔一二〕□，檀本填「棗」字，云：「史徐廣注云：『煮棗在濟陰宛句。』正義：『信都縣有煮棗田。』宛句在河南，信都在河北，是煮棗南臨黄河之口爲北境。」（呂調陽亦填「棗」，無説。）○陳逢衡：「宛句，兩漢皆屬濟陰郡，今在山東曹州府菏澤縣南。據此，則當云東，不當言北，疑所缺不是『棗』字。」

〔一三〕□，檀本填「里」字。（丁謙説同。）○翟云升：（從檀補，又云：）「然非止一字，當更有計東西里數之文也。」○櫟案：翟説是。

〔一四〕陳逢衡：「周禮地官有山虞、澤虞，此澤虞也。澤有大澤、大藪、中澤、中藪、小澤、小藪，以中士、下士掌之。」

〔一五〕檀萃：「按下文，即虎牢也。水經注云：『兔氏亭北野兔陂，鄭地也。』傳云：『鄭伯勞屈生於兔氏。』」○洪頤煊：「史記趙世家云『魏敗我兔臺。』正義云：『兔臺在河北。』」○陳逢衡：「兔氏城，今在河南開封府尉氏縣東北四十里。」○丁謙：「兔臺，史記正義云在河北，今地未詳。」○櫟案：史記趙世家：「魏敗我兔臺，築剛平以侵衛。」正義云：「兔臺、剛平並在河北。」剛平在今河南内黄、濮陽間，兔臺與之近，亦當在此間。但與穆傳此處文字不合。左傳昭五年之爲「菟氏」在今河南尉氏、新鄭之間，在圃田澤之南，則亦不合。故此兔臺當更另求之。

〔一六〕檀萃：「春秋書『鄭伯入于櫟』，宋忠曰：『今陽翟縣。』翟本櫟。」○陳逢衡：「漢陽翟縣屬潁川郡，晉屬河南郡，今河南開封府禹州。」（丁謙、張公量説近同。）○櫟案：諸説可參。櫟，字又作

「歷」，地在今河南禹縣，春秋時爲鄭之別都。

〔一七〕「立」，道藏、范、范陳、吳、李、程、楊鈔、趙、何、郝等本作「櫟」，陳本作「歷」，翟本作「歷」。〇翟云升：「歷，諸本或作『櫟』，或作『才』，並誤。今姑依春秋桓十五年『鄭伯突入于櫟』釋文改正。疑注本作『擽』，故致誤作『櫟』、誤作『才』也。」

〔一八〕檀萃：「富或爲負，爾雅：『丘背有丘爲負丘。』」〇洪頤煊：「水經濟水注引紀年云：『梁惠成王十六年，邯鄲伐衛，取漆、富丘城之。』」〇陳逢衡：「水經注此下尚有『或亦謂之宛濮亭』。」「然竊疑圃田在中牟，則南虞更在中牟之南，不得北至于衛也，顯另是一地。蓋梁所取者是衛邑，此則丘陵之丘耳。」〇櫟案：丁謙、衛挺生亦據紀年爲說，但俱未考慮與本傳所示方位不合，惟陳逢衡注意到了。但他云是丘陵之丘則未必。

〔一九〕檀萃：「其，當是『丘』字之誤。」〇陳逢衡：檀説是，又「兔臺、櫟丘、富丘、相丘當是澤虞所居之舍。虞則有十而丘但有四者，以分察四至也。」〇呂調陽：「博浪澤也。」〇丁謙：「余友陳君焯云：『北虞下當以「曰相」爲句。相即殷河亶甲遷都地，後世主爲相州，今漳德府城。』」〇衛挺生：「相，今安陽。」〇櫟案：相其説爲相可以考慮，但説即河亶甲所遷之相則恐未當。殷都之一的相在今河南内黄縣東南，雖也在圃田之北，但距離未免遠了些，故此不取。

〔二〇〕十，范、邵本無。

〔二一〕檀萃：「據後注『以次侍御，備有顧問』，所謂御虞也。」〇陳逢衡：「御虞，蓋十虞之長也。『曰』是

『日』字之誤。『來』上空方當是『往』字。言御虞總司其事，日往來于十虞所司之地而察之也。」○樑案：御虞，陳説可參。但「曰」字亦可不改作「日」，意即御虞之言也。下有缺文而使全句文意不明晰，推測大約是言至十虞之所，具體何爲不明。

〔二二〕□，檀本填「甲」字，陳逢衡疑爲「壬」字，衛挺生填「庚」字。○樑案：丁丑曰穆王里圃田之路，則似欲起程赴他處，故此空方似應填「庚」字。再由前庚午、辛未、丁丑，日程安排緊湊來看，此亦當填「庚」字。穆王於此畋獵月餘，再於甲寅日作居於范宮。

〔二三〕□，檀本填「澤」字，云：「紀年云：『穆王十四年夏四月，王畋于軍丘。』」「藪者，蓋經林、煮棗之藪也。是軍丘之地當在大河之北矣。」○陳逢衡：檀説非。○呂調陽：軍丘，「或是介丘」。○丁謙：「地無考。」○衛挺生：「軍丘乃圃田藪上之丘。」○樑案：軍丘在圃田與范宮間，則軍丘蓋在圃田之北，具體不明。

〔二四〕檀萃：「紀年云穆王十五年五月『作范宮』，蓋在畋軍丘之後。」○陳逢衡：「范在春秋時爲晉大夫士會之邑，漢屬東郡，置范縣，今山東曹州府范縣。是其地在周初即名范，穆王於其地作宮，故以名之。」「『居』字疑衍。」○金蓉鏡：「戰國策梁王魏嬰觴諸侯於范臺，疑即范宮。」○樑案：范宮地望不明，約在圃田之北。諸説未可定。

〔二五〕檀萃：「桑林，衛地。」○郝懿行：「漢書地理志桑中屬常山郡，蓋漢以名縣也，即此。」○陳逢衡：「詩鄘風『期我乎桑中』，故檀以爲衛地，然不如郭注『桑林之中』爲確。」「又案：漢常山郡有桑中縣，今直隸正定府平山縣東南，與此無涉。」○丁謙：「桑中者，桑野之中，非衛風『桑中』地。」○樑案：陳、丁說是。

〔二六〕□，檀本填「内」字，云：「亦十虞之一也，司桑女出入之節。」○陳逢衡：「藝文類聚木部、太平御覽引無□字。」（以上郝懿行同。）「此桑虞則山虞也。」○蔣超伯：「案：淮南子時則訓：『乃禁野虞，毋伐桑柘。』野虞即桑虞耳。」

〔二七〕洪頤煊：「『民』，本作『人』，從藝文類聚八十八、太平御覽九百五十七引改。」○陳逢衡：「御覽九百五十五引，九百五十七無此條。」

〔二八〕盧文弨：「剉，疑與『槎』同，邪斫木也。」

〔二九〕木，洪本作「本」，周本作「林」。○檀萃：「郭說非也。蓋强暴之人不得入桑林以犯桑女耳，桑虞厲禁，豈有犯桑木者哉？」○陳逢衡：「太平御覽九百五十五引作『不得令害犯桑妾也。』」（以上褚德彝校同。）「毛西河國風省篇曰：『古文云：穆天子作居范宮，以觀桑者。桑者，桑婦也。彼以爲採桑婦工，故必桑婦而後得稱爲「桑者」，故又曰「出□桑者，用禁暴人」也，蓋惟恐狂夫之或及於彼桑婦也，非桑婦則暴何禁矣？』」

仲夏甲申，天子□所〔一〕。庚寅，天子西遊，乃宿于鄒〔二〕。鄒，鄒公邑。壬辰，鄒公飲天子酒，乃歌𡿫天之詩〔三〕。詩頌有：「昊天有成命，二后受之，成王不敢康。」疑鄒公以此規諫也。天子命歌南山有䑫，詩小雅有南山有臺：「樂之君子，邦家之基。」以荅〔四〕郄公之言。然皆古字難曉，所以未詳。乃紹宴樂〔五〕。紹，繼也。丁酉，天子作臺，以爲西居〔六〕。壬寅，天子東至于雀梁〔七〕。甲辰〔八〕，浮于滎水〔九〕，今滎陽滎澤是。乃奏廣樂。季夏庚□〔一〇〕，休于范宮。仲秋丁巳，天子射鹿于林中〔一一〕。乃飲于孟氏，爰舞白鶴二八〔一二〕，今之畜鶴、孔雀，馴者亦能應節鼓舞。還宿于雀梁。季秋辛巳，天子司戎于□來，虞人次御〔一三〕。以次侍御，備有所問。孟冬鳥至，雁來翔也。王邑〔一四〕□弋〔一五〕。下云「王臣姬姓之女」，疑是婦官也。仲冬丁酉，天子射獸，休于深萑。萑〔一六〕葦之藂。得麋麕豕鹿四百有二十，得二虎九狼，乃祭于先王，命庖人熟之〔一七〕。庖人，主飲食者。

校釋

〔一〕□，檀本填「于」字，云：「歷十虞之所。」○陳逢衡：檀誤不可據。『所』是『斦』字之誤，空方當是『東至于』三字，故下文云『西遊』。」

〔二〕檀萃：「今開封府東北十五里祭伯城是也。」○呂調陽：「在氾西。」○丁謙：「春秋釋例：『祭城在河南，上有敖倉，爲今氾水縣北境。』與本文『西遊』合。一統志云在鄭州西北約十五里，敖山東麓，卷一已言。○欒案：祭地，前釋祭公已明。

〔三〕檀萃：冏，古「昊」字。「『詩』字疑誤，當爲『頌』字。」○陳逢衡：「檀説過泥，風、雅、頌皆詩也。」

○櫟案：⿴囗悤字不識。由字從悤聲視，可與「昊」通。但傳未載詩文，故未可認定。

〔四〕檀萃：「⿰⿱罒山毛字從四山，所以象爲臺。臺，夫須，所以從毛。」○洪頤煊：「説文握古文作臺，與『臺』形相近。此⿰⿱罒山毛字復與『握』形相近，皆古文也。」○陳逢衡：「臺是草名。」⿰⿱罒山毛『非從四山，乃二『屮』字下加『毛』字也。」握字古文與其不近。○吕調陽：「⿰⿱罒山毛當是梼字。」○岑仲勉：「更從造字方面來看，也有非後人所能作僞者。」⿰⿱罒山毛，「案：禮記内則『桃而膽之』，亦見爾雅釋木，正義云：『「桃之膽之」者，桃多毛，拭治去毛。』今南方人食桃猶保存先去其毛之習慣。此字從毛會意，合是『桃』字。」○櫟案：此又一奇字，不識。諸考皆未允，不可據信。

〔五〕陳逢衡：「猶前宴許男用宴樂也。」

〔六〕陳逢衡：「此臺蓋作於范宮之西。」○丁謙：「即下卷重璧臺。以時方興築，故未有名。」○衛挺生：「所謂『西居』者，乃對范宮之爲『東居』者而言也。蓋已西返成皋。」

〔七〕檀萃：「當在滎陽間。」○洪頤煊：「水經濟水注云：『黄水又東北至滎澤南，分爲二水：一水北入滎澤，一水東北流，即黄雀溝。』引此傳云：『壬寅，天子東至于雀梁。』」○丁謙：「雀梁在洛河東，見水經黄雀溝注，在今汜水縣境。」○櫟案：水經濟水注謂黄雀溝又名黄淵，淵周一百步，在今鄭州市西北，古滎澤南。

〔八〕洪頤煊：甲辰，「水經濟水注引作『甲寅』，下文有『天子』二字。」（郝懿行校同。）○陳逢衡：「據趙一清水經注釋作『甲寅』，張匡學水經注釋地作『甲辰』，然當作『甲寅』爲是。」○櫟案：壬寅後兩日爲甲辰，而甲寅爲十二日後，故此仍以作甲辰爲是。

〔九〕檀萃：「水經注云：『黃水東北至滎澤南，分爲二水：一水北入滎澤……』」○陳逢衡：「一統志河南開封府：『古滎澤在滎澤縣治南。』郡國志滎陽有費澤，劉昭注：『縣東有滎澤也。』」「晉滎澤縣，今河南開封府屬縣。」○丁謙：「滎水在滎陽縣東。」○檪案：周禮夏官職方氏：「豫州，其川滎、雒。」禹貢：「（豫州）滎波既豬。」漢書地理志：「河南曰豫州，川曰滎、雒。」廣韻：「滎，又水名，在鄭州。」滎水所瀦即滎澤，故址在今鄭州市西北古滎北。」

〔一〇〕□，檀本填「戌」字，衛挺生同，陳逢衡疑是「申」字。○檪案：兩者皆可，未能確擇。

〔一一〕檀萃：「即桑林之中也。」○陳逢衡：「林中當泛指，不必泥定桑林。若桑林，爲婦女采桑之地，何得容留有鹿。」○檪案：陳説是。

〔一二〕檀萃：「孟氏即下文孟悆，蓋夏啓臣孟涂裔。」○陳逢衡：「孟氏，地名。路史國名紀六：『孟，孟涂國，今河南孟津偃師西三十一里。穆傳「至于孟氏」』，近於河南。」檀説乃附會於紀年、海內南經。「白鶴，舞曲名。尚書大傳『和伯之樂舞玄鶴』，知玄鶴之爲舞曲名，則舞白鶴亦若是矣。即真是鶴舞，亦是教訓純熟之鶴，並無異處。」○丁謙：「孟氏邑，未詳。觀下『還宿于雀梁』，必地與相近，當亦在汜水境。」○檪案：孟氏必在雀梁之近處，且當在其東或北，與古孟涂國無涉。

〔一三〕陳逢衡：「司戎，蓋行秋獮之事。」虞人次御，「蓋需次于王御，以備顧問道里之數。」○孫詒讓：「『司』古與『治』通。司戎，治兵也。春秋莊八年經『正月甲午治兵』，公羊經作『祠兵』。司、祠並聲近通借字，故下文即記弋射得獸之事。」○櫟案：孫説是。古帝王畋獵多有兼習軍戎者，即大蒐禮，可參見業師古史新探（中華書局一九六五年版）大蒐禮考，故畋獵可稱司戎。

〔一四〕邑，郝本作「㠯」，汪本作「目」，張本改作「臣」。又，范、范陳、程、趙、翁鈔、檀、翟、周、吕、褚本「邑」下多「諸侯」二字，范陳校於二字旁加點以示衍文。（翟云升、盧文弨俱校云「諸侯」二字乃衍文。）○洪頤煊：「邑，古『姬』字之省，今本譌作『臣』，從道藏本改。」

〔一五〕□，檀本填「共」，云：「周之孟冬，夏正八月，正鴻雁來賓之候也。『共弋』者，婦官供弋繳以備矰繳之用也。」○洪頤煊：「漢書音義臣瓚曰：『漢秩禄令及茂陵書「姬」並内官也，秩比二千石，位次婕妤下，在八子上。』」○陳逢衡：郭注乃涉下文而誤。「不知王是穆王、臣謂侍從諸臣。空方是『供』字。」弋射亦非婦官所能。○顧實西征年曆：「孟冬者，十月也；而雁來翔則於夏正爲八月也。禮記之月令、周書之時則訓，皆於八月、九月兩記鴻雁來。吕覽之十二紀、淮南之時則訓，又皆於八月、九月兩書侯雁來。惟大戴記之夏小正僅見於九月耳。」此穆傳用周正之確證也。（衛聚賢、常征同。）○衛挺生：「穆王方勵武事，故闕文當是『韡習』等字，擬爲『王臣習戈』。」○櫟案：此處用周正，甚是。但以此證穆傳必成書於西周，則疏失之。穆傳前四卷乃用夏正，衛聚賢已辨明之（見卷一引）。退而言之，即穆傳全用周正，亦未可論定必成書於西周。其理由是極淺顯的——西周以後的人也可以用周正（何況春秋、戰國仍是周天子的天下呢，儘管實際上已只是虛名了），特別是三晉地區尤有夏正與周正雜用之習。而這個特點在穆傳、左傳這些三晉人士所撰的著作（穆傳之作者在整理前言已言。左傳之作者，業師曾在授課中講到由其內容中五分之四至四分之三是叙述晉人事蹟可推定爲晉人所作，其說甚是。）中正表現得很明顯。又，邑當爲㠯之草體，㠯即「以」之古體。此句蓋言王以矰矢之類弋射。郭注等皆涉下文而誤。

〔一六〕洪頤煊：「萑，本作雈，說文：『雈，小爵也。』『萑，从艸，萑聲。』今改正。」〇陳逢衡：「深萑，地名。」〇丁謙：「深萑，無考。」〇櫟案：洪校是，此從改。

〔一七〕陳逢衡：「豕，野豕也。此地無先王之廟，古者出行皆載木主，故得命庖人熟而薦之。竊疑此二句係卷二中錯簡，滎陽滎澤之間焉得有如許虎狼鹿豕之多。」〇櫟案：陳疑此間無如許多野獸，乃泥於後世之貌，非也。古代中原地區亦多獸，文獻與考古皆可證明。

戊戌，天子西遊，射于中□〔一〕，方落艸木鮮〔二〕，命虞人掠林除藪，以爲百姓材。以供人之材用。掠謂剗伐之〔三〕。是日也，天子北入于邴〔四〕，邴，鄭邑也。音丙。與井公博〔五〕，三日而决。疑井公賢人而隱約，故穆王就之遊戲也。辛丑，塞〔六〕，戒不如故進爲塞也。至于臺，乃大暑除。天子居于臺，以聽天下之〔七〕。因以避暑。遠方□〔八〕之數而衆從之，是以選扐〔九〕，音勒。乃載之神人□之能數也〔一〇〕，有道數也。乃左右望之〔一一〕。占候也。天子樂之〔一二〕，愛其術也。命爲□而時□焉〔一三〕。□其名曰□〔一四〕公去乘人□猶□〔一五〕。有虎在於〔一六〕葭中。葭，中〔一七〕。天子將至，七萃之士曰〔一八〕高奔戎請生捕虎〔一九〕，必全之，乃生捕虎而獻之天子〔二〇〕。詩所謂「袒〔二一〕裼暴虎，獻于公所〔二二〕。」此之謂也。天子命〔二三〕爲柙柙，檻也。論語曰：「虎兕出於柙。」而畜之東虢〔二四〕，是曰〔二五〕虎牢〔二六〕。因以名其地也，今滎陽成皋縣是。天子賜奔戎畋馬十駟，爾雅曰：「畋馬齊足尚疾也。」歸之太牢。牛羊豕爲太牢。奔戎再拜稽首〔二七〕。

校釋

〔一〕□，檀本填「林」字。

〔二〕陳逢衡：「鮮，解也。禮記月令：『季夏行春令，則穀實鮮落。』呂氏春秋作『解落』。又列子湯問：『輒沐之國，其長子則鮮而食之。』博物志作『解而食之』。又案：『中』上疑缺『林』字，空方當是『木葉』二字。」○丁謙：「『鮮』蓋『解』字之訛。」○檪案：陳説「鮮，解也」，可參。左傳昭五年「葬鮮者自西門」注：「不以壽終爲鮮。」列子湯問「則鮮而食之」注：「人不以壽死曰鮮。」是鮮有終、死義，故可與「解」字互用。但陳説疑空方中字則僅其一説而已。

〔三〕檀萃：「⿰差刂音差。」

〔四〕王鳴盛：「郱即左傳之枋也。司馬彪曰：『泰山黄縣有訪亭。』穀梁傳作郱。」○盧文弨：「枋即柄，枋即郱。公羊傳以魯枋田見，説文繫傳引。」○檀萃：「説文：『郱，宋下邑。』郭以爲鄭邑，從近也。郱蓋休與之山」○洪頤煊：「公羊隱八年『鄭伯使宛來歸郱』，左氏作『歸枋』，二字古通用。」○陳逢衡：「今山東沂州費縣治西有古祊城。竊疑穆王是時方在河南滎澤，據上文『天子西遊』，此云『天子北入』，當求其地於滎澤之西北。」下文即虎牢，成皋。此邴何以爲忽在河南，忽在山東。山東費縣亦不在滎澤之西北。○呂調陽：「案：河内長明溝也。」○劉師培：「丙、方古通，此之邴即上文『東至于房』之房也。郭以房子訓之，是也。此復訓邴爲鄭邑，則非。此邴與左傳『歸邴』之邴別。下文『季秋□乃宿于房』，洪謂即上文之房，蓋同地異字。」○丁謙：「范守己豫譚謂即中牟縣地。」○檪案：鄭邑邴在今山東費縣東南，與本傳地望不合，郭注誤。或説是春秋宋下邑，即春秋隱公十年之防（一名西防），地在今山東金鄉西，亦不合。又或説即前之「房」，但前兩作「房」而此無由忽作「邴」，亦難以使信。又，春秋時陳有防邑，在今河南淮陽北，西距今許昌市二百里左右，雖較近些，但亦恐非此之邴。故此邴地仍未可落實，尚待繼續探求。

〔五〕檀萃：「井公即井公利，其爵公，見竹書紀年甚明。」郭注分爲二人，似無所據。○陳逢衡：檀説是。「玉芝堂談薈三十一云：『古樂府井公能六博，玉女善投壺，蓋因井星形如博局而附會之。』此説大誤。」「決是河決，此千古河決之始，蓋在滎陽、成皋間。王遊於此而適值河決，王因留此塞河而與井公博。」○呂調陽：「在野王東，即邢。」○孫詒讓：「井公即前之井利，蓋井國之君從王行者，注説誤。」○于省吾：注非是。「康鼎有『奠井』二字。奠、鄭，井、邢並古今字。」○檪案：井公當即井公利。博即六博，詳下。陳説河決之事，純屬無稽。

〔六〕塞，吕本作「寋」。○檀萃：「莊子『博塞以遊』。博，今所擲頭謂之瓊，瓊有五采，刻爲一畫者謂之塞，二畫者謂之白，三畫者謂之黑。一邊不刻者五塞之間，謂之五塞。」○陳逢衡：「藝文類聚巧藝部引『天子與井公塞也。』」「太平御覽七百五十四引『天子北入邴，與井公塞。』亦誤以塞爲行棋相塞之塞。」「博即六博，又謂之五白。以五木爲簺，有梟、盧、雉、犢、塞五者，爲勝負之采。鮑宏博經云：『六博用十二棊，六棊白、六棊黑。……』衡案：行棋相塞謂之簺，投瓊曰博，不投瓊曰塞。」但此「辛丑塞」與前「與井公博」非一事，此乃塞河。○郝懿行：「塞亦博塞也。」「又此注文義難曉，疑必有誤。」○衛挺生：「謂築要塞也。所築要塞即虎牢關。」○樑案：博爲六博，又名簙、象棋（因棋子多用象牙制而名，非後世之象棋）。六博棋原貌，舊久已不知。自七十年代以來，在湖北雲夢睡虎地秦墓、江陵鳳凰山八號漢墓、湖南長沙馬王堆三號漢墓等都出土了多具完整的博棋，方始今人能揭開其廬山真貌，此處不再贅述，讀者可自查閲。六博棋盛行於戰國秦漢之時。戰國策齊策：「臨淄甚富而實，其民無不吹竽鼓瑟，……陸博蹹踘者。」史記滑稽列傳載齊諧人淳于髡語：「若乃州閭之會，男女雜坐，行酒稽留，六博投壺……」皆戰國時行六博之證。而西周時尚無六博棋，此亦可見穆傳不會在西周時成書。此「塞」字與下「至于臺」了不相干，疑當在上文「博」字下。釋爲塞河、築塞者，皆不妥。

〔七〕檀萃：「『之』下疑有缺字。」○洪頤煊：「『之』下疑脱『政』字。」○陳逢衡：「檀以『乃大暑』斷句，而以『除天子居于臺』爲文，大誤。當以『除』字斷句，即今所謂處暑也，謂暑自此除去耳。」「案：

此段至『命爲□而時□焉』，與下不成文義之一段，俱當在前『季秋辛巳，虞人次御』後。」「臺，即『天子作臺，以爲西居』之臺。『之』下誠如洪説脱『政』字。」○丁謙：「『至于臺』即至上文丁酉所作之臺。」○衛挺生：「此『至于臺』殆指一舊臺也。因舊臺必先掃除而後可用，故曰『除天子居于臺』。後作新臺以爲天子行宫。」○檀案：臺即上文天子所作之臺。「乃大暑除」爲句。「之」下恐有脱字，是否「政」字未可斷定。

〔八〕□，檀本填「人」字，陳逢衡疑「版籍」二字。○檀案：似皆未允。

〔九〕檀萃：「遠方人之數學而爲衆人所信從者，是以選而用之，扐而挈之，不使或遺也。」○洪頤煊：「韓維鏞云：『選，數也。選扐即揲蓍之法。』」○陳逢衡：「夫所謂『遠方之數』者，乃稽察民數，如司民獻齒之義。『而衆從之，是以選扐』者，蓋謂此林林總總之内有賢能者，選而挂之朝籍也。」「『遠方』上疑缺『與』字。」

〔一〇〕檀萃：「謂載神人能數者，與之登臺也。」○陳逢衡：「此皆夢屬。『乃載之』三字當斷句，與上文連接。謂此所選之賢能載之後車也，『乃』字承上而言。『神人』七字有脱誤不可解，必强爲之解則鑿矣。」

〔一一〕陳逢衡：「『望』者，望其山川風景也。」

〔一二〕丁謙：「按：此節脱佚過甚，又多舛誤。如『是日也』至『而衆從之』，當移入上文『休于范宫』下，蓋皆夏日事也。『是以選扐』至『天子樂之』，當移入後文『祭公占之』下，蓋皆卜筮事也。而『捕虎』一段，乃與上『以爲百姓材』接，蓋皆冬狩事也。」○樑案：此確有錯亂之簡。丁校雖未必全然，但確有一定道理。

〔一三〕兩□，檀本皆填「君」，云：「命其主此臺而天子來與之居也。」○陳逢衡：檀意蓋指化人，非。「『命』之爲言名也。」「又案：戰國策魏觴諸侯于范臺，則此處『命爲』下空方當是『范臺』二字，以在范宫之西，故曰范臺。『時』下『□』字當是『遊』字，言王恒樂此而來遊也。」

〔一四〕□，檀本填「化」字。

〔一五〕兩□，檀本填「侍」、「舊」字，云：「『公』同『宫』。『乘』應作『來』。神人者，即列子所記化人也。穆王時西極之國有化人來，敬之若神，事之若君，爲築中天之臺以居之。謁王同遊，王執化人之袪騰而上化人之宫，皆非人間之有，王自以居數十年不思其國也。」○陳逢衡：「此段本不可曉，又兼缺字，何必求解。」檀説武斷。○翟云升：「自『遠方』以下至此，疑晉書束晳傳所稱見帝臺事，而殘缺於郭注之後也。」○樑案：此段不可確解，但檀説不足取。

〔一六〕於，洪本從事類賦注二十一引改「乎」作「於」，又云：「太平寰宇記五十二引作『天子獵于鄭國，有虎在葭中』，『國』疑『圃』字之譌，約文而言耳。」○陳逢衡：「太平御覽一百五十八引『有虎』作『有獸』，此句上有『天子射鳥』四字。案：上文『仲冬丁酉，天子射獸』即此。」「自『有虎在乎葭中』至下文『奔戎再拜稽首』，俱當在『仲冬丁酉，天子射獸，休于深藋』之下。按其文義，當緊接『命虞人掠林除藪，以爲百姓材』一段後，水經河水注可據。」○樑案：乎、於，音義俱通。陳校可參。

〔一七〕陳逢衡：「御覽八百九十一引作『葭，葦』。」○翟云升：陳校「當從之。」

〔一八〕「曰」，原無，洪頤煊從太平御覽三百八十六、八百九十一引補「曰」字。

〔一九〕傳文兩「捕」字，洪本從漢書地理志顔師古注、後漢郡國志補注引改作「搏」。

〔二〇〕「天子」二字，洪本從漢書注引補。

〔二一〕袒，今本詩作「襢」，傳言：「襢裼，肉袒也。」可證作「袒」是正字，「袒」爲訛字。説文又作「但」，韓詩作「膻」，俱假字。

〔二二〕陳逢衡：「郭注引見鄭風。」○樑案：引詩爲鄭風大叔于田。

〔二三〕「天子命」下原有「之」字，洪本據後漢郡國志注引删。

〔二四〕虢，諸本作「虞」，洪本據漢書地理志注、後漢郡國志注引改。○陳逢衡：「太平寰宇記河北道孟州汜水縣亦引作『東虢』。太平御覽一百五十八引『有獸在葭中，七萃之士高奔戎擒之以獻，天子命畜之東虞，曰虎牢。』又一百九十八、三百八十六、八百九十一引俱作『東虞』。」○郝懿行：「水經『河水東過成皋縣』注引此文『東虞』作『東虢』。」○孫詒讓：「西漢志注所引疑臆改。水經河水注引亦作『虞』，則六朝時本不爲『虢』字也。」○樑案：此從洪校改作「虢」。

〔二五〕洪本等少數清代本之「爲」作「曰」。

〔二六〕檀萃：「虎牢，今爲鄭州汜水縣。」○洪頤煊：「成皋，本春秋北制。」「今本紀年作虎牢在十四年，漢書地理志注引作『獸牢』，避唐諱也。」○陳逢衡：「漢滎陽屬河南郡，今開封府滎陽縣。漢成皋亦屬河南，今開封府汜水縣。」○呂調陽：「虎牢，制也。今中牟縣，非成皋。」○孫詒讓：「東虞似即上文之『東虞曰兔臺』。」○丁謙：「虎牢在今鞏縣東，然非東虞地。漢地理志注、後漢郡國志注俱引作『東虢』是也。」○衛挺生：「紀年記此事於十四年，顯然誤也。」○櫟案：虎牢在東虢，即春秋北制、成皋，故址在今河南滎陽縣汜水鎮。此虎牢及卷六五鹿地名之由來，唯穆傳有載，乃珍貴史料。

〔二七〕檀萃：「饋太牢者，以公侯禮禮之。」○陳逢衡：「歸猶餽也。此句疑有錯簡。」「太平御覽八百九十一引，自『有虎在於葭中』至『再拜稽首』同，惟無『天子將至』及『生搏虎』、『必全之』二句。」○郝懿行：「太平御覽一百五十八卷引此文曰『天子射鳥，有獸在葭中』，與今本異。又高奔戎作高貴戎。又曰：虎牢，唐諱『虎』故改『武』。然則『獸在葭中』，『獸』亦當爲『虎』，並唐人所改也。」

丙辰，天子北遊于林中，乃大受命而歸〔一〕。仲秋甲戌，天子東遊，次于雀梁。一宿爲舍，再宿爲信，過信爲次〔二〕。□〔三〕蠹書于羽陵〔四〕。謂暴書中蠹蟲，因云蠹書也。季秋□〔五〕乃宿于房〔六〕。畢人告戎〔七〕，告戎難也。曰：「陵翟來侵。」天子使孟悆〔八〕如畢討戎。悆音豫。霍侯舊告薨〔九〕。霍國，今在平陽永安縣西南有城。天子臨于軍丘，狩于藪〔一〇〕。季冬甲戌，天子東遊，飲于留祈，射于麗虎，讀〔一一〕書于藅丘〔一二〕。君舉必書。藅音犂。□〔一三〕獻酒于天子，乃奏廣樂。天子遺其靈鼓，乃化爲黄蛇〔一四〕。周禮曰：「靈鼓四面。」洪範所謂鼓妖也。是日，大子鼓道其下而鳴〔一五〕，從〔一六〕失鼓而擊鼓也，鼓在地下鳴〔一七〕。道，從也。韓非曰：「道南方來也。」乃樹之桐。因以樹〔一八〕梧桐，桐亦響木也。以爲鼓則神且鳴，則利於戎，宜以攻戎。以爲琴則利□〔一九〕。于黄澤〔二〇〕。天子〔二一〕東遊于黄澤〔二二〕，宿于曲洛〔二三〕。洛水之回曲，地名也。廢□〔二四〕，使宮樂謡宮樂，典樂者。曰：「黄之池〔二五〕，其馬歕沙〔二六〕，歕，鶾〔二七〕也，普悶切〔二八〕。皇人威儀。威，畏也。黄之澤〔二九〕，其馬歕玉，皇人壽〔三〇〕穀〔三一〕。」穀，生也〔三二〕。皆諸謡辭〔三三〕。

校釋

〔一〕檀萃：「即桑林也。」○陳逢衡：「此『丙辰』一條亦有譌誤。『乃大受命而歸』，前無所承，……竊疑此六字當是前文『用□諸侯』下錯簡。」○衛挺生：「所謂『大受命而歸』，殆指大受靈感而言。」自昭王王道中衰，穆王築此要塞，目睹河山之險，思復「爲天下君」之尊榮，即「大受命」也。

○櫟案：衛説似勉强。

〔二〕陳逢衡：「『一宿爲舍』三句，見左莊三年傳。」「過信」，「御覽引作『過宿』。」

〔三〕□，檀萃：「當是日辰。」○丁謙：「『蠹』上當脱『曝』字。」

〔四〕洪頤煊：「陵，本作「林」，從左傳襄廿七年正義、太平御覽二十四引改。」○馮舒：「林，別本『陵』。」○陳逢衡：「太平御覽五十三引作『曝書于羽陵』。」○翟云升：「陵，諸本皆誤作『林』，前注云『下有羽陵』謂此。」太平御覽二十四、五十三、九百四十九、玉海二十一、北堂書鈔引皆作「羽陵」，可證前注是也。」○樑案：字作「陵」是。馮校言「別本『陵』」者，未知指何本，抑或亦他書所引。地在雀梁左近，今地不明。

〔五〕□，檀本填「天子」二字。○陳逢衡：「空方當是『甲辰』。」

〔六〕衛挺生：「房在圃田澤之東。」

〔七〕檀萃：「畢，畿内國，今西安府咸陽縣畢原是也。紀年：『穆五十四年秋九月，翟人侵畢。』……而書霍侯薨在十六年。大抵傳所記不標年而日辰錯雜難準。」○陳逢衡：「此『畢人告戎』至下『討戎』，俱當在上文『陖翟致賂』前，説見上。」（丁謙説同。）○樑案：陳説可參。

〔八〕洪頤煊：「悆，吴氏本作『愈』，注同。」○樑案：翁鈔本亦作「愈」，盧校改作「悆」，云：「別本作『悆』。」蓋據道藏本校改。

〔九〕檀萃：「紀年：『穆王十六年，霍侯舊薨。』與『陖翟侵畢』隔兩年。」○陳逢衡：「漢彘縣屬河東郡，東漢改永安縣，三國魏晉屬平陽郡，今山西霍州。」（丁謙説近同。）○衛挺生：「古書中『翟』與『狄』字通用，而『戎』與『狄』字亦互用。故『翟』即『狄』、即『戎』。初，唐叔虞封於魏，魏，古之『鬼方』也（參考陳夢家卜辭綜述地理），戎狄所居。」紀年誤而此傳正之。○樑案：霍，亦稱霍伯國，周武王弟叔處始封，封國在今山西霍縣西南十六里，古霍太山西。衛説不妥。軍丘，地當近霍。

〔一〇〕陳逢衡：「臨謂哭臨，藪即軍丘之藪。」

〔一一〕洪頤煊：「讀，太平御覽二十二引作『續』。」○陳逢衡：「鮑刻本御覽二十六作『讀』。洪云二十二，誤。」

〔一二〕檀萃：「菞丘，則黎丘也。爾雅云：『陳有宛丘，晉有潛丘，淮南有州黎丘。』」○洪頤煊：「宋咸熙云：『菞丘即下文所謂黎丘之陽也。』」○陳逢衡：「一統志河南歸德府：『黎丘在虞城縣北二十里，高二丈。』寰宇記梁地有黎丘，鬼善效人即此（衡案：黎丘鬼見呂氏春秋）。」○丁謙：「留祈、麗虎，均當在范宮東，然地無考。菞丘，漢黎陽縣，今濬縣地。」○櫟案：黎丘，呂覽地在今河南虞城縣北二十里，方位在東是對的，但距離似遠了些。丁説即漢黎陽縣（今河南浚縣東），地雖近是，但黎陽之名與黎丘畢竟有異。又，另有古城黎丘，在今湖北宜城西北，則地更遠而不合。故黎丘之地尚需考稽落實。留祈、麗虎，丁説是。

〔一三〕□，檀本填「帝臺」二字。

〔一四〕檀萃：「地官鼓人『以靈鼓社祭』注：『四面鼓也。』漢五行志：『聽之不聰，是謂不謀。時有鼓妖，君嚴猛而閉下，臣戰慄而塞耳。則妄聞之氣發於音聲，故有鼓妖。』」○陳逢衡本「蛇」作「虵」，云：「此獻酒蓋是菞丘之人。」「飲留祈、射麗虎、讀書菞丘，皆甲戌後數日内事。其獻酒、奏樂又必數日。天子於其時遺失靈鼓，及覓取之，但見黃蛇蟠於其上，一時驚以爲靈鼓所化。而注起居者妄書於策，郭氏不察，謂爲鼓妖，失之。」○陳説合於科學，但未必合於當時人之宗教觀念，頗顯勉强。

〔一五〕檀萃：「言所遺靈鼓化爲黃蛇而入於地下，天子之鼓乃從其下而隨之鳴也。」○陳逢衡：「『鼓道其下』，謂從菞丘之下鳴鼓而出也，如公孫瓚所云『鼓角鳴於地中』之類。」「檀氏誤解。韓非子見十過篇。」○郝懿行：「御覽九百二十五卷引古今樂録曰：『吳王夫差時，有雙鷺飛出鼓中而去。』藝文類聚九十卷引臨海記曰：『昔者有晨飛鵠入會稽雷門鼓中，於是雷門鼓鳴，洛陽聞之。孫思時斫此鼓，見白鶴飛出，翱翔入云，此後鼓無復遠聲，皆此類也。』」○蔣超伯：「漢儒所説鼓妖不爾。班書五行志：『晉文公卒，柩有聲如牛。』劉向以爲近鼓妖也。』」「漢世儒者所云鼓妖，係指異聲而言之，此乃龍妖之孽。」

〔一六〕翟云升：「『從』字疑是『以』字，因下『從』字相涉而誤也。」

〔一七〕鳴，除范本外皆作「鳥」，范陳本校於「鳥」旁補「口」爲「鳴」，盧文弨：「别本『鳴』。」未知是否即指范本。此從范本作。

〔一八〕樹，吳鈔本作「對」。

〔一九〕檀萃：「嫌其鳴不可止，乃樹桐以鎮之。顧桐亦響木，其鳴更甚。」「以爲琴而鼓之，則黃澤之人受福。如鄒衍吹律，回黍谷之春。」○陳逢衡：「檀説與正文、注意皆背。蓋鼓道其下而鳴，則山鳴谷應，故樹此響木於其地以應之。俾之長而成材，可取爲樂器，則其聲必宏亮。此與卷二『樹之竹』、卷三『樹之槐』一例。」「□字不知何字。」○樑案：自「天子遺其靈鼓」至此，是穆傳中唯一一段非紀實性文字而頗具神怪色彩。靈鼓、變化、樹桐，傳説多見，諸釋已言。

〔二〇〕「于黄澤」，檀萃連上句讀，陳逢衡以爲誤衍。○樑案：此三字上之□中，缺文甚多。以上下文意補足，當大致如下：「以爲琴則利于□。□□（干支日期），天子至于黄澤」，如此方上下切合。因原書只一□，不能一切爲二，故此權以「于黄澤」單獨爲一句。

〔二一〕洪頤煊：「『天子』二字本脱，從太平御覽五百七十二、八百九十六引補。」○陳逢衡：「藝文類聚四十三引有『天子』二字。」○樑案：洪、陳校是，此從補。

〔二二〕檀萃：「水經注有兩黄水：一則發源京縣黄淮山，東南流，名祝龍泉。」曲折至滎澤分爲二水。「一則出太山南黄泉，東南流逕華城西黄，即春秋所謂黄崖也。又南至鄭城北，東轉於城之東北，與黄溝合。」「又按水經注：蕩水出蕩陰縣西山東，東北至内黄縣入於黄澤。羑水出蕩陰西山之東北，東歷黄澤入蕩水。」又淇水東過内黄縣，縣右對黄澤。「則此澤在内黄縣也。漢内黄屬魏郡。」「今内黄屬大名府。」（洪頤煊亦主在内黄説。）○陳逢衡：「北山經蟲尾之山，蕩水出焉而東南流注於黄澤。小侯之山，明漳之水出焉，南流於黄澤。即此黄澤也。一統志河南彰德府黄澤在内黄縣西北。漢書溝洫志哀帝時賈讓奏言：内黄界中有澤，方數十里，環之有堤，應劭曰：『在縣西。』元和志，内黄縣黄澤在縣西北五里，今湮廢。」○吕調陽：「春秋衛之滎澤也。」○丁謙：即水經蕩水至内黄之黄澤、漢志内黄羑水所積之淵，「今湯陰縣北羑河鎮地。」○張公量：下文「南遊黄□室之丘」，「郭璞疑其言太室之丘嵩高山。而太室山在今河南登封縣北，則黄澤在嵩高山之東。」今其地有大沼，未知是否？○常征：「傳所謂黄澤，亦稱黄溝，又名黄池，春秋晉、吴會盟争長於此水畔，其水故址在今民權、商丘、夏邑一線。」○衛挺生：下即在太室，黄澤亦當在彼近處。少室山西潁水有六、七源，最東之源今曰狂水，殆「黄水」音轉訛。狂水源之北爲「古黄城」（乾隆登封縣志載之甚明），又有黄城溝，即黄池、黄澤也，馬鞍山南。黄竹地亦在彼。○樑案：由於本卷文字錯亂缺簡較甚，故以上下段落文字確定位置亦難準確。此段上在葯丘，下在曲洛、太室之山，則黄澤距曲洛至多百里左右。曲洛，本傳指洛水自洛邑至入河一段（説詳下），由此出發在半徑百里以内的範圍内尋黄澤，則當以張公量、衛挺生兩説較近之，衛説似更勝之。或以爲即黄雀溝（即上文之雀梁）之異名，似亦可參，但較衛説則遜之。

〔二三〕洪頤煊：「太平寰宇記四：『偃師縣東北有曲珂驛，以洛水之曲爲名。』即引此傳爲證。」○吕調陽：「肥泉水也。」○丁謙：「曲洛，未詳。」○樑案：顧名思義，曲洛當即洛水曲折處。但此處不可能在洛水中、上游（距下太室山過遠），而當在自洛邑至入河一段中，寰宇記所載可參。

〔二四〕□，檀本填「縣」字。

〔二五〕池，楊鈔本作「沱」，馮舒校：「沱，別本陁。」○檀萃：「『池』讀『佗』，與『俄』叶。」○洪頤煊：「池，藝文類聚四十三引作『陁』。」（郝懿行校同。）

〔二六〕檀萃：「其歕氣如沙霧，言其盛也。」○陳逢衡：歕，「説文云：『吹氣也。』」

〔二七〕翟云升：「以『鶾』訓『歕』，其義不協，疑字誤。」（陳逢衡意同。）

〔二八〕普問，范本等作「善問」。切，李、程、楊鈔、周本作「塘」。○馮舒：「善問切，御覽注作『普悶切』。」（檪案：御覽五百七十二、玉海引同。洪、翟本俱據改作「普悶反」。）○陳逢衡：「御覽八百九十三作『歕音普問切』。」○郝懿行：「『善』當爲『普』字之誤。」○金蓉鏡：「藝文類聚四十三卷及太平御覽五百七十二卷引此文『使宮』上無『廢□』二字。『歕沙』注云：『歕，普悶反。』」○檪案：諸本作「善問切」之「善」字顯然錯誤，此從諸類書所引改作「普問切」。

〔二九〕澤，吕調陽：「本作『臯』。」

〔三〇〕洪頤煊：「壽，本作『受』，從初學記二十九、太平御覽八百九十六引改。」○陳逢衡：「錦繡萬花谷後集三十九引亦作『壽穀』。」○檪案：此從改。

〔三一〕檀萃：「葉俄衡案：『藝文類聚四十三引無「皇人威儀」、「皇人壽穀」二句。太平御覽五百七十二引同類聚。』」○陳逢衡：「穀，福也、善也。」○于省吾：「穀謂福禄，翟校本據初學記、太平御覽、事類賦、玉海皆作『壽穀』，是也。『皇人壽穀』與上『皇人威儀』相對爲文，作『受穀』則非對文矣。」

〔三二〕陳逢衡：「太平御覽八百九十六引作『穀，善。』」

〔三三〕「皆諸謡辭」四字，有在傳文「皇人壽」下。○盧文弨：「別本在『穀，生也』後。」（洪、檀、陳本從改。）○櫟案：此亦從改。

丙辰，天子南遊于黄□〔一〕室之丘〔二〕，以觀夏后啓之所居〔三〕，疑此言太室之丘嵩高山。啓母在此山化爲石，而子〔四〕啓亦登仙，故其上有啓室〔五〕也。皆見歸藏及淮南子。乃□〔六〕于啓室。似謂入啓室中。天子筮獵苹澤〔七〕，音䴵。其卦遇訟䷅〔八〕。坎下乾上。逢公占之曰：「訟之繇〔九〕：繇，爻辭。音胄〔一〇〕。藪澤蒼蒼，其中□〔一一〕。宜其〔一二〕正公，戎事則從〔一三〕。水性平而天無私，兵不曲橈而戎事集也。祭祀則憙，畋獵則獲〔一四〕。」□〔一五〕飲逢公酒，賜之駿馬十六、絺紵〔一六〕三十篋。絺，葛精者。逢公再拜稽首。賜筮史狐□。有陰雨，夢神有事〔一七〕，有事祭也。是謂重陰。因以紀也。天子乃休〔一八〕。

校　釋

〔一〕□，檀本填「太」字，洪本删，云：「從太平御覽三十四、五百九十二引删。文選雪賦注引作『黄臺之丘』。」○陳逢衡：「藝文類聚天部引『北風雨雪，天子遊黄室之丘，鴽于苹澤。日中大寒，北風雨雪，有凍人。天子作黄竹詩。』蓋約前後文而鈔變其辭，非原文如是也。」「洪本删□字，非是。『遊于黄』當斷句，『□室之丘』當是東升于太室之丘，與下句聯接方合。文選注引作『黄臺之丘』，不可從。」○櫟案：□中缺字頗多，當是「天子南遊于黃□（□中可能非「澤」字）」，再至于「□（當是太字）室之山」。

〔二〕檀萃：「即黃竹也。有黃城谿谷水出鵜鶘山，山有二峰，峰極于天。……水流亭下，謂之黃亭，在嵩山中。」○陳逢衡：「上云『東遊于黃澤』，此云『南遊于黃』，明是二地。」○常征：「位於黃澤以南之『黃室』，當在夏邑附近，故紀年謂啓都夏邑，而穆天子傳謂啓居『黃室之丘』也。正緣啓都此而地近曲沃。」

〔三〕檀萃：淮南子云禹治水，自化爲熊，塗山女見而化爲石，石破北方而生啓，在嵩山。「一統志：『嵩山三峰，東曰太室，西曰少室，以其下各有石室也。啓母石在嵩山麓啓母廟前。」○洪頤煊：「藝文類聚六十二引歸藏曰：『昔者夏后啓享神於晉之墟，作爲璿臺於水之陽。』山海經海外西經注引歸藏鄭母經曰：『夏后啓筮御飛龍於天，吉。』明啓亦仙也。』是說此事。」○陳逢衡：穆王升此如升昆侖觀黃帝之宫，無怪異。郭、檀、洪說皆非是。○丁謙：「以此傳觀之，穆王所觀后啓居室當在山西安邑。以前後所紀，皆安邑旁近地也。○常征：「啓初都之夏邑，因臨夏水而得名，此夏水即今豫、皖兩省境之夏肥河，其夏邑即今豫東夏邑縣。」○衛挺生：此在嵩山太室之丘，「所有清代地方志中，如河南通志、河南府志、登封縣志之各次版本，關於此項地理傳說，均有一致之記載。」○櫟案：衛挺生說是。

〔四〕子，諸本多作「夫」，范陳、馮舒校、洪頤煊、陳逢衡改作「子」。盧文弨校：「別本『子』。」是盧見有本作「子」，此從改。

〔五〕室，諸本多作「石」，此從道、翟、陳、吕本作。

〔六〕□，檀本填「入」字，陳逢衡：「空方當是『祭』字。」○櫟案：檀、陳填字可參而未可定。

〔七〕檀萃：「紀年：『穆王十四年冬，蒐於萍澤。』即蓬澤也。今開封府城東北逢池。」○洪頤煊：「藝文類聚七十五引作『苹澤』，誤。」○陳逢衡：「太平御覽八百十九引作『革澤』，蓋俱傳寫之誤。」○郝懿行：「初學記引作『獵于苹澤』，藝文類聚引同今本。」○丁謙：「考水經注澮涑之間，陂池甚多，如王澤、董澤、晉興澤等，均去安邑不遠，未知孰是苹澤。」

〔八〕櫟案：自張政烺先生試釋周初青銅器銘文中的易卦（載考古學報一九八〇年三期）揭破陰陽卦爻源於數字卦號以後，又有諸多學者依據出土的竹簡帛書周易，結合文獻，判明從數字卦號演變爲陰陽卦號不會早於西周末年。故穆傳此出現的陰陽卦號，若非後人所改，則必是西周以後成書。

〔九〕陳逢衡：「太平御覽八百十九引『逢公占之』下即接『賜之駿馬』云云。」

〔一〇〕冑，范、趙、何、汪、周、翟、吕本作由。○郝懿行：「郭注『音由』，『由』當爲『冑』。」○翟云升：「據易繫辭釋文：『爻、繇，直救反。』則『由』當爲『冑』之譌。然韋昭云：『由也，吉凶由而出也。』又『繇』即古『由』字，不應别有『冑』音也。」

〔一一〕陳逢衡：「空方當缺二字成句。」

〔一三〕陳逢衡：「藝文類聚引脱『中□』，『宜』下又脱『其』字，故云『其宜正公』。」

〔一三〕馮舒：「『從』，別本『訟』。」

〔一四〕陳逢衡：「此上皆繇辭。『獲』當讀平聲，與上『從』字叶。」○檃案：逢公所釋此卦顯爲大吉，故穆王大喜而重賜。又此訟卦繇辭與今本周易不同，可知周易所載乃當時繇辭千萬中之一也。

〔一五〕□，檀本填「天子」二字。

〔一六〕洪頤煊：「紵，太平御覽八百一十九引作『紿』。」

〔一七〕□，檀本填「對曰」二字。又云：「狐者，史之名。蓋史狐筮訟之卦，而逢公占其辭，故賞逢公而賜亦及於史狐也。天水違行，陰雨之象，乾爲寒、爲冰，坎爲加憂心病，夢神之象。重陰恐有下人以謀上，此史狐不以逢公之占爲然而阻穆王也。」○陳逢衡：「賜筮史狐者，復令史狐占也，故史狐云云。『夢神有事』謂夢神當令迷蒙之象，猶後世課法用値日神將之類，非謂祭也。」○丁謙：「『賜筮史狐』，謂逢公所得物，轉賜掌筮之史名狐者。『夢神有事』即下文所言夢羿射於塗山也，亦前後錯置。」○檃案：丁説較允。

〔一八〕陳逢衡：「藝文類聚雜文部引『至于黄竹，天子乃休。日中大寒，北風雨雪，天子作詩我徂黄竹三章以哀民。』據此，則『天子乃休』上當有『至于黄竹』四字。」（郝懿行校同。）○檃案：陳校可參。

日中大寒，北風雨雪，有凍〔一〕人。天子作詩三章以哀民〔二〕，哀猶愍也。曰：「我徂黄竹，□員〔三〕閟寒〔四〕。閟，閉也。音祕〔五〕。帝收九行〔六〕，九行，九道也。言收羅九域之道里也。傳曰：「經啓九道。」嗟我公侯，百辟冢卿〔七〕，辟，君；冢卿，冢宰。皇〔八〕我萬民，皇，正也。旦夕勿忘。恒念之也。我徂黄竹，□員閟寒，帝收九行。嗟我公侯，百辟冢卿，皇我萬民，旦夕勿窮〔九〕。令無困也。有皎者鴼〔一〇〕，皎，白皃。鴼，鳥名。音路。翩翩其飛。言得意也。嗟我公侯，□勿則遷。自侯以下，似當云：「百辟冢卿〔一一〕，皇我萬民，□勿則遷。」居樂甚寡〔一二〕，言守一居少樂。不如遷土，居無求安。禮樂其民〔一三〕。」言當以禮樂化其民〔一四〕也。天子曰：「余一人則淫，淫于遊樂。不皇萬民。□登〔一五〕。」乃宿于黄竹。天子夢羿射于塗山〔一六〕，羿，有窮氏帝，善射者。鄒公占之，疏□〔一七〕之□〔一八〕，乃宿于曲山〔一九〕。壬申，天子西升于曲山〔二〇〕。

校釋

〔一〕洪頤煊：「太平御覽十二、三十四引『凍』下有『死』字。」

〔二〕陳逢衡：「御覽三十四『哀民』作『愍之』，誤。」○郝懿行：「文選雪賦注引作『以哀人夫』。」

〔三〕檀萃：「黄竹，地名。」員同「云」，並引：「石鼓文『云』俱作『員』，言其云閟闐嚴寒。」○洪頤煊：「負，本作『員』，從初學記二、文選雪賦注、太平御覽十二引改。」○陳逢衡：「仍當作『員』字爲是。員、隕通，謂隕雪也。」「文選雪賦注引：『天子遊黃臺之丘，大寒，北風雨雪，天子作詩三章以哀人夫，我徂黃竹，負閟寒，乃宿于黃竹。』蓋鈔撮之辭。藝文類聚卷二引『北風雨雪，天子遊黃室之丘，鷺於苹澤。日中大寒，北風雨雪，有凍人，天子作黃竹詩。』亦是約舉之之辭，又重『北風雨雪』四字。太平御覽五百九十二引無空方，誤。」○㮚案：此仍櫂作「員」。黃竹，地未詳。

〔四〕洪頤煊：「唐開元占經百一引穆天子傳云：『雪盈數尺，年豐八節。』或是此處脱文，今姑附于此。」○陳逢衡：「開元占經所引不是天子哀民口氣，疑誤。」○㮚案：此八字語氣風格非先秦時文，陳説是。

〔五〕翟云升：「太平御覽十二此下注云：『閟，閉也。』五百九十二亦注云：『閟，閉也，音祕。』蓋郭氏原文而今佚也。」（洪本補此五字。）○㮚案：此亦從補。

〔六〕檀萃：「言疾威上帝，降此大戾，九州道里爲衺丈表沴，收埋於陰德之中，杜折維傾之會矣。」○陳逢衡：「行，列也，天有九列。收謂收斂，言此時天氣不下降閉塞而成冬也。郭引『經啓九道』，見襄公四年傳，杜注：『啓開九州之道。』案：與上下文義不合。檀説太甚。」○劉師培：「『收』蓋『牧』字之訛。『牧九行』者，猶言牧九域也。」○丁謙：「『帝收九行』，言雪後九衢填塞，似天帝將世間道路盡行收藏者。然近人謂『收』當作『牧』，云牧治九州。果爾，則上下文氣尚可通耶？」

〔七〕陳逢衡：「卿，讀如羌。」

〔八〕檀萃：「一章七句，竹叶行，卿叶羌，與忘應。民叶芒。」○陳逢衡：「皇，當作『惶』，憂也。言此雨雪大寒之際甚可憂也。或曰：皇，大也。言莫大於萬民之軫急急也。」○劉師培：「皇，讀爲況。況者，益也。書無逸『則皇旬敬德』與此『皇』同，尚書大傳曰：『皇于聽獄乎。』鄭注：『皇，況也。』況義與厚字、益字相符。」

〔九〕檀萃：「二章七句，窮叶肱，與『行』、『卿』叶。」○陳逢衡：「窮叶鈴。」

〔一〇〕檀萃：「駱，同鷺，即鷺鷥也。」○陳逢衡：「此章以駱之白取譬雪之白，比而兼興也。」○翟云升：「駱即鷺之異文。説文：『鷺，白鷺也。洛故切。』音義與傳、注合。太平御覽九百二十五引此傳入鷺類而字仍作駱，亦可證也。或曰駱與鵅同，考爾雅釋鳥：『鵅，鵋鵙，音格。』又『鵅，鳥鸔，音洛。』皆無『路』音，亦非白色。」○丁謙：「『有皎者駱』二句，乃形容大雪情景。惟細審詩旨，所謂『皇我萬民』、『禮興其民』，皆虚郭無實之言，並無矜恤編氓真意。曰以哀民，微許也。」

〔一一〕卿，檀本作「宰」。

〔一二〕洪頤煊：「太平御覽五百九十二引作『樂其寡樂』，以『居』字屬上句讀，誤。」

〔一三〕檀萃：「『民』音眠，叶韻。」○陳逢衡：「民當讀如萌，與下『登』字叶。」

〔一四〕民，諸本作「人」，唐避諱而改，此後洪、翟校改。

〔一五〕□，檀本填「乃」字。○陳逢衡：「太平御覽五百九十二引至『不皇萬民』止，無下二字。」「『不皇二字當屬上，『皇』猶『遑』。空方當是『何』字。言余一人方從事于遊樂宴飲之不遑，則萬民何能登衽席之上而安全乎？」

〔一六〕檀萃：「注稱羿爲帝者，當是『君』字之誤也。」○陳逢衡：「塗山，禹會諸侯所。善射者，是時天子志在射獵，故有是夢。」○丁謙：「禹會諸侯之塗山，左傳注在壽春東北，地理今譯在濠州鍾離縣西九十五里，山前有禹會村。案：今山在懷遠縣東八里，見一統志。」○檪案：塗土之地望，舊説有四：一、今浙江會稽；二、今安徽當塗；三、今安徽懷遠；四，今四川巴縣。此中，以浙江、安徽説影響更大。此處爲夢境，故所在何處尚不占主要地位。

〔一七〕□，檀本填「繇」字，陳逢衡：「當是『夢』字。」

〔一八〕□，檀本填「由」字，云：「言占易而疏明卦辭由來也。」○陳逢衡：「此占夢，非占易也。空方當是疏夢之由。周禮春官占夢：『以日月星辰占六夢之吉凶：一曰正夢，二曰噩夢，三曰思夢，四曰寤夢，五曰喜夢，六曰懼夢。』今王夢羿射於塗山，蓋思夢也。」「藝文志有黄帝長柳占夢十一卷、甘德長柳占夢二十卷，蓋占夢之事由來久矣。」

〔一九〕吕調陽：「在脩武西。」○丁謙：「曲山，未詳。」

〔二〇〕衛挺生：「此行錯亂，『天子夢羿射于塗山』當在『孟冬鳥至，王臣□弋』之前後。」『乃宿于曲山』句當在『西升于曲山』句下。『祭公占之』當在十一年秋冬後。」○檪案：曲山，地未詳，大致在今河南中部自嵩山至西北部九阿（見下）之間。

□〔一〕天子西征，升于〔二〕九阿〔三〕，疑今新安縣〔四〕十里九坂也〔五〕。南宿于丹黃。戊寅，天子西升于陽□〔六〕。過于靈□〔七〕井公博。穆王往返輒從井公博遊，明其有道德人也。乃駕鹿以遊于山上，爲之石主〔八〕而□寶軨〔九〕。即軨坂〔一〇〕也。今在河東大陽縣〔一一〕。傳曰：「入于寶軨。」巔零〔一二〕二音。乃次于洹水之陽〔一三〕。今之洹津也，在河東河北縣，音項脰之脰。吉日丁亥，天子入于南鄭〔一四〕。

校釋

〔一〕陳逢衡：「空方當是日干。」

〔二〕洪頤煊：「『于』字本脱，從水經洛水注、太平御覽五十六引補。」○陳逢衡：「文選東京賦『西徂九阿』注引『天子西升九阿』。」○櫟案：此從洪校增。

〔三〕檀萃：水經注云：『洛水東經九豐，其地十里有坂九曲，穆天子傳所謂「天子西征，升于九阿」是也。』九阿當在河東。中山經云：『和山無草木，多瑤碧，實惟河之九都。是山也九曲，九水出焉，合而北流注于河。其中多蒼玉。』則九阿乃九都之和山也。」○陳逢衡：「和山之九都、九水，止可以注前卷孟門九河，而不可以爲九阿之證。蓋九都是水，九阿是山，各不相涉。況中山經明云『是山也五曲』，則非九阿明矣。檀引水經注『洛水東徑九豐』，『豐』字誤。案：水經洛水注作『歷九曲南』。又案：括地志：『九曲城在壽安縣西北五里。』縣屬唐河南道河南府，今河南府宜陽縣治。據一統志，九曲城即在其縣西北。蓋曲城以地近曲山得名。」「新安縣屬宏農郡，晉屬河南郡，今河南府澠池縣東。若從舊本作西安縣，則在今山東青州府臨淄縣西三十里，去此遠矣。」○吕調陽：「孟門九河之隥也。」○槱案：此九阿在陽山、寘軨之東北，上九阿在盟門山，非一也。郭注可信。

〔四〕新，諸本作「西」，洪本從御覽引改。○檀萃：「『西』當作『新』。」○翟云升：「新安，諸本皆誤作『西安』，今據昭明文選張平子東京賦注所引改正。又水經注十五：『洛水東逕九曲南，其地十里，有坂九曲，穆天子傳所謂「天子西征，升于九阿」，此是也。』洛水又東與豪水會，水出新安縣密山南，流歷九曲東而南流入于洛，亦新安非『西安』之確證，且足證『九坂』當作『九曲坂』也。」○郝懿行：水經洛水注引此傳文，「初學記五卷引作『天子西征，至于九阿。』其七卷又引作『九坂』。」「今本注『新安』作『西安』，誤也。太平御覽五十六卷引此注亦曰『今新安縣十里九坂也。』今本『西』字譌。」○槱案：「西」字誤，上條陳逢衡校亦已明之。此從諸校改作「新」。

〔五〕坂，洪本作「阪」。○陳逢衡：「文選東京賦注『十里有九坂』，太平御覽五十六引。」

〔六〕「陽□」，檀本填作「陽山」，云：「北山經云：『陽山，其上多玉，其下多金、銅，留水出焉，南流注于河。』案：是山介于太行、王屋之間，則西升之山即此陽山，而下即軨坂也。」○洪頤煊從太平御覽九百六、事類賦注二十三引補爲「黎丘之陽」，無考。（陳逢衡校而未改。）○陳逢衡：「水經河水三『河水自臨河縣東逕陽山南』，酈道元曰：『漢書注「陽山在河北」指此山也。』」案：臨河縣今陝西延安府延川縣地。又水經河水四『河水又東逕大陽縣故城南』，酈道元曰『河水又東南左右合積石、土柱二谿，並北發大陽之山，南入於河，是山亦通謂之薄山矣。其地即在軨坂左近，即此陽山矣。』又水經洛水注：『陽水出陽山陽谿，世人謂之太陽谷，水亦取名矣。』」○呂調陽：丹黃「即著雍」。○丁謙：「丹黃，地無考。黎丘，即上『莿丘』。」○樂案：以上下文核之，檀、陳說是。若爲黎丘之陽，則與下寘軨去之過遠矣。丹黃，具體難詳。

〔七〕□，檀本填「與」。○陳逢衡：御覽九百九引「無『于靈□』三字。」「靈即漢志代郡之靈丘，應劭曰：『趙武靈王葬其東南二十里，故縣氏之。』衡案：此說非也。」「其地今屬山西大同府。以下文觀之，蓋由大同至山西解州之軨坂，又由解州平陸縣而至芮城縣之涅水。」或曰陽山即水經汝水注汝水所逕之霍陽山，靈山其南之山也。案：靈山在魯山縣東一百八十里，地與軨坂迴遠，不可據。」○樂案：缺文不止一字，檀填一字似不够。陳說爲代郡之靈丘，離軨坂更是風馬牛不相及，誤之甚明。此地必在寘軨左近，具體難斷。

〔八〕檀萃：「即玉檢金繩之意。」○陳逢衡：「檀說附會。穆王蓋爲此山立社也。中山經桑主以桑爲之，此石主則以石爲之耳。淮南齊俗訓云：『殷人之禮，其社用石。周人之禮，其社用粟。』此蓋仿殷制，故用石不用粟。」○樂案：陳說太泥，實用堆石爲社主，在紅山文化時期即已有之（如遼寧喀左東山嘴祭祀遺址），非殷人始有，且殷人之後亦仍沿用，故未可謂「仿殷制」。

〔九〕洪頤煊：「太平寰宇記五引作『天子自寘軨次于涅水之陽。』說文『寘』在穴部，水經河水注引作『寘』，傳寫之譌。河水注引左傳作『入自顛軨』，今本左傳『又在顛軨』，皆字之異。」○陳逢衡：

「水經注傳巖東北十里，即巔軨坂也。漢河東郡大陽縣，今山西解州平陸縣。」〇丁謙：「『寘軨』，左傳作『巔軨』。水經注有東西絶澗，中築成道，謂之軨橋，在今虞鄉縣南。」〇衛挺生：據地名大辭典：「然則寘軨當在平陸縣茅津渡之附近地帶。」〇樑案：寘軨，坂名，在今山西平陸縣東北。

〔一〇〕翟云升：「『軨坂』當作『寘軨坂』。今左傳作『顛軨』，注：『河東大陽縣東北有顛軨坂。』」

〔一一〕在，道藏、程、邵、趙、檀、郝本作「杜」，形訛。〇陳逢衡：「『河東』上舊衍『杜』字，今删。」〇郝懿行：「漢、晉地理志大陽並屬河東郡，此注『杜』當爲『在』字之譌也。」〇樑案：「在」字本作「才」（甲骨、金文皆同），戰國時期變作𡉈（如中山王譽鼎），隸寫作「在」。「杜」即𡉈（説文解字）之形訛。陳、郝未顧及而説誤。

〔一二〕翟云升：「零，諸本皆誤作『軨』，今依左傳釋文改正。（郝懿行校而未改。陳逢衡、范陳校俱改而未云所據。）〇樑案：吴鈔本作「零」，此從作。

〔一三〕檀萃：「漢河北縣屬河東郡，古之魏國也。晉滅之以封畢萬，有韓亭焉。」〇陳逢衡：「水經河水注：『門水又北逕安農故城東，其水側城北流而注於河，河水於此有洹津之名。』」又引本傳文。「一統志山西解州芮城縣治東北。」〇丁謙：「水經注，河至宏農有洹津之名，又言河北有洹水，南入于河，爲今汭縣地。」〇衛挺生：據地名大辭典、康熙山西通志（卷五山川，芮城縣）、水經注，「可知穆王此行入南鄭，乃經風陵渡而入潼關西行。由其風陵渡與洛陽間之旅行路線，自西追溯至東，則見其曾過芮城、平陸、垣曲、孟縣、孟津而至宗周王城也。」〇樑案：洹水，源出今山西芮縣中條山，南流經芮城縣境入河。隔河爲河南靈寶縣境，内有洹津，爲黄河津渡處。

〔一四〕陳逢衡：「宋王觀國學林六曰：『前漢地志京兆尹有鄭縣，班固曰：「周宣王弟鄭桓公邑。」應劭曰：「周宣王母弟友所封，其子與平王東遷，更稱新鄭。」臣瓚曰：「周自穆王以下都於西鄭，不得以封桓公也。」初桓公爲周司徒，王室將亂，故謀於史伯而寄帑與賄於虢、會之間。幽王既敗，二年而滅會，四年滅虢，居於鄭父之丘，是以爲鄭桓公，無封京兆之文也。』王説是。」「若云南鄭即是漢京兆鄭縣，其去鎬京不遠，何不云入于鎬京而必曰『入于南鄭』乎？」〇丁謙：「南鄭者，穆王所都，一作西鄭。竹書附注『穆王以下都于西鄭』是也，今陝西同州府。」〇檪案：南鄭，説詳卷四。

穆天子傳卷六

古文〔一〕

之虛〔二〕，皇帝之間，乃□〔三〕先王九觀，以詔後世〔四〕。此復是登名山，有所銘勒封建也。殘闕字多，不可推考耳。己巳，天子□〔五〕征，舍于菹臺。辛未，紐菹之獸〔六〕。管子曰：「菹菜之壤，今吴人呼田獵茸草地爲菹。」音罝〔七〕。於是白鹿一牾〔八〕棄逸出走〔九〕，言突圍出。牾，觸也〔一〇〕。或曰所駕鹿牾猶驚也。天子乘渠黄之乘馳〔一一〕焉。自此已上，疑説逐得鹿之狀。天子丘之，丘，謂爲之名號，方言耳。是曰五鹿〔一二〕。官人之□〔一三〕是丘，□〔一四〕其皮是曰□〔一五〕皮，□〔一六〕其脯是曰□〔一七〕脯。天子飲于漯水之上〔一八〕，漯水，今濟陰漯陰縣。音沓。官人膳鹿獻之天子，天子〔一九〕美之，是曰甘〔二〇〕。自此以上，皆因鹿以名所在地，用紀之也。今元城縣東郭有五鹿墟，晉文公所乞食於野人處者也。癸酉，天子南祭白鹿于漯□〔二一〕，乃西飲于草中〔二二〕，草野〔二三〕之中。大奏廣樂，大，謂盛作之也。是曰樂人。亦以紀之。

校　釋

〔一〕檀萃：「惟晳傳載各書篇數而云：『穆天子傳五篇，言周穆王遊行四海見帝臺、西王母。雜書十九篇，……周穆王美人盛姬事。』據此，則自第一篇至第四篇皆紀西征見西王母之事，第五篇紀見帝臺之事，皆爲穆天子傳本文。而此篇獨紀盛姬，則雜書十九篇之一篇也。當時割而附于穆天子傳，遂謂傳有六篇耳。」○衛挺生：「今本以周穆王美人盛姬死事一篇加入而附於穆天子傳五章之後，而爲其書之『第六章』。然皆稱『章』而不稱『篇』，且均有『郭璞注』，顯似郭璞注此書時取荀勖原編之五篇而改稱爲『五章』，更加一篇爲其第六章耳。然則，『六章』本之穆天子傳殆自郭璞（景純）始也。」○樑案：諸考以本卷乃雜書十九篇之一周穆王美人盛姬事，甚是。然是否即郭璞併入，則尚無確證。

〔二〕陳逢衡：「『之虚』上有缺文，當是：某某日次于某地之虚。」○小川琢治：「卷五、六皆於篇首有十餘簡之脱落。」「惟卷六盛姬之死及其殯葬占其大部分之紀事，脱簡極少者甚明。」此起首「似是訪某處古蹟記事之一斷簡」。

〔三〕□，檀本填「示」字。

〔四〕檀萃：「之，往也。皇同黄，黄帝也。閶，石閶，所封禪之山也。先王，文王也。」○陳逢衡：檀説非。「閶猶宫，蓋古皇人之所守。」皇帝亦非黄帝。「先王謂文武也。」「後世謂子孫。」○樑案：郭注、陳説俱有可參之處。又，此處最可注意的是「皇帝」一詞。後世習見的「皇帝」起於秦始皇盡併天下之後，「皇帝」之稱乃盡兼古代「皇」、「帝」之功威風光。而本傳此處之「皇帝」却未可與之混同。此「皇帝」之「皇」乃「帝」之修飾詞，而非如後世「皇帝」之「皇」乃三皇五帝之「皇」。

皇作修飾詞，周代金文多見，如「皇考」、「皇母」、「皇祖」、「皇王」、「皇宗」、『皇兄』、「皇辟君」、「皇天子」之類遍遍可見。猶可注意者，是㝬鍾（㝬即周厲王胡）「隹皇上帝百神」、「我隹司（嗣）配皇天王」之句。本傳之「皇帝」與㝬鍾之「皇上帝」完全是同樣結構。説文：「皇，大也。」而文字學家更揭明「皇」乃「煌」本字，故有輝煌盛大之意。此事不可不區别清楚。

〔五〕□，檀本填「南」字。○陳逢衡：「上無明文，此不定爲南征。」○樑案：陳説可參。

〔六〕紐，洪本爲「獵」，云：「從事類賦注二十三引改。太平御覽九百六引作『狎』。」○檀萃：「郭注引管子者，明菹臺在齊也。臺在菹中，因名菹臺也。説文：『紐，系也。一曰結而可解。』蓋蹄獲之類，生獲之也。」○陳逢衡：「郭引管子以證『菹』字之義，亦未必定在齊地。莊子人間世釋文引崔注：『系而行之曰紐。』紐菹之獸，蓋謂絆其足而群獸驚，故有逸出之鹿。」郭注引管子文，山國、度地、地員、地數諸篇俱無此句。○吕調陽：菹臺，「在阿澤」。○郝懿行：「疑『紐』爲『狃』字之譌也，下文『狃澤』可證。」○丁謙：「案：竹書築重璧臺在十六年春，則此卷皆是年事。菹臺，地無考。」○于省吾：「按下文『天子東狃于澤中』，則此『紐』字本應作『狃』。詩大叔于田『將叔無狃』，傳：『狃，習也。』此文狃字當指穆王躬自搏獸而言。」○樑案：菹臺，由下文知其在五鹿近傍，具體未明。紐，于省吾説是，但此無需改字。

〔七〕陳逢衡：「太平御覽九百六於『菹』字下引『側魚反』三字。」

〔八〕牾，洪本改「還」（及注），云：「從文選長笛賦注引改。事類賦注二十三引作『有白鹿一迕乘而逸』，遻、迕皆古今字。」〇陳逢衡：「御覽九百六引作『迕』，又『出走』作『走出』。」〇翟本改作「啎」，云：「啎，諸本皆譌作『牾』，今改正。注又作『迕』者，迕與啎音義同。昭明文選馬季長長笛賦注引『啎』作『遻』。一切經音義四古文啎、遻、迕三形是也。然太平御覽九百六、事類賦二十三引傳皆作『迕』，或傳、注兩『啎』字宋本亦作『迕』耳。」〇檠案：午、吾、仵、迕、啎（啎）、牾、遻、遌諸字音義俱通。

〔九〕檀萃：「椉，古乘字。郭意兩解，或疑乘鹿，而實非也。傳謂諸獸已就紐，獨白鹿脱紐而走。」〇陳逢衡：「前卷穆王駕鹿以遊，故當以鹿自隨而有逸出之事。駕六不止一鹿，今所逸出者，特一白鹿耳。郭注或曰所駕鹿，甚是。」〇于省吾：「椉，乘本字。」〇檠案：郭注意在兩可之間，諸釋亦不一，皆由傳文不清所致。此處言「牾椉」，則白鹿當是駕車之獸，與卷五穆王駕鹿而行亦相呼應。但上文言紐獸，下文又言膳鹿，則白鹿又似圍獵中一獸。故諸説皆猶豫未決。余經反復考察，可斷定此白鹿當是駕乘之一，因逸走故穆王改乘馬。下文所膳之鹿，或是圍獵而另得者，或是此白鹿被逐得者（有可能已死傷），但皆當不影響此白鹿爲駕乘者。

〔一〇〕陳逢衡：「文選長笛賦注引注曰：『遻，觸也。』」〇郝懿行：「李善長笛賦注引郭氏此注作『遻，觸也』，蓋遌、啎、迕三字古本通用。」

〔一一〕馳，原作□。〇檀本填「獲」字。〇洪云：「從事類賦注二十三引改正。」〇陳逢衡：「御覽九百六引作『馳焉』，下無空方。」（郝懿行校同，翟云升校同並填「馳」字。）

〔一二〕檀萃：「『五』同『牾』，上言鹿牾，此言五鹿，倒文耳。」○陳逢衡：「天子駕六，則穆王所駕之鹿，亦必有此數，所以仿神皇氏駕六蜚鹿也。今逸去其一，止有五鹿，故以名其丘。蓋即後世春秋時晉文公乞食之地。檀云『五』同『牾』，失之。」○盧文弨：「『五』即『牾』也。」○丁謙：「五鹿，左傳杜注在衛縣東。衛縣，今淇縣東之衛縣集。」○樑案：五鹿之「五」，檀萃、盧文弨説同「牾」，是也。陳説非。五鹿，古有二：一爲晉地，亦名五鹿墟、沙鹿（麓），在今河北大名縣東。一爲衛地，在今河南濮陽北略偏東，即晉文公乞食之處。本傳由下文即在漯水視，此五鹿乃在今河南濮陽。此所叙五鹿名之由來，與前虎牢一樣，皆其他文獻不載之珍貴史料。

〔一三〕□，檀本填「地」字。○陳逢衡：「當是『膳』字。」

〔一四〕□，檀本填「獻」字。

〔一五〕□，檀本填「丘」字。

〔一六〕□，檀本填「獻」字。

〔一七〕□，檀本填「丘」字，云：「丘皮、丘脯，蓋隨所獻之處而名爲皮丘、脯丘也，但語倒耳。」○陳逢衡：「『是曰□皮』、『是曰□脯』，猶下文『是曰盛門』、『是曰壺輴』、『是曰哀次』之例。其空方不知是何字，檀必以字實之，鑿矣。無已則當云『用其皮，是曰白鹿之皮；食其脯，是曰白鹿之脯』，尚可望文生義。若作『丘皮』、『丘脯』，真不可解。」「『官人』以下至『是曰□脯』二十字，俱當在『官人膳鹿』後。」○樑案：此處缺文過甚而義難全明，大意蓋言剥皮製脯。檀説全不可取。陳説二十字當在「官人膳鹿」下者，未必，因一般多是先剥皮製脯，餘者烹食。

〔一八〕檀萃：「地志：『漯水出東郡武陽縣，至高唐注河。』桑欽曰：『水出高唐漯陰縣故黎邑也。』前志漯陰縣平原，後志省。」〇洪頤煊：「震煊云：『北堂書鈔八十二引作「濕水」。濕，古漯字。疑淺識者改爲「漯」爾。』」〇陳逢衡：「漢漯陰縣屬平原郡，後漢因之，晉省。今山東濟南府臨邑縣。」〇翟云升：「濕，本字。漯，異文也。」「兩漢漯陰屬平原郡。晉書地理志平原國即漢平原郡，濟陽郡即漢濟陽郡，皆無漯陰。漯陰乃樂陵國之漯沃也。注云云者，蓋晉始以漯陰屬濟陰，後則改濟陰爲濟陽，而漯陰爲漯沃，且屬樂陵國矣。」〇丁謙：「漯水，四書釋地補在東昌朝城縣。」〇檪案：漯水，又名漯川、濕水。源出今河南濬縣西南，東北流經濮陽而入今山東范縣地，又過莘縣、聊城、禹城、濱縣、霑化而入海。其在今山東境内故河道與今徒駭河大致相合。

〔一九〕「天子」，道藏、范、趙、檀、翟、郝本有，此從作。

〔二〇〕檀萃：「『是曰甘』者，謂甘丘也。注引『五鹿』、『乞食』者，應在上文『是曰五鹿』之下。」〇陳逢衡：「『是曰甘』者，是贊美此鹿膳，檀云謂甘丘，誤。」〇劉師培：「此官人蓋旅次掌食之人。官與館同。易隨卦『官有渝』，蜀才本『官』作『館』。周禮遺人職云：『五十里有市，市有候館，候館有積。』詩鄭風緇衣：『適子之館兮，還予授子之粲兮。』是館爲旅人聚餐之地。說文：『館，客舍也，从食官聲。』蓋古代行旅之人食於客舍，故客舍亦名爲館。……引伸之，則客舍司職之人亦稱曰館。字或作管。」〇檪案：陳、劉說可參。又，官人前已有說。

〔一一〕陳逢衡：「空方當是『水』字。」「此條當在『是曰五鹿』之下，『天子飲于漯水』之上。」

〔一二〕檀萃：「草，大澤之中。」○陳逢衡：「『草中』，猶之圃草也。『西』謂漯水之西。」

〔一三〕野，范、范陳、邵、趙本作「地」，范陳又校改作「野」。

甲戌，天子西北□〔一〕，姬姓也〔二〕，盛柏之子也。盛，國名。疑上説盛姬〔三〕事。公羊傳曰：「成者何，盛也。曷謂爲之成，諱滅同姓也〔四〕。」天子賜之上姬之長〔五〕，令盛伯爲姬姓之長位〔六〕，位在上也。是曰盛門〔七〕。天子乃爲之臺，爲盛姬築臺也。是曰重璧之臺〔八〕。言臺狀如壘〔九〕璧。戊寅，天子東狃〔一〇〕于澤中，逢寒疾，言盛姬在此遇風寒得疾。天子舍于澤中。盛姬告病〔一一〕，天子憐之，□澤曰寒氏〔一二〕。以名澤也。盛姬求飲，天子命人取漿而給〔一三〕，得之速也。傳曰：「何其給也。」是曰壺輲〔一四〕。壺，器名。輲，音遄，速也，與遄同。天子西至于重璧之臺，盛姬告病，□〔一五〕天子哀之，上疑説盛姬死也。是曰哀次。哭泣之位次。天子乃殯盛姬于轂丘之廟〔一六〕。先王之廟，有在此者。漢氏亦所在有廟焉。

校釋

〔一〕檀萃：「缺者有數字，當云『天子西北至于盛，盛伯獻女，姬姓也。』」○陳逢衡：「當是征于某地。」

此處脱落甚多。」

〔二〕「姬姓也」，陳逢衡從藝文類聚六十二引改作「盛姬」。（郝懿行校同，未改。）○樑案：因上缺文甚多，未可確定陳改當否。此仍舊作。

〔三〕翟云升：「『姬事』上當有『盛』字。」○樑案：翟校是，此從補。

〔四〕此處原郭注引公羊傳文錯訛不可讀，范陳校、洪、陳、翟本俱從今本公羊傳改正，郝懿行校而未改，此從改。

〔五〕檀萃：「杜注：『郕，國也。東平剛父縣有郕鄉。』補注：『今兖州寧縣北盛鄉城是也。堽城壩即剛父故縣。』是成、郕、盛通稱矣。郕出文昭，國滅歸魯，爲孟氏采邑。補注謂寧陽縣東北九十里故城即古成城也。然成、郕本一，何用别詮。」○洪頤煊：「列子湯問篇：『偃師獻伎人，王與盛姬内御並觀之。』」○陳逢衡：盛姬之姬，「當解如姬妾之姬，蓋婦人之美稱。若以爲姬姓，則是穆王多取同姓以備後宫，恐無是理。」○丁謙：「盛伯，姬姓國，文王子叔武之後。」「故郕城在山東汶上縣北二十里。」○樑案：盛，文獻又作成、郕，西周甲骨文作「宬」。盛國始封於文王第七子叔武，封在武王時。封地舊説有三：一説在今山東寧陽縣東北，一説在今山東汶上縣西北，一説在今山東范縣東南。據左隱五年經「衛師入郕」的記載來看，似以范縣説較近是。但一九七五年在陜西岐山董家村的一座西周窖穴中出土了一件成伯孫父鬲，西周甲骨文中又有「宬伯族」的記載，於是有學者認爲成國本封於畿内，後改封於山東。余以爲亦有這樣的可能：

如周公、昭公之後一樣，長子封於外，次子在内朝爲官（此種情況在西周極普遍），故目前尚不足以確立起改封説。但由此可以確定的是，成在朝中肯定有人，且担任某種職務，西周甲骨記載與本傳文就證明了這一點。西周甲骨（H11：278）所載「宬叔族」中「族」字的含義，釋者多只知是職名，而未詳其義。今與本傳所載「天子賜之上姬之長」相勘，始明其乃担任姬姓的族長，郭注頗得其要。西周王朝的宗法色彩之濃歷來聞名，任一族長亦非是芝麻緑豆的微職。又，陳逢衡説盛姬之姬非姓，而是姬妾之姬，極誤。盛姬之姬乃其姓氏，此爲先秦女子名稱之慣例。先秦時期雖有「同姓不婚」之常禮，但并非絶無變例，春秋時魯君即有其事，故此無需曲盡其力爲穆天子諱。

〔六〕位，檀、陳、吕本無，翟本作「上」。

〔七〕檀萃：「表盛門爲盛伯，築臺爲姬。」○陳逢衡：「藝文類聚居處部引『盛姬，盛伯之子也。天子賜之上姬之長，乃爲之臺，是曰重璧之臺』。無『是曰盛門天子』六字。」「門猶大門，宗子之門，即梓材所謂大家也。蓋表爲望族之義。」

〔八〕洪頤煊：「今本紀年云：『十五年作重璧臺。』」○陳逢衡：「藝文類聚居處部引、文選雪賦注引『爲盛姬築臺，是曰重璧之臺』。案：上一語是約舉之辭。太平寰宇記河南道濮州雷澤縣引『天子遊於河、濟，盛君獻女，天子爲造重璧臺以處之。』案：首句添設『盛君獻女，天子』，亦誤。後人引古書大約往往失實如此。」「王西巡時，載玉甚多，故作爲此臺。層纍而上，皆以玉砌之，故曰重璧之臺。太平御覽一百七十八引郡國志曰：『濮州璧玉臺，穆天子爲盛姬所造也。今旁地猶多珉石。』此實録，非狀如壘璧也。」○丁謙：「臺在何處，自來無考。大約處范宮西，故有『以爲西居』之語。」○㮚案：陳説此臺以玉砌，恐不可全信。其地不甚明，御覽所引郡國志僅供參考而已。

〔九〕壘，檀本作「疊」。

〔一〇〕狃，洪本作「田」，云：「從太平御覽八百三十二引改。」○檀萃：「狃同紐，即上文『紐獸』也。澤即萑臺之澤也歟。」○陳逢衡：「狃疑是獵之譌。『逢寒疾』三字當在『盛姬告病』句下。」○翟云升：御覽作「田」似是。「否則狩、獵等字之譌也。」○孫詒讓：「案：狃即狩字，篆文相近而誤。御覽作『田』，乃不解其義而誤改，不必據校。上文『辛未，獵萑之獸』，獵，今本作狃，洪據事類賦引改作『獵』，以此文證之，疑彼『狃』亦『狩』之誤。」○㮚案：狃字不誤，前于省吾説已明。

〔一一〕陳逢衡：「御覽八百三十二引『天子東田于澤，至于重璧之臺，盛姬告病。』」

〔一二〕□，檀本填「名」字。○陳逢衡：「郭注云『名澤』，則此□字斷非『名』字，疑是『號』字。」「告，來告也。」「又案：漢縣以『氏』名者甚多，如宏農郡盧氏、河東郡猗氏、端氏、皮氏、河南郡緱氏、陳留郡尉氏、潁川郡綸氏、常山郡元氏之類皆本於此。」

〔一三〕陳逢衡：「漿，酒漿也。傳見左哀公十一年『陳轅頗出奔鄭』傳。」○㮚案：此盛姬病，不當再飲之酒。詩小雅大東：「或以其酒，不以其漿。」此漿即非酒甚明。

〔一四〕于省吾：「輲本應作鍴。彝器有郤王義楚鍴，羅振玉謂鍴爲小觶，是也。上言盛姬求飲，天子取漿而給，蓋壺所以盛漿，頸長而腹大，不可持而飲，必須酌壺漿於觶，而後飲之，故因以名其地爲壺鍴也。」○蔣超伯：「廣韻：『輲，無輪車也，與輇同。』此蓋借作『遄』。」○樑案：于省吾説是。劉心源奇觚室吉金文述卷十七徐王鍴下考云：即説文之鍴，下引穆傳此段文字相證。王國維觀堂集林釋觶觛卮𦉜𦉢謂此五器爲一物，並云又名鍴、椯，極是。其形圓腹，侈口、圈足。

〔一五〕□，檀本填「没」字。○郝懿行：「李善文選注謝莊宋孝武貴妃誄引此文有『盛姬亡』三字，蓋此下脱文也。」○樑案：缺文當較多，恐不止三字。

〔一六〕檀萃：「轂丘，地名。漢於郡國立先帝廟也。」○洪頤煊：「『穀丘』本作轂丘，太平御覽五百五十引譌作『古兵』，從文選宋孝武宣貴妃誄注引改。」○陳逢衡：「鮑刻御覽作『穀丘』。」「諸侯不得祖天子，周先王之廟，未聞有立於列邦者。此或是河、濟間同姓諸侯之祖廟，故假此以殯盛姬也。」○馮舒校：「轂，御覽『穀』。」○吕調陽：「案：在陽穀。」○孫詒讓：「時王行在河、濟之間，則非畿内，不當有先王廟。周、漢人不同，不足相證。此轂丘之廟當即同姓諸侯之廟。下云『韋、穀、黄城三邦之事輦喪』，翟云事、士古通。則穀丘之廟或即穀國之廟與。春秋桓七年『穀伯綏來朝』，彼嬴姓國，又不在河、濟之間，與此不同。」○樑案：轂、穀同從𣪊得聲，可通，不必改字。陳、孫説此爲同姓諸侯之廟，是。具體爲何國則不明。

□〔一〕壬寅，天子命哭。令群臣大臨也。啓爲主〔二〕，爲之喪主，即下伊扈也。啓疑〔三〕爲開殯出柩〔四〕也。鄒父賓喪〔五〕。儐贊禮儀〔六〕。天子王〔七〕女叔㜳爲主〔八〕。叔㜳，穆王之女也。音痤〔九〕。天子□〔一〇〕賓之命終喪禮〔一一〕，令持喪終禮也。於是殤祀而哭。殤，未成喪，盛姬年少也〔一二〕。內史執策，所以書贈賵之事。內史，主册命者〔一三〕。官人□〔一四〕亓職〔一五〕。曾祝敷筵席、設几〔一六〕、敷猶鋪也。周禮曰：「喪事仍几。」盛饋具〔一七〕，饋具，奠也。肺鹽羹〔一八〕、肉也。當以音行〔一九〕。胾〔二〇〕、大臠。脯〔二一〕、棗、酏〔二二〕、粥清也，音移。醢〔二三〕、肉醬也。魚腊〔二四〕、乾魚。糗〔二五〕、寒粥也。韭、韭菹〔二六〕。百物。言備有也。乃陳腥俎十二、乾豆九十、鼎敦壺尊四十〔二七〕敦，似盤〔二八〕，音堆。器〔二九〕。雜器皿也。曾祝祭食，禮：雖喪祭皆祭食，示有所先也。進肺鹽、祭酒〔三〇〕。以肺換鹽中以祭，所謂振祭也。禮以肝〔三一〕，見少牢饋食也。乃獻喪主伊扈〔三二〕，伊扈拜受。□祭女。又獻女主叔㜳，叔㜳拜受。祭□〔三三〕祝報祭，觴大師〔三四〕。樂官。

校釋

〔一〕陳逢衡：「吳本、檀本『壬寅』上無空方。何本、洪本有，當删。」○樑案：無空方者尚有道藏、范、邵、趙、翁鈔本。但此上未可定爲無他文，故此不删。

〔二〕檀萃：「『啟』字爲句，既夕禮『聲三啟』，三爲啟殯而葬也。『爲主』者，刊重木以明主道也。檀弓曰：『重主道也，殷主綴重焉，周主徹重焉。』按喪禮，設重在小斂之前而此於啟擯之後者，蓋從其變。」○陳逢衡：「以下文『叔㛗爲主』證之，則『啟爲主』當作一句。啟是人名，不可作『啟殯』之啟解。」「案：『啟』當作『啓』，蓋誤爲『啟』耳。」○于省吾：「『啟爲主』謂始作主也。書梓材『王啟監厥亂爲民』，號叔旅鍾『旅敢啟帥井皇考威儀』，逐鼎『逐啟諆作廟叔寶障彝』，金文或言啟，或言肇，語例同。」○檪案：于説甚是。此啟亦即禮記曾子問「自啟及葬不奠」之啟，始也。此段叙喪祭。

〔三〕「啓疑」，道藏、范、吴、范陳、程、何、趙本作「上啓疑」，范陳校删。

〔四〕柩，范、吴、程、何、趙、檀、翟本作「棺」。

〔五〕檀萃：「賓讀爲儐，去聲。」○陳逢衡「賓當如字讀，此蓋廷臣以大臨之禮哭盛姬，而祭父貴臣居首，故曰賓。」○翟云升：「儐，古通用賓，周禮春官大宗伯注：『出接賓曰儐。』釋文：『本或作「賓」，同。』」○檪案：郭注不誤。

〔六〕儀，范陳、邵、趙本作「也」，范陳又校删。

〔七〕洪頤煊：「王，廣韻七歌注引作『三』。」（盧文弨、郝懿行校同。）○陳逢衡：「『三』字誤。」

〔八〕檀萃：「説文：『㛗，訬疾也，助何切。』字書：『安也，輕也，又少貌，音磋。』」○陳逢衡：「王女『王』字蓋『玉』字，此天子愛女，故令爲主，以主内族之祭。」○檪案：集韻：「㛗，少也，美也。」或即因此穆傳而來。

〔九〕瘞，翟本作「癰瘞之瘞」。○檪案：翟本較勝，但其改無據，此不從。

〔一〇〕□，陳逢衡「疑是『自』字。」

〔一一〕喪，道藏、范、吴鈔、李、楊鈔、范陳、趙、檀本作「哀」。○檪案：此句恐是言天子命某某賓喪（叔姓爲女主，故此賓喪禮者當是身份甚高之女官或與祭父身份近同之重臣）。

〔一二〕少，道藏、范、吴、程、何、邵、檀本作「小」。○檪案：「殤」字之義，舊説大同而有小異。大同者，年少而亡曰殤。小異者，説文等説在八至十九歲，鹽鐵論未通等説爲十九歲以下皆是，釋名釋喪制等又以二十歲以下皆是。而周禮媒氏、儀禮喪服鄭注以女子未嫁而死曰殤，則與本傳顯然相悖。余意殤者在先秦時蓋大致指弱冠而亡者，至漢始説解愈分愈細，反使字意糾葛。

〔一三〕者，吴本作「官」。

〔一四〕□，檀本填「供」字。

〔一五〕檀萃：「丌，古其字。言命百官人各供其職。」○翟云升：「册，古通用策。」○檪案：此内史、官人之職事與周禮不合（周禮内史無司喪禮之職，官人亦是），而與儀禮、禮記近之。

〔一六〕陳逢衡：「曾祝猶太祝也。周禮春官司几筵：『凡喪事，設葦席，右素几，其柏席用萑黼純。凡兇事，仍几。』鄭注：『喪事謂凡奠也。萑，如葦而細事。鄭司農云：「柏席，迫地之席，葦居其上。或曰：柏席，載黍稷之席。」玄謂：柏，槨字磨滅之餘。槨席，藏中神坐之席也。』『鄭司農曰：「仍，因也。因其質謂無飾也。」玄謂凡奠几朝夕相因，喪禮略。』」○常征：古義「大祝曰曾祝。」○樑案：曾祝，説見前。此處敷席、設几，可徵諸周禮。

〔一七〕檀萃：「盛，豐盛也，盛其進奠之禮。」○陳逢衡：「盛當讀如成，謂粢盛也。」○樑案：盛，盛隆、豐盛也。饋，亦作餽，進餉奠也。

〔一八〕陳逢衡：「郭注苐解『羹』字，上『肺鹽』是二物，周人以氣爲主，故先肺鹽即形鹽之類。」○樑案：肺鹽。儀禮多見，郭注其義見下。羹，肉汁也。

〔一九〕檀萃：「『當以音行』者，『音』字蓋是『湆』字之誤。湆同汁，謂當以湆行之也。」○洪頤煊：「注『當以音行』四字誤。汪繼培云：『字林云：「羹，肉有汁也。」儀禮注：「今文湆爲汁。」音字疑湆字之譌。當字近瀋，左傳注：「瀋，汁也。」』今無善本可校，姑仍之。」○翟云升：「注義未詳。」檀疏似是，但湆乃湇字之誤。○郝懿行：「六字疑有脱誤。」○樑案：注文六字不明，諸説「音」爲「湇」（或作「湆」。湇从肉，當正字。）之訛可信，但注義仍不甚明。音如爲湇，則當字即不必再爲「瀋」字，否則過重。

〔二〇〕陳逢衡：「郭注本説文。又儀禮士虞禮注：『胾，切肉也。』」○樑案：胾有大肉、切肉兩義，此未可確定。

〔二一〕陳逢衡：「周禮腊人注：『薄析曰脯。』禮記内則『牛脩鹿脯』注：『脯，皆析乾肉也。』」

〔二二〕陳逢衡：「儀禮有司徹注：『棗，饋食之籩。』小爾雅：『棘實謂之棗。』」「醃同酏，周禮酒正『四曰酏』注：『酏，今之粥。』内則有『黍酏』，酏飲粥稀者之清也。」○樑案：説文又云：「醃，黍酒也。」

廣雅：「酒也。」此似以粥爲佳。

〔二三〕陳逢衡：「左莊十一年傳注：『醢，肉醬也。』」

〔二四〕陳逢衡：「説文：『腊，乾肉也。』故魚腊爲乾魚。」〇櫟案：儀禮多見。

〔二五〕檀萃：「羞籩之實，糗餌、粉餈，而郭謂之寒粥者，熬而甘之，如寒具。」〇陳逢衡：「國語楚語『糗一筐』注：『糗，寒粥也。』與郭注同。禮記内則注：『糗，擣熬穀也。』説文：『糗，熬米麥也。』」〇櫟案：廣雅釋器等又訓糗爲乾飯。依禮，喪多食粥，則此釋粥爲是。

〔二六〕菹，周本作「葅」。〇櫟案：按郭注，此是已切碎之韭。

〔二七〕陳逢衡：「腥，魚腥。乾豆，所以供肉食者。鼎、敦，皆所以盛熟食者。壺、尊，盛酒醴之器。」〇孫詒讓：「周禮膳夫云：『王曰一舉鼎十有二物，皆有俎。』鄭注云：『鼎十有二：牢鼎九，陪鼎三，物謂牢鼎之實，亦九俎。』若然，王祭太牢鼎十二，而俎則九陪鼎，膷臐膮實於豆，不用俎也。此俎十二，而鼎乃與敦壺尊同四十，與禮例不合，恐有譌互。」〇于省吾：「按：敦本應作𣪘，即今簋字。彝器敦制唯陳侯午錞、陳侯因資錞數器耳。錞、敦古今字。若西周時尚未發現敦制，故知此文敦之必作𣪘也。」〇櫟案：于説是。核之出土實物，當時食器皆鼎、簋相配，鼎盛肉魚等菜餚，簋盛粥飯等穀食。用鼎、簋之數爲當時貴族等級之標誌。敦，亦盛飯食器皿，産生於春秋中期，盛行于春秋晚期至戰國晚期。本傳以鼎、敦相配，簋、敦不分，皆與儀禮相合。此亦可反映出本傳的成書時代較晚。用俎十二，儀禮有司徹多見，他書絶少。孫説此處與禮例不合者，甚是。然本傳與禮例不合者衆多，此亦不足爲奇。云用「九十」、「四十」如許之多者，或是撰者夸大之辭，或是禮崩樂壞的戰國時代之用數。

〔二八〕盤，道藏、范、范陳、吳、楊鈔、李、趙、邵本作「槃」。

〔二九〕陳逢衡：「器字即指腥俎、乾豆、鼎敦壺尊之屬，不得又以雜器皿訓之。」○櫟案：陳説是，器字當連上讀。

〔三〇〕檀萃：「九祭，五曰振祭，六曰擩祭，注兼言之也。」○陳逢衡：「九祭，見周禮春官大祝。『五曰振祭，六曰擩祭。』鄭司農云：『擩祭以肝、肺、菹，擩鹽醢中以祭也。』『至祭之末，禮殺之後，但擩肝鹽中振之，擬之若祭狀，弗祭，謂之振祭。』玄謂：『振祭、擩祭本同。不食者擩則祭之，將食者既擩必振乃祭也。』」○櫟案：此是喪前之祭，亦即禮記曲禮上所云「祭食，祭所先進」。

〔三一〕洪頤煊：「注『㨨』本作『换』，『禮以肝』本作『禮以肺』。案：少牢饋食：尸『右兼取肝，㨨于俎鹽，振祭』引，今改正。」（郝懿行校同。）○櫟案：此文亦見士虞禮。周禮春官大祝鄭司農注云「肺賤肝」，是用肝之由。然禮記明堂位云：「有虞氏祭首，夏后氏祭心，殷祭肝，周祭肺。」則與儀禮相異。鄭注云：「夏尚黑，勝赤，故祭心。殷尚白，勝青，故祭肝。周尚赤，勝白，故祭肺。」以五臟與五色相配，乃五行説之產物。

〔三二〕常征：「此伊扈，據世本，正穆王之子共王之名。而竹書紀年稱共王名繄，或作『繄扈』。紀年與穆天子傳同時出於汲冢，晉人倘僞造穆天子傳，何不逕書伊扈爲『繄扈』，使與紀年相同而取信於世？傳與紀年不同，豈非較紀年爲更古之古文？」○櫟案：洪頤煊序文早已言伊扈爲共王之名（參附録三），可參。

〔三〕□，檀本填「曾」字，亦以上「祭」字斷句，云：「亦拜女所獻者，受而祭之。」○櫟案：此處缺文亦多，檀填一字恐非。由於缺文，使文義不够明白。

〔四〕檀萃：「報，反也。曾祝報祭後，致飲於樂工，爲歌虞殯也。無獻酬，但觴之，喪事從略也。」○陳逢衡：「檀説誤。虞殯在既葬之後，始死焉得有虞殯之禮。此謂曾祝報祭，而奉觴則太師也。且是時方行哭臨禮，何得用歌樂。」

乃哭即位，就喪位也。畢哭。內史□〔一〕策而哭，「策」上宜作「讀」，既夕禮曰「主人之史讀賵」是也。曾祝捧饋而哭，捧，兩手持也。御者□祈而哭，侍御者，禮曰：「御者入浴〔二〕。」抗者觴夕而哭，抗，猶舉也。禮記曰：「小臣四人抗衾也〔三〕。」佐者承斗而哭，佐，歛者也。斗，斟水杓也〔四〕。佐者佐飲食者。衣衾〔五〕佩□而哭〔六〕，樂□〔七〕人陳琴瑟□〔八〕竽疑「竽」上宜作「笙」，笙亦竽屬。籥如笛三孔。龡今載吏所吹者。筦筦，如併兩笛，音管。而哭〔九〕，百〔一〇〕衆官人各□〔一一〕其職事以哭。百衆，猶百族也。曰士女錯踊九□〔一二〕乃終。錯，互也。哭則三踊三哭。而九踊，所謂成踊者也。喪主伊扈哭出造舍，倚廬也。父兄宗姓及在位者從之，佐者哭〔一三〕。佐歛者也。且徹饋及壺鼎俎豆，皆佐者主爲之。衆宮人〔一四〕各□〔一五〕其職，皆哭而出。事畢。井利□事後出而收〔一六〕。井利所以獨後出者，典喪祭器物收斂之也。或曰：井利稽慢，出不及輩，故收縛之。

校釋

〔一〕□，檀本填「讀」字。

〔二〕檀萃：「浴，浴尸也。祈同斦。斦，俎也。言捧斦俎而哭之也。」○陳逢衡：「如檀說，則空方當作『捧』。御者入浴，見喪大記。○翟云升：「檀說似是，祈蓋斦之譌也。」○槃案：檀說與郭注去之甚遠。由上文言饋，下文言觴視，則此檀說祈同胙可參。但亦可如此理解，郭注蓋意在釋御者之主職，而檀疏重在所捧之物，則兩者只是側重不同。此段叙喪祭畢而喪哭。

〔三〕檀萃：「『小臣四人抗衾』，謂抗衾以蔽尸，所以便於浴也，爲外喪也。若内喪，則内御者抗衾而浴。是抗者蓋内御，非小臣也。『觴夕哭』者，捧觴而助既夕哭也。」○陳逢衡：「『小臣四人抗衾』，見喪大記。」○槃案：郭注兩引禮記喪大記文，然其文緊接便是「其母之喪，則内御抗衾而浴」（相同文意又見儀禮既夕禮），又周禮天官女御職云：「大喪，掌沐浴。后之喪，持翣。」則内喪當以女御、内御浴死者，方合於情理。

〔四〕檀萃：「『斟』應作『斢』。君喪，虞人出木角。角謂斢水之斗也，以角爲之，容四升，供浴尸之用也。」○陳逢衡：「周禮鬯人『大喪之大渳設斗』注：『斗所以浴尸也。』」○槃案：浴尸畢可以哭喪也。

〔五〕衾，道藏、范、范陳、吴、楊鈔、趙本作「裳」。○馮舒校：「衣裳，别本『哀衾』，又作『哀裳』。」

〔六〕檀萃：「此蓋平日佐飲食者，與上『佐者』不同。」○陳逢衡：「本文無『飲食』字，郭注疑誤。此二『佐者』當是上『抗者』之佐。空方疑是『帶』字。」

〔七〕□，陳逢衡：「空方疑衍。」

〔八〕□，檀、張本填「笙」字。

〔九〕陳逢衡：「詩『左手執籥』傳：『籥，六孔。』廣雅：『籥，七孔。』」「風俗通聲音引漢書注：『荻，筩也。言其聲音荻荻，名自定也。』集韻：『藡，或從狄。』」○翟云升：「『戟吏吹荻』未詳，字書亦無『荻』字。考晉書輿服志：『戟吏，鹵簿之屬。』應劭：『鹵簿圖有騎執荻。』通志樂略『晉先蠶』注：『車駕，住吹小箛，發吹大箛。箛即笳也。』玉篇竹部：『箛，吹鞭也。』疑箛即戟吏所吹，傳譌箛爲荻也。或曰『篍』之譌，玉篇竹部：『篍，吹簫也。』廣韻去聲三十五笑：『篍，竹簫，洛陽亭長所吹。』未知孰是。」○槃案：籥，有三孔、六孔、七孔諸説，又有管、觚等不同訓釋，難以定奪。據甲骨、金文「籥」字視，皆作兩管並編之形，故此籥當訓管。周禮春官小師鄭注：「管，如笛而小，併兩而吹之。」（詩有瞽鄭箋説同。）其説可參。如此，則郭注「筦」字「如併兩笛」非矣。此筦讀爲「管」，是説文「如篪六孔」（又有一孔、七孔、九孔説）之管。古管、籥多混，實際還是能區别的。荻，當篍之訛。説文：「篍，吹簫也。」（玉篇、廣韻、集韻同。）陳逢衡所舉風俗通文則明其名之由來矣。

〔一〇〕「百」下原有□，檀本填「工」字，云：「直言『百衆』無缺字。」○洪本删□，云：「案注文不宜有，今删。」（郝懿行校同。）○盧文弨：「郭注『百衆』二字連，下文又作『百官衆人』。」○陳逢衡：「下有『百官衆人倍之』句，則此當亦是『百官衆人』之錯互，空方當衍。」「案：『衆』與『官人』字連，不與『百』字連。既曰『百』，又曰『衆』，無此文法。檀本填『工』字是矣，而又以郭注直言『百衆』無缺字，何哉？」○㮚案：以文義觀之，此處似作「百官衆人」較妥。

〔一一〕□，檀本填「執」字。○㮚案：缺文爲「司」、「執」或「止」、「輟」之類，只未可定。

〔一二〕□，張本填「踊」。○陳逢衡：「案注義，□當作『踊』。」

〔一三〕陳逢衡：「父兄，盛姬之父兄，與下文周室父兄異。宗姓，亦盛姬之族黨。在位者，謂盛伯之屬官，郭上已注『佐歛』，此又云『佐歛』，誤。案：前云承斗衣衾佩□，是佐歛之佐者。此云徹饋及壺鼎俎豆，當是佐飲食者。郭以佐飲食注於上，亦誤。」○㮚案：九踊，天子干室之禮。

〔一四〕宫人，范、邵、周本作「官人」。○陳逢衡：「宫人，當作官人。」

〔一五〕□，檀本填「供」字。

〔一六〕檀萃：「郭之二議，前議優。」○陳逢衡：「收，歛也。蓋謂井利竣事收歛而後出也。與下文『百物喪器，井利典之』是一例。」○劉師培：「下文云『百物喪器，井利典之』，下文又云『百嬖人官師畢贈，井利乃藏』，此文『而收』與彼文『乃藏』一律。『收』當作『收歛』，即收歛喪器也。郭前說是。」○于省吾：「注文前說是，後說非。書顧命『太保降收』，與此文例略同。余昔以收爲般之譌，今以此文證之，始知其未允也。」○櫟案：自前「天子命哭，啓爲主」至此尸祭哭喪畢。

癸卯，大哭殤祀而載。載〔一〕，祖載也。甲辰〔二〕，天子南葬盛姬于樂池之南〔三〕。即玄池也。天子乃命盛姬□〔四〕之喪視〔五〕皇后之葬法〔六〕，視，猶比也。亦不拜後于諸侯〔七〕。疑字錯誤，所未詳也。河濟之間共事〔八〕，供給喪事〔九〕。韋、穀、黃城〔一〇〕三邦之士〔一一〕輦喪，輦，謂挽輴車。發三國之衆，以示榮侈。七萃之士抗〔一二〕即車，舉棺以就車。曾祝先喪，導也。大匠御棺〔一三〕。爲棺御也。周禮曰：「喪祝爲御。」禮記曰：「諸侯御柩以羽葆，謂在前爲行止之節〔一四〕。日月之旗，七星之文〔一五〕。言旗上畫日月及北斗七〔一六〕星也。周禮〔一七〕曰：「日月爲常。」旗亦通名也〔一八〕。鼓鐘以葬，龍旗以□〔一九〕。鳥以建鼓，獸以建鍾，龍以建旗。曰喪之先後及哭踊者之間，畢有鍾旗，□百物喪器，井利典之。列于喪行，靡有〔二〇〕不備。行，行伍。擊鼓以行喪，舉旗以勸之〔二一〕。令盡哀也。擊鍾以止哭，彌旗以節之〔二二〕。爲節音〔二三〕節。彌，猶低也。曰□〔二四〕祀大哭九而終〔二五〕。喪出于門，喪主即位，就哭位也。周室父兄子孫倍之，倍，倍列位也。諸侯、屬子、宗屬群子。王吏倍之〔二六〕，外官、王屬、七萃之士倍之，外官，所主在外者。姬姓子弟倍之，盛姬之族屬也。執職之人倍之，執職，猶職〔二七〕事也。百官衆人倍之，哭者七倍之。列七重。踊者三十行，行萃百人〔二八〕。百人爲一倍。萃，聚也。女主即位，嬖人群女倍之，嬖人〔二九〕，王所幸愛者。王臣〔三〇〕姬姓之女倍之，疑同姓之女爲大夫士〔三一〕妻者，所謂内宗也。宮官〔三二〕人倍之〔三三〕，宮官爲内〔三四〕也。宮賢〔三五〕庶妾倍之，庶妾，衆散妾也。哭者五倍，踊者次從〔三六〕。以次相從。曰天子命喪，一里而擊鍾止哭。曰匠〔三七〕人哭于車上，御棺不得下也。曾祝哭于喪前〔三八〕，七萃之士哭于喪所。曰小哭錯踊，三踊而行，五里而次，次，猶止也。曰喪三舍至于哀次，五舍至于重璧之臺〔三九〕，三十里爲舍也。傳曰：「避君三舍。」乃休。休，駐也。天子乃周姑繇之水〔四〇〕以圜〔四一〕喪車，決水周繞之也。繇音遥。圜音員。是曰囧車〔四二〕。以號水也。曰殤祀之。於此復祭。

校釋

〔一〕載，陳本作「車」。○櫟案：此段叙行喪。

〔二〕「甲辰」，檀本無。

〔三〕陳逢衡：「此樂池與卷二之樂池當是同名而異地。……其地在河、濟之間，漯水之南。」郭注誤也。○呂調陽：「高粱陂也。」○金蓉鏡：「此别一樂池。」○丁謙：「喪行五舍，舍以三十里曰舍計，凡一百五十里。樂池當在重璧之臺南百五十里。以下以即喪行亦五舍也。地當在禹州境。」○欒案：此欒池絶非卷二之玄池。

〔四〕□，陳逢衡：「太平御覽五百五十五引『盛姬』下無空方。」「空方據下文『乃思淑人盛姬』，當是『淑人』二字。」

〔五〕視，郝本作「祀」。

〔六〕童書業漢代以前中國人的世界觀念與域外交通的故事附録穆天子傳疑（收中國古代地理考證論文集）：「『皇后』一名之可疑也。」稱「皇帝」、「皇后」俱始於秦始皇，此穆傳後出之證也。○欒案：童先生之質疑余初亦百思不得其解，後檢得近年所出河北平山縣戰國時中山國一號墓的兆域圖（即寢堂平面結構布局圖），方悟其中奥妙。兆域圖共列有五間寢堂，其中表示王后堂的一個方框内書文曰：『王后堂方二百尺，其葬視哀后。』無須再作繁證，只須將本傳「盛姬□之喪視皇后之葬法」與彼「其葬視哀后」相對照，即可一目瞭然。兩者文句如出一轍，由此亦可明本傳之「皇后」乃彼「王后」之訛，必後世所改。童先生之疑亦可冰釋。由兆域國與本傳可明當時之喪葬大致有這樣的慣例：王的某一位夫人死後，其他夫人再死後的葬法、規格基本參照前者。

〔七〕檀本拜作「邦」，云：「『不邦後』者，不俟諸邦後來也。」○陳逢衡：「疑不赴告之義，『拜後』當是『拜赴』之譌。」○欒案：拜後，義未詳。

〔八〕丁謙：「濟爲北濟水。河濟間，今懷慶府境。」○欒案：河濟間，當今河南原陽、延津、封丘、長垣、濮陽間，亦可包括今山東范縣、鄄城、菏澤等在內。

〔九〕「喪事」，本作「事也」，馮舒、洪頤煊、郝懿行據太平御覽五百五十五引改，陳逢衡從，此亦從改。

〔一〇〕檀萃：「韋、穀、黃，皆國名，附近於盛國者也。」○陳逢衡：「韋即『韋、顧、昆吾』之韋，在今大名府滑縣東南五十里，古豕韋氏之國也。穀，或謂即春秋桓七年『穀伯來朝』之穀，注『穀國在南鄉築陽縣北。』案：漢晉築陽縣，今湖北襄陽府穀城縣東，似與河濟之間太遠。檢水經『穀水東北過穀城縣北』酈注：『城西臨穀水，故縣取名焉。』案：縣故址在今河南府城西北，似爲近之。蓋此邦即穀水旁之國。黃城或謂即内黃黃澤之地。案：『水經汝水注有黃城水，又淮水注柴水，又東逕黃城西，故弋陽縣也。城内有二城，西即黃城也。案：古黃城、弋陽縣故城俱在今河南光州界。又水經潕水注：潕水之左即黃城山也，水出黃城山東北，逕方城。案：黃城山在今河南南陽府葉城北。此黃城未知孰是。此三邦當於河濟之間求之。『三邦之士』猶下云『七萃之士』也。」○劉師培：「周無韋邦，韋即衛也。衛之得名，亦由居古豕韋地。說別見。」○丁謙：「韋即古豕韋國，今滑縣南葉城鎮。穀即穀丘，見上節。黃即春秋黃城、漢書外黃縣，在今杞縣東南太原縣地。」○欒案：穀即穀丘，前已言，周同姓國。但非春秋桓七年之穀國甚明。左傳昭十一年「齊桓公城穀而寘管仲焉」，楊伯峻春秋左傳注云：「在今山東東阿縣新治東南之東阿鎮。」姓氏書謂其本姬姓國，齊滅之。此穀雖亦在河、濟間，但是否即本傳之穀，尚難斷言。韋、黃城，更難考明，此權缺之。

〔一一〕士，此從道藏、范、吳鈔、趙、檀本作，他本作「事」。○洪頤煊：「『事』字疑當作『衆』。」○郝懿行：「『事』字誤，明藏經本作『士』。」

〔一二〕「抗」下原有「者」字，洪本從御覽五百五十五引删。（郝懿行校而未删。）

〔一三〕陳逢衡：「北堂書鈔九十二引『甲辰，天子葬盛姬于樂池之南，大匠御棺。日月之旗，七星之文，鼓鍾以葬。』蓋揚舉之辭。」

〔一四〕柩，檀、翟本作「棺」。爲，道藏、吳鈔、范陳、楊鈔、李、何、唐、洪等本俱作「謂」，蓋涉上「謂」字而訛。○檀萃：「即喪祝勸防之事。勸謂執翿以倡率前引，防謂執披以防柩傾側。」○陳逢衡：「周禮春官喪祝：『掌大喪勸防之事，及辟，令啓，及朝，御匶，乃奠，及祖，飾棺，乃載，遂御，及葬，御匶，出宫，乃代，及壙，説載，除飾。』鄭司農云：『勸防，引柩也。説載，下棺也。』」「此『大匠御棺』謂舁柩而行者，似與周禮有別。」「檀解勸防本鄭康成説禮喪大記『君喪用輴，御棺用羽葆』，又雜記『匠人執羽葆御柩』。」

〔一五〕陳逢衡：太平御覽「五百五十五引『日月』上有『御』字。又北堂書鈔一百二十引『日月之旗，七星之文』，注曰『今旒上畫日月及北斗星也。』」「春官司常：掌九旗之物名。日月爲常，故常亦爲旗也。」

〔一六〕洪頤煊：「注『七』字本脱，左傳桓二年正義引云：『蓋畫北斗七星也。』太平御覽三百四十引注亦有『七』字，今補。」（郝懿行校大同。）○陳逢衡：「書益稷『日月星辰』，正義云：『穆天子傳稱：天子葬盛姬，畫日月七星。蓋畫北斗也。蓋連注文約舉之辭。」

〔一七〕洪頤煊：「周禮本譌作禮記，從御覽五百五十五引改。」（陳本從。）○樑案：洪校是，此從改。

〔一八〕「常，旗」，道藏、范、范陳、吴、楊鈔、程、趙、何、檀、郝諸本倒置，又脱末「也」字。○馮舒校：「『常亦通名』，御覽作『亦通名也』。」

〔一九〕□，檀本填「窆」字，云：「鼓鍾則下棺，舉龍旗則入窆。龍旗，交龍之旗。」○陳逢衡：「謂鳴鼓擊鍾以下葬，舉龍旗以偃護也。」

〔二〇〕馮舒：「有，別本『物』。」

〔二一〕檀萃：「鼓發則執紼爭引。」「謂挽而哭送。」○唐琳校：「茅坤曰：『可作喪儀。』」○樑案：上「擊鼓以行喪」如即執紼引車，此「舉旗以勸之」則是號令大哭，下擊鍾再止哭，彌旗以節束，示喪儀之有節有度。

〔二二〕檀萃：「止哭者，節其哀也。彌同靡，音米。」○陳逢衡：「彌猶掩也，見文選西京賦薛注；又斂也，見漢書禮儀志、揚雄傳上集注，與上文『舉旗』緊對。案：後漢書禮儀志天子葬有『諸哭』、『止哭』諸儀。」

〔二三〕「節音」，翟本作「哭者」，無校文，未知所據，然義則勝之。

〔二四〕□，檀本填「殤」字。

〔二五〕檀萃：「又舉殤祀也。九哭二十七踊。」○陳逢衡：「九謂九踊。」○樑案：禮記奔喪：「哭，天子九。」穆傳亦正合。

〔二六〕檀萃：「倍同陪矣。」○洪頤煊：「倍，古陪字。尚書『至于陪尾』，漢書地理志作『倍尾』，顏師古注云：『倍，讀曰陪。』」

〔二七〕職，道藏、吳、程、何、趙、郝本作「執」。

〔二八〕檀萃：「哭者低聲而哭，長哭不踊，今俗之送葬者亦然。踊則大哭有節，一哭三踊者也。行萃百人，三十行則踊者三千人矣，皆言其侈矣。」○陳逢衡：「哭踊之人不得有三千人之多。……案：後漢禮儀志載天子葬，爲輓六行，行五十人，公卿以下子弟凡三百人。漢儀如是，則周禮可知。○檪案：傳文所載是三千人，無由强否之。三千人哭踊，並不爲侈。漢儀亦不足以明周禮。故陳説不妥。

〔二九〕人，范、范陳、趙本作「女」，范陳又校改作「人」。

〔三〇〕臣，洪本改作「邑」，説見前。○陳逢衡：「洪本前卷五『王臣□弋』臣作邑，此處並後文『王臣姬□』臣俱作邑，並於『王臣□弋』下注云：『邑，古姬字之省。』衡竊惑焉，何一句中『姬』字作兩樣寫。穆傳不云『王邑邑姓』，又不云『王姬姬姓』，而故參差於上一字從省，下一字不從省，無是理矣。據郭注『疑同姓之女爲士大夫妻者』，『同姓之女』解『姬姓』，『士大夫』解『王臣』，瞭然明白，有何疑義。且前後盛姬及姬姓子弟俱作『姬』，無緣於『王臣□弋』、『王臣姬姓』、『王臣姬□』三處『臣』字省作『邑』，夫亦不待辨而自明矣。」○檪案：此「王臣姬姓」及下「王臣姬□」之臣不誤，洪改不確。但前「王邑□弋」則洪校是，二者未可混言，前已辨之。

〔三一〕士，范、趙本作「之」。

〔三二〕官（及注），黃本作「宦」。

〔三三〕檀萃：「天官九嬪、世婦、女御，春官世婦，每宮卿二人，則十二卿矣；下大夫四人，則二十四大夫矣；中士八人，則四十八中士矣。天官不言數，然皆爲宮官人也。」○陳逢衡：「此仍是女官，如天官女御、女祝之類。」○劉師培：「『官』字衍。蓋一本誤『宮』作『官』，校者旁注其字，嗣遂併入正文也。『宮人』與下『宮賢』孫改爲「豎」，甚確。並文。」

〔三四〕檀、黃本「內」下增一「官」字。○郝懿行：「注中『內也』二字疑有脱誤。」○翟云升：「疑作『宮官人謂內官也』。」

〔三五〕陳逢衡：「『宮賢』猶後世才人之類。春官序官『世婦，每宮附二人，女史二人』注：『女府、女史，女奴有才智者是也。』」○孫詒讓：「賢當爲豎，周禮內宮有內豎，注云：『豎，未冠者之官名。』宮豎、庶妾皆賤于宮官人，故次其後。」○樑案：孫説是。吕本「賢」作「豎」，蓋亦如孫氏想法。

〔三六〕檀萃：「哭者五行，通上之倍者，共九行。踊者以次從哭，不分行也。以上皆女子送葬者，以倍女主也。」○陳逢衡：「陪叔姪者共四行，上文陪伊扈七行，共十一行。此『五倍』五字有誤。」○樑案：依傳文，此僅四倍，則「五倍」必有錯亂。又，周禮天官九嬪：「大喪，帥叙哭者亦如之。」春官肆師：「大喪，……令內外命婦序哭。」本傳正同。

〔三七〕匠，檀、陳本作「臣」，陳逢衡：「臣人，吴本、洪本作『匠人』，蓋即『大匠御棺』之人，當從之。」○郝懿行：「匠，明藏經本作『臣』，蓋誤。」

〔三八〕洪頤煊：「『前』字本脱，從道藏本補。」（郝懿行校同。）○槃案：范、趙、檀、陳、翟本皆有「前」字，此從之。

〔三九〕檀萃：「哀次，地名，已見前。自㲉丘之廟至哀次共九十里，自哀次至重璧之臺凡百五十里，是行二百四十里乃休於臺也。臺爲姬築，故停柩於此而殤祀之也。」○陳逢衡：「傳見僖公二十三年。㲉丘之廟當去重璧臺不遠，故姬没而即殯於此，焉得有五舍，其中顯有訛誤。」

〔四〇〕陳逢衡：「『周』乃『用』字之誤，『水』乃『木』字之誤。姑繇之木，大木也。郭注誤解。」○丁謙：「姑繇水在重璧臺旁，下節言『釣于河，觀姑繇水』，知此水爲北流入河之小澗。惟東漢時汴渠成後，河南小水盡壅導入渠，舊蹟無存焉。」○張公量：中次七經有姑繇之山，畢沅疑即此姑繇，「約在今河南嵩山與魯山縣之間。」

〔四一〕圜，洪頤煊：「文選宋孝武宣貴妃誄注引作『環』。」

〔四二〕囧，洪本爲「圜」。○翟云升：「『囧』疑『圜』之譌。」○盧文弨：「當是『囧車』。」○檀本「車」爲「單」，云：「『是曰囧單』者，非以水名，蓋以名其停喪之地也。囧音憬；單，平聲。」○陳逢衡：「盛姬停柩重璧之臺不過數日，何至引水溝河周繞此地。周是用，水是木，皆字形相近而誤。蓋穆王使人取姑繇之木以圜喪車爲遮蔽也。此時柩在車至葬方下，故須有木屏障之，是曰圜車。」〇于省吾：「囧應讀作明，廣雅釋詁四：『囧，明也。』説文：『囧，賈侍中説囧與明同。』弓鎛『中尃囧井』，孫詒讓謂『囧井』即『明刑』；又，『雁卹余于囧卹』，容庚謂即君奭『罔不秉德明恤』之『明恤』是也。下文云『明衣九領』，注云：『言神明之衣。』禮記檀弓：『其口明器，神明之也。』後漢書范冉傳注：『禮：送死者，衣曰明衣，器曰明器。』」〇樑案：于省吾説是。囧單爲囧車無疑。陳説爲「姑繇之木」云云，恐不確。

孟冬辛亥，邢侯、曹侯來弔〔一〕，曹國，今濟陰定陶縣是也。內史將之以見天子，天子告不豫而辭焉〔二〕。不豫，辭病也。尚書曰：「武王不豫。」邢侯、曹侯乃弔〔三〕太子，太子哭出廟門以迎邢侯〔四〕。曹侯不進。再拜勞之，問勞之也。侯不答拜〔五〕。謙不敢與太子抗禮。邢侯謁哭于廟〔六〕。謁，告也。太子先哭而入，西向即位。內史賓侯，儐相。北向而立，大哭九。邢侯厝踊三而止〔七〕。與太子拾踊。太子送邢侯至廟門之外，邢侯遂〔八〕出，太子再拜送之。曹侯廟弔入哭，太子送之，亦如邢侯之禮。雖弔異而禮同。壬子，天子具官見邢侯、曹侯。具官，備禮相見。天子還反〔九〕，將歸。邢侯、曹侯執見拜天子之武一〔一〇〕。義所未聞。天子見之，乃遣邢侯、曹侯歸于其邦。王官執禮共于二侯如故。言不以喪廢禮。

校釋

〔一〕檀萃：「二國同姓，又近喪次，故來。」○陳逢衡：「漢濟陰郡定陶縣以在濟南，故曰濟陰。一統志晉郡因漢，今晉書作濟陽，誤也。今仍爲定陶縣，屬山東曹州府。」○翟云升：「晉書地理志定陶屬濟陽郡，説見前漯水。」○櫟案：此段叙同姓諸侯來弔。邢侯，説見前。曹，周武王弟叔振鐸始封，都邑陶丘（今山東定陶西南），前四八七年爲宋所滅。

〔二〕陳逢衡：「内史，見周禮春官。武王不豫，見書金縢。」○櫟案：今本書金縢作『武王有疾弗豫』，史記魯世家引作「武王有疾不豫」。豫，安也、舒也。不豫，猶今有病而稱「不適」、「不舒服」。

〔三〕弔，檀本作「即」。

〔四〕檀萃：「時穆王命太子爲喪主，故因而見之。曹侯退而讓邢侯先。」

〔五〕唐琳：「禮，弔者不拜。」

〔六〕陳逢衡：「邢侯、曹侯來弔，當在殯盛姬於轂丘之廟下，故得哭於廟。若在喪行之後，則當送葬，不得仍哭於廟也。」○櫟案：陳説是，此可能是整理者之誤。

〔七〕檀萃、洪頤煊、盧文弨、翟云升，俱云「厝」即「錯」之通字。○櫟案：諸説是，文獻亦多見作「厝」者。此「三踊」者，蓋諸侯弔禮。

〔八〕遂，陳逢衡：「檀本作『返』。」

〔九〕陳逢衡：「此四字當在『是曰哀淑之丘』下。若此，時方見邢侯、曹侯，何遽還反也。」

〔一〇〕檀萃：「執同贄，謂執玉以見行朝禮也。武，步也，言二侯拜見，其步一者，爵等耳。蓋上公朝位，賓主之間九十步，立當車軹；侯伯七十步，立當前疾；子男五十步，立當車衡。」○陳逢衡：「此邢侯、曹侯執贄見王，當在『禋祀除喪始樂，素服而歸』一節下。蓋二侯還送天子，故於一見之後即命歸於其邦。若在此時，是於喪次行朝禮，非其所也。又案：管子撰度篇：『令諸侯之子將委贄者，皆以雙武之皮。』房玄齡曰：『雙武，雙虎也。』據此，則拜天子之武一者，乃各以一虎皮爲贄也。」○櫟案：陳説可參。

曰天子出憲，憲，命。以或襚賵〔一〕。此以上似〔二〕説賵贈事。衣物曰襚，音遂。癸丑，大哭而□。甲〔三〕寅，殤祀。大哭而行喪，五舍于大次。曰喪三日于大次〔四〕，停三日也。殤祀如初〔五〕。辛酉，大成，百物皆備。送葬之物具〔六〕備。壬戌，葬。史録繇鼓鍾以亦下棺〔七〕，窆也。七萃之士□〔八〕士女錯踊九□〔九〕喪下。下謂入土。昧爽，天子使嬖人〔一〇〕所愛幸者。贈用文錦明衣九領〔一一〕，謂之明衣，言神明之衣。喪宗伊扈贈用變裳〔一二〕，宗，亦主。變裳，裳名也。女主叔㛗贈用茵組〔一三〕，茵，褥。百嬖人官師畢贈〔一四〕，言盡有襚賵也。官師，群士號也。禮記曰：「官師一廟。」井利乃藏。藏之于墓所。報哭于大次。報猶反也。大次，有次〔一五〕，神次也。祥祠□祝喪罷，哭辭于遠人。辭謝遣歸。爲盛姬謚曰「哀淑人」。恭仁〔一六〕短折曰哀。天子名之〔一七〕，爲丘作名。是曰淑人之丘〔一八〕。乙丑，天子東征，舍于五鹿。叔㛗思哭，思哭盛姬。是曰女㛗之丘〔一九〕。因以名五鹿也。丁卯，天子東征，釣于漯水〔二〇〕，以祭淑人，是曰祭丘。己巳，天子東征，食馬于漯水之上〔二一〕。乃鼓〔二二〕之棘，是曰馬主〔二三〕。未詳所云。癸酉，天子南征，至于菹臺。仲冬甲戌，天子西征〔二四〕，至于因氏〔二五〕。國名。天子乃釣于河，以觀姑繇之木〔二六〕。姑繇，大木也。山海經云：「尋木長千里，生河〔二七〕邊。」謂此木之類。丁丑，天子北征。戊寅，舍于河上，乃致父兄子弟、王臣姬□〔二八〕祥祠〔二九〕畢哭〔三〇〕，上云「王臣姬姓之女」，疑此亦同也。終喪〔三一〕于囂氏〔三二〕。服闋。己卯，天子西濟于河〔三三〕，囂氏之遂。庚辰，舍于茅尺〔三四〕，地名。於是禋祀除喪始樂，素服而歸，哀未忘也。是曰素氏。

校　釋

〔一〕檀萃：「注義不明。此言警示於衆曰：天子有令，各隨所有，或襚或賵。故下天子使嬖人與伊扈、叔㛗、百辟官師，各有所贈也。」○洪頤煊：「『襚』上疑脱□字。」○陳逢衡：「廣雅：『或，有也。』此二句相承不貫，疑有脱誤。禮記文王世子『至于賵賻承含』釋文：『車馬曰賵，布帛曰賻，珠玉曰唅，衣服曰襚，總謂之贈。』説苑修文：『贈襚所以送死也。』」○樑案：此段叙喪葬、贈襚、謚號、終喪、除喪。賵襚，公羊隱元年傳曰：『車馬曰賵，貨財曰賻，衣被曰襚。』與釋文所云相同。何休注云：「此者春秋制也。賵猶覆也，賻猶助也，皆助生送死之禮。襚猶遺也，遺是助死之禮。知生者賵賻，知死者贈襚。」由此亦可明贈襚之出發點在於事死如生。

〔二〕洪頤煊：「注『似』本作『以』，今改正。」○櫟案：范、趙本正作『似』，此從作。

〔三〕甲，吴鈔本作「丙」。

〔四〕陳逢衡：「行喪之『次』，蓋即沿路搭喪棚之意。」○櫟案：大次，下文郭注謂『有次，神次也』，僅一般解釋。周禮釋「大次」爲「幄之大者」。本傳言大次，不僅爲幄之大者，更因是行喪之末站，需停三日以行殤祀，於意義上大於以前諸「次」者。

〔五〕檀萃：「『停三日』者，俟葬具之備也，連日殤祭如初也。」○櫟案：「殤祀如初」者，即如前「内史執策」至「進肺鹽、祭酒」者。

〔六〕洪頤煊：「具，道藏本作『俱』。」

〔七〕亦，從道藏、檀本作，他本作「赤」。○檀萃：「繇音傜。傜役之人，即三邦之士輦喪者。録，其姓名。」「亦，古帟字。穸時張帟幕其上也。」○陳逢衡：「史録繇者，與由通，蓋録盛姬之始末而納之壙，猶後世墓銘之類。」「赤字疑衍，或曰赤當在『鼓鍾』上，蓋謂朱書所録之繇，亦通。」○翟云升：「周禮天官掌次『凡承塵』，檀説似是，亦蓋帟之譌也。」○郝懿行：「『赤』字誤，明藏經本作『亦』。」○櫟案：史録繇，義不明，此權作姓名。亦，蓋假作「帟」。

〔八〕□，檀本填「及」字。

〔九〕□，檀本填「而」字。○陳逢衡：「當作『哭』。」

〔一〇〕劉師培：「此嬖人指宮中妃妾而言，上文『女主即位，嬖人群女倍之』其證也。卷二『封丌璧臣長季綽于春山之虱』，璧臣乃司璧之臣，非『嬖』字之訛。」○欒案：嬖人，劉師培說是，但其釋卷二「璧臣」說則誤。

〔一一〕檀萃：「義猶『明器』也。」○陳逢衡：「太平御覽五百五十二引無『九領』二字，又八百十五引『盛姬之喪，天子使嬖人贈用文錦。』」「禮記雜記上『魯人之贈也』，疏：『贈謂以物送亡人于槨中也。』荀子正論『衣衾三領』，注：『三領，三稱也。』左傳閔二年傳『祭服五稱』，注：『衣單複具曰稱。』白虎通：『崩薨衣衾三十稱，單袷備爲一稱。』然則『九領』謂九稱也。」○欒案：明衣，淮南子兵略訓「設明衣也」高注：「明衣，喪衣也。」領，稱也，單複一套即一稱。

〔一二〕檀萃：「稱『變裳』者，變化之裳也。」○陳逢衡：「變，更也，言不用衣錦，降於王一等也。檀謂變化之裳，其義陋。」○欒案：穀梁昭十五年傳：「君在祭樂之中，大夫有變以聞乎？」注：「變謂死喪。」此變裳亦即喪服，與「明衣」正對。

〔一三〕檀萃：「組，綬也。」○陳逢衡：「太平御覽八百十九引『盛姬之喪，叔㛗贈用茵組。』」○欒案：此組當即繫茵之帶。

〔一四〕檀萃：「嬖，應作辟，君也。百辟，諸侯及御士之人與群士無不贈賵也。」○陳逢衡：「嬖應如字，即上文『使嬖人』是也。若作辟，則『人』字當衍。上文止刑侯、曹侯來弔，無所謂百辟也。檀説不可從。『官師一廟』，見禮祭法。」○劉師培：「『百』字當屬上語『女主叔娙贈用茵組』爲句，『百』者茵組之數也。本書卷二云『黄金之環三五，朱帶貝飾三十，工布之四』，又云『又與之黄牛二六』，又云『食馬九百、羊牛三千』，又云『天子乃賜之黄金之罌三六』，卷四云『黄金之罌二九』，又云『貝帶五十』，又云『乃獻良馬十六』，本卷云『乃陳腥俎十二、乾豆九十、鼎敦壺尊四十』，此作『贈用茵組百』，與彼詞例均同。上文『贈用變裳』下，蓋缺數詞。」○樑案：劉説雖甚辯，然此上天子、伊扈所贈俱未言數，則叔娙所贈亦當不言數。故「百」字不屬上句而在此句首，表概數。百者，衆也。

〔一五〕翟云升：「注『有次』之次，疑是衍文。又『大次』注當在前『大次』下。」○郝懿行：「注中『有次』二字疑誤衍。」

〔一六〕盧文弨：恭人，「疑『恭仁』。」○洪頤煊：「注『仁』本譌作『人』，從周書謚法改正。」○郝懿行：「注中『恭人』二字未詳，疑誤。」○樑案：洪校是，此從。

〔一七〕洪頤煊：「『名之』本譌作『丘人』，從太平御覽五十三引改。孫同元云：『「名之」當作「丘之」，與上文「天子丘之」爲一例。』」（盧文弨校同，陳逢衡從而定爲「丘之」。）○樑案：此亦從洪改。

〔一八〕洪頤煊：「今本作『淑人』，從太平御覽五十三引改。震煊云：『北堂書鈔九十四引作「淑人之丘」，是唐本有作「淑人」者，義亦通。』」○樑案：此作「淑人之丘」是。又，盛姬喪儀至此而畢，綜而觀之，有不少是與三禮及其他文獻不合或無徵的，此中的內容給後世留下了研究、探索的充分餘地。舊時因被視爲「不典」而頗遭冷遇，研究禮制文著雖多如瀚海，而穆傳却只一匙而已。然真正理論起來，穆傳的成書至少也與三禮中的周禮差不多，而比禮記（大、小戴）要早得多。故忽視穆傳這方面的價值，實在是很可惜、很不應該的。

〔一九〕陳逢衡：「水經『河水故瀆，又東北逕元城縣故城西北而至沙丘堰』酈注：『郭東有五鹿墟。郡國志曰：五鹿墟，故沙鹿，有沙亭。周穆王喪盛姬，東征舍于五鹿，其女叔㜪屆此思哭，是曰女㜪之丘，爲沙鹿異名也。』」○郝懿行：「水經『河水東北過衛縣南』注引京相璠曰：『今衛縣西北三十里有五鹿城。』」○檪案：太平寰宇記載與水經同，蓋取自水經。但此五鹿明在漯水近旁，則當是在今河南濮陽的衛五鹿，而非今河北大名的晉五鹿，舊皆誤會。

〔二〇〕洪頤煊：「水經漯水注、太平御覽一百六十引『天子』下俱有『自五鹿』三字。」○陳逢衡：「此蓋引書者截入之語，不必本文如是也。」又「太平寰宇記河南道齊州禹城縣漯水引。」

〔二一〕陳逢衡：「太平御覽一百六引『己巳，天子東征，飲于漯水之上』，下有注云：『漯水在祝阿。』即今禹城縣。衡案：上文『天子飲于漯水之上』，郭注：『今濟陰漯陰縣。』不應此處又有注。」

〔二二〕洪頤煊：「『鼓』疑是『樹』字之譌。」○孫詒讓：洪校是。「説文木部『樹』籀文作『尌』，與『鼓』形相近，故誤。」○檪案：孫説是。汗簡、古文四聲韻收尚書『樹』字古文作𣗳、𣕫，即與「鼓」形近。呂本、丁謙徑改爲「樹」，則無本且失趣旨矣。

〔二三〕檀萃：「食同飼，飼八駿也。徒擊鼓謂之咢。棘，急也、亟也。鼓之急者，所謂咢也。以喪故不奏廣樂，但咢之且不歌也。馬主者，馬步冬所祭也。蓋祭馬步於漯上而鼓之以禳馬災，曰馬主之丘。」○陳逢衡：「食馬，秣馬也。或曰：當是飲馬于漯水之上，猶第一卷『飲馬于枝洔之中』也，蓋『食』旁脱『欠』字耳。義甚合。『鼓』定是『樹』字，以音相近而誤也。棘，小棗。馬主，主乃丘之譌。檀説附會。」○郝懿行：「上文俱云『某丘』，疑『馬主』即馬丘，字形之譌也。」○樑案：陳、郝説可參。

〔二四〕「仲冬」、「西征」四字，檀本脱。○陳逢衡：「據上文，孟冬辛亥數至甲戌，僅二十三日，檀本無『仲冬』二字爲是。」○樑案：陳説雖頗有理，然尚需考慮是否簡有錯互、文有脱誤，故此不宜刪之。

〔二五〕陳逢衡：「左傳莊公十七年有遂因氏，路史國名紀六云：『因近河。』」○呂調陽：「今開州。」○丁謙：「因氏，地在重壁臺東，河南岸，故下云『釣于河，觀姑繇之水』。」○樑案：路史國名紀之釋本即據前世文獻，此「因近河」者即據本傳。左傳莊公十七年「遂因氏」乃地名「遂」與族名「因氏」之合連，故彼「因氏」與本傳之因氏毫不相干。穆傳因氏雖未可詳知其地所在，但可知其在五鹿之南、黄河邊上。

〔二六〕檀萃：「山海經作『榣』，『槐江山陰多榣木之有若』。榣木，大木也。其上復生若木，乃木之奇靈者。」○洪頤煊：「『櫾，昆侖河隅之長木也。』字本從木。」○陳逢衡：「御覽八百八十三鬼部無此條。」「海外北經：『尋木長千里，在拘纓南，生河上西北。』此郭注所引也。『千里』，『千』字誤，世未有如此長木，當作『十里』。夫所謂『十里』者，非謂一木，言大木叢生聯接長至十里也。」「繇，據説文當作櫾，今省作繇，山海經又省作榣。」○翟云升：「繇即櫾之省，山海經西山經作『榣』。」○丁謙本「木」作「水」，云：「按：姑繇之水明載上文，翟氏本改水爲木，蓋因山海經有姑繇之木致誤。」○檃案：此地非重璧之臺，則亦無姑繇之水，丁改非矣。此木蓋長大之木，具體不明，亦可能有些神化因素在内。

〔二七〕洪頤煊：「注『河邊』本譌作『海邊』，從御覽八百三十四引改。」○翟云升：「今海外北經云：『尋木長千里，生河上西北』，與傳合。」注「海」爲「河」之譌。（郝懿行校同。）○檃案：諸校是，此從改。

〔二八〕□，陳逢衡：「案注義，空方當作『姓』。」

〔二九〕洪頤煊：「祠，本作『祀』，從道藏本改。」○陳逢衡：「檀本作『祠』。」○郝懿行：「上文已有『祥祠』，此『祀』亦當爲『祠』也。」○檃案：檢范本亦作「祠」，此從作。檀本作「祠」，蓋源自道本或其自改。

〔三〇〕檀萃：「舉大祥之祭卒哭終喪也。」○陳逢衡：檀説不可據。「夫所謂祥祠者，蓋既葬則不用殤祀，故曰祥祠。祠亦祭名。前祥祠爲遠人，此祥祀但父兄親族。前但喪祝罷哭，此則王與親族皆罷哭也，故曰畢哭。畢，止也。又案：『王臣』，洪本作『王邑』，辨已見前。」○檃案：陳説是。

〔三一〕喪，唐本作「亡」。

〔三二〕陳逢衡：「囂氏，通志氏族略四引世本『元囂之後』。」〇丁謙：「囂氏，考史記殷本紀『仲丁遷於隞』，索隱：『隞亦囂。』水經注：『濟水此北濟水。東逕敖山東。』敖山在今汜水縣東北，即囂氏所居地。」〇槱案：仲丁所遷隞地在今河南滎陽東北，黄河南岸，與下文「西濟于河」亦合，與上文穆王由五鹿、漯水南方亦相合。囂與敖可通。穆傳囂氏蓋即敖。

〔三三〕洪頤煊：「此下當有脱文。」（丁謙同。）

〔三四〕陳逢衡：「茅尺，疑『茅氏』之譌。」〇吕調陽：「今林縣。」〇丁謙：「茅尺，今平陸縣東茅津鎮。」〇槱案：茅尺，今地未明。

天子遂西南，癸未至于野王〔一〕。今河内縣。甲申，天子北〔二〕升于大北之隥〔三〕，疑此太行山也。而降休于兩柏之下。有兩柏也〔四〕。天子永念傷心，乃思淑人盛姬，於是流涕。七萃之士葽豫上諫于天子曰：「自古有死有生，豈獨淑人。天子不樂，出於永思。永思有益，莫忘其新。」言思之有益者，莫忘更求新人。天子哀之，乃又流涕。聞此言愈更增感也。是日輟〔五〕。乙酉，天子西絶鈃隥〔六〕，即鈃山之坂。一云癸巳遊于井鈃之山〔七〕，吉日癸巳〔八〕。乃遂西南。戊子〔九〕，至于盬〔一〇〕。盬，鹽池，今在河東解縣。盬音古。己丑，天子南登于薄山〔一一〕、寘軨之隥〔一二〕，今軨橋西南縣絶，中央有兩道。乃宿于虞〔一三〕。虞，國名，今大陽縣。庚寅，天子南征。吉日辛卯，天子入于南鄭。

校釋

〔一〕陳逢衡：「春秋晉人執晏弱于野王，今河南懷慶府河内縣。」○郝懿行：「晉書地理志云河内郡野王，太行山在西北。」○檪案：野王，春秋晉地，戰國屬韓，漢時置縣，在今河南沁陽。

〔二〕北，陳逢衡：「太平御覽九百五十四引『升』上無『北』字。」

〔三〕丁謙：「大北之隥，當是井陘以北之山，故後文西絶鈃隥以歸南鄭。」○檪案：郭注是，此乃太行山脈中一山也。

〔四〕陳逢衡：「御覽九百五十四引作『有兩樹也』。」

〔五〕「輟」下原有「己未」二字。○翟云升：「『己未』二字疑衍文。」○馮舒校：「曰輟未，別本『曰叕木』。」○洪頤煊：「從水經汾水注引删。」（陳本從删。）○郝懿行：「己未、乙酉相去二十七日，疑『己未』下有脱文。」○呂調陽：「此二字疑本是『樂』字。」

〔六〕郝懿行：「代州志云翼城東烏嶺山有通道，亦曰鈃隥，非此也。鈃、陘音同。郭云井陘之山者，漢書地理志云常山郡井陘，應劭注云：『井陘山在南，音刑。』」○呂調陽：「仵級堡有天井水，故名，非常山井陘也。」○檪案：此鈃隥當非卷一之井陘，而當是太行山脈中另一隥，距鹽三日程。郝云即今山西翼城縣東烏嶺山，於地望、日程俱近之，可參。詳下。

〔七〕銒，檀本等作「陘」。

〔八〕檀萃：「郭注引别本，然錯亂不明，因存於注中以示其慎也。」○洪頤煊：「注『一云癸巳』以下亦校者語。『吉日癸巳』四字是壇山刻石文，不知何以誤附在此。」○陳逢衡：「郭注『吉日癸巳』，此非校者之語。歐陽修集古録云：『周穆王石刻曰「吉日癸巳」，在今贊皇縣壇山上，壇山在縣南三十里。穆天子傳云：穆天子登贊皇以望臨城，置壇此山，遂以爲名。癸巳，誌其日也，圖經所載如此。』」「衡案：歐公所云如此，則穆王明有登山事矣，然不應歐公所見有此而郭本反無也。又案：潛確類書區字十一引輿地志：『贊皇山在贊皇縣東南，縣以山得名。穆天子傳「癸丑，至于房子，登房山贊皇山」是也。』又引名勝志：『壇山在贊皇縣南，東北五十五里，周穆王駐軍於此。古篆「吉日維戊」四字。』案：所説又不同。總之，不免錯誤。」○翟云升：「『一云』以下言别本，『西絶銒隥』之下又有此文也。『吉日癸巳』上當有『銘迹』等字。」集古録所云壇山即井陘山也。所載「『穆天子傳云』者，非引穆傳之文，言此刻不見穆天子傳所云耳。于此，知圖經所據者正别本矣。」○郝懿行：「『吉日癸巳』四字疑誤衍。」○檪案：郭注淩亂。察其意，蓋亦引集古録之圖經所云，只是有殘缺而已。但彼載與本傳顯然不合，殊不可取。

〔九〕「戊子」，檀本無。

〔一〇〕檀萃：「紀年云：『穆王十五年春正月，留昆氏來賓。作重璧臺。冬，王觀于鹽澤。』即解池也。蓋在見王母前二年也。」○馮舒校：「『至于鹽』，水經注引此作『天子自臨』。」○洪頤煊：「鹽，水經汾水注、程氏本俱譌作『鹽』。」○陳逢衡：「北山經『景山南望鹽販之澤』，郭注：『即鹽池也，今在河東猗氏縣。』晉書地理志河東郡解縣有鹽池。水經涑水注：『涑水又西南逕監鹽縣故城南，有鹽池。上承鹽水，水出東南薄山。地理志曰：鹽池在安邑西南。許慎謂之鹽盬。長五十一里，廣六里，周一百一十四里。從鹽省，古聲。吕忱曰：宿沙煮海謂之鹽，河東鹽池謂之解鹽。今池水東西七十里，南北十七里。池西又有一池，謂之女鹽，東西二十五里，南北二十里，在猗氏故城南。周穆王、漢章帝並幸安邑而觀鹽池。』案：晉河東郡解縣，今山西解州臨晉解縣東南。太平寰宇記河東道解州解縣『鹽池在縣東五里』引穆天子傳『鹽』下有『池』字。」○翟云升：「紀年『王觀于鹽澤』，一本作『王幸安邑，觀鹽池。』據此注，則作『澤』者誤也。水經注六引字林亦曰『河東鹽池謂之盬』。」○郝懿行：「水經『河水東過大陽縣南』注引『至于盬』作『天子自盬』。」○金蓉鏡：「困學紀聞卷四引穆天子傳：『至于盬，晉郇瑕氏之地，而猗頓用是起者也。』疑是注文。」○丁謙：「盬即鹽，竹書『十五年冬，觀于鹽澤』可證。今爲解州鹽池。左成六年『郇瑕地沃饒而近盬』注：『郇瑕，河東解縣西北。』知鹽池古稱盬。」○顧實（卷四「丁亥，天子北濟于河，□羝之隊西北」下云）：「盬，即今山西解州之鹽池。而太平寰宇記謂鈃隥即翼城縣東北之烏嶺山，今本誤作馬嶺山，清一統志不誤。其説亦致塙。」○檪案：盬，范、趙、周、道藏、何、郝本注本作「鹽」。此從吴、檀、洪本作「盬」。盬，鹽池，在今山西運城東南，名解池。

〔一一〕檀萃：「中山經：『薄山之首曰甘棗之山，共水出焉，而西流注于河。』薄與蒲音之轉，即蒲子山。」

○陳逢衡：「水經涑水注『鹽水出東南薄山』，即此薄山矣。又河水注：『沙澗水南流注于河，河水又東南左合積石、土柱二溪，並北發大陽之山，南流入河。是山也，亦通謂之爲薄山矣，故穆天子傳云「天子自鹽。己丑，南發于薄山、寘軨之隥，乃宿于虞」是也。』太平寰宇記河南道陝州芮城縣：『薄山在縣北十里。』引穆天子傳『登薄山、寘軨之隥。』又名首陽山，邐迤連延東至太行入海，南北狹薄謂之薄山。史記封禪書云：『自華以西名山七，薄山其一也。』」○郝懿行：「薄山即河首襄山，已詳卷四中。」○張公量：「案：中山經、中次五經皆以薄山爲諸山之主，畢沅解之云：『此薄山即山西蒲州山。中次五經之山與中山經同起薄山爲次也。』薄州即今永濟，與河南靈寶相隔一衣帶水耳。」○丁謙：「薄山，在鹽池南。考水經注云『鹽池水出東南薄山』，又云『永樂澗水北出薄山，南流入於河』。永樂澗在今芮城縣西南永樂鎮地。薄山南即寘軨坂。」○檪案：史記封禪書索隱云：「薄山者，襄山也。應劭云：『在潼關北十餘里。』」正義引括地志云：「薄山，亦云衰山，一名寸棘山，一名渠山，一名雷首山，一名獨頭山，一名首陽山，一名吴山，一名條山，在陝州芮縣北十里。」史記五帝本紀正義引括地志云：「蒲州河東縣雷首山，一名中條山，亦名歷山，亦名首陽山，亦名襄山，亦名甘棗山，亦名豬山，亦名狗頭山，亦名薄山，亦名吴山。此山西起雷首，東至吴坂，凡十一名，隨州縣分之。」在今山西永濟縣南，即今中條山。

〔一三〕檀萃：「寘音顛。左傳作『顛軨』，杜注曰：『顛軨，虞邑，河東太陽縣東北有顛軨坂。』今在平陸縣東七十里。」○洪頤煊：「北堂書鈔十六引『祭于冥軫之鄭』，疑此譌文。水經河水注引無『山』字。」○陳逢衡：北堂書鈔引文：「『祭』蓋『登』字之誤，『鄭』蓋『隥』字之誤。」○郝懿行：水經注又云：『顛軨有東西絶澗，左右幽空，窮深地壑。中則築以成道，指南北之路，謂之爲軨橋也。』以校此注，『西南』當爲『東西』。」○檠案：軨，吴鈔本作「鈴」。此實軨之隥即左僖二年傳之顛軨坂，亦名虞坂。楊伯峻春秋左傳注云：「今平陸縣東北有虞坂者，即古之顛軨坂，爲中條山衝要途徑，太平寰宇記謂晉假虞之道即此路。」甚是。

〔一三〕陳逢衡：「今山西解州平陸縣東爲河東郡大陽縣地。水經河水注謂此是北虞。」○郝懿行：「漢、晉地理志並云：『河東郡大陽吴山在西，周武王封大伯後于此，是爲虞公。』」○丁謙：「古虞城在今虞鄉縣南，水經注『軨橋東北有虞原，原上有虞城』是也。」○檠案：虞，周文王時所封古公亶父子虞仲之後，地在今山西省平陸縣東北。公元前六五五年，晉假途滅虢後回師，順手便滅了虞。據師酉簋，知虞地有姬姓太廟，可證文獻所載虞爲姬姓不誤。

附録一　穆天子傳歷代著録

（録自顧實穆天子傳西征講疏附穆天子傳知見書目提要之一列朝著録，略訂正標點文字，並間出己意。）

周王遊行記五卷

王隱晉書束晳傳（春秋左氏傳杜預後序孔穎達正義引）

實案：孔氏正義引王隱晉書曰：「周王遊行五卷，今謂之穆天子傳。」「遊行」下脱「記」字，晁公武郡齋讀書志云「穆天子傳，本謂之周王遊行記」可證，兹據補正。疑竹書古文原題名曰周王遊行記，經荀勖改稱，故王隱曰「今謂之穆天子傳」也。其書固是記天子遊行之事，非臣下之列傳也。然古書有曰禹本紀、史記大宛傳引。曰禹大傳者，則曰記曰傳非不可通矣。

樑案：顧説補正有「記」字是。穆傳本名周王遊行記者，出王隱説，郡齋有可能即襲王隱書。而荀序及今本晉書却皆未載穆傳別有它名，未知原委，若古文竹簡原有其名，恐荀序及今本晉書等不應無載。

古文穆天子傳五卷 荀勖、和嶠等序。序不言卷數，據王隱晉書補。

實案：荀勖等序曰：「古文穆天子傳。」據王隱晉書曰：「周王遊行五卷，今謂之穆天子傳。」今晉書束皙傳亦曰：「穆天子傳五篇，言周穆王遊行四海，見帝臺、西王母」云云，五篇即五卷也，兹據補正。惟今存本穆天子傳無帝臺事，郭璞注山海經中山經之帝臺，亦未嘗引穆天子傳。文選顔延之赭白馬賦曰：「覲王母於崐墟，要帝臺於宣嶽。」李善注亦不引穆天子傳帝臺事。疑束皙、顔延之所見同本，即荀勖等所校定本也。然自郭璞注本行，而唐人已不見束、顔所見之本歟？

樑案：見帝臺事，如非卷二觀黄帝之宫者，即已佚矣（以後者可能性爲大）。

穆天子傳六卷 晉郭璞注。今晉書璞傳不載卷數，兹據穆天子傳注本補。

實案：今晉書束皙傳曰：「穆天子傳五篇，言周穆王遊行四海，見帝臺、西王母。圖詩一篇，畫贊之屬也。又雜書十九篇：周官食田法、周書、論楚事、周穆王美人盛姬死事。」則穆傳本止有五篇，即五卷，不知何人合以美人盛姬死事，遂併成六卷。左傳杜預後序孔疏引王隱晉書曰：「穆天子傳，民間偏多。」疑今本穆天子傳六卷皆郭璞注，原出民間本，故亦無穆王見帝臺之事，而與束皙、顔延之所見穆傳有帝臺事者不同也。晉世風尚淫柔，故穆傳必附以美人盛姬死事；而郭氏嗜酒好色，見晉書本傳。更非不樂爲此者。

槑案：汲冢雜書十九篇今多已佚，唯盛姬死事一篇因併入穆傳而尚得流傳，是併入者之功大矣。

圖詩一篇

今晉書束晳傳。

實案：此圖詩當是竹書古文中之關於穆王西王母所爲畫贊之屬也。故下文之雜書十九篇云云，則明明别爲一事，不與穆傳相涉者也。王懿榮漢石存目有穆王見西王母畫像，則漢世已有圖像，不待晉汲冢書出而始有之矣。隋書經籍志有周穆王八駿圖，未知亦此類否？其詩即贊，則非穆王、西王母君臣唱和之詩可知。

槑案：王懿榮所載是否真穆王見西王母畫像，未可確知。然今可見漢畫像石中舊認爲西王母與周穆王唱酬圖者，現多定爲西王母與東王公圖。當然，東王公的形象很可能是源於周穆王。戰國時有圖畫亦合於史實，如山海經原書即有圖。

穆天子傳六卷

郭璞注。隋書經籍志史部起居注類。

實案：隋志曰：「穆天子傳體制與今起居注正同。」隋志有漢、晉、宋、齊、梁、陳、魏、周諸朝起居注，則目驗穆傳體制正同而入起居注類也。

槑案：初皆篤信穆傳爲實録，故入起居注類。

穆天子傳六卷　郭璞撰。舊唐書經籍志史部起居注類。

郭璞穆天子傳六卷　郭璞注。新唐書藝文志史部起居注類。

實案：新、舊唐書標題皆誤，當從隋志爲正。蓋舊唐書出五代劉昫等手，新唐書出北宋歐陽修等手，而於穆傳標題皆已若是，可見晉隋故籍至唐宋而幾於一落千丈矣。

穆天子傳六卷　郭璞注。宋史藝文志別史類。

周穆王傳　宋太平御覽引用書目。

穆天子傳　宋太平御覽引用書目。

實案：原有周王遊行記、穆天子傳二名稱，然文選陶淵明讀山海經詩曰「汎覽周王傳」，李善注云：「周王傳，穆天子傳也。」則晉、宋以來，又似以周穆王傳、穆天子傳二名稱並行矣。太平御覽一書，本據前代之修文御覽、藝文類聚、文思博要諸書纂合而成。故其引用書目亦因仍前代，並録周穆王傳與穆天子傳也。然據雲溪友議載王起不識穆王傳「𪘂匌」二字，李善、王起皆唐人，而王起則以僞列子周穆王篇爲穆王傳，似誤也。又御覽三十八引穆天子傳，誤以山海經西山經之文爲穆傳。七百七十三引穆天子傳，誤以昭十二年左氏傳之文爲穆傳。五百七十四引周穆王傳，則更誤以列子湯問之文爲穆王傳。蓋古人引書，往往失檢。然竊疑六朝、唐人以僞列子周穆王篇及穆天子傳併爲一談也。

穆天子傳六卷 郭璞注。宋王堯臣、歐陽修崇文總目傳記類（清錢侗等輯本）。

穆天子傳六卷 宋李氏邯鄲書目（高似孫史略引）。

實案：宋史藝文志有「李淑邯鄲書目十卷」，高氏所引當即指此。李淑，宋真宗時人也。

穆天子傳 宋尤袤遂初堂書目雜傳類。

穆天子傳六卷 郭璞注。宋晁公武郡齋讀書志傳記類。

實案：晁氏讀書志云：「晉太康二年，汲縣民盜發古冢所得，凡六卷八千五百一十四字，詔荀勖、和嶠等以隸字寫之」云云，疑出郭注六卷本之舊序，已詳余著讀穆傳十論之第五章。

穆天子傳六卷 宋中興書目（王應麟玉海引）。

實案：宋史藝文志有「陳騤中興館閣書目七十卷，序例一卷」。陳騤，紹興進士，寧宗時知樞密院事。蓋其書之説明如崇文總目，故多至七十卷而有序例也。玉海引中興書目云「六卷八千五百一十四字」，蓋其所據與晁氏同。又玉海夾注云：「書正義、漢書注、水經注引之。」謂書正義、漢書注、水經注皆引穆傳也，當亦即中興書目之原注。

穆天子傳一卷　宋高似孫史略（在古佚叢書中）。

實案：史略明言「穆天子傳一卷」，凡兩見，蓋所見本如是，故以李氏邯鄲書目六卷爲有「字誤」也。然則宋人所見穆天子傳有兩本，其一爲一卷本，又一爲六卷本也。但此一卷本當仍即六卷本之所合併而成者，史略又申言穆天子傳六卷可證也。史略所引荀勖序文，多與今本穆傳荀序合。然又云：「時勖爲中書監，同第録者：中書令和嶠、秘書主書令史、秘書校書郎中張宙、郎中傳瓚。」則不與今本穆傳荀序合，而與舊鈔本穆傳荀勖序首有結銜五行者相合。但高氏删去「秘書主書令史」下有一奇字難識之人名及其他文字，遂不全同耳。更證以晁氏郡齋讀書志、陳氏中興書目，玉海引。皆言「詔荀勖、和嶠等以隸字寫之」，設非序首確有結銜五行，則何必疊言「荀勖、和嶠」耶？足見宋人所據穆傳之荀勖等序首確有結銜五行。而明以來相傳舊鈔本有此結銜五行者，當出自宋人傳本無疑矣。

穆天子傳六卷　郭璞注。宋陳振孫直齋書録解題起居注類。

穆天子傳六卷　郭璞注。宋鄭樵通志藝文略起居注類。

周王傳穆天子傳　宋王應麟玉海藝文傳録類。

實案：此玉海原文連書「周王傳」與「穆天子傳」，二名之間僅空一格者，以其爲一書也。可與前太平御覽引用書目互證。豈兩宋人猶見此二種本，及元而始僅存穆天子傳一種本歟？

穆天子傳六卷　晉郭璞注。明焦竑國史經籍志起居注類。

穆天子傳六卷　晉郭璞注。明祁承㸁淡生堂藏書目録雜史類。

穆天子傳六卷　郭璞注。清錢謙益絳雲樓書目傳記類。

穆天子傳六卷　清錢遵王也是園藏書目（述古堂藏書目）。

穆天子傳六卷　郭璞注。清徐乾學傳是樓藏書目起居注類。

穆天子傳六卷　晉郭璞注。清姚際恒好古堂書目雜史類、古今僞書考。

實案：姚氏古今僞書考，余別有重考古今僞書考一書，以糾正其謬誤不少。兹不贅述。

穆天子傳六卷　晉郭璞注。清乾隆敕編四庫全書總目小説類。

穆天子傳六卷　晉郭璞注。清乾隆敕編四庫全書簡明目録小説類。

實案：清中葉文人如紀昀之徒好行小慧，突翻前朝舊案，列入穆傳於小説類中，其謬妄失據已詳余著讀穆傳十論之第一章。

樑案：時至清代中葉，穆傳之非西周時期作品已較明瞭，故四庫全書入於小説類。此歸類是否盡善自可討論，但絕非「謬妄失據」。現學界已大多贊同穆傳成書於戰國説，故亦大多贊同四庫之分類。

穆天子傳六卷　晉郭璞注。清姚鼐惜抱軒書録第二。

實案：姚氏謂穆傳紀事近實，與清四庫提要語合。然誤信今本竹書紀年爲真，則更不若紀昀輩矣。

穆天子傳六卷　晉郭璞注。清仁和邵懿辰四庫簡明目録標注子部小説家類。

穆天子傳六卷　晉郭璞注。清獨山莫友芝郘亭知見傳本書目子部小説家類。

實案：邵、莫二家書仍沿清四庫分類，惟其搜載善本書目，頗重要也。

穆天子傳六卷　晉郭璞注。清陽湖孫星衍祠堂書目傳記類。

穆天子傳六卷　晉郭璞注。清烏程周中孚鄭堂讀書記子部小説家類。

實案：周氏讀書記頗多見到之言，惟此穆傳不過就洪頤煊校本而略述之，無他發明也。

穆天子傳六卷 晉郭璞注。清趙魏竹崦庵傳鈔書目子部小説家類。

穆天子傳六卷 晉郭璞注。清杭縣丁丙八千卷樓書目子部小説家類。

穆天子傳郭璞注七卷 洪頤煊校。清南皮張之洞書目答問史記古史類。

實案：孫星衍、張之洞皆不遵用清四庫，此漢學考據之效也。

穆天子傳六卷 晉郭璞注。抄本。清沈德壽抱經樓藏書志。

穆天子傳六卷 晉郭璞注。今人楊立誠四庫目略子部小説家類。

附録二　穆天子傳版本及注疏、研究文著

（採顧實穆天子傳西征講疏附穆天子傳知見書目提要之一刊本抄本校本與之二近代諸家註本及學説，再作新的補充，並間出己見。）

元刊本穆天子傳六卷

晉郭璞注。元劉貞藏本。未見。

實案：唐以前書皆寫本，五代後始盛行刊本。穆傳在宋世刊本鈔本，混沌不明，惟元以後則甚明矣。元至正十年王漸序曰：「南岱都事海岱劉貞庭幹舊藏是書，懼其無傳，暇日稍加讎校訛舛，命金陵學官重刊。」夫既曰重刊，則可知劉貞舊藏本亦即刊本，而不明言何刊本。在元順帝至正十年，疑原即非宋刊本，豈元人已不見宋刊本耶？據版本學者之經驗，元刊本往往有遠勝於宋刊本者。然此穆傳蓋不爾也。依余所見明刊本、抄本穆傳，皆出元刊本，而俱無荀勖序首之結銜五行，豈非遠不若宋人所據之有結銜五行耶？然則王漸序言「稍加讎校訛舛」，容有删改，豈元人删改宋本者即劉貞其人耶？

元刊本穆天子傳六卷 晉郭璞注。元金陵學官重刊本。未見。

實案：此本詳見王漸序文，明正統道藏本即據此本。其他明鈔本、刊本或俱據此本，或出道藏本，而文字多有出入矣。

明刊本穆天子傳六卷 晉郭璞注。道藏本。明正統間刊。今山東省立圖書館藏書。

實案：正統道藏本，每半頁十行，每行十七字，多俗體字。以校程榮、何允中、范欽、邵闇生諸刊本自見也。然此山東省立圖書館新得道藏本，以較黃蕘圃所據道藏本及商務印書館影印道藏本，俱爲勝之。蓋同一明正統刊之道藏本，而此爲比較初印本也。辛未九月，山東圖書館長王獻唐先生函示，將寄道藏本穆天子傳借校。壬申十一月十一日始寄來。卷二郭注「閬風」之「閬」，黃校道藏誤作「閬」。卷六傳文「巨蒐氏」之「巨」，黃校道藏誤作「臣」。似黃氏所據校本，不若此本之清晰也。又卷二「「天子升于昆侖之丘」、「天子□昆侖以守黃帝之宮」兩「昆侖」，商務影印本皆作「崐崙」；卷六郭注「具官」，商務影印本作「真官」；傳文「以赤下棺」之「以赤」，商務影印本作「以亦」；郭注「下謂入土」之「下謂」，商務影印本作「工謂」。此皆商務影印本顯有修改處之證。至於影印本多有漫漶磨滅之處，而此道藏本則比較甚少，故不能不斷定同一正統道藏刊本，而此本則較爲初印本也。嗣詢據王先生函稱，此摺卷道藏本搜自山東各廟湊合，僅約得全藏之半云。

明刊本穆天子傳六卷　晉郭璞注。清黄丕烈藏書，未見。

實案：黄蕘圃丕烈穆天子傳校語曰：「九行二十二字本，無序二篇，版式長，字大。分卷下次行題『晉著作佐郎郭璞景純註』。其書甚古雅，當是明刻之最先者。」又曰：「九行二十二字本校本文，與此刻同。疑即從九行二十二字本出。則彼爲明刻最先本無疑。」此黄氏所謂本文者，即穆傳本文也。所謂此刻者，指程榮刻漢魏叢書之穆傳本也。黄氏意測程刻穆傳本，即從九行二十二字之穆傳本出也。但九行二十二字本無王漸、荀勖二序，當是刻者所删。「著作佐郎」四字頭銜，見晉書郭璞傳，亦當是刻者所加。一删一加，正見其非舊本如此。雖其書甚古雅，蓋好事者爲之。惟黄氏精於賞鑑，故從其説，次之於此。

樑案：由黄氏校語視，九行二十二字本傳文與其他明刻本近同，蓋當時傳本基本如是，而其之優，在於荀勖序首之有結銜五行者。

明刊本穆天子傳一卷　明陶宗儀説郛本。未見。

實案：清初重刊陶氏説郛本，止穆天子傳第一卷，無郭注，當即據陶氏原刊本，而與高似孫史略所言穆天子傳一卷者不同。然清洪頤煊又指爲僞説郛本，當再俟考。

槃案：今上海古籍出版社影印説郛三種收明、清最佳本，然穆傳俱極劣，錯訛缺誤連篇累牘，毫無校刊價值，故歷來俱棄而不用。

明刊本穆天子傳六卷　晉郭璞注。道藏本。明正統間刊。今商務印書館影印正統道藏本。又道藏舉要本。

實案：商務影印道藏本，係據北平白雲觀所有明正統刊道藏本。然頗多浸漶不明之處，而今又發見有修改之處也。姑誌之以質校讀道藏者。

槃案：今見者多此本及此本之再印者，通稱「道藏本」。

明鈔本穆天子傳六卷　晉郭璞注。明吴寬鈔本。今東方圖書館藏書。

實案：黄蕘圃穆天子傳校語曰：「嘉慶乙丑，余初見九行廿二字本，信爲佳本。遂徧借諸家藏本，手校於此。其最舊者，爲叢書堂鈔本。然注多删節，故此所校以舊鈔本爲據，餘不過備查核也。」又曰：「同時又借香嚴書屋藏舊鈔本，鈐有叢書堂印。本文與此刻，與所校鈔本不合，且多節略，似非善本，聊校存其一二異字。」此黄氏所指叢書堂鈔本，即吴寬鈔本也。吴匏菴寬，明成化修撰。至今收藏家皆知其叢書堂鈔本最有名也。至黄氏所云「手校于此」及云「此刻」者，皆指程榮刻本而言。又云「以舊鈔本爲據」

及云「所校鈔本」者，當皆指吾家千里廣圻校抄道藏本穆傳而言。余見今東方圖書館藏明鈔本穆天子傳，注多删節，鈐有吴寬印，當即黄氏所見本。

檪案：此本今藏北京圖書館，余曾得幸見之。文前僅收王漸序而無荀勖序，鈔者頗喜用俗字，注文多所删削改動，然亦有勝於他本之處，故終不失爲一有特色之本。簡稱「吴鈔本」。

明鈔本穆天子傳六卷　晉郭璞注。明秦柄鈔本。未見。

實案：常昭瞿氏鐵琴銅劍樓藏書志曰：「馮己蒼以錫山秦氏鈔本校過，補録序首結銜五行。」又曰：「借得錫山秦汝操繡石書堂鈔本校讀一過。」此秦汝操名柄，無錫人。明嘉靖丙申繡石書堂刻錦繡萬花谷前、後、續三集，則此秦氏穆傳鈔本或當亦在嘉靖間也。然據孱守老人馮己蒼跋云：「卷首三行，諸本所無，獨見秦本」。則秦本似誤荀勖序首之結銜五行爲三行，必出於傳録之誤，而秦本並非結銜五行所出之祖本也明矣。

檪案：馮己蒼跋文又見楊儀鈔本卷末。

明鈔本穆天子傳六卷　晉郭璞注。明楊儀鈔本，馮舒校。今常昭瞿氏鐵琴銅劍樓藏書。

實案：瞿氏藏書志曰：「嚮爲楊五川藏書，依元刊本傳録，葉心有『萬卷樓雜録』五字。後馮己蒼得之，以錫山秦氏鈔本校過，改正譌字，補録序首結銜五行。孱守老人跋云：「此册爲楊夢羽儀所藏。崇禎己卯，借得錫山秦汝操繡石書堂鈔本，並取家所有范欽本校讀一過。』」此楊五川即楊儀。夢羽，别字。明嘉靖進士，有萬卷樓藏書，故葉心有「萬卷樓雜録」五字，即其鈔書用紙也。孱守老人者，馮舒。己蒼，暮年别號。其弟馮班鈍吟雜録言：「楊五川好以意改古書，萬卷樓藏書，雌黄處皆不可據。」余蒙鐵琴銅劍樓主慨允借校一過，見此鈔本卷之一下有「二、三同卷」註語，卷四下有「五、六同卷」註語，則是併六卷爲二卷也。蓋即所謂楊五川好以意改者歟？然於穆傳文字殊無更動，不失爲可寶之明鈔本。而馮己蒼朱筆校補卷四末有「癸巳，天子飲于彙山之上」十字，爲各本所無，據余所見者。尤至可寶已。

櫟案：此本今存北京圖書館，標「明楊氏萬卷樓鈔本」。校其文字，亦與諸本無大出入。馮舒校朱筆補十字者，確爲他本所無，是否出秦氏本則未可知。簡稱「楊鈔本」。

明刊本穆天子傳六卷　晉郭璞注，明范欽訂。范式二十種奇書本，嘉靖間鄞縣范氏天一閣校刊。今商務印書館景印本。

實案：范氏天一閣藏書志載之甚詳。今以道藏本校之，屢有脱誤，亦有道藏本無而范本有之者。如卷二云「甲戌，至于赤烏」，范本重「赤烏」二字，是也。且道藏本多俗字而范本不爾也。當是范本翻元刻本。或謂范本覆道藏本者，非也。今商務印書館影印本每卷次行皆有「晉郭璞注、明范欽訂」字樣。然卷二之十三頁及卷六之三十一頁，皆字形不同，疑出元刊本有缺葉而范氏鈔配也。

檙案：范氏本及出於范本的他刻本，最明顯的特點即諸本缺文多作「□」者，而此則間雜作「鋢」字者。明代各本中，范本屬佳者，以往聲譽頗高，但余校後亦感到未可過譽。簡稱「范本」。上海圖書館藏有此本。

翻范本穆天子傳六卷

晉郭璞注。清黄丕烈藏書。未見。

實案：黄蕘圃穆天子傳校語曰：「書友以范刻本穆天子傳求售，每半頁九行，行十八字。每卷次行，標晉郭璞註，明范欽訂。似前所見范本猶翻刻也。」然則范本曾經翻刻，但未知明翻本否？姑附於此。

檙案：上圖所藏范本行數、字數皆同黄説，未知翻本何版式？

明刊本穆天子傳六卷

晉郭璞注。明范欽訂，陳德文校刊。未見。

實案：天一閣藏書志又載一刊本，並云「明范欽訂，陳德文校刊」，當仍即范氏本而有陳德文校刊字樣者。清薛福成所編天一閣見存書目不載此書，蓋早已散佚於外也。

黄蕘圃穆天子傳校語曰：「又借陳仲魚所得明范欽吉、陳德文校一過，大段與此刻同，而一二處有合舊鈔者。」黄氏所謂此刻，指程榮本。但似誤范欽爲范欽吉。

檪案：范欽吉、陳德文校本，余得見於北京大學圖書館，並知乃繆藝風舊藏本。其本雖出范本，但仍多有不同，整體上似不若范本，陳校有一定質量。只范欽何以會變爲范欽吉，則不得而詳（范欽字堯卿，一字安卿，號東明，俱與「欽吉」無涉，而可明「吉」乃衍文或「訂」字久訛變）。簡稱「范陳本」。

明刊本穆天子傳六卷　晉郭璞注。古今逸史本，明吴琯刻。今東方圖書館藏書。

實案：清四庫集部存目有唐詩紀一書，明吴琯著，漳浦人，隆慶進士。古今逸史當亦即其所刻。世言逸史校讎不精，然獨穆傳蓋未可一概而論。卷首無王、荀二序。每卷次行有「晉郭璞註，明吴琯校」字樣。每半頁十行，每行二十字。清洪頤煊校本已採用之。

檪案：余見北京大學圖書館與上海圖書館藏吴琯刻本穆傳俱有荀序，與顧説不合。檢核吴本，亦多俗字，總體質量較好。簡稱「吴本」。

明鈔本穆天子傳六卷　晉郭璞注。明秦四麟鈔本。清張金吾愛日精廬藏書，未見。

實案：張氏愛日精廬藏書志曰：「穆天子傳舊鈔前有荀勖序，首有結銜五行云：『侍中中書監光禄大夫濟北侯臣勖一行，領中書令議郎上蔡伯臣嶠言部二行，秘書主書令史譴勸給三行，秘書校書郎中張宙四行，郎中傅瓚，校古文穆天子傳已記，謹並第録五行。』「記」當作「訖」，形誤字也。此五行世行本無。板心有『元覽中區』四字，蓋秦西巖藏本也。」世行本者，即通行本也。西巖，秦四麟季公别字，常熟人，明萬曆貢生，世傳其鈔本有名。板心有「元覽中區」四字，即其鈔本用紙也。周季貺星詒曰：「此書元刊本失傳，别無善本。明三代遺書、天一閣、古今逸史、青蓮閣刊，皆從王玄翰本出，並不佳。平津館所刊，亦未見善本。昭文張氏舊鈔雖題銜與合，恐故作僞書以欺人者。」此周氏考之未審，故妄疑結銜五行爲僞作也。據張氏藏書志所録結銜五行特詳，似優於錫山秦氏本之結銜五行。然亦有一誤字，即「訖」誤作「記」，當仍出於轉録而致誤。是終不能考得結銜五行所自出之祖本也。

明鈔本穆天子傳六卷 晉郭璞注。九行二十字。張宗祥藏本，未見。

樑案：張宗祥鐵如意館隨筆（中華文史論叢一九八〇年第一輯）卷四云：「予壬戌夏得一鈔本，半頁九行，行三十字。首行標『穆天子傳』；下空一格，標『總六卷』；空一格，標『古本』；空一格，標『荀勖序』。次行低二格，標『侍中中書監光禄大夫濟北侯臣勖』。三行標『領中書令議郎上蔡伯臣嶠言部』。四行標『秘書主書令史譴勳給』。五行標『秘書校書中郎張宙』。六行標『郎中傅瓚校古文穆天子傳已訖，謹拜第録』。七行頂格標『序』字。八行以下爲序文。蓋即張金吾藏書志所載之本也。取范刻校之，乃知范本尚不及此本之精。」案：此本當非張金吾所録秦酉巖本，因文字相異頗多，如此本「勳」秦本作「勳」，此本「中郎張宙」秦本作「郎中張宙」，此本「訖」秦本作「記」，此本「拜」秦本作「並」，相差較大。而再校秦汝操本、九行二十二字本、孫詒讓見本，則較相近，但是否同本則尚未可斷定。又由張氏言此本精於范本視，此本至少爲明代鈔本可無疑義。

明刊本穆天子傳六卷　晉郭璞注。三十八种漢魏叢書本。明萬曆新安程榮刻本。今商務印書館景印本。

實案：程本首有王、荀二序，每半頁九行，每行二十字。每卷次行有「晉郭璞注，明新安程榮校」字樣。大抵明人刻書喜標朝名，而清人不然，其意亦可深長思也。

檏案：程本世多行之，質量尚可。

明刊本穆天子傳六卷　晉郭璞注。明刻青蓮閣單行本，見莫友芝郘亭知見書目。未見。

檏案：此本顧實云「未見」。王重民中國善本提要子部小説類載見於北京圖書館，余亦於北圖見之。書版序文每頁八行十八字，傳文每頁十一行十八字。在每卷卷首題

「晉著作佐郎郭璞景純註一行，明臨淮侯李言恭惟實訂二行」，在王、荀序後及每卷末皆款云「萬曆壬午春盱一行眙李宗城汝潘二行於青蓮閣校梓三行」。是此當以名「明李言恭校本」更爲恰當，簡稱「李本」。

明刊本穆天子傳六卷 晉郭璞注。七十六種漢魏叢書本。明崇禎間武林何允中刻。

實案：清乾隆辛亥王謨刻漢魏叢書序例曰：「括蒼何鏜初輯漢魏叢書百種本，未版行。惟新安程榮僅輯三十七種，武林何氏允中又搜益其半，合七十六種。二本並行於世，而何本流傳較廣。據屠隆作序年月在萬曆壬辰蜡月，則此書或即刻於是時，今據武林何氏原本重鐫。」是程榮、何允中皆在何鏜之後。何鏜，明嘉靖進士也。何允中既搜益其半，則半與程榮本同也。今檢商務印書館影印程榮本及通行王謨增刊本兩種穆傳，皆每半頁九行，每行二十字，亦相符也。惟在明世已程、何二本並行，故分別論之。

櫟案：此叢書又名廣漢魏叢書。傳僅收王序而無荀序。卷一題「晉郭璞註」，後則皆無。「古文」二字低二格書，甚是鮮見。文字近同程本，略差於程本。簡稱「何本」。

明刊本穆天子傳六卷 晉郭璞注。三代遺書本，明趙標刻。見李之鼎補叢書舉要。未見。

櫟案：顧實云「未見」。余見於上海圖書館，爲明萬曆甲午二十二年（一五九四）刊本。每頁八行十八字。題「晉郭璞註　明范欽訂　河東趙標校梓」，知其用范本爲底。經校，知其言不謬，確基本同於范本，然其校並不佳。簡稱「趙本」。

明刊本穆天子傳六卷　晉郭璞注。明快閣叢書本。見李之鼎叢書舉要。未見。

檠案：顧實云「未見」。余見於北京大學圖書館。前有唐琳自叙，收王、荀序而俱題「舊序」。每頁九行二十字。卷首下題「晉河東郭璞註　明新都唐琳點校」。注文多有改動。有眉批，引孫曠、劉震翁、楊慎諸人評辭，皆多發自文學角度，但價值不高。扉頁題「天啟丙寅刊本」，知爲明天啟六年（一六二六）刊。簡稱「唐本」。

明鈔本穆天子傳六卷　晉郭璞注。明葉樹廉校正。未見。

實案：上善堂書目云：『舊鈔穆天子傳一本，葉石君校正。』石君名樹廉，一名萬，明末人。孫從添慶增曰：『葉石君鈔本，校對精嚴，至今爲寶。』但此穆傳，不知何時舊鈔，姑附於此。

明刊本穆天子傳三卷　晉郭璞注。蕿古介書本，明邵闇生編。江蘇國學圖書館藏書。

實案：蕿古介書，清四庫雜家類存目曰：「題東海黄禹金定，邵闇生編，不知爲何許人。分前、後二集，前集載豐坊僞大學古本」云云。豐坊，見明史豐熙傳，嘉靖癸未進士。則邵編此書，或出書賈託名射利，當在豐坊所作僞書盛行之際。歲紀丁卯，其當明穆宗隆慶元年丁卯乎？抑下爲天啟七年丁卯耶？姑次之於此。以此邵刻穆傳校范欽本、程榮本，雖時或脱誤，而頗有善處可取。如卷二云「甲戌，至于赤烏」，邵刻重「赤烏」二字，與范欽本合，一也。又如卷二云「辛巳，入于曹奴」，邵刻重「曹奴」二字，與水經注漾水篇所引合，二也。此二者清世校穆傳諸家均未之見，洵堪寶視也。其版式長大，略如程榮本。前無王、荀二序，併六卷爲三卷，每半頁九行，每行二十字。初疑爲程榮本之翻刻本，檢至二、三葉以後，即見其不然也。

槃案：重「赤烏」者，又有范陳、趙本，俱隨出范本之故。重「曹奴」者，又見范陳本，亦當視作范本系統之特色。書不分卷連排，但在卷一末書「卷之一」，其餘五卷卷末皆標「×卷終」，故實仍是六卷本。又，余在北大圖書館所見本標有「明天啟七年序刊本」，蓋藏書者所定歟？邵本所用字體亦頗有特色。總之，其與范本當同源，文本優劣處皆頗明顯，爲一有特色之本。

清刊本穆天子傳一卷 清初重刊説郛本。

刊本。

槃案：説已見前。上圖收清順治三年（一六四六）兩浙督學周南李際斯宛委山堂

清刊本穆天子傳六卷　晉郭璞注。清乾隆壬辰楚陂周夢齡校，嘉慶間汪士漢刻秘書二十八種本。

實案：此刻無王、荀二序，有乾隆壬辰周夢齡題解，每頁十行，每行二十字。校程榮本，後僅差一字。汪氏刻於嘉慶之間，以校在乾隆壬辰，故列於此。

檃案：周本確沿程本，然訛字過甚，爲差劣本中僅好於説郛者。

清鈔本穆天子傳六卷　晉郭璞注。清錢唐趙君坦校。今東方圖書館藏書。

實案：此即鈔道藏本而有批校語。洪頤煊校本已採之。

檃案：余於北圖見一「清光緒翁斌孫抄本」，其序文前題：「此即所謂道藏本，係錢唐趙君坦從吴山道藏校録者。」則趙本的面貌多少可於此本窺見。又可參下。

清鈔本穆天子傳六卷　晉郭璞注。清乾隆盧文弨校，同治翁斌孫鈔。

檃案：此本余見於北圖，館藏定名「清光緒翁斌孫鈔本（翁斌孫臨，盧文弨校跋）」，然定「光緒」恐不妥。此書封頁題「盧弓父校本、翁弢夫手鈔」，與一般先云鈔、後云校者相異，已表明校在先而鈔在後。書末有題記云：「己亥三月廿八日得鈔本，又看一過。弓父記於崇文書院。癸卯八月庚申朔以道藏本校訖。弓父記於山右之三立書院。日益齋主人録校。時同治庚午小春在汀州記。」清乾隆與光緒俱有「己亥」、「癸卯」，此所以會定爲「光緒」之原委所在。然盧氏乃乾隆時人，且翁鈔在同治時，可斷盧校必在乾隆己亥（一七七九）得本而癸卯（一七八三）校訖。翁鈔則明記在同治庚午年（一八七〇），更不可移至光緒年間。書序文前題：「此即所謂道藏本，係錢唐趙君坦從吴山道藏校録者。」表明盧校乃以趙君坦校本爲底。文末又録惜抱軒四庫館校録書題一則，蓋借以明其態度。盧文弨校甚豐，亦有多處善者，惜未明據本。

清刊本穆天子傳六卷

晉郭璞注。清南城鄭濂校，乾隆辛亥王謨增刊漢魏叢書本，五柳居八十種廣漢魏叢書本。又光緒六年湉灣三餘堂刻袖珍本漢魏叢書（即翻王謨本）。

實案：王謨增刊本與明程榮、何允中本同。後來書賈所增九十六種漢魏叢書及廣漢魏叢書皆同此本。而校讎不精，有缺荀勖序者，且文字脱誤亦多矣，不復别出之。

樑案：簡稱「鄭本」，其差劣程度近同於周本。

清刊本穆天子傳六卷

晉郭璞注。清汪明際校。乾隆甲寅馬俊良刻龍威秘書本。

實案：此刻有王序、無荀序，每半頁九行，每行二十字。卷一之下標明漢魏叢書本，次行有「晉郭璞注，吴郡汪明際訂」字樣，其翻刻漢魏叢書本甚明矣。

樑案：簡稱「汪本」，其本只稍好於周、鄭本。

清王鳴盛校穆天子傳六卷

櫟案：是書余見於北京大學圖書館。爲王西莊手校於吴琯古今逸史本穆傳上。校文不多，批語五處，亦無大發明。只此係王氏批校爲海内獨存者，姑此誌之。

清鈔本穆天子傳六卷　晉郭璞注。清顧廣圻校影鈔道藏本。未見。

實案：黄丕烈穆天子傳校語曰：「丙寅小除，以顧千里影鈔道藏本校。」又曰：「用顧廣圻傳校舊鈔本校正。」又曰：「顧校本此序係補鈔序文前款式，略列如左。」然則今道藏本固無荀序首之結銜五行，但未知吾家千里據何種鈔本補録結銜五行。此所以轉輾推尋，終不能得其所自出之祖本也。

書穆天子傳後　清胡虔善著。收新城伯子文集（又名胡心泉先生文集）卷二（清嘉慶四年己未歙東井觀堂刊本）。

櫟案：文爲雜記體會，價值不高。

清刊本校正穆天子傳七卷　晉郭璞注，清臨海洪頤煊校正。初刊本。

清刊本校正穆天子傳七卷　晉郭璞注，清臨海洪頤煊校正。嘉慶丙寅平津館叢書本，龍溪精舍叢書翻平津館本。

實案：洪氏初刻本猶頗有闕略，與平津館本不全同。余於坊間嘗一見之。近世穆傳校本以洪氏此校爲第一。洪自序曰:「取今漢魏叢書本與明程榮本、吴琯本、汪明際本、錢塘趙君坦所校吴山道藏本,暨史、漢諸注、唐宋類書所引互相參校,表其異同,正其舛誤,爲補正文及注若干字,删若干字,改若干字。」然其用力雖勤,如范欽、邵闇生刻本及顧廣圻校鈔本等俱未之見,則見聞尚狹,宜不能盡善也。

檠案:清代及以前校穆傳者,當數洪氏爲最,故顧實及余皆以其書爲底本校釋。其書亦有未善處,顧氏言其「見聞尚狹」,是其一也。其校改文字有不够謹慎處,即無據亦改字,是其二也。雖然如此,仍瑕不掩瑜,是穆傳之善本也。

清校本穆天子傳六卷

晉郭璞注,清黄丕烈校,聊城楊氏海源閣藏本。

實案:黄氏此書,士禮居藏書題跋記、蕘圃藏書題識及楊紹和楹書隅録皆著録。黄氏校語具載穆傳諸本爲:明刻九行二十二字本、道藏本、吴寬叢書堂鈔本、范欽刻本、范欽吉陳德文校本、顧廣圻校影鈔道藏本,凡六种。並據顧校本補録荀勖序首之結銜五行。又書眉有惠云釋語若干條,蓋惠定宇棟之説也。山東圖書館長王獻唐琯先生將影印海源閣秘笈,而先囑其友人秦玉章先生過録黄氏朱墨校語於范氏天一閣本以貽余,尋又因事來京,手攜黄校原本示余。余確見黄校用漢魏叢書程刻本,朱墨爛然,洵驚人秘笈。内容校存異文,不勝枚舉,獻唐先生將影印朱墨本以公諸世,誠快事也。而余尤特注意者，荀勖序首之結銜五行，馮已蒼誤認爲三行，張金吾、孫詒讓所見，亦皆有一「訖」字誤作「記」，獨此黄氏校補正確不誤。其朱筆補鈔結銜五行如下：「□□侍中中書監光禄大夫濟北侯荀勖一行，□□領中書令議郎上蔡伯臣嶠言部二行，□□秘書主書令史譴勳給三行，□□秘書校書中郎張宙四行，□□郎中傅瓚校古文穆天子傳已訖，謹並第録五行。」是其每行發端有二方圍，表示提行上空二格，甚爲明白。然又朱筆改訂荀序之標題如下「穆天子傳□揔六卷□古本□荀勖序」。是於穆天子傳下有一方圍，於「揔六卷」下有一方圍，於「古本」下有一方圍，共三方圍。大概每一方圍即當提行空一格矣。惜余未及見吾家千里校鈔道藏本，更可比證。而所見明抄、刊本，又絶無如是式樣者，姑録以俟考。

檕案：此書余於上圖得見影印本。所録「揔六卷」、「古本」一行者，又可見前舉張宗祥所得九行二十字明鈔本，是知確有此古本，余於校釋中已採用。顧實未用者，乃因其只一見而未敢決定也。

清校本穆天子傳六卷 晋郭璞注，清黄丕烈校，莫友芝過録本。未見。

實案：莫氏多收藏善本，此過録黄校本，亦王獻唐函告余者。今獻唐既以一過録本贈余，又將影印朱墨本，則此本可立變無數化身矣。

穆天子傳注疏八卷

晉郭璞注，清望江檀萃疏。石渠閣刊本，碧琳琅館叢書本。

實案：檀氏穆傳注疏六卷，合卷首、卷末各一卷，共八卷也。其所補傳文，多有不足據者。注文亦有各本所無，或即檀疏之混入者歟？舊謂其「博而多謬」，然亦間有可採，未可一概抹煞也。今惟石渠閣刊本無缺頁，若碧琳琅館本，卷二缺第十、第十一兩頁，東方圖書館、北平圖書館、南潯劉氏嘉業堂藏書樓、日本帝國圖書館所藏皆然。

樑案：檀疏雖不甚善，但爲穆傳全文作釋者，其爲第一家，篳路藍縷之功終存矣。

鈔本穆天子傳注疏八卷

晉郭璞注，清望江檀萃疏。未見。

實案：此鈔本不知内容如何？民國二十年九月十一日，王獻唐自滬來函述：「蟫隱廬書目有穆天子傳注疏八卷六册，檀萃撰，舊精寫本，索百二十元。」若與刊本無異，則書估欺人矣。

清刊本覆校穆天子傳六卷

晉郭璞注，清東萊翟云升覆校。道光間刊五經歲徧齋校書三種本。

清刊本覆校穆天子傳六卷

晉郭璞注，清東萊翟云升覆校。湖南藝文書局重刊漢魏叢書本。

實案：洪頤煊校本之外，更當推翟氏本。翟氏所以名「覆校」者，其自序曰：「自前明逮我朝，校是書者不下十家。余不自揣，覆校之。於諸本中，從其一是。兼採檀氏萃疏。」然其校語，每汎云諸本，而並不明指爲何本也。僅有卷三之「鵒子之澤」條下明云：『鵒』字據汪本、檀本，鄭作鵦，周作鵴。汪者，汪明際也；檀者，檀萃也；鄭者，鄭濂也；周者，周夢齡也。不過四家。抑何所見之不廣，宜其校勘不能大成功也。

槷案：翟校本聲譽僅次於洪本。其校量遜於洪，而謹慎則勝於洪。古人限於種種原因，所見版本不廣，能如洪、翟之佳者誠已不易矣。

清刊本穆天子傳六卷 晉郭璞注。湖北崇文書局刊百子全書本。

實案：漢魏叢書、百子全書，清季皆有石印本，益迻寫有譌脱，不盡足據，讀者審之。

槷案：百子全書本穆傳錯訛太甚，幾同於説郛，毫無校勘價值，絶不可據。

穆天子傳注補箋六卷 晉郭璞注。清當塗徐文靖補箋。待訪。

實案：丁謙、章炳麟、劉師培皆見此書，余徧訪未得。或曰「有刻本，題曰『穆天子傳會箋』」，然徐位山六種中，有禹貢會箋，或因是而附會，未可知也。

穆天子傳注補正六卷 晉郭璞注，清江都陳逢衡補正。道光癸卯刻本，廣州中山大學圖書館藏書。

實案：陳氏但見洪頤煊校本，未見翟云升校本，故於洪校誤處加以糾正。然其考證之精到翔實處，往往突過洪、翟二家。及門黎君静修光明在廣州中山大學得余同宗顧頡剛教授之援助，特攜來京借余檢閲，感謝無量。

樑案：陳書格局，先録洪、檀二家校釋，再作褒揚針貶。其校釋多有佳處。其地理考釋爲彼時最詳者，然大多沿郭注，精辟準確者不多。清人校釋仍屬佼佼者類。

穆天子傳注補正四次稿

同上陳逢衡稿。中研院藏書。

實案：此稿爲江寧鄧正闇邦述先生郡碧樓藏書，余函求借閲，鄧覆云已歸中研院，余復得中研院蔡、楊兩院長覆函，親往上海中研院借檢所藏陳氏稿本。則即道光刻本之底稿，蓋另録清本付刊，而此爲其存留之草底也。

穆天子傳注釋地六卷

晉郭璞注，清彭縣吕調陽釋地，光緒間家刻觀象廬叢書本。

實案：此書了無足取，釋語至簡，頗詭難知，不知其何以刊之問世也。

樑案：吕釋大多無稽詭誕，然亦有少數佳説，是確屬灼見還是歪打正着，則難知矣。

清校本穆天子傳六卷

晉郭璞注，清光緒褚德彝校。上海圖書館藏孤本。

樑案：是書封頁有題云：「至正十年王氏刻本，光緒壬寅九月於吴門買得。覆堂記。」其底本並非真元刊本，而是指有至正十年王序之本。經校檢，知所用乃何允中刻本。褚校一般，偶有佳處。

穆天子傳注補六卷 晉郭璞注，清棲霞郝懿行補，光緒戊申金蓉鏡刻本。

實案：丁卯歲，余於葉觀古堂藏書目中見此書，偏託友人訪借不得。後某友數諸借閲，終靳而不予。己巳九月，僅得於金甸丞容鏡先生所著集解稿本中見之。金謂「親受之於郝氏，僅印二百部贈人，故不易覓購。而已所著集解中，已儘量録入」云。然郝氏未見洪、翟二家校本，故徵引多有同者。雖詳核不及二家，亦時有獨到之處可採焉。

欅案：郝氏此書余於上圖得見光緒甲辰（一九〇四）潛廬刊本，刻工較差。其録荀、王序文無標名，僅另起一行以明之。又在郝校釋之外，尚收有金氏案語。郝氏校釋有善處，然較之其釋爾雅、山經則去之遠矣。

穆天子傳集解六卷 晉郭璞注，清郝懿行補注，丁謙考證，民國嘉興金蓉鏡集解稿本。以上列名即據稿本所署者記之。

實案：金號甸丞，一號香巖。己巳七月，承丁仲祜福保、周夢坡慶雲兩先生介紹，幸得惠借稿本。據金言全録郝書，而採入丁書特多糾正。又參以陶惺存保廉先生辛卯侍行記之説。然金自下説解，徵引之博，復有出於洪、翟、陳、郝諸家之外者焉。比聞金即於去冬作古。庚午春仲再記。

清校本穆天子傳六卷 晉郭璞注，清張皋文手校。北京大學圖書館藏。

樑案：是書以汪明際本爲底，張皋文手校於上。校文無多，共僅十四處，有校有填。據校文視，恐亦吸收他人成果在内。校於何時不明。

記舊本穆天子傳目録

清瑞安孫詒讓著。收籀廎述林卷九，一九一六年刊本。

樑案：此文專記其所見穆傳舊鈔本荀序前有結銜五行者，頗其珍貴。

穆天子傳郭璞注

清瑞安孫詒讓著。收札迻卷十一，光緒廿年刊本。

實案：孫氏有所考證，輒至精核，突過洪、翟、陳、郝諸家。

樑案：孫氏乃一代國學大師，精於文字訓詁、典章制度，故所釋無多而精確，堪稱清代諸家之最。

穆天子傳叢説

清章炳麟著於光緒十七至十九年間，收章太炎全集（一）膏蘭室札記（上海人民出版社一九八二年版）。

樑案：此釋穆傳四條，恐不足凭信。又三六三條專釋馮夷。

釋鬵匬𠚘匬

清黄以周著，收儆季襍著儆季史説略卷一，清光緒廿年江蘇南菁講舍刊本。

樑案：是文專考一人名，然未透，後劉師培考勝之。

最録穆天子傳　清龔自珍著，收定盦全集定盦文集補編卷三（清宣統元年上海國學輪社鉛印本）。

穆天子傳補釋　民國儀徵劉師培著，載國粹學報五十期至五十三期。

實案：劉氏證補贍博而得失互見，其醉心於西方帝國主義者所倡中國文明西元之邪説，尤與丁謙氏同一爲時俗之狂潮所誤者也。

樑案：文又收劉申叔先生遺書第三十六册左盦集卷五。同卷又收穆傳耿翛考一文，内容近同於補釋「天子之御造父、耿翛、芍及」條中有關耿翛考釋。

穆王西征年月考　民國儀徵劉師培著，載中國學報第二期，又收劉申叔先生遺書左盦集卷五。

穆天子傳集證　民國常熟鄒純福著。稿未刊，待訪。

實案：鄒介修純福先生爲虞山耆儒，長疇人之學，歿於民國八年己未歲，余聞之聖約翰大學教授王欣夫大隆先生云：「其所著四元玉鑑詳釋稿已燒殘，惟穆傳集證一書尚完存。引據繁富，疏證精密。如古地名及經過道里，用九章法，考證甚細。現稿存虞山楊氏，待刊。」

穆天子傳補注　江陰陳思著。待訪。

實案：同鄉楊冠倫喆先生言：「陳字首慈，此書作於清季。其書名未審即如是否？」

姑録以待訪。

穆天子傳地理考證六卷

清杭縣丁謙考證。浙江圖書館叢書本。

實案：丁氏爲輿地學專家，此書詳考穆傳地理，洵當首屈一指。然禹貢、山海經、水經注及漢書地理志等皆古地理專書。凡古書雅記之地名，往往用通借字，不通古字音韻訓詁，則有不能盡知者矣。況丁氏生當清季，所見地圖地志及其他科學，俱尚不若今日之精密。故所考今地僅能十得一二，而紕繆之處不勝枚舉，蓋亦運會使然哉！其時又適值西方之帝國主義者高唱中國文明西元之淫辭，冀遂其殖民地視中國之迷夢，丁氏不察一時之狂潮而與之俱靡，妄指西王母之邦爲亞西里亞國（Assyria），而西王母爲古迦勒底國（Chaldea）之月神。不知穆傳西王母即穆王之女，穆傳文字自明。蓋丁氏目不視書而逞意高談，未免賢智之過矣。

樑案：劉師培、丁謙穆傳研究之功過，前人評判大致允是，然文字以外的因素也應注意，即他們開始吸取外部世界新的思想方式、研究方法，而這往往揉雜在對西方文明的過度迷信之中。這是在批判中國文明西來説時切需注意的。就事論事而言，丁氏所考西征地理大多不確。然顧實以西王母爲穆王之女亦非矣。

穆天子傳紀日干支表

清杭縣丁謙著，附穆天子傳地理考證後。

實案：丁氏不諳曆術，又不準用長曆之法。徒以干支推排日數多寡，真蛇足矣。然西儒亦有如是之作，可稱無獨有偶。

樑案：劉師培、丁謙、衛挺生諸人皆治穆傳長曆，而終皆難以圓滿。原因在於：其一，穆傳成書在戰國，其所載曆日究爲西周實録抑或戰國曆日尚難以決斷。其二，先秦曆法本身處於形成期，後人又知之不詳。以西周而言，其始元、共和以前各王紀年至今尚未一致，而曆法更是混沌一片。以戰國言，曆法情況同樣不詳，又加之各國錯綜複雜，更難以確定曆法情況。曆法不明，又何以推排長曆。其三，穆傳難免有錯簡，也影響推排長曆。因此在目前也至多只能「徒以干支推排」，雖非上舉，亦强過生拼硬湊。故余尚不敢嘗試排穆傳之長曆矣。

丁氏穆天子傳注訂補

杭縣葉瀚著。地學雜誌十一卷五期。

實案：此補正丁謙書，故附此。

樑案：文訂正丁誤數條，然其訂亦間有誤。

穆天子傳西征今地考

武進顧實著。此書在民國丙辰、辛酉、癸亥凡經三刻，今一律作廢矣。

樑案：其三刻發表於南京東南大學國學叢刊一卷四期（一九二三年），因後有講疏一書而舍弃。

穆天子傳西征年曆　武進顧實著。在穆天子傳西征講疏中。

穆天子傳西征地圖　武進顧實著。在穆天子傳西征講疏中。

穆天子傳西征講疏　武進顧實著。商務印書館一九三四年版。

中英對照穆天子傳西征全解　中文顧實注解，英文英國哲學博士愛臺爾 E. J. Eitel 原譯，顧實及子元亮改正並附注解。

實案：余書改編之理由，已詳見講疏之自序及例言，兹可不贅述矣。

樑案：顧實之自序余節録於後，此處節録例言中數段文字如下：「余最初著穆天子傳西征今地考一書，凡經三刻，兹俱作廢。重加編纂，凡分兩大部分：第一，高深之部，爲研究院之參攷書及專門大學之教本而作，總名曰穆天子傳西征講疏是也。第二，普通之部，爲中等學校以上之本國古史教本而作，名曰中英對照穆天子傳西征全解。」「穆天子傳西征講疏之内容，斟酌古今中外史志圖籍而纂成，覃研廿載，六通四辟。」「案語最重考地，地理本爲專門之學。余既半生研習，尤以通古語而識古地，爲余之心得。」「余自下己見，多所創解，約舉數事爲例：如據國語周語而知周穆王當屬周世之政刑派。

因陽紆之山而知陰山爲没入胡中以後之名。辨再膜拜之禮，解將子帝女之詁而知西王母爲中國女子，且爲周穆王之女。明上古歐洲原爲草木叢生之荒洲，而知西北大曠原即今之歐洲。古昔未有主名之水澤陵衍，即今之黑海及高架索山。南鄭斷從傳瓚説，可正班固、鄭玄、酈道元諸家之誤。凡此種種，皆余個人之時識。」案：民國時期治穆傳者，以顧先生用力最勤，著作最巨。雖然其弘揚中華之志過切，遂誇張穆王征行至波蘭華沙，足令内外學者瞠目；即令其奉以自豪的個人創解特識，亦大多不確。儘管如此，其書仍是穆傳研究必不可少之作，仍不乏精妙之處，其解陽紆以内地理尤爲超群卓識，其搜羅整理工作同是前無古人，故凡治穆傳者，絶不可不讀其書。余治穆傳，即深感受益匪淺，故儘量轉録其見，以使讀者亦能共享。

穆天子傳書後

民國嘉興沈曾植著。亞洲學術雜誌第三期（一九二二年）。

實案：友人多言沈子培曾植先生爲近代治西北地理學者第一，然此考穆傳今地，僅文一篇，語焉不詳。且細案之，實大乖謬也。己巳五月，友人蔣穀孫祖圻先生以此雜誌見贈，誌謝。

穆天子傳的研究

灌縣黎光明著。中山大學語言歷史學研究所週刊第二集第二十三期、二十四期。

實案：此書係及門黎君静修持贈余，誌謝。

穆天子傳研究 萬泉衛聚賢著，古史研究第二輯。

實案：此書友人衛聚賢先生郵贈余，誌謝。

樑案：衛文初載中山大學語歷所週刊百期紀念號（一九二九），後略加修改，收入古史研究第二輯（述學出版社一九二九年版）。後再加修改，收入古史研究第一集（商務印書館一九三四年版）。衛文以廣衮、詳實的考證，證明穆傳成書於戰國時期，至爲準確。但其云撰者爲中山國人，則是受中國人種西來説與中國文化西來説之影響。故其説在國内頗遭冷視，遂使真知灼見亦受連累。若平心而論，其文仍是功大於過。

穆天子傳六卷 張星烺注。收中西交通史料彙編第一册（輔仁大學圖書館一九三〇年版）。

樑案：張先生乃中西交通大家，其以穆傳爲中西交通史料確有見地。但一九四九年後新版則删去穆傳，未知何故。張注多從丁謙、顧實説，自己發明不多。

穆天子傳論 莊有可著，收慕良雜纂（商務印書館一九三〇年版）。

讀穆天子傳 清江都蔣超伯撰，收南漘楛語卷八。

實案：蔣氏於穆傳略有考訂，如謂河宗即書「禋于六宗」賈逵注之河宗。狗執虎豹，即莊子應帝王篇「執斄之狗」同類。牥牛即爾雅「犦牛」及漢書西域傳之「封牛」。皆可取者。然余謂牥牛當從玉篇詁橐駝。蓋古人渾犎牛與橐駝爲一而不分耳。

樑案：蔣文所釋無多，而大部較善。書由兩廬山房一九三二年刊。

穆天子傳古文考　劉盼遂著。學文一卷一期（一九三〇年），後收文字音韻學論叢（北平人文書店一九三五年版）。

樑案：劉文專考穆傳所標「古文」之實際涵義，可爲一説。

穆傳山經合證　張公量著，禹貢一卷五期（一九三四年五月）。

樑案：是文以穆傳與山經相合之地名參互考證，但過泥於山經，遂無所建樹。

記舊鈔本穆天子傳　張公量著，禹貢二卷五期（一九三四年十一月）。

穆傳之版本及關於穆傳之著述　張公量著，禹貢二卷六期（一九三四年十一月）。

樑案：二文皆叙版本，有一定價值。似未見顧實講疏一書，故差之甚遠。

略論山海經與穆天子傳　張公量著，北平華北日報史學周刊十一期（一九三四年十一月二十二日）。

顧實著穆天子傳西征講疏評論　張公量著，禹貢三卷四期（一九三五年四月）。

穆天子傳新證　于省吾著，載考古六期（一九三七年六月）。

槃案：于先生長於訓詁典籍，又極精於甲骨金文，故其文雖釋無多，但極有見地，乃穆傳考釋之精善者。

讀穆天子傳隨筆 高夷吾著，載古學叢刊（北京古學院）三期（一九三九年七月）。

槃案：文乃札記，其説一般，少有新見。

穆天子傳及其著作時代 顧頡剛著，載文史哲一卷二期（一九五一年七月）。

槃案：顧文所考穆王西征行程及著作時代皆在一切舊説之上，雖僅一篇小文，然精辟遠過於其他一切文著，亦穆傳考釋之精善者。

穆天子傳西征地理概測 岑仲勉著，載中山大學學報一九五七年二期，又收中外史地考證（中華書局一九六二年版）上册。

槃案：岑先生爲史地大家，尤精於中外交通地理，但惜此書却未善，幾乎無一正確，是至憾矣。

穆天子傳疑 童書業著，爲漢代以前中國人的世界觀念與域外交通的故事一文附録，收中國古代地理考證論文集（中華書局一九六二年版）。

槃案：童文發疑數端，以穆傳爲晉人雜集先秦散簡附益而成，然皆未確。

穆天子傳簡論

王貞珉著，載文史哲一九六二年五期。

穆天子傳與所記古代地名和部族

王範之著，載文史哲一九六三年六期。

榘案：二文所論泛泛，王範之文稍好。

穆天子傳及其他

蘇尚耀著，載聯合報（臺北）一九六四年八期。

論周穆王其人其事

衛挺生著，載東方雜誌復刊一卷一期（一九六七年七月）。

榘案：兩文俱未見。

穆天子傳今考

衛挺生著，臺北中華學術院一九七〇年版。

榘案：是書大陸甚少，余見於復旦大學圖書館與復旦大學歷史地理研究所資料室。衛書鴻篇巨製，過於顧實講疏，共三册。第一册外篇，爲序文與版本、文著介紹。其序達萬餘言，余在附三節略有録，可參。其收版本、文著未超過顧氏。第二册内篇，爲校釋正文，是本書之中心部分。其特點在於多採今日新科技成果，在動、植、礦物及歷史地理方面用力最多。其説既有佳處，亦有弊病，尤在地理考釋中格外明顯。第三册，上卷爲時篇，推排穆傳曆譜；下卷爲地圖册，大小地圖共七十七幅。其所用底圖源自美國（包括軍用地圖及衛星攝圖），多有世人未睹者。只其考釋不妥處甚多，遂使減色不少。

總之，是書功過俱存，其費力甚大而獲益尚不如其愿。

周都南鄭及鄭桓封國辨

常征著，河北大學學報一九七八年三期。

榘案：此文考南都即春秋後之西鄭（今陜西華縣），此非新説，亦不確。

穆天子傳中一些部落的方位考實

趙儷生著，載中華文史論叢第十輯（一九七九年四月）。

榘案：此文專考穆傳方國、部落之地理位置，得失俱有。

穆天子傳是僞書嗎？

常征著，載河北大學學報一九八〇年二期。

榘案：由文可知此乃其大作穆天子傳新注之序，因其書尚未問世，故其一些重要見解由此書可知。文辨駁「僞書」説甚力，然篤信穆傳爲穆王時史官實録則亦未當。文涉地理重在駁岑仲勉説，其己意則只稍稍點出。望能得見全書，方可全面曉知其見解。

釋「飛鳥之所解其羽」

每君著，載文史哲一九八一年三期。

榘案：是文不贊同「解」爲换羽而當是死意，甚確。

穆天子傳性質的有關問題考略

何農著，南充師院學報：哲社版一九八一年四期。

榘案：此文論西王母與帝臺兩大問題，以西王母非神而是「一個實實在在的歷史人物」，又考「原本穆天子傳裏是没有穆王見帝臺事的」，俱可參。

穆天子會見西王母漢畫像石考釋　黄明蘭著，中原文物一九八二年一期。

穆天子會見西王母畫像石質疑　雷鳴夏著，中原文物一九八三年三期。

檃案：兩文探討傳統所謂「穆天子會見西王母漢畫像石」，觀點相對。案：此類漢畫像石今皆定名爲「東王公、西王母畫像石」，故未可牽於穆天子。

先秦時期的「絲綢之路」——穆天子傳的研究　錢伯泉著，載新疆社會科學一九八二年三期。

檃案：錢文研究面較寬，於地理之外又及經濟，反映出當代對穆傳研究的新貌。其考穆傳成於戰國，甚確。其具體考釋得失互見，地理考釋次於經濟部分。

穆天子傳今釋　劉肖蕪著，載新疆社會科學一九八二年三期。

檃案：全文悉據顧實説而譯。

最早記録中原與西域交往的史詩——穆天子傳　魯南著，載新疆日報一九八二年十月九日。

檃案：此文屬一般介紹。

穆天子傳的作成時代及其作者　楊憲益著，收譯餘偶拾（三聯書店一九八三年六月版）。

槃案：楊文是「三十多年前的舊作」（其序語），在舊時認爲穆傳成書於漢後的見解中，此文頗具代表性。文章否定穆傳晉初出於汲冢之事，以穆傳爲漢武帝至西漢末年間成書，以穆天子爲漢武帝之託名與化身。其所述理由，在「三十多年」前或許尚有一定的存在餘地，而在八十年代理應足以否定，余在考釋中已有辨駁。

穆王西征與穆天子傳 孫致中著，載齊魯學刊一九八四年二期。

槃案：孫文竭力證明穆王西征確有其事、穆傳確作於西周，然平心而論，孫文所作的一切努力也只是至多證明了有可能（即「可能性」），但絲毫没有提供任何證據以證明確實如此（即「真實性」）。又，文駁穆傳作於漢後説則頗有力，其功不可没。

從穆天子傳和希羅多德歷史看春秋戰國時期的中西交通 莫任南著，載西北史地一九八四年四期。

槃案：莫文以中西文獻對照研究，頗有新意，其考桂、薑西傳尤爲精采，足以定論。

穆天子傳是一部什麽樣的書 繆文遠著，載文史知識一九八五年十一期。

槃案：繆文較全面地介紹、評價穆傳，贊同成書戰國魏人説，釋地部分無新説，但對穆傳的文獻價值評估甚高。

穆天子傳若干地理問題考辨 靳生禾著，北京師範大學學報一九八五年四期。

樑案：靳文專駁岑仲勉先生概測一文有關域内地理的考證，其觀點雖並無新見而只同於小川琢治、顧實，但舉證之詳實、考據之精覈則大勝之。尤需注意的是，其證據史料概以先秦文獻爲主導，遠勝於其他以後世文獻爲證之文，故其論確鑿不移矣。

校注穆天子傳 清牟廷相著。待訪。

穆天子傳月日考 邵次公著。河南圖書館館刊。

實案：此二書爲最近王獻唐先生函告余者。牟陌人廷相書，尚在訪求中。邵次公取黄帝庚辰元曆、黄帝辛卯元曆、顓頊曆、夏曆、殷曆、周曆、魯曆、乾鑿度曆、三統曆、東漢四分曆，以鈎考穆傳之月日，洵傑作也。余於古曆尚甚疏，謹誌之以待深考焉。

樑案：此兩書余皆未見，待訪。

校正補注穆天子傳一卷 介修氏手稿本。未見，待訪。

樑案：余在上海圖書館藏書卡中得知有此書，但待借閱時則被告知此乃「文革」中查抄書籍，現已歸還，且不知歸還何處。後余曾函詢有關機構，然終未有結果。其書題爲一卷，未知是否全文。撰者介修氏，亦未知爲何人。望日後有緣一晤。

＊　＊　＊　＊　＊　＊　＊　＊

穆天子傳考

日本理學博士小川琢治著。狩野博士還曆紀念特刊支那學論叢中支那歷史地理研究本，商務印書館出版先秦古籍考譯本。

實案：曩在日本帝國圖書館檢其種種雜誌中，頗有論西王母之文字，今已無一能省憶矣。歲戊辰六月，余始見此穆天子傳考，不勝驚喜，殆可爲日本學者關於穆傳學説之代表。然小川博士明言參據丁謙穆天子傳地理考證、顧實穆天子傳西征今地考並載國學叢刊第三期史學專號，故其所考亦止詳西征之事，與余同一用意。惟在陽紆之山以前與余舊考多同，而頗有證明。如謂𨺅山即泫谷，雷首即纍頭，𨺅多即包頭，皆確鑿可據。然至「積石之南河」以後，則多背故書雅記，而與余説全相左矣。尚有駁正儒家之私見而辨明穆王之人物及政策。足見眼光之遠到，不類吾國自清季以來猶餘一種浮薄文風，輒喜謾罵古書爲僞作而欲一切唾棄之也。

樑案：小川是書舊有兩種譯文：其一爲江俠庵譯，入其所編先秦經籍考下册（商務印書館一九三一年版）。其二爲劉厚滋節譯其中南鄭至積石部分，題名爲「穆天子傳地名考」而載於禹貢七卷六、七合期（一九三七年六月）。其二雖只節録，但譯文之準確、文采之優善則勝其一，故亦有檢閲價值。小川先生是書雖參丁、顧之説，但並非只是抄襲，而是完全有其獨立的見解，特别是西出陽紆以後的行程路線地理。即使在陽紆以内，小川也有新的證據（參上顧實評論）。以今考而論，小川先生的考釋結論反而比丁、顧更近實些，是此以前最佳的成果。故余極善其書，多有稱引。

西王母(Si Wang Mu)　法國亨利·俞勒 Henri Yule 著。中國古代聞見録(東達中國記或契丹之通路)*Cathay and the Way Thither*, I, 1866, pp. 8—9. 此書向君覺民借余，誌謝。

實案：此係波斯古代與中國一種之傳説，有言波斯襄西陀王(Jamchid)與大中國(Great China)通婚，本不甚確。而遽因以推測西王母爲即襄西陀王，殆西方之最初主倡是説者蔣氏中國人種考指爲愛臺爾英譯穆傳語，或因此而誤。不知西王母爲女性，且爲中國女子，豈可並爲一談哉！蓋郢書燕説，固宜多誤矣。

穆天子傳(Mu-Tien-Tsze Chuen, or Narrative of the Son of Heaven〔Posthumously Called〕Mu)　英國愛臺爾 E. J. Eitel 譯。中國評論 *China Review*, XVII, 1888, No. 4, pp. 223—340. 徐家匯藏書樓藏書；No. 5, pp. 242—258. 亞洲文會藏書樓藏書。

實案：第四號，即譯穆傳卷一至卷四也。第五號，即譯穆傳卷五、卷六也。此後西儒著書道及西王母，必稱愛臺爾之説。然愛臺爾未明西王母爲女性，而止譯作人民

(People)之首領(Chief)，豈得爲譯事之信達者哉！

穆王與示波女王(Mu Wang und die Königin Von Saba)　德國福爾澌 A. Forke 著。德國柏林東方語學院院刊 *Mitteilungen des Seminars für Orientalische Sprachen*, VII, 1904, pp. 117—172. 穆天廬藏書。

實案：此書偏借不獲，余從上海江西路之「璧恒洋行」購得之。其文泛引竹書紀年、穆天子傳、左傳、爾雅、山海經、史記、後漢書、吕氏春秋本味篇、列子周穆王篇、淮南子墬形篇、王充論衡講瑞篇、韓詩外傳、博物志、禽經、酉陽雜俎、路史餘論、三才圖會等書而加以種種説明。雖謂鴕鳥即古之鳳一語，已先我言之，然因穆傳言「碩鳥解羽」而牽及鳳朋，未爲當也。至其據安息長老傳聞而推定西王母即阿剌伯之示波女王，失之武斷甚矣。

穆王與示波女王之駁論　法國許培爾 Ed. Huber 著。法國河内遠東學院院刊 *Bulletin de l'École française*, IV, 1904, pp. 1127—1131. 亞洲文會藏書樓藏書。

實案：此駁福爾澌之説，然雜引穆天子傳、列子、山海經、蠻書、酉陽雜俎、雲南備徵志、圖書集成等書及麒麟、鳳凰爲説，亦見其無謂也。

西王母(Se Wang Mu)　德國福爾澌 A. Forke 著。德國柏林東方語學院院刊 *Mittelungen des Seminars für*

Orientalische Sprachen, IX, 1904, pp. 409—417. 亞洲文會書樓藏書。

實案：此因許培爾之駁論而作。然引蠻書、漢武帝内傳、僊傳拾遺、拾遺記等書牽及鳳朋古義，亦見其不得要領耳。

西王母之遊幸（Le Voyage Au Pays de「Si-Wang-Mou」） 法國夏凡納 Édouard Chavannes 著。司馬遷史記隨筆 *Les Mémoires Historiques de Se-ma Tsien*, Tome V, Appendies 11, 1905, pp. 480—489. Tome I Foot-note 3, pp. 265. TomeII, Foot-note 3, pp. 518. 亞洲文會書樓藏書。

實案：卷五引穆天子傳、爾雅、竹書紀年及司馬相如、郭璞、胡應麟之説。卷一言穆王遊幸至蠻族西王母國，卷二據秦本紀指周穆王爲秦穆公，皆誤之甚者。而卷二又引波斯王襄西陀（Djemchid）與馬亨（Māhenk）王通婚，或説即大支那，亦波斯古傳説之不確者。

穆王之遊行與夏凡納之臆説（Le vovage de Mou Wang et l'hypothèse d'Ed. Chavannes）

法國邵修爾 Léopold de Saussure 著。通報 *T'oung Pao*, 1920—1922, pp. 19—31. 亞洲文會藏書樓藏書。

實案：此文引據昭十二年左氏傳云「穆王欲肆其心，周行天下，將皆必有車轍馬跡焉」一段明文，因承認穆王爲大遊行家，而不承認夏凡納以周穆王爲秦穆公也。

穆天子東土耳其斯坦之遊行(Le Voyage du Roi Mou Au Turkestan Oriental) 法國邵修爾 Léopold de Saussure 著。亞洲雜誌 *Journal Asiatique* ,1920 ,pp. 151—156. 亞洲文會藏書樓藏書

實案:此文言穆王遊行至東土耳其斯坦。東土耳其斯坦者,今中國新疆也。而不知穆王之大遊行,已跨踰今之歐、亞兩洲也。

穆天子之遊行記(La Relation des Voyages du Roi Mou) 法國邵修爾 Léopold de Saussure 著。亞洲雜誌 *Jouranl Asiatique* ,1921 ,pp. 247—280. 亞洲文會藏書樓藏書。

實案:此文括論穆天子傳六卷,頗冗長。不知中國古曆而考論時日,多見其徒勞矣。既引據中文書言「岡底斯之前有二湖連接,土人相傳爲西王母瑶池,意即阿耨池云云」,其説固不確。又牽及越裳,而至於荆南之長沙、武陵,更無謂矣。

穆天子傳年歷(The Calendar of the Muh Tien Tsz Chun) 法國邵修爾 Léopold de Saussure 著。新中國評論 *The New China Review* ,II ,pp. 513—516. 亞洲文會藏書樓藏書,聖約翰大學滬江人學藏書。

實案:此據通鑑綱目及今本竹書紀年而製表,較丁謙之干支表形式整齊而内容同類。蓋丁氏無識,而法儒之無識亦正相同,可稱無獨有偶矣。

誰是西王母(Who Was Si Wang Mu) 英國翟理斯 H. A. Giles 著。嶧山筆記(中國雜考)*Adversaria*

Sinica，1914，pp.1—19.亞洲文會藏書樓藏書。

實案：此文亦雜引穆天子傳、山海經、史記、後漢書、爾雅、韓詩外傳、莊子大宗師篇、列子周穆王篇、太平廣記、僊傳拾遺、漢武帝内傳、拾遺記、洞冥記、酉陽雜俎、三才圖會内有華裝西王母圖、圖書集成等書，並牽及蟠桃、鳳凰，而欲與福爾溉所倡西王母即示波女王之説相證合。不知福氏之説固甚誤也。

穆天子傳研究(L'étude du Mou tseu t'ien tchouan)　法國伯希和 P.Pelliod 著。通報 *T'oung Pao*，1922，pp.98—102.東方圖書館藏書，亞洲文會藏書樓藏書。

實案：此文略論許培爾、邵修爾、夏凡納、愛臺爾諸家之説，而注意於列子（*Lie tseu*）、山海經（*Chan hai kiug*）、及中國之書籍學（*Bibliographes*），推重平津館叢書（*P'ingtsia kouant S'ong chou*）中之洪頤煊（Hong yi-hiuan）校正穆天子傳，又稱引晁公武（Tch'ao Kong-wou）、錢大昕（Ts'ien Ta-hin）、王先謙（Wang Sien-k'ien）諸家。伯希和氏今猶以通曉中國掌故自鳴於海外，良較他西儒爲更進一步。然須知此等尚不過初步之初步，真欲探討上古史之精髓，尚復大有事在也。

穆王西征(Knowledge of the West)　英國帕果 E.H.Parker 著。諸夏源來 *Ancient China Simplified*，1908，pp.213—223.滬江大學藏書。

西王母(Si Wang Mou) 法國亨利・考提 Henri Cordier 著。中國通史 *Histoire Generale de la Chine*，1920，pp. 122—125. 聖約翰大學、滬江大學藏書。

穆王(Muh Wang) 德國夏德 F. Hirth 著。中國上古史 *The Ancient History of China*，1923，pp. 144—149. 東方圖書館藏書、亞洲文會藏書樓藏書。

實案：以上三書，均係通史之性質，故大概纂述諸家之成説而加以自己之理想。周穆王往往誤爲秦穆公，西王母則襄西陀之外推定爲示波女王。西征時日，不出三百日及六百日。西征所至亦不外二説：其一，即鑿指其地而言之，以爲不出今中國甘肅、新疆及俄屬費爾干(Ferghana)省之境也；其又一，即空想其地而言之，以爲通至古代之亞西里亞、巴比倫、埃及諸國也。然則近代中國、日本學者之言穆王、西王母，俱不能脱西方人之窠臼也。

實又案：關係穆王及西王母一類之西書，求之法國亨利・考提(Henri Cordier)之中國索引(*Bibliothecà Sinica*)第五册 3477—3478 頁。又有日本小川琢治博士著穆天子傳考亦引西書目。除照録無遺外，復增加若干種，余既一一借檢，略加評語，而李業(Legge)博士之説，尚未檢及焉。自知治英、法、德三國文字至淺，所評良多不周。然此諸西方博士大家之撰著，實甚幼稚。蓋彼等勤劬考求中國古書，而能力尚遠不逮日本博士。是以雜引中書，不辨古今真僞，東挦西扯，填砌滿紙。其不足取者一也。假令中書不通，而西方確有發見，不謀而合，亦足爲學術界生色。無如所發見者，不過以古波斯襄西陀王或阿剌伯示波女王當西王母，固與穆傳萬不能合。更有擬以聖女，比諸觀音，無聊野語，益形可笑。其不足取者二也。要知中國三千年前之古史，西方人必不能鑿空而得之。惟我國之人，數典忘祖，亦已久矣。穆傳既出汲冢，晉人但能迻寫傳誦，西王母即穆天子之女，文義本自明白。而郭璞作註，已不能識。龘詁名物，十才三四。以彼鴻博，竟成蔽短。自爾沉沉千年，晦盲否塞。經生文士非迂腐化，即爛腐化。近代碩儒猶且震驚於外洋，自他有耀，依違時俗，盲談瞽説，莫爲刮垢磨光，發揚國華，豈非莫大之羞乎？余既著講疏，爲之疏通證明，重復序次穆傳善本、穆傳學説及日本、英、法、德諸國學者之書匯記篇末。庶幾後之學者，原原本本，殫見洽聞。如治病然，不難洞見垣一方矣。顧實記。

槷案：余於西語未習，故以上所列西文著作皆未能閲，自亦未敢妄加評議。由顧氏之評議視之，西人對西王母、周穆王、穆傳的研究大多不確，只可瀏覽而已。然其云穆王之西征不過於我國甘肅、新疆者，則並未可非議。顧實自己所得結論過遠，倒是不可取者。而小川博士的研究，更屬穆傳研究之上品，至今猶爲穆傳研究之要籍，絶不可輕視矣。

穆天子傳成立的背景　日本御手洗勝著，載東方學二十六輯十七卷至三十卷（一九六三年七月）。

榘案：未見，待訪。

古代文學典籍穆天子傳　〔俄〕李福清著，王士媛譯，劉魁立校，載民間文學一九八五年第十期。

古代文學典籍穆天子傳的一點補正　劉德謙著，載民間文學一九八六年第七期。

榘案：李文重在文學角度，其對穆傳的基本認識爲：穆傳是大約公元前四世紀有現實基礎而託名穆王的「虚構」作品，地名有錯亂；並認爲很難把穆傳稱作是完整意義上的藝術作品。劉文略作補正。

馬迪厄「穆天子傳：譯注與考證」　李清安著，載讀書一九八四年第六期。

穆天子傳卷頭語、導言　法國雷米・馬迪厄 Rémi Mathieu 著譯，載袁珂主編中國神話第一集（中國民間文藝出版社一九八七年版）。

榘案：馬迪厄於七十年代成穆天子傳：譯著與考證 *Le Mu Tianzi Zhuan ; Traduction annotée é tude critique* 一書，李文即介紹此書，馬迪厄文即此書序文。由兩文知其書由譯注、分析、結論三部分構成。其書研究重點在文學（尤其是神話學）與社會學，其開掘有相當深度。案：余未見其書，只可略作轉述。

附録三 穆天子傳序跋選録

穆天子傳序

王漸

穆天子傳，出汲冢。晉荀勗校定爲六卷，有序言：「其事雖不典，其文甚古，頗可觀覽。」予考書序稱穆王饗國百年耄荒，太史公記穆王賓西王母事，與諸傳說所載多合，則此書蓋備記一時之詳，不可厚誣也。春秋之時，諸侯各有國史，多龐雜之言。下逮戰國，王迹熄而聖言湮，處士横議而異端起，人人家自爲説，求其欲不龐雜，其可得乎？其書紀王與七萃之士巡行天下，然則徒衛簡而徵求寡矣，非有如秦漢之千騎萬乘，空國而出也。王之自數其過及七萃之規，未聞以爲迕也。登群玉山，命邢侯攻玉而不受其牢，是先王恤民之法，未嘗不行。至遇雨雪，士皆使休，獨王之八駿超騰以先待輒旬日，然後復發去，是非督令致期也。其承成、康熙洽之餘，百姓晏然，雖以徐偃王之力行仁義，不足以爲倡而摇天下，以知非有暴行虐政，而君子猶以王爲獲没於祗宫爲深幸，足以見人心之危之如此也，是豈可效哉！是豈可效哉！存其書者，固可以覽其古；徵其事者，又安可不考其是非歟？南臺都事海岱劉貞庭幹舊藏是書，懼其無傳，暇日稍加讎校譌舛，命金陵學官重刊，與博雅之士共之諗。予題其篇端云。時至正十年，歲在庚寅，春二月二十七日壬子，北岳王漸玄翰序。

校正穆天子傳　序

洪頤煊

穆天子傳六卷，晉太康二年汲縣民盜發魏襄王墓中所得竹書也。書記周穆王遊行四海，見帝臺、西王母暨美人盛姬死事。隋書經籍志云「體制與今起居正同」，蓋周時内史所記，王命之副。案史記，穆王在位五十五年。此書所載，尋其甲子，不過四、五年間事耳。雖殘編斷簡，其文字古雅，信非周秦以下人所能作。如聘禮云「管人布幕于寢門外」，鄭君注云：「管猶館也，古文管爲官。」此書云「官人陳牲」、「官人設几」，乃古文之僅存者。爾雅釋地云：「觚竹、北户、西王母、日下，謂之四荒。」此書云「紀迹于弇山之石，眉曰西王母之山」，與爾雅所記合。史記周本紀云「穆王崩，子共王繄扈立」，司馬貞索隱引世本作伊扈，此書云「喪主伊扈」，伊扈即共王也，尤足與經史相證。據晉書束皙傳，此書本五卷，末卷乃雜書十九篇之一。索隱引穆天子傳目録云：「傳瓚爲校書郎，與荀勗同校定穆天子傳。」今本卷首載勗序云：「謹以二尺黄紙寫上，藏之中經，副在三閣。」今本六卷，當即勗等所定也。勗時收書不謹，已多殘闕，厥後傳寫益復失真。晁公武郡齋讀書志云「書凡六卷，八千五百一十四字」，今本僅六千六百二十二字，則今本又非晁氏所見之本矣。頤煊懼是書之荒落，因不揣檮昧，取今漢魏叢書本與明程榮本、吴琯本、汪明際本、錢唐趙君坦所校吴山道藏本，暨史、漢諸注、唐宋類書所引，互相參校，表其異同，正其舛謬。爲補正文及注若干字，删若干字，改若干字。其無可校證者闕之。徒恨傳譌已久，未能盡復舊觀，如釋古彝器碑碣之十得五六云爾。嘉慶庚申六月三日，臨海洪頤煊書於西湖詁經精舍。

穆天子傳注補正　序

陳逢衡

穆天子傳，古之起居注也，語直而奥，詞約而簡，揆厥指歸，並無奇異。粤自汲冢始出，竹簡混淆，古文晦昧，遂使日次顛倒，前後多歧，事蹟乖違，排比失實。方之紀年，殆有甚焉，則晉秘書諸人之過也。厥後注是書者不於文義考覈，往往叩彼靈怪，指西母爲神人，稱井公有道德，馮夷號帝，罔識河宗，赤烏獻女，昧厥姓氏。諸如此類，有玷大雅，傳之方來，竟同小説。往有檀氏默齋從而疏之，考證者一二，附會者八九。彼蓋遠謫異地，托抒己憤，以此著書，靡不舛矣。衡幼耽古籍，專意持平。履彼鬉叢，穿兹蟻曲。絶無矜奇可愕之事，但有互亂錯簡之疑。洵知此傳實出西京，穆滿猶秉周禮。蓋嘗三復揣摩，循其轍迹所經，大都在西番大昆侖東南，肅州小昆侖四圍而止。原夫蕃戎雜處，是用來王，道路奉觴，藉申燕饗。其間歌詩贈答，則白雲黄竹，裕寵光雅正之休。輶軒采風，則鴻鷺木禾，著國語、方言之實。然且天子親問册府，亦好藏書，左右即事進規，罔非正士。彬彬乎，文武成康之風，其未墜乎！至於字畫則囪囪𥦗𣮈，可以識蝌蚪之舊；國名則重𤢊、鶤韓，可以補姓氏之闕。用廣見聞，兼資遊覽，所得多矣。衡閉户寡徒，自慚襪䄙，略爲詮釋，以遺居諸。較之洪本，少有異同；實於郭注，多所補正。爰粗録一過，置之几案。俟經塗乙，再爲削藁。道光十一年辛卯春三月望日，江都陳逢衡書於三祝庵太平巷之新宅。

覆校穆天子傳　序

翟云升

穆傳之在汲冢也已有折壞，復爲發冢者燒策照取寶物，遂至簡爐札斷，時日事蹟多不相屬。然景純作注之時，抱殘守缺，猶爲舊觀。後魏以來，見於援引者漸有不同，注亦互異。今世所行，蓋元季劉都事貞本而久失其真者也。自前明逮我朝校是書者，不下十家，傳鈔翻刻又各有舛錯，甚至不可句讀。余不自揣，覆校之。於諸本中從其一，是兼采檀氏萃疏，參附管見，以成此編。業付梓矣，而審視仍多未合，且有刊刻之誤，未及檢者並剔改如左。豈易復郭氏之初，庶與都事本不甚相遠。惟是竹書古文，晉武付秘書以今文寫之，以隸破篆，筆迹詭奇，展轉致譌，寖用岐出，無從是正。茲取諸家傳本與載在字書者，從其同而附其異。烏乎，其荒邈矣哉！道光十二年夏五月，東萊翟云升書於五經歲徧齋。

穆天子傳補釋　序

劉師培

隋經籍志起居注類載「穆天子傳，六卷」，注云：「汲冢書，郭璞注。」新、舊唐書均同。晉書束皙傳則謂此書本五卷，末卷乃雜書十九篇之一。蓋五卷爲汲冢舊簡本，末卷則校者以雜書併入也。此書雖出晉初，然地名符於山海經，人名若孔牙、耿翛均見書序，所載賓祭、禮儀、器物亦與周官禮、古禮經相符，則非後人贋造之書矣。考穆王賓于西王母，其事具載列子，馬遷修史亦著其文。雖所至之地均今葱嶺絶西，然證以山海經諸編，則古賢遺裔恒宅西陲，西周以前往來互達。穆王西征，蓋亦率行軒轅、大禹之軌耳，不得泥博望以前西域未通之説也。此書字多古文，鈔胥復多舛捝，宋晁公武郡齋讀書志已謂轉寫益誤，殆不可讀。明人所刊校讎益疏，近人檀萃、徐文靖、陳逢衡均注此書，然均泛亂無條紀。檀本增補字句尤爲蔑古，惟洪、翟所校爲差善，孫詒讓札迻刊校義若干條，亦均精審。師培幼治此書，病昔治此書者率昧考地，因以今地考古名，互相證驗，古義古字亦稍闡發，成書一卷，顏曰補釋。惟書中古字率多未詳，又卷三「世民之子」亦深思而昧其解。世有善思誤書之士，尚其闡此蕴義乎！　己酉正月，劉師培序。

穆天子傳考　緒言

小川琢治

昨年在内藤博士還曆祝賀支那學論叢曾撰北支那先秦蕃族考一篇，舉逸周書王會篇所載蕃族之位置而決定之。其所取材，是參照於山海經、漢書地理志、水經注及穆天子傳，因注意於穆天子傳，爲周代地理最重文獻之一。今兹夏假約十旬間，就於此書内容而述考覈所得，以爲狩野博士還曆紀念集之一篇焉。

此書與山海經均未被秦以後儒家之潤色，尚能保存其真面目於今日。比尚書、春秋，根本史科之價值爲尤高。因此書是記録周室開國百年後之王者，與圍繞此王者之百官之生活狀態，頗能忠實。至欲知周室古代文化達於如何程度，除此數千言之一書，尚未有信憑之文獻。如三禮之書，是限於儒家範疇，其内容實質，乃依於此書所記載而成具體的。其爲研究三代文化之重要書，固不待言。故我之主眼在歷史地理方面之外，當在此方面研究者頗多。

穆天子傳西征講疏　自序（節略）

顧實

民國初元壬子，余在本省某師範學校教授本國史，慨上古史之多闕而注意於山海經、穆天子傳二書，多所考證。癸丑之役，余走日本。甲寅、乙卯暑假之暇，著穆天子傳西征今地考一書。原稿曾呈先總理孫公披覽筆削，允爲題序行世，以發揚吾民族之光榮。時余猶以書未完成，不果請，迄今追思而不可復得也。丙辰，亡友許指嚴國英先生得余稿，爲刻於北平之宣南譯社。辛酉，張慰西相文先生再刻於輿地學會之地學雜誌第十二年第六、七合期、第八期及第九期中。癸亥，余三刻於國立東南大學之國學叢刊第一卷第四期中。十七年戊辰，國民政府奠都南京之二載，余爲滬上某大學講授本國文化史，又增搜材料改纂講疏，更名曰穆天子傳西征講疏。此余書命名之變遷也。

余幼慕先宗人景范祖禹著讀史方輿紀要，故究心於古今地理沿革。其後習東、西洋史，又探究西北地理，故余著今地考時，頗多切實之發見。兹更爲講疏，盡取穆天子傳前四卷，字櫛句比而求之，爬梳剔刮，無微不至。夫然後儘量發見其内容，果何如者？則即發見上古我民族在人文上之尊嚴，與在地理上之廣遠，均極乎隆古人類國家之所未有，可不謂曰我民族無上光榮之歷史哉！

其他一切姑措勿論，即周穆王西征，名爲遊行，而其實如何者？當西紀元前九百八十九年，穆王不徑自西周直往西方，而必由宗周洛邑，踰黄河而北出雁門關，入河宗之邦。得河伯爲先導，相與偕行。乃遂踰昆侖而至西王母之邦，無非沿途撫輯華戎，所至賞賜無算。其徵供食於諸部落，殆無一不受周禮之支配。終乃取鳥羽於西北大曠原而還。西北大曠原者，位於中國西北，而即今之歐洲大平原也。是中國文化之西流也，獵鳥而不獵人也。後六百餘年而有希臘（Hellas）亞歷山大（Alexandros）之東征。然亞歷山大破滅波斯（Persia）、印度（India）、巴比侖（Babylonia）、埃及（Egypt）諸邦，是西方文化之東漸也，原始即已獵人而不獵鳥也。然則東西文化最初之出發點，早已歧異不同如此。假定東方爲獵鳥主義、和平主義，而亦人道主義也。西方爲獵人主義、戰爭主義，而亦人權主義也。……

穆天子所見之西王母，即穆天子之女、建邦於西方者，在今波斯之第希蘭（Tehelan）附近。故穆天子也、西王母也，皆我民族上古男女有至偉大活動之能力者也。此能力之精神千古萬古不可磨滅。故穆天子傳一書，埋於汲冢而出於晉，晉後莫之識，及余而爲之疏通證明，要所謂天幸者。豈非吾民族之精神歷劫不磨，而終將復興之明徵哉？……

中華民國二十年辛未孟夏武進顧實自序於新都南京之穆天寄廬。

穆天子傳今考　自序（節略）

衛挺生

挺一九〇六年秋在武昌時見國粹學報讀劉師培穆天子傳補譯文，始知有穆天子傳其書，而無暇閱讀也。一九〇八年寒假返棗陽家山省親，特往購崇文書局本穆天子傳一册，攜之歸家度歲，於除夕之夜讀竟，而好之。一九一〇年，挺赴北京應試庚款公費留美學席，録入清華學校第一班。在試館中得聞當時在日本盛傳歐人之「中國民族西來説」，因而穆天子傳、山海經、楚辭爲一時中日學者所熱烈研究討論之書。中國學者蔣觀雲（智由）、劉申叔（師培）、丁益甫（謙），皆有著作響應其説。挺聞而慕之，然無暇深究其説也。既而在哈佛大學聽名教授莫爾博士 Professor George Foote Moore 談舊約歷史涉及巴比倫、亞西里亞歷史，引起舊日所欲知之問題，乃于一九一四年選修其「中東上古史」一門課程，藉以求知「中國民族西來説」之來源與其究竟，乃讀埃及、巴比倫、亞西里亞之上古史，因而盡讀法人拉古伯力 Terrien de la Gouperie 之書，而確信其中國民族西來説之非是。自此以後，無暇重讀穆天子傳者久之。

一九二〇年即中華民國九年，秋，挺自哈佛大學應國立南京高等師範學校之聘，始任教于南高。住教習房樓上，與名宿王伯沆（瀣）先生比室而居，晨夕往談，獲益良多。樓下住者爲顧惕生（實）先生，時任教文字學。同事友好者多告挺謂顧先生性行古怪，有其族中先賢亭林先生之遺風。挺因而不敢造訪。顧先生眼近視甚，故在南高同事期間，未曾交談，而不知其方在研究穆天子傳也。一九三八至一九四四年間，挺隨立法院入川，住北碚鄉間，並兼任復旦大學經濟系主任教授。顧先生亦任復大國文系教授，有一次在渝碚公共汽車中遇，交談甚歡。返校後，顧先生乃取其所著三民主義與大學之講義一册，囑挺爲作序文。未幾別去，亦尚不知其研究穆天子傳而且已有著作也。抗日大戰勝利後，將東返南京，偶在重慶書肆購得顧先生編之穆天子傳西征講疏一册，讀之而甚佩其研究功力之勤，但深惜未得早知其人而與之暢談所同好也。蓋已兩度「失之交臂」矣。今察顧氏所著書，文字考訂乃其專長。對于地理之考訂稍遜。在地理上，域内地理頗多是處，其域外地理自剞閭氏以西幾乎全非。蓋其時其地之研究工具與資料均缺乏故也。

挺自一九四九年秋以後研究日本先史諸問題於臺灣大學圖書館……挺乃進而追求

山海經之來歷，其作者與其時代。自來研究山海經者，皆與穆天子傳合併研究。而穆天子傳成書之時代較早，故挺自一九六一年四月一日起研究穆天子傳。

洪頤煊精校穆天子傳，謂其文南宋晁公武云八千五百一十四字，今存六千六百二十二字。挺因在前已早對亞洲各國之歷史有多年之研讀，且對穆天子傳之各家研究已有廣泛之研讀，故在今番決定精研之初曾預先估計，約需六個月當可得結果。乃在既開始後，始見横生障礙之問題甚多，此皆始料之所不及。

首遇之難題爲自西夏氏至于河首之精詳地理與路線及「河首」之詳細情形問題。此問題在清初康熙年間固曾一度解決。……而此一問題之解決，已費時數月。

次二，爲昆崙山彙之地形，與其山脈水系之條理及其登山之道路問題。自山經至于晚清徐松作水道記、王樹枏作山脈志，中間有數千年多似是而非之記録，將此一帶之錯綜山脈水系，加上神秘色彩。亦賴有美國之上空攝影之地形圖，外加英人、俄人之遊記，以解決此頗不簡單之各問題。迨其完全解決，爲時又已數日。

次三，爲西王母之邦何在問題？此爲古今中外學者之研究此書之中心問題。而各家之説無奇不有。昔人神仙之説無論矣，近人主張之最遠者謂其爲示巴女王，在今亞剌伯半島西南之紅海岸。次近者云在今伊拉克或伊朗，即波斯。或謂西王母之瑶池在西藏，或謂其邦在今新疆省之哈密縣北之巴里坤，或謂其在今青海省北部，或謂其在甘肅酒泉南山。而凡此一切之主張，皆與穆天子傳之時地兩軸全不相侔。迨此問題之解決，又費時數月。

次四，爲穆天子傳之年月日曆譜問題。關於周穆王之年代，古今學者有不同之主張多種。關於穆傳日曆之推算，丁謙、劉師培之東麟西爪，不能解決問題無論矣。即吴其昌之金文厤朔疏證與董作賓之中國年曆總譜，及其稍早之西周年曆譜，亦均多與穆天子傳書中所記之時日不合。顧實穆傳西征年曆乃據穆傳之記録以推算，其合於穆傳固也。但今之穆天子傳前後亘歷六年，而顧氏年曆表不滿兩年。今挺所作之穆天子傳今考不能限於兩年。曾經試算作譜，前後多次凡百餘紙，均有不合穆傳之記載。最後乃師取顧氏意，仍按穆傳推算，而以董氏推定甲子之奥氏日月交食表校正之，始全合。此問題直至最近始完全解決，然已歷時前後四年矣。

次五，爲穆天子傳本書之編纂問題。郭璞之六卷本不合原書無論矣。即荀勖之五卷本亦非原形。而且其編纂前後錯亂，前人已有發現。而且其書荀勖命名曰穆天子傳，不倫不類。束皙稱之曰周王遊行，名稱有似小説。隋、唐藝文志列其書入起居注類是矣。今其文多殘闕，然其殘缺處有一部分可以推定。起居注之經整理者，明清均稱「實録」。

挺今師其意，就所研究而已知者改纂全書，修正補苴，改稱之曰周穆王征巡實録，以作今考第二編之首章，以便讀者之前後檢討。其有願抱殘守缺之學者，而不願讀此校補改纂之實録，則舊書俱在可資研讀也。

次六，爲地圖問題。此就陋聞所知，遍搜求之于哈佛大學中之各圖書館及美國國會圖書館之地圖部、及美國陸軍部地圖司，而得有關之地圖八十餘張。乃以四十五張之小幅地圖編小圖册，以三十二張之大幅地圖另編大地圖集册，作爲今考之第三編及第四編（最後，乃以四編併入三編）。此乃今考之基本工具，費時之多無法計算。

次七，爲插入攝影問題。……今插入風景與物品攝影，使神奇化爲尋常。然而得之不易，其風景乃取自英、德帝國主義正盛時代所派遣富有學識之武官、學者所攝取之鏡頭也。至於動植礦物之攝影，皆專家之貢獻。其搜輯亦費時不少。

次八，爲最後之大問題，洛邑之稱「宗周」起自何時？自秦漢以來，經師皆知鎬京之稱「宗周」。而穆天子傳乃稱洛邑爲宗周，王静安（國維）先生因此而疑其書爲六國後人所僞作。挺察此問題之答案有三可能：（一）爲穆傳之「宗周」非洛邑乃鎬京。乃前後檢察校訂而知此假定無可能。（二）爲「宗周」爲「成周」而有一字之誤寫。而書中非一處乃五處有之，一致誤寫，蓋然之數不多。第（三）假定之可能，爲穆王時周王政府在洛邑而不在鎬京。挺爲徹底解決此一問題，乃努力金文之斷代研究，而藉知周自穆王初年政府已遷洛邑辦公。「周」與「宗周」之名，隨政府而移洛。洛邑之王城始稱「宗周」，洛邑五、六十里内外之東郊專稱「成周」。……此段研究費時最久，兩年又四個月始畢。

溯自一九六一年四月一日開始研究此書起，迄今結束之日止，凡經過六年時間。……

學術之推進，猶如接力賽跑。穆天子傳之研究，自清初至今，有著作者無論數十百家，而顧惕生先生集其成于近世。其二十餘年之努力，所能解決之問題不少，可謂成績輝煌。挺承其後而繼續研究。今所得之資料，多爲顧先生當時之所無法得見，因得修正其説。今後之繼我而研究者，當能以更新更正確之資料，修正拙著之若干結論。挺今謹以六年餘研究所得之結果奉獻讀者。

敬請　不吝賜教

一九六七年一月

衛挺生申甫（亦作「深甫」、「琛甫」）氏自序于美國麻州康橋

附録四　穆天子傳物品産有、使用、贈賜情況表

（注：六角括號内爲作者根據文意增補的文字。）

卷一

天子乃樂，□賜七萃之士戰。

河宗之子孫鄘柏絮且逆天子于智之□。先豹皮十，良馬二六。

天子獵于滲澤。於是得白狐玄狢焉，以祭于河宗。

河宗柏夭逆天子燕然之山。勞用束帛加璧，先白□。

〔祭河：〕天子大服：冕褘，帔帶，搢曶，夾佩，奉璧，南面立于寒下。曾祝佐之，官人陳牲全五□具。

天子授河宗璧。……祝沉牛馬豕羊。

〔河典〕曰：「天子之珤：玉果、璿珠、燭銀、黄金之膏。……天子之弓射人步劍、牛馬、犀□器千金。天子之馬走千里，勝人猛獸。天子之狗走百里，執虎豹。

柏夭曰：「征鳥使翼：曰□烏鳶鶤鷄飛八百里。名獸使足：□走千里，狻猊□野馬走五百里，邛邛距虚走百里，麋□二十里。」

曰柏夭既致河典，乃乘渠黄之乘，爲天子先。

天子之駿：赤驥、盜驪、白義、踰輪、山子、渠黄、華騮、緑耳。狗：重工、徹止、雚猳、□黄、南□、來白。

天子嘉之，賜〈七萃之士〉以左佩玉華。

卷二

天子西南升□之所主居。爰有大木碩草，爰有野獸，可以畋獵。

鄠□之人居慮獻酒百□于天子。

天子具蠲齊牲全，以禋□昆侖之丘。

曰珠澤之藪，方三十里。爰有萑葦莞蒲、茅萯蒹葽。

〈珠澤之人〉乃獻白玉□雙、□角之一□三可以□沐。乃進食□酒十□姑劓九□亦味中麋胃而滑。因獻食馬三百、牛羊三千。

天子乃賜□之人□吾黄金之環三五，朱帶貝飾三十、工布之四。……天子又與之黄牛二六。

〔春山〕孳木華不畏雪，天子於是取孳木華之實，持歸種之。……天子於是得玉榮、枝斯之英，曰：「春山，百獸之所聚也，飛鳥之所棲也。」爰有□獸，食虎豹，如麋而載骨盤□始如麕，小頭大鼻。爰有赤豹白虎、熊羆豺狼、野馬野牛、山羊野豕。爰有白鶽青雕，執犬羊，食豕鹿。

赤烏之人其獻酒千斛于天子，食馬九百、羊牛三千，穄麥百載。

天子乃賜赤烏之人□丌墨乘四、黄金四十鎰、貝帶五十、朱三百裹。

天子於是取嘉禾以歸，樹于中國。

〔曹奴之人戲〕乃獻食馬九百、牛羊七千、穄米百車。

天子乃賜曹奴之人戲□黄金之鹿、白銀之麕、貝帶四十、朱四百裹。

〔群玉之山〕爰有□木，西膜之所謂□。天子於是攻其玉石，取玉版三乘，玉器服物，載玉萬雙。

□之人潛時觴天子于羽陵之上，乃獻良馬、牛羊。

天子乃賜之黄金之罌三六、朱三百裹。

天子乃命剞閭氏供食六師之人于鐵山之下。

〔鄄韓氏之地〕爰有樂野温和，稌麥之所草，犬馬牛羊之所昌，珤玉之所□。

鄄韓之人無鳧乃獻良馬百匹、用牛三百、良犬七十、牥牛二百、野馬三百、牛羊二千、稌麥三百車。天子乃賜之黄金銀罌四七、貝帶五十、朱三百裹、變□雕官。

〔玄池〕天子乃樹之竹，是曰竹林。

〔苦山〕天子於是休獵，於是食苦。

卷三

〔天子〕乃執白圭玄璧以見西王母，好獻錦組百純，□組三百純。

〔天子〕乃紀丌迹于弇山之石，而樹之槐。

□六師之人翔畋于曠原，得獲無疆，鳥獸絶群。……天子于是載羽百車。

□智□往天子于戊□之山。勞用白駿二疋、野馬野牛四十、守犬七十。乃獻食馬四百、牛羊三千。

智氏之夫獻酒百□于天子。天子賜之狗璭采、黄金之嬰二九、貝帶四十、朱丹三百裹、桂薑百□。

天子美之，乃賜奔戎佩玉一隻。

鄠余之人命懷獻酒于天子，天子賜之黄金之罌、貝帶、朱丹七十裹。

□諸飦獻酒于天子，天子賜之黄金之罌、貝帶、朱丹七十裹。

卷四

〔重䍃氏黑水之阿〕爰有野麥，爰有荅堇，西膜之所謂木禾。

〔采石之山，出〕枝斯、璿瑰、瑤瑶、琅玕、玲瓏、㻑瓀、玗琪、徽尾，凡好石之器于是出。

天子使重䍃之民鑄以成器于黑水之上，器服物佩好無疆。

天子觴重䍃之人鰥䲔，乃賜之黄金之罌二九、銀烏一隻、貝帶五十、朱七百裹、筍箭、桂薑百峀、絲總、雕官。

〔鰥䲔獻穆王〕□隻……〔穆王賜鰥䲔〕以黄木鼉銀采。

西膜之人乃獻食馬三百、牛羊二千、穄米千車。……天子三日遊于文山，於是取采石。

文山之人歸遺乃獻良馬十駟、用牛三百、守狗九十、牥牛二百以行流沙。天子之豪馬、豪牛、龙狗、豪羊，以三十祭文山。又賜之黄金之罌二九、貝帶三十、朱三百裹、桂薑百峀。

巨蒐之人𡡗奴乃獻白鵠之血，以飲天子。因具牛羊之湩，以洗天子之足及二乘之人。

巨蒐之𡚸奴觴天子于焚留之山，乃獻馬三百、牛羊五千、秋麥千車、膜稷三十車……好獻枝斯之英四十、㑔𦈢𡩋𨾝珌佩百隻、琅玕四十、䟠𩕅十篋。□乃賜之銀木𩇯采、黃金之嬰二九、貝帶四十、朱三百裹、桂薑百嵦。爰有𩕳溲之□，河伯之孫，事皇天子之山。有模堇，其葉是食明后。天子嘉之，賜以佩玉一隻。

犬戎胡觴天子于雷首之阿，乃獻良馬四六。

〔雷水〕爰有黑牛白角，爰有黑羊白血。

〔入宗周〕官人進白鵠之血，以飲天子，以洗天子之足。造父乃具羊之血，以飲四馬之乘一。

卷五

曰天子四日休于濩澤，於是射鳥獵獸。

留昆歸玉百枚，陖翟致賂，良馬百駟，歸畢之琂。

見許男於洧上。郯父以天子命辭曰：「去玆羔，用玉帛見。」許男不敢辭，還取束帛加璧，□毛公舉幣玉。

天子賜許男駿馬十六。

天子乘鳥舟龍舟浮于大沼。

天子北還，釣于漸澤，食魚于桑野。

天子射鹿于林中。乃飲于孟氏，爰舞白鶴二八。

孟冬鳥至，王邑□弋。仲冬丁酉，天子射獸，休于深萑，萑得麋麕豕鹿四百有二十，得二虎九狼。

〔七萃之士高奔戎〕乃生捕虎而獻之天子……天子賜奔戎畋馬十駟，歸之太牢。

〔天子〕蠹書于羽陵。……讀書于葯丘。

天子遺其靈鼓，乃化爲黄蛇。是日，天子鼓道其下而鳴，乃樹之桐。以爲鼓則神且鳴，則利於戎，以爲琴則利□。

□飲逢公酒，賜之駿馬十六、絺紵三十篋。……賜筮史狐□。

〔天子〕乃駕鹿以遊于山上。

卷六

〔天子〕紐菹之獸。於是白鹿一牾棄逸出走。

盛姬求飲，天子命人取漿而給，是曰壺輲。

曾祝敷筵席、設几、盛饋具，肺鹽羹、胾、脯、棗、醢、魚腊、糗、韭、百物。乃陳腥俎十二、乾豆九十、鼎敦壺尊四十器。曾祝祭食，進肺鹽、祭酒。

内史□策而哭，曾祝捧饋而哭，御者□祈而哭，抗者觴夕而哭，佐者承斗而哭，佐者衣衾佩□而哭，樂□人陳琴瑟□竽籥𥱧筦而哭……且徹饋及壺鼎俎豆……

韋、穀、黄城三邦之士輦喪，七萃之士抗即車，曾祝先喪，大匠御棺。日月之旗，七星之文。鼓鍾以葬，龍旗以□。鳥以建鼓，獸以建鍾，龍以建旗。

曰天子出憲，以或襚賵。……百物皆備。

天子使嬖人贈用文錦明衣九領，喪宗伊扈贈用變裳，女主叔㛗贈用茵組，百嬖人官師畢贈。

天子乃釣于河，以觀姑繇之木。

附録五　穆天子傳匯校集釋的價值

程平山

晉書束晳傳載晉武帝太康二年（二八一）汲郡汲縣（今河南省衛輝市）出汲冢書，穆天子傳其一。穆天子傳詳載周穆王巡遊事，古本竹書紀年記其大事，列子述其大要，左傳、國語、楚辭、史記亦略記焉。汲冢書多亡，今存者僅有穆天子傳五卷、周穆王美人盛姬死事一卷（列入穆天子傳卷六）。穆天子傳乃不可多得的先秦史料，受到學者重視。晉人郭璞推崇而爲之注釋，傳千餘年。清代以來，穆天子傳得到重新整理與研究，洪頤煊爲之精校，陳逢衡爲之注釋。入民國，學者視野開放，又以新觀念、新知識認識穆天子傳，而日本國、法國、德國等國家的學者亦加入行列，穆天子傳的研究遂成氣候。二十世紀，致力於此書而成績斐然者有中國學者顧實穆天子傳西征講疏（商務印書館，一九三四年）、衛挺生穆天子傳今考（臺北中華學術院，一九七〇年）、王貽樑、陳建敏穆天子傳匯校集釋（初刊華東師範大學出版社，一九九四年；新刊中華書局，二〇一九年）、法國學者馬迪厄穆天子傳譯注與考證（巴黎高等漢學研究所，一九七八年，法國大學出版社。Rémi

Mathieu, *Le Mu Tianzi Zhuan* : *Traduction annotée*, *étude critique*, *Paris* : *Collège de France*, Institit des Hautes études chinoises, Presses Universitaires de France, 1978.)其中，王貽樑、陳建敏穆天子傳匯校集釋屬於獨具特色的著作。

一　穆天子傳匯校集釋在穆天子傳研究史上的地位

穆天子傳著録於晉書束晳傳、隋書經籍志、舊唐書經籍志、新唐書藝文志、宋史藝文志。其事蹟、地理、名物，晉宋學者著述廣爲徵引。明清以來，穆天子傳成爲研究的重要課題。明清時期，穆天子傳廣爲流傳，校勘本衆多，並且常與竹書紀年並刊（明人范欽天一閣范氏奇書、吴琯古今逸史、程榮漢魏叢書、趙標三代遺書，清人王謨增訂漢魏叢書、馬駿良龍威祕書等皆如此也），顯示出其重要地位。穆天子傳在學者著述中得到更爲廣泛的徵引。明人楊慎丹鉛餘録、王世貞弇州四部稿、胡應麟少室山房筆叢等研究穆天子傳，視爲重要著作。清代乾嘉時代學術大興，古籍的校勘注釋更勝前代。清代穆天子傳的注釋即始於乾隆年間檀萃穆天子傳注疏（序記癸丑春暮，當乾隆五十八年）。隨着明清學者對竹書紀年研究的興起，一些研究竹書紀年的學者亦從事校勘研究穆天子傳的工作。清人王鳴盛研究竹書紀年、校勘穆天子傳，洪頤煊校勘並研究竹書紀年、穆天子傳，郝懿行撰竹書紀年校正、穆天子傳注補，陳逢衡著竹書紀年集證、穆天子傳注補正，吕調陽據竹書紀年作三代紀年攷、穆天子傳釋（觀象廬叢書）。其中，洪頤煊校勘穆天子傳，陳逢衡穆天子傳注補正成爲清人研究穆天子傳的代表作，是穆天子傳研究史上傳承之作。

明清以來，穆天子傳的整理與研究的專著可以細分爲校訂本、注釋本、校釋本、考證本、校釋考證本、注釋考證本等。

（一）校訂本。穆天子傳有明正統道藏本（所據爲元刊本，有至正十年王漸玄翰序），此本有不少訛誤，故明清學者校訂之。明清校本十餘，重要的有范欽訂本（范氏奇書）、清人洪頤煊校本（平津館叢書，清嘉慶五年校、十一年刊）、翟云升覆校本（清道光十二年）等。

（二）注釋本。注釋本始自東晉郭璞穆天子傳注本，傳千餘年。清人檀萃用明道藏本作穆天子傳注疏（清乾隆五十八年），郝懿行撰穆天子傳注補（清嘉慶、道光間），吕調陽作穆天子傳釋（觀象廬叢書，清光緒間刊），劉師培著穆天子傳補釋（原刊于國粹學報五卷一至四期，宣統元年），收入劉申叔先生遺書，民國廿五年寧武南氏校刊本）。今人張星烺注穆天子傳（收入中西交通史料彙編第一册，輔仁大學圖書館，一九三〇年）、常征作穆天子傳新注（一九七七年撰成，未刊，發表序。穆天子傳是僞書嗎？——穆天子傳新注序，河北大學學報一九八〇年二期)。

(三)校釋本。校釋本合校勘與注釋於一體。清人陳逢衡在檀萃、洪頤煊著作的基礎上完成穆天子傳注補正(清道光十一年初成,後訂補,二十年定稿,二十三年刊),開校釋之途。陳氏以洪頤煊校本爲底本並參考他本校對,注釋針對檀萃本錯誤加以訂正。今人王貽樑、陳建敏撰成穆天子傳匯校集釋(初由陳建敏整理,僅有數條,王貽樑重新整理,始於一九八六年春,成於一九八八年十二月)。

(四)考證本。對於穆天子傳内的地理、名物等進行考證。有丁謙穆天子傳地理考證(原刊地學雜誌六卷七至十一期,一九一五年,收入浙江圖書館叢刊第二集)、小川琢治穆天子傳考(初刊於狩野博士還曆紀念支那學論叢,京都弘文堂,一九二八年)、衛挺生穆天子傳今考。

(五)校釋考證本。校釋考證本合校勘、注釋、考證於一本。有顧實穆天子傳西征講疏。鄭傑文穆天子傳通解(一九九二年,山東文藝出版社。王氏未提及,定稿時尚未及見。)

(六)注釋考證本。注釋考證本合注釋、考證於一本。有法國學者馬迪厄穆天子傳譯注與考證。

初，陳建敏欲成穆天子傳集釋，王貽樑以爲校勘重要，遂名穆天子傳匯校集釋。王貽樑以爲顧實穆天子傳西征講疏較善，穆天子傳匯校集釋在陳逢衡穆天子傳注補正、顧實穆天子傳西征講疏基礎之上校釋，是兩書的發展。穆天子傳匯校集釋附一穆天子傳歷代著録、附二穆天子傳版本及注疏、研究文著是穆天子傳西征講疏之穆天子傳知見書目提要的補充與新定。不同的是，顧實穆天子傳西征講疏乃一家之言，而王貽樑、陳建敏穆天子傳匯校集釋乃數十家之言。

穆天子傳清本以清人洪頤煊校本（平津館叢書）爲善，自陳逢衡穆天子傳注補正以來，學者如顧實穆天子傳西征講疏、鄭傑文穆天子傳通解等皆以此本爲底本。王貽樑、陳建敏穆天子傳匯校集釋的校勘即以洪頤煊校本爲底本，范欽訂本爲通校本，更是參考明道藏本、明清校本（明范欽吉、陳德文校本，吴琯校本，李言恭訂、李宗成校本，程榮校本，趙標校本，唐琳校本，邵闇生校本，楊儀鈔馮舒校本；清鄭濂校本、汪明際校本、王鳴盛校本、周夢齡校本、盧文弨校本、翟云升覆校本、黄丕烈校本、褚德彝校本、張皋文校本等）、鈔本（明吴寬鈔本、楊儀鈔本等）及近世各家校勘成果。本着儘量多地參考各本及前人文獻的引文的原則，改字則力求最少。對於前人的正確觀點給予肯定，對於誤解一一辨明，態度客觀，實事求是。所以，穆天子傳匯校集釋首先的成績在於匯校，使得校勘更加堅實可靠。

穆天子傳的注釋本較多，存在一個逐漸改善的過程。檀萃穆天子傳注疏的錯誤較多，陳逢衡穆天子傳注補正則改正之。顧實穆天子傳西征講疏較善，王貽樑、陳建敏穆天子傳匯校集釋在顧實研究注釋的基礎之上，更是集録衆多學者（黄以周、檀萃、陳逢衡、郝懿行、孫詒讓、王國維、章太炎、劉師培、丁謙、蒙文通、黎光明、衛聚賢、張星烺、小川琢治、于省吾、高夷吾、劉盼遂、顧實、陳夢家、張公量、顧頡剛、童書業、岑仲勉、楊寬、衛挺生、常征、錢伯泉、趙儷生、李學勤等）意見的注釋本。

總之，穆天子傳匯校集釋校勘本於洪頤煊校本，更據衆多校本、鈔本；注釋本於陳逢衡穆天子傳注補正、顧實穆天子傳西征講疏，更蒐集衆多學者之説。難能可貴的是，每加較爲中肯的案語，述己之見，不乏新識（如王氏釋「七萃」）。因此，此書在前人基礎上研究，較充分吸收前人成果，又闡發新觀點，爲總結之作，乃至今所見校釋最爲齊全者。所以，王貽樑、陳建敏的校釋在洪頤煊、陳逢衡、顧實著作的基礎上前進了一大步。清代以來，整理穆天子傳者衆矣，此書可謂翹楚。王貽樑、陳建敏在當時的條件之下作出令人讚歎的成果。此書與陳逢衡穆天子傳注補正、顧實穆天子傳西征講疏屬於穆天子傳研究史上階段性代表著作，同爲傳承之作。惜其受到時代與條件的局限，今後學者依照此法研究，搜集中外學者研究成果，自然可達集大成之作。

二　穆天子傳匯校集釋的優點

穆天子傳匯校集釋的優點突出體現在四個方面。

（一）該書取名「匯校集釋」，乃取古今學者研究成果對穆天子傳進行校勘與注釋。如同上文言及穆天子傳匯校集釋在穆天子傳整理與研究史上的地位那樣，穆天子傳匯校集釋匯集明清以來研究成果並加案語，即綜述與評論爲一體，有系統地歸納分析明代至二十世紀八十年代學者研究穆天子傳的研究成果，屬於總結性專著。是書集前人校釋穆天子傳的優點於一身，又克服前人著述的一些缺點。

（二）蒐集與利用資料較爲齊備。穆天子傳校釋據引書文簡稱表、附録一穆天子傳歷代著録、附録二穆天子傳版本及注疏、研究文著包括了穆天子傳的歷代學者整理文獻，標明資料所載的刊物、出版時間、期數以及書籍所在之處，對於穆天子傳的版本、整理本、研究文獻所列較爲齊備，並且在校釋中得到較充分地利用。附録一、附録二及附録三穆天子傳序跋選録、附録四穆天子傳物品産有、使用、贈賜情况表、穆天子傳地名、人名、宫名、國名、族名索引表宜於學者使用。

（三）极其重視出土文字資料與考古發現的實物資料，從而克服以往學者注釋時存在的局限。王貽樑不僅對於王國維、于省吾、胡厚宣、陳夢家、李學勤等的觀點極爲重視並能夠採納（如序「古文」、卷一謚號採王國維説，序「墨書」採陳夢家説，卷一「鄘人」、柏夭「爲天子先」、卷二「朱三百」、卷四「毛班」、卷六「輴」、「冏」採于省吾説，卷二「予一人」採胡厚宣説，卷四「南鄭」據古文字學家説），而且他的許多觀點亦根據出土文獻或實物判定。如序據古代尺的實物釋「古尺」、卷二據甲骨文、金文釋「嘉禾」、據碑刻文字釋「留骨」爲「胥骨」，卷三據戰國文字釋「玙」、據碑刻文字釋「疋」，卷四據考古實物釋玻璃、據古尺實物分析穆天子傳行程與里數，卷五據考古實物六博釋「塞」，卷六據甲骨文、金文釋「籥」，據中山國兆域圖釋「天子乃命盛姬□之喪視皇后之葬法」，據汗簡、古文四聲韻補釋「乃鼓之棘」。

（四）作者嚴謹之態度更是難能可貴。楊寬西周史有穆天子傳所述周初歷史的正確性篇，提及王貽樑的一些見解（上海古籍出版社，一九九九年，頁六一八）。王貽樑師從於楊寬先生，是其研究生，工作於華東師範大學古籍研究所，屬於專業人士，學識亦廣，乃校釋穆天子傳的理想人士。陳建敏與李零先生有所交流（李零，上海有個陳建敏，收入放虎歸山，山西人民出版社，二〇〇八年），並且得到方詩銘先生指導。緣於名家的指點、訓教，故王貽樑、陳建敏能持嚴謹態度。王貽樑得到李學勤先生的指點，又得方詩銘先生參與討論，故此書質量得以保障。穆天子傳匯校集釋對於學者以往的研究觀點客觀真實反映，不存在曲解及對不同觀點的無原則抨擊，不取法民國學者之放馳無際之說，而守端正樸素之言，其方法、態度善矣。

穆天子傳匯校集釋爲研究與利用穆天子傳提供諸多便利，故受到學術界歡迎。此書出版後，學術界評價較高，成爲此後學者研究穆天子傳不可或缺的重要參考文獻。

三　穆天子傳匯校集釋尚可改進之處

由於時代的局限與當時所能花費精力有限等原因，穆天子傳匯校集釋尚存一些缺憾之處。

（一）對穆天子傳的考證尚嫌不足。顧實穆天子傳西征講疏、衛挺生穆天子傳今考等都花費大量筆墨考證穆天子傳的出土、整理、時代、性質、價值、真僞等問題。穆天子傳匯校集釋的整理前言簡明，對於課題而言尚有補充的必要。穆天子傳匯校集釋在荀勖序、卷一對於汲冢書出土之年、墓主皆無詳考，僅是采太康二年、魏襄王説而已，尤以墓主采魏襄王説不妥，所言「今學界大多信從魏襄王之説，序云得之」不確。又以「古文」證實穆天子傳成書於戰國時代，亦有再思慮的必要。

（二）書中注釋尚有可商榷者。王氏對於竹書紀年的學術史與内容認識不足，亦影響其注釋的準確性與可靠性。如卷三穆天子西征之年，誤以爲今本竹書紀年在十三年、古本竹書紀年在十七年，實際古本竹書紀年在十三年、十七年。王氏對於穆天子傳的記載持懷疑態度，對於西征也似乎否定，這與他對古本竹書紀年熟悉程度與接受程度密切相關。對於荀勖序「襄王」的注釋僅舉洪頤煊、顧實意見，案語略提楊寬戰國史，則尚顯簡單。卷二黄帝之宫，王氏以爲屬於傳説，故不主張深究。有些注釋並非引學者觀點的原文，僅是述其大意，略顯簡單。如卷二「黄金」、「邢侯」條，受到文獻與當時考古發現局限，需要重新注釋。

（三）參考文獻尚存在不足之處。穆天子傳校釋據引書文簡稱表所列文獻止於一九八五年，附二研究文著止於一九八七年，而整理前言記「一九八八年十二月」，一九九二年修改於華東師範大學」，方詩銘先生序於一九九二年。至於海外學者的研究，限於當時的條件，存在缺失。附二穆天子傳版本及注疏、研究文著有未見、待訪者，如法國學者馬迪厄穆天子傳譯注與考證，王氏亦坦言之。晉代以來穆天子傳的散見研究較多，限於時間與精力，王氏未予蒐集，亦缺憾也。

總之，王氏、陳氏的注釋亦存在一些疑問或不足，需要留意，正確對待。穆天子傳研究存在問題尚多，留給後人的研究任務很重。今考古發現層出不窮，出土文獻衆多，穆天子傳校釋可以依據者甚多，穆天子傳的研究大有可爲。從此方面講，穆天子傳匯校集釋仍是今後深入研究穆天子傳與周代歷史的重要參考文獻。

丁酉年三月十五日

九劃

十劃

十一劃

穆天子傳地名、人名、宫名、國名、族名索引表

中國史學基本典籍叢刊　書目

穆天子傳匯校集釋
國語集解
吴越春秋輯校彙考
越絶書校釋
西漢年紀
兩漢紀
漢官六種
東觀漢記校注
校補襄陽耆舊記（附南雍州記）
十六國春秋輯補
洛陽伽藍記校箋
建康實録
荆楚歲時記
大唐創業起居注箋證（附壺關録）
貞觀政要集校（修訂本）
唐六典
蠻書校注
十國春秋
皇朝編年綱目備要
皇宋十朝綱要校正
隆平集校證
宋史全文
宋太宗皇帝實録校注
金石録校證
丁未録輯考
靖康稗史箋證
中興遺史輯校
鄂國金佗稡編續編校注
皇宋中興兩朝聖政輯校
中興兩朝編年綱目
續宋中興編年資治通鑑
續編兩朝綱目備要

宋季三朝政要箋證
宋代官箴書五種
契丹國志
西夏書校補
大金弔伐録校補
大金國志校證
聖武親征録（新校本）
元朝名臣事略
明本紀校注
皇明通紀
明季北略
明季南略
國初群雄事略
小腆紀年附考
小腆紀傳
廿二史劄記校證
通鑑地理通釋